KB021235

그대에게 버리나니

그대에게 내리나니 · 下

1판 1쇄 찍음 2016년 6월 20일
1판 1쇄 펴냄 2016년 6월 27일

지은이 | 지연희
펴낸이 | 고운숙
펴낸곳 | 봄 미디어

기획 · 편집 | 정수경 김민지

출판등록 | 2014년 08월 25일 (제387-2014-000040호)
주소 | 경기도 부천시 원미구 소향로17, 304(두성프라자)
영업부 | 070-5015-0818 편집부 | 070-5015-0817 팩스 | 032-712-2815
E-mail | bommedia@naver.com
소식창 | http://blog.naver.com/bommedia

값 10,000원

ISBN 979-11-5810-227-2 04810
      979-11-5810-225-8 04810(세트)

지연희 장편 소설

下

그대에게 버리나니

목
차

아홉

새로 그리움이 흩날리는 봄

"주상께서 예전 같지 않으시다는 이야기를 들었소."

대왕대비 김 씨의 목소리가 전에 없이 인자했다. 환이 뜻 모를 미소를 머금은 채 다음 말을 기다렸다.

"경연도 전에 비해 자주 여시고 학식의 깊이가 더욱 깊어지고 있으시다니 말이오. 얼마 전에는 어진 선비와 유생을 널리 찾아 등용하라는 전언도 내리셨다 하고. 주상을 칭송하는 말을 들으니 기분이 남다르더이다."

"그 말씀이셨사옵니까."

지극히 공손한 어조인데도 어렴풋한 빈정거림이 느껴져 김 씨가 미간을 살짝 좁혔다.

"소손은 할마마마께서 중전의 회임 소식이 들려오지 아니하는 연유를 하문하시려는 줄 알았사옵니다."

김 씨의 미간에 팬 주름이 깊이를 더했다. 중전이 회임하지 못하는 연유는 사실 그녀가 더 잘 알았다. 일관이 정하는 길일과 중전의 달거리가 항상 미묘하게 어긋나는 것은 그저 우연의 일치가 아닌 탓이었다. 그러나 환이 건넨 말의 의미는 그것이 아니었다.

어느 날부터인가 여인을 찾던 걸음이 뚝 끊겼다. 몇 날에 그치는 것이 아니라 일 년이 훌쩍 넘도록 그러하다 보니 젊고 해끄무레한 내관을 곁에 두는 것과 관련지어 남색을 즐기시게 되었나 하는 망측한 수군거림까지 울렁이고 돌아다닐 정도였다.

몇 대가 지나도록 적통은 세자에 세손이 고작, 대군 따위는 눈을 씻고 찾아볼 수 없는 작금의 현실을 돌이켜 보면 장차 이 나라를 누가 이어받게 될 것인지 때 이른 걱정을 하는 이들이 하나둘 나타났다.

김 씨 역시 그런 이들 중 하나였다. 남편이었던 선왕은 수를 누렸다 하여도 무방하였지만 아들은 스물을 넘긴 지 몇 해 되지 않아 요절했고 제 아비를 빼닮은 손자 역시 그리 강건해 보이지는 않았다. 이후를 염려하는 것은 그녀 입장에서는 당연한 일이었다.

"잘 말씀하시었소."

김 씨가 태연을 가장하며 굳어진 표정을 풀었다.

"종묘사직에 대해 염려하는 것은 당연한 일 아니겠소."

"이를 말씀이겠사옵니까."

"중전이 후사를 생산하는 책무를 제대로 이행하지 못하여 숙원이 입궐하였는데도 어찌 아무런 소식이 없는 게요, 주상."

"풍문이 사실일 수도 있다 생각하시옵니까, 할마마마."

정곡을 찌르듯 직설적으로 물어 오는 환의 목소리에 김 씨가 순간 당황했으나 환의 표정은 몹시 태연했다.

"대개 궁인들은 눈에 담고 귀에 들어온 것을 제멋대로 재단하여 저 좋은 대로 지껄이는 경우가 많다 하지 않사옵니까. 하여 한 번 드려 보았습니다만 정말 낭설이 떠도는 모양이옵니다. 근원을 색출하여 엄히 다스려야 할 일이옵니다."

말을 맺을 무렵에 이르러서는 환의 음성에 준엄함이 실렸다. 환의 말은 김 씨가 내명부를 제대로 관리하지 못하였기 때문이라고 힐난하는 것과 마찬가지였다. 김 씨 역시 목소리에 힘을 주었다. 이런 사소한 일로 권위를 부정당하여서도 기가 밀리는 모습을 보여서도 아니 될 일이었다.

"주상."

"소손, 이제 약관에 이르렀을 뿐이옵니다. 그리 서두를 연유가 어디 있사옵니까."

"후계가 명확하여야 시국이 안정되는 법, 그리 여유롭게만 생각할 일이 아니에요. 신선놀음에 도끼자루 썩는 줄 모른다는 말이 있지 않습니까."

걷으로는 타당해 보이나 김 씨의 말은 단 하나도 옳은 것이 없었다. 후사 따위 없어도 정국이 요동칠 일은 없을 것이다. 그러나 그러한 의견을 입에 올릴 생각은 없었다. 쓸데없는 입씨름으로 원기를 소진하기에는 지나치게 이른 아침이었다.

"하오나 어찌하겠사옵니까. 소손이 짐승 새끼도 아닐진대, 마음에도 없는 교합은……."

"주상!"

환은 천천히 자리에서 일어났다. 노골적인 어휘 선택을 나무랄 것이 분명한 김 씨의 말을 미리 끊고 공손하면서도 단호한 목소리를 냈다.

"금일 조회가 있어 지체할 수 없사오니 이만 물러가겠습니다."

김 씨가 환의 뒷모습을 바라보았다.

첫날밤부터 지아비를 내치려 들던 오만함이 눈에 거슬려 회임을 하지 못하도록 수를 썼으나 만에 하나 환의 마음에 변화가 일어난 것 같으면 뜻을 돌릴 생각도 있었다.

그러나 환이 단호하게 선을 그은 이상 중전에게서 후사를 보는 일은 없을 것이 분명했다. 그것은 숙원도 마찬가지일 터였다. 무언가 방도를 마련할 필요가 있었다.

울창한 숲을 지나 갑작스레 맞닥뜨린 작은 공터에는 발목을 간질이는 싱그러운 풀잎이 바람에 나부끼고 있었다. 수줍게 꽃대를 올려 조심스레 망울을 터뜨리는 키 작은 꽃송이들이 제가 가진 향을 산들바람에 실어 보냈다. 풀밭 위에 몸을 눕힌 채로 눈을 감으면 햇살이 따스하게 그의 위로 내려앉고 은은한 향이 주변을 맴돌았다.

　　감은 눈 위로 그늘이 드리우는 것을 느끼며 조심스레 눈을 떴다. 다정한 얼굴이 그를 내려 보고 있었다.

　　눈을 다시 감았다 뜨자 거짓말처럼 앞에 놓인 풍경이 변했다. 여느 사대부의 사랑과 크게 다르지 아니한 방 안에 그가 앉아 있었다. 껍질이 벗겨진 지 오래되지 아니한 나무의 서늘한 향과 방 안을 가득 채운 책에서 스며 나오는 향이 백일몽에 잠기도록 한 모양이었다.

　　환상에서 벗어난 환은 서안 위에 준비된 사우를 물끄러미 바라보다 손을 뻗었다.

　　세필을 들고 잠시 고민하다가 작은 종잇장에 다섯 자씩 넉 줄을 단정하게 적어 내려갔다. 잠시 얼굴에 홍조가 어리는 것 같았으나 이내 심상한 표정이 되어 마지막 글자에서 손가락 한 마디쯤 떨어진 자리에 인장을 눌러 찍었다.

　　환은 아직 먹물이 마르지 아니한 종이를 살짝 옆으로 밀어

놓았다. 종이 위에 어렴풋한 흔들림이 남았다. 봄바람은 처녀 바람이라 그랬던가. 사내인 그의 마음이 나약한 아녀자와 같이 봄바람에 사정없이 휘둘리고 있었다.

잠깐의 만남을 위해 긴 기다림을 참아 내던 소녀는 이제 기다림조차 부질없는 시간들을 견뎌 내고 있었다. 꽃은 쉬이 진다. 나비를 맞아들이지 못한 채 시든 꽃은 열매조차 바랄 수 없다. 그의 이기심이 더없이 고운 꽃송이를 이울도록 내버려 두고 있었다.

낮게 한숨을 쉰 환이 고개를 들었다.

"금일은 누가 오기로 되어 있는가?"

"사간원 정언(正言)이옵니다."

환이 가볍게 고개를 끄덕였다. 처음에는 대신을, 그다음에는 당상관 중 학식이 깊다는 평을 받는 이들을 불러 담소를 나누었다. 젊은 왕의 저의를 의심하여 경계의 눈초리를 보내던 이들은 왕이 문벌과 계파를 가리지 않으며 순수하게 학문에 대한 토론만 할 뿐이라는 사실을 확인하자 의심을 거두었다.

벌써 일 년여가 훌쩍 지나 당하관까지 닿은 명단의 뒤쪽에는 새로운 이름들이 추가되고 있었다. 출사한 지 얼마 되지 아니하였거나 과거에 급제한 지 오래지 않은 젊은 관료, 혹은 성균관 유생.

지금부터가 중요할 터였다. 식견이 풍부하여 그 지위를 올려도 쉽게 반발할 수 없으며 마음이 올곧아 정도를 따를, 그에게 힘이 되어 줄 수도 있을 이들을 찾아내야 했다.

"조만간 사마시(司馬試)가 있겠지. 을과 급제자 명단을 잘 갈무리해 두어라."

"예."

언이 허리를 깊이 숙였다.

점점 가까워지는 기척을 느낀 환이 서안 옆에 가지런하게 쌓여 있던 두루마리 중 하나를 집어 들었다. 두루마리를 펼치고 물기가 마른 종잇장을 올려놓았다.

"주부에게 이것을 전하고……."

머뭇거림이 길어졌다. 환의 곁으로 다가가 두루마리를 정리하던 젊은 내관이 조심스레 고개를 들었다.

"그럼 나는 이만 가 보아야겠소."

"벌써 가십니까. 이거 아쉬워서 어쩐답니까."

"입에 침이나 바르고 거짓말을 하시오."

어리다고 할 수는 없으나 청년이라고 보기에도 한참 모자란 소년은 꼭 중늙은이 같은 표정을 하고 혀를 찼다.

"네에, 네."

주인 사내는 히죽거리며 건성으로 대답하고는 뒤쪽에 있

는 궤를 뒤적거리더니 금방이라도 구멍이 뚫려 엽전을 죄다 쏟아 내도 이상하지 않을 만큼 낡고 조그만 주머니를 꺼내었다.

주인 사내가 뒤로 뻗은 손을 펼치자 손 하나가 나타나 주머니를 받아 들었다. 그 손의 주인이 다시 비어 있는 또 다른 낡은 주머니를 주인 사내에게 건네었다.

"고맙소."

소년이 의젓하게 말하며 일어나 몸을 돌렸다. 썩 나이가 많지 않아 뵈는 젊은 여인이 그 뒤를 종종걸음 치듯 따라갔다. 그들의 뒷전에 대고 주인 사내가 느긋한 목소리로 인사를 건넸다.

"또 오시지요?"

"금족령이라도 떨어지지 아니하면 아마 그러할 것이오."

"지금껏 아무 일도 없었는데 뭘 염려하십니까."

소년은 특별한 반응을 보이지 않은 채 가벼운 걸음걸이로 좁은 마당을 가로질러 순식간에 사립짝 앞에 도착했다. 곁눈질 한 번 하지 않고 유유히 떠나는 그 모습을 주인 사내가 눈으로 배웅했다.

"아기……."

구불구불한 좁은 골목은 둘이 지나가기도 빠듯할 정도로 좁았지만 다니는 사람이 없어 한적한 느낌이 들었다. 거리를 두고 따라오던 여인이 바싹 다가오며 부르는 목소리를 소년이 재빠르게 끊어 냈다.

"도련님."

"듣는 사람도 없는데 꼭 그럴 필요까지가……."

"낮말은 새가 듣고 밤말은 쥐가 듣는다고 매번 하는 소리를 오늘도 또 하게 하는구나."

느긋한 목소리와 다르게 소년의 걸음이 조금 빨라졌다. 길이 미로처럼 복잡해질수록 풍경도 대책 없을 만큼 초라해져 쥐나 벌레가 우글우글할 것처럼 형편없이 찌그러진 초가집들이 줄지어 나타났다.

소년은 소박한 차림이 호사스럽게 보일 정도로 가난이 줄줄 흐르는 골목을 거리낌 없이 활보하다 그중에서 제일 초라한 집에 발을 들였다.

"할멈, 나 왔소."

소년의 목소리에 허리를 구부리고 있는 늙은 여인이 꾸물대며 부엌에서 나왔다.

"일찍 오셨수다. 아직 아무것도 준비를 못 했는데."

"물 잔이면 족하다고 늘 말하는데 할멈은 뭐 그리 부지런 하려 하누."

소년이 가볍게 핀잔을 주듯 말하고 금방이라도 덜렁거리다 떨어질 것 같은 문을 열어 방 안으로 들어갔다. 줄곧 투덜 거리던 여인도 소년의 뒤를 따라 들어가 문을 닫았다.

"오늘은 좀 서두르는 게 좋겠지?"

소년은 방에 발을 들이자마자 서둘러 턱밑을 조이고 있는 갓끈을 풀어 갓을 바닥에 내팽개치다시피 하고 도포를 여민 끈이며 옷고름을 잡아당겼다. 옷들이 발아래 수북하게 쌓이고 그 위쪽에 폭이 손바닥 두 개만큼 되는가 싶은 긴 무명천이 굴러 내렸다. 옷을 벗은 이는 옆에 있는 꾸러미에서 옷을 꺼내 입기 시작했다.

여인은 자리를 잡고 앉아 아무렇지도 않은 듯 쌓이는 옷들을 한꺼번에 끌어당겨 곱게 개키고 무명천도 납작하게 개어 맨 위에다 가지런히 포개 놓았다.

"어차피 아기씨께서 직접 가실 것도 아닌데 서둘러 보았자 의미 없습니다."

여인이 고개를 돌렸다. 시선의 끝에는 옷차림에 전혀 어울리지 않게 엉성히 상투를 틀어 올린 얼굴이 놓여 있었다. 그리고 한숨을 쉬며 손짓했다.

웃으며 망건을 풀고 동곳을 뽑은 유연이 머리를 흩뜨렸다. 봉두난발이 된 머리를 하고 삼월이 앞에 털썩 앉으면서 이마를 문질렀다. 망건을 세게 조이지는 않은 덕분에 이마에 자국이 남지 않았다. 삼월이는 방구석에서 빗을 하나 찾아 들고 머리를 빗기 시작했다.

"아파."

"참으세요. 고개 좀 움직이지 마시고요."

눈물이 찔끔 날 정도로 아파 불만을 표했지만 단번에 묵살당했다. 몹시 서두르는 손길 덕에 곧 단정히 땋인 머리칼 끝에 붉은 댕기가 매달렸다.

"얼마나 돼?"

유연은 삼월이가 개어 놓은 옷더미를 안아 방구석에 놓인 장의 맨 아래 서랍에 꽉꽉 눌러 넣었다. 낡았어도 찌그러지면 곤란할 갓은 눈어림으로 높이를 가늠한 뒤 장의 위쪽에 휙 던져 올렸다.

유연이 옷을 정리하는 동안 아까 받아 온 돈과 제 품에 넣고 있던 주머니의 돈까지 합쳐 헤아려 본 삼월이가 주머니 입구를 조이며 짧게 대꾸했다.

"넉넉할 것 같습니다."

"모자라면 곤란해."

"쇤네 생각에는 지붕을 얹고도 남아요. 심지어 벽을 덧발라 달라고 해도 될 것 같은 걸요."

"진짜?"

유연의 얼굴이 화사하게 밝아졌다. 삼월이가 마땅치 않은 표정을 하고 투덜거렸다.

"지난번에 적당한 데를 물색해서 얘기해 뒀으니까 아기씨께서 직접 드나드실 생각은 하지 마십시오."

"그러다 제대로 아니하면?"

"밥줄이 달린 일인데 그렇게 대충, 소홀하게 하는 자들은 많지 않습니다."

"만약이라는 게 있으니……."

"제가 어떻게 해도 아기씨보다는 나을 거예요."

삼월이가 낡아 빠진 문짝을 밀었다. 엉덩이 끝을 걸치기에도 비좁은 마루 위에는 아슬아슬하게 놓인 소반이 있고 그옆에 웅크리고 앉은 노인의 모습이 보였다.

"할멈, 물이나 한 대접 주면 된다니까."

방문 앞에 서서 뉘가 섞인 멀건 죽 그릇을 보던 유연이 한숨을 쉬었다. 삼월이가 상을 얼른 방 안에 들여놓고 노인의손목을 잡아끌었다. 뉘가 섞였든 쌀뜨물처럼 그저 허옇든 쌀알만 넣은 음식을 대접하는 건 찢어지게 가난한 집안 살림으로는 대단한 정성이었다.

"할머니가 드세요."

"아가씨는?"

"오늘은 먹고 왔으니 다음에 주게."

유연이 상 옆에 앉아 숟가락을 노인의 손에 쥐어 주고는옆에 놓인 물그릇을 들어 몇 모금 마신 뒤 얌전하게 내려놓았다.

"이리 고운 아가씨가 어째 사내처럼 하고 다니시우?"

"그러게 말이지요."

노인의 느린 숟가락질을 바라보던 삼월이가 유연을 대신해 한숨을 섞어 대답했다.

삼월이의 근심 어린 대답을 들으며 유연이 눈을 가볍게 깜박거렸다. 혼인을 하지 아니하였는데도 혼인한 것이나 다름없고 여인인데도 여인으로서의 삶이 무의미했다. 하니, 사내처럼 차리고 거리를 활보하고 있었다. 그 사실을 아는 것은 유연과 삼월이 단둘뿐이었지만.

이 집에 처음 발을 들여놓았던 지난가을을 떠올렸다. 낡고 추레한 방 위로 전혀 어울리지 않는 단아한 방의 모습이 겹쳐졌다. 아마 초라하게 너덜너덜해진 마음으로 도망치듯 빠져나왔던 기억이 떠올랐기 때문이리라.

"만수무강하옵소서."

두 해 전 가을, 그 말을 끝으로 좁은 방을 뛰쳐나왔다. 이제 다시는 절대로 발을 들일 일은 없다고 생각하면서. 받은 것은 돌려주었고 받아야 할 것은 되돌려 받았다. 이만큼 확실하게 표현했으면 환이 그녀를 찾는 일은 없을 것이었다. 이미 정원에 고운 꽃이 가득하게 피어 있는데 귀하지도 않은 들꽃 한 송이를 아쉬워할 리 없으니까.

그 후로 몇 번인가 삼월이가 몹시 망설이면서 종잇장을 건네었다. 대꾸 한 번 없이 고개를 돌렸지만 미련이 남았다. 삼월이의 손가락 사이에서 종잇장이 바스락거리는 날이면 가슴이 두근거렸다.

다소 늦은 적은 있었을지언정 나타나지 아니하는 법은 없던 그가 외로이 기다리다 쓸쓸히 걸음을 돌리는 모습을 상상하면 몸이 들썩거렸다. 그럴수록 더욱 모른 체했다. 마음에 남은 자국은 누구에게도 들켜서는 아니 될 것이었다.

변변히 눈길도 주지 않은 채로 말없이 외면했지만 동짓달에 들어선 지 오래지 아니하였던 어느 날, 유연은 전에 없이 서늘한 표정으로 입을 열었다.

"네가 누구를 만나든 내가 관여치 아니할 것이지만 이런 심부름은 그만하면 좋겠구나. 철없는 아이의 어리석은 장난이었어. 이미 끝난 일이다."

그 후로 다음의 만남을 기약하는 종잇장 따위가 유연에게 전해지는 일은 없었다. 그러나 그로부터 반년도 더 지난 뒤, 아무도 없는 방 안에서 팔랑거리며 떨어진 종잇조각을 주워 드는 순간 눈앞이 아득해지는 것은 어찌할 수 없었다.

다시 외출을 시작하게 된 것도 그 무렵부터의 일이었다. 시린 겨울이 끝나도 마음이 좀처럼 따스해지지 않는 봄과, 가슴이 짓눌릴 정도로 후텁지근하던 여름을 지나, 청량한 햇살에 서늘한 바람이 불어 들던, 곱게 접힌 종이를 펼칠 적에 뿌연 안개가 눈앞을 가로막지 않게 된 그 가을의 어느 날.

❉   ❉   ❉

모처럼 날이 개어 거리에는 사람이 많았다. 삼월이가 유연을 조금 한적한 쪽으로 이끌었다. 왕래가 뜸한 데는 이유가 있었다. 치맛자락을 조금 걷어 모아 쥐고 질척거리는 진창을 조심조심 밟던 유연의 옆에서 짜증 섞인 비명 소리가 울렸다.

"으아아아."

유연이 반사적으로 고개를 돌렸다. 좌판 비슷한 널조각에 놓여 있던 두루마리 몇 개가 굴러 내렸는데 개중 하나가 바닥이 옴폭 파인 조그만 웅덩이 같은 데 반쯤 잠겨 있었다. 울상이 된 사내가 쪼그리고 앉아 허겁지겁 두루마리를 펼쳤다. 지워질 리 없는 누런 흙물이 파도가 되어 그림 한가운데를 덮치고 있었다.

"이게 얼만데, 이게……."
"모작(模作)이란 말도 아까운 가짜를 놓고 뭘 그리 아쉬워하오?"

울먹거리던 사내는 분풀이 대상이라도 찾으려는지 고개를

휙 돌려 목소리의 주인을 노려보았다. 이목구비가 간신히 분간될 정도로 몸을 감싼 여인은 목소리가 어렸다. 양반댁 규수에 대한 최소한의 예의는 갖추었으나 무얼 알고 떠드는가 싶은 마음으로 퉁명스럽게 대꾸했다.

"진짠지 가짠지 아가씨가 어찌 아슈?"

"보면 모르오?"

유연의 손가락이 그림 귀퉁이에 붉게 찍힌 낙관을 가리켰다.

"기껏 마무리한 서화에 이렇게 허술한 인장을 찍는 사람이 어디 있겠소. 이게 내 그림이다, 하는 증좌가 되는 것이니 얼굴이고 체면이나 다름없는데. 내 이분의 그림을 많이 보았지만 이 인장은 본 적 없소."

"그야, 뭐 사정이 그러하였을 수도 있는 것 아닙니까. 바깥에서 그렸다든가……."

사내의 목소리가 살짝 기어들어 가기 시작했다.

"당신 말대로 인장이야 그렇다 치더라도 이런 건 또 어쩔 테요?"

24

고개를 기웃하는 사내를 향해 짧게 한숨을 쉬어 보인 유연이 조금 전과 똑같은 말투로 몇 군데를 짚어 보였다.

"암만 보아도 붓을 머뭇거릴 필요가 없는 지점에서 망설이고 획을 다시 덧대어 그렸습니다. 나라면 차라리 찢어 버렸음 찢어 버렸지, 억지로 완성해서 인장까지 눌러 자랑하고 싶은 그림이 아니란 말이오."

듣고 다시 살펴보니 딴은 그렇다. 그래도 미련은 남았다.

"이걸 구하면 비싼 값에 사 주겠다는 양반님이 있었는데……."

유연은 더 대꾸하지 않고 발길을 돌렸다. 옆에서 그걸 줄곧 지켜보던 삼월이가 빈정거리듯 한마디를 건네고 유연의 뒤를 총총하게 따르기 시작했다.

"가짜를 팔았다고 치도곤을 당해야 정신을 차리시지."

흙물이 든 두루마리와 연초록빛 쓰개를 뒤집어쓴 여인을 번갈아 보다가 정신을 차린 사내는 허둥거리며 유연의 뒤를 쫓아왔다.

"아가씨, 아가씨."

"우리 아기씨는 이만 돌아가셔야 합니다."

싫은 기색이 역력한 삼월이의 목소리를 못 들은 척하며 사내가 유연을 향해 몹시 공손한 목소리로 말을 건넸다.

"저, 다른 것도 몇 개 좀 살펴 주시면 아니 되시겠습니까? 후사하겠습니다요."

그것이 유연이 종종 바깥 걸음을 하는 계기가 되었다. 그녀가 보아 준 그림이며 글씨 몇 점을 갖고 다른 감정가를 찾아갔다가 똑같은 대답을 듣고서는 신뢰가 두터워진 모양이었다. 선비의 의복 일습을 갖추어 놓은 것도, 사람의 눈에 잘 띄지 아니할 것 같은 골목 구석의 늙은 할미의 집을 일러 준 사람도 그 주인 사내였다.

유연의 앞에 놓이는 그림이나 글씨는 대개 모작이었다. 간혹 진품이나 그에 가까울 만큼 잘 그린 것들이 있기는 했으나 고작 일 년간의 경험이 밑천의 전부이다 보니 확신을 갖지는 못했다.

사내는 유연이 고개를 갸웃거리며 골라 낸 몇 점의 작품을 따로 모아 두었다가 한꺼번에 들고 가서 감정을 받고 오는 듯했다. 무엇을 다루든 장사꾼인 데는 변함이 없어서 그게 정말 진짜인지 가짜인지는 알려 주지 않은 채 사례금이라며 엽전이 짤랑거리는 작은 주머니를 내밀곤 했다.

받을 생각이 없던 유연의 뜻은 일축하고 삼월이가 덥석 주머니를 받아 들었다. 장사꾼에게는 점잖을 빼고 체면을 차려 봤자 이용만 당할 뿐이라며 어디에 쓰든 받아 두는 게 서로에게 낫다는 말에 입을 다물었다.

선비님을 찾아갈 때만큼은 아니어도 바깥바람을 쐬는 일은 즐거웠다. 귀밑머리를 스치는 바람이 사람들의 목소리를 귓가에 흘려 넣었고 그 소리에 고개를 돌려 보면 그들이 살아가는 모습이 눈에 들어왔다.

언뜻 평화로운 것 같아도 공기는 불안하고 어지러웠다. 가끔 아픈 다리를 두드리며 주막 구석에 앉아 있으면 누구의 귀에 닿을까 조심조심 나누는 이야기가 희미하게 들려왔다.

어버이 같다는 상감마마께서 어찌 우리 사정을 모르실까.

대왕대비마마의 치마폭에 싸여 있기 때문 아니겠는가.

제 이익에만 눈이 먼 자들이 대신이랍시고 대왕대비마마의 비호를 받고 있으니 어찌할까.

그 대신들에게 잘 보이려고 밤낮없이 드나드는 간사한 작자들이 더 문제지.

쉿, 누가 들을라. 사모 쓴 도둑놈 귀에라도 들어가면 곧장 끌려갈

걸세.

만만한 건 힘없는 우리 아닌가. 돈도 없으니 죽어야 다시 세상 구경을 하러 나오겠지.

뭐, 그렇게 해서라도 출세를 하고 싶은 게 사람 마음 아니겠나.

뒤를 보아 주겠다는데 굳이 마다할 사람이 또 어디 있겠나.

손자가 왕쯤 되면 나라도 위세 한 번 부려 보고 싶겠네.

임금님도 뜻대로 못 하는 세상인데 우리라고 별수 있겠나.

가난에 찌들고 세상으로부터 외면받는 이들은 더는 물러설 데도 없을 만큼 수세에 몰리면 누구를 원망하는 것조차 버거워했다. 나라님 원망으로 시작해서 당장 저들에게 영향력을 행사할 수 있는 나졸을 흉보다가 결국에는 체념으로 끝나기 마련이었다. 지극히 존귀한 이가 왕인 것은 맞으나 가난하고 핍박받는 백성들이 안쓰럽게 여기고 체념할 정도로 왕의 권세는 빈약했다.

삼월이는 아까부터 손바닥 위에 꼭 쥐고 있던 엽전 몇 닢을 상 위에 내려놓고 노인의 앞으로 밀었다.

"오늘은 일이 급해 먼저 가요, 할머니. 약은 못 사 드려도 끼니는 거르면 안 돼요."

"아무것도 못 드시고 그래 가시려우?"

"일이 있어요, 오늘은."

일어나려 애쓰는 노인의 어깨를 가볍게 누르며 고개를 저어 보이고 눈인사를 했다. 몇 번 눈을 끔벅거리던 노인이 입을 우물거리다가 죽 그릇으로 고개를 떨어뜨리고는 숟가락질을 시작했다.

유연이 방 바깥으로 발을 디디며 쓰개치마를 덮어썼다. 그리고 빠른 걸음으로 좁은 골목을 빠져나가기 시작했다.

"시간이 얼마나 걸릴지 모르니 일단 아기씨는 집으로 가시는 게 좋겠습니다."

"혼자?"

"쇤네가 모시고 가야지요."

"난 또 혼자 가라는 줄 알았지."

"아기씨만 혼자 들어가시다가 마님께서 보시기라도 하면 야단납니다."

얼굴을 잔뜩 찡그린 삼월이는 여느 때와 마찬가지의 불평을 늘어놓기 시작했다.

"이제 그만 나오시면 아니 되시겠습니까?"

"왜?"

"예전에는 옷만 걸치시면 되었지만 이제는 그것만으로는 힘듭니다."

"눈치채는 사람은 없는 것 같던데?"

"생판 남이니까 모르는 척 넘어갈지도 모를 일입니다, 아기씨. 혹 마님이라도 지나가시면 어쩌나 심장이 오그라드는 느낌이라니까요."

"어머니가 그런 데 나오실 리 없잖아."

"나리마님은 지나치실 수도 있지 않습니까."

"그야 그렇지만."

잠시 생각에 잠긴 것처럼 말이 없던 유연이 이내 웃음을 잔뜩 머금은 목소리로 대답했다.

"아버지라면 이해해 주실 거야."

조금 앞장서서 가던 삼월이가 고개를 흔들었다.

유연의 생각이 옳을지도 몰랐다. 평생을 홀로 늙어 가야 할 딸아이에 대한 죄책감은 퍽 깊은 것이어서, 글을 가르쳐 주는 것은 물론이고 한 달에 한 번쯤 반복되는 외출을 용인해 주는 것도 재청의 뜻이었다.

"얼마나 걸릴까?"

몹시 뜬금없는 질문이었지만, 삼월이는 그 뜻을 바로 알아들었다.

"아기씨를 모셔다 드리고 바로 나가서 확실히 이야기해 두겠습니다. 지붕을 얹고 벽을 바르는 정도라면 오래 걸리지 않는다 하였으니 다음번에 나가실 때엔 아마 지금보다 낫겠지요."

"벽을 바르는 것보다 문짝을 먼저 고쳐야 할 것 같던데."

"그것도 말해 보겠습니다. 안 되면 그 고약한 주인장을 족쳐서 더 뜯어내야지요."

"삼월이는 말이 너무 험해."

유연이 얼굴을 찡그리고 몇 마디 더 던지려 했지만 대문간
에서 익숙한 모습을 발견하고는 삼월이를 앞질러 빠르게 발
을 옮겼다.

"아버지, 벌써 오시옵니까."

"어딜 다녀오는 모양이구나."

재청이 유연의 모습을 내려다보며 미소했다. 유연이 머리
위를 덮어 누르고 있는 쓰개를 뒤쪽으로 내려 고개만 빠끔하
게 내민 채로 생글거리며 대답했다.

"삼월이를 따라서 시장 구경을 다녀오는 길입니다."

"마음에 드는 게 좀 있더냐."

"잠깐 눈요기를 할 뿐이지 특별한 것은 없사옵니다."

태연하게 대꾸하는 유연의 목소리를 들으며 삼월이가 마
음속으로 혀를 내둘렀다. 주인 사내에게 침이나 바르고 거짓
말하라 핀잔을 주더니 정작 본인은 태연자약하게 말을 꾸며
내고 있었다.

"아기씨를 잘 모시고 다니거라."

"예, 나리."

재청의 목소리가 자신에게 향하자 삼월이는 얼른 고개를
조아리며 공손하게 대꾸했다.

그의 손에는 둘둘 말린 몇 개의 두루마리가 끈으로 엮인
채 대롱대롱 매달려 있었다. 유연의 눈길이 향하는 곳을 알
아챈 재청이 손을 내밀었다.

"이번에는 그림인 것 같더구나."

"그러하옵니까."

유연이 쓰개치마를 잡고 있지 않는 손으로 두루마리 다발을 받아 들었다. 받는 순간에는 몹시 복잡 미묘한 표정을 지었지만 고개를 들어 올릴 적에는 해사한 얼굴이 되어 있었다.

"정작 이야기를 나눌 이라곤 소견이 넓지 아니한 아비뿐이니 어찌하랴."

"아버지만큼 귀한 스승님이 또 어디 계시겠습니까."

"다 보고 나면 사랑으로 오너라."

재청이 훌쩍 자란 딸의 어깨 위에 가볍게 손을 얹었다가 내리고는 사랑 쪽으로 몸을 돌렸다. 유연이 쓰개치마를 움켜쥐고 있던 손의 힘을 가볍게 풀었다. 삼월이가 얼른 받아 들어 제 팔 위에 얹었다. 두 손을 모아 종이 뭉치를 품에 안은 유연이 대문 안으로 사라지고 문이 닫혔다.

한발 늦은 봄바람이 아쉬운 듯 대문 앞 유연이 서 있던 자리를 몇 번이고 알짱대며 대문 틈으로 비집고 들어가려 애썼다.

유연은 마치 굴비 두름처럼 줄줄이 엮여 있는 두루마리를 들고 한숨을 쉬었다. 정말이지, 미적 감각 따위는 모두 헐값에 팔아먹은 것 같은 모양새였다. 원 주인이라든가 서화가,

이 두루마리의 가치를 아는 자 같으면 기함할 일이었다.

두루마리 뭉치를 당장 끌러 보고 싶은 마음을 억누른 채로 재청의 뒤를 따라 사랑 쪽으로 걸음을 옮겼다. 그녀의 목적지는 사랑 옆 와방으로 치서가 와 있을 시간이었다. 직접 확인한 것은 아니었으나 언뜻 듣기로는 몇 해 전 그의 형이 그러하였던 것처럼 조만간 과거 준비를 위해 집을 나설 계획인 모양이었다.

공부를 마친 연후이든 그전에 잠깐씩이든, 그가 다시 집으로 돌아온다 하여도 지금처럼 허물없이 지내는 것은 불가능할 터였다. 흐르는 시간을 억지로 붙잡아 어린 시절에 머무르고 있는 그들의 우정도 끝에 다다른 셈이었다.

"치서."

방문 옆에 두루마리 묶음을 내려놓은 유연이 반갑게 부르며 다가갔다. 닫힌 뒤창을 물끄러미 응시하고 있던 치서가 몸을 돌렸다. 두 해 전만 해도 저와 눈높이가 비슷하던 사내아이는 이제 고개를 들어야 얼굴을 바라볼 수 있을 정도로 훌쩍 자라 있었다.

"유연."

"으응?"

유연이 눈을 동그랗게 뜨고 치서의 얼굴을 살펴보다 웃음을 터뜨렸다.

"뭐야, 어울리지 않게. 그렇게 싫다고 할 때에는 꼬박꼬박

누이라 하더니."

유연이 담뿍 머금고 있던 미소는 사뭇 진지한 치서의 표정
에 서서히 지워졌다. 유연이 좁은 보폭으로 두어 발짝 정도
물러나며 치서의 눈동자를 바라보았다.

"과거 준비하러 떠난다면서. 심란하겠구나."

유연이 애써 목소리를 밝게 냈지만 말끄트머리에 떨림이
묻어났다. 치서가 하고자 하는 말도 그에 대한 유연의 답도
그들은 이미 알고 있었다. 그럼에도 말을 꺼내려는 이와 한
사코 듣지 아니하려는 이 사이의 팽팽한 긴장감이 침묵을 만
들어 냈다. 치서의 눈길을 견디지 못한 유연이 먼저 고개를
돌렸다.

"꼭 과거 준비 때문은 아니야. 집을 떠나 본 적 없긴 하지
만, 그보다는……."

유연을 향해 치서가 성큼성큼 발을 디뎠다. 잠깐 사이에
거리가 좁혀지고 가느다란 손목이 손안에 들어왔다. 치서가
유연의 손을 끌어다 제 가슴 위에 얹어 놓았다. 자신의 두근
거림은커녕 상대의 체온조차 전하지 못할 정도로 겹겹이 가
로막고 있는 옷자락이 몹시 거슬렸다. 그럼에도 저 안쪽 깊
은 곳에 잠재워 놓았던 감정이 눈을 떴다.

치서에게 잡힌 손목을 몇 번 힘주어 잡아당기던 유연은 한
숨을 쉬며 고개를 들었다. 애처롭게 느껴지는 눈빛을 본 치
서의 마음이 덜컹거렸다.

이미 결과를 받아 든 채로 치르는 형식상의 시험을 눈앞에 둔 기분이었다. 그러나 표현조차 하지 아니하고 접어 버리는 마음이란 얼마나 가치 없는 것인가. 치서가 마음을 굳혔다.

"내 곁에 항상 네가 있었으면 좋겠어."

"불가능한 일이야."

숨 쉴 틈 없이 돌아오는 대꾸에 치서가 쓴웃음을 지었다.

"어째서?"

"알고 있잖아."

"삼간택에 오른 적이 있다는 걸 누가 기억이나 할까? 평생 규방에 갇혀서 쓸쓸히 늙는 것은 아무 의미도 없을 텐데 어째서 그렇게 쉽게 포기하는 거야?"

치서의 말에 유연이 입술을 굳게 다물었다. 치서의 말은 틀렸다. 삼간에 올랐단 사실은 유연은 물론 그녀를 맞이하지 아니한 사내의 기억에도 선명하게 남아 있었다.

마음도 없이 다른 이의 곁에서 세월을 보내며 의미를 찾는 것은 불가했다. 그녀의 처지는 삶에 대한 포기나 체념이 아닌 마음을 지킬 수 있는 유일한 방법이었다. 그러나 그 이야기를 치서에게 들려줄 수는 없었다. 간직해야 할 비밀인 까닭이었다.

"솔직히 과거 따위엔 관심 없어. 조정에 출사하는 것도 그리 대단하다 생각하지 않아. 기껏 청렴한 시골 수령이나 되는 게 꿈이었지만 그런 건 고을 유지도 할 수 있는 일에 지나지 않고."

　기억하지 못하는 오래전부터 소꿉친구 같기도 단짝친구 같기도 한 소녀가 그의 마음에 들어와 있었다. 잠시라도 더 볼 수 있을까 싶어 문지방이 닳도록 드나들었다.

　입술을 내밀고 투덜거리는 게 귀여워 굳이 누이라 불렀다. 가치가 폄하될까 염려스러워 충고를 건넸다. 눈꼬리에 매달리는 눈물방울이 안타까워 제 뜻을 굽혔다. 그 모든 감정과 행동의 중심에는 사랑스러운 소녀가 있었다.

　"너만 있으면 다른 건 아무래도 좋아."

　"착각이야."

　유연은 자신의 행동을 탓했다. 치서는 홀로 앉아 책이나 읽는 것을 즐기는 어린 소년이었다. 함께하는 시간이 길어질수록 상대에 대한 마음이 자라나는 것은 당연한 일이었다. 그 사실을 알면서도 모르는 척, 홀로 견뎌야 하는 외로움을 감당하지 못해 온유한 성품의 치서를 이용한 건 아닌가. 유연의 마음에 죄책감이 얹혔다.

　"지금 당장 결정할 필요는 없어. 아니, 지금은 어떤 답이든 듣지 않겠어. 다음……."

　"치서."

　유연이 단호하게 말을 끊었다. 아까보다 헐거워진 손아귀 안에서 손목을 빼낸 뒤 팔을 뒤로 감추었다. 애달픈 표정의 치서를 보는 유연 역시 편안하지 않았지만 이미 정해진 결정을 유보할 까닭이 없었다.

"후회할 거야, 틀림없이."

치서의 마음이 평생토록 간직할 깊은 것인지 한철 지나면 떨어지는 꽃잎처럼 부질없는 풋사랑인지는 알 수 없었다. 그러나 그 어느 쪽이든 모진 현실에 부딪쳤을 때 변질되지 않고 오롯이 남아 있을 수 없다는 것을 잘 알고 있었다. 확고한 그녀의 마음조차 환이 그녀를 곁에 두지 아니하기로 결정하였다는 사실 앞에서 원망으로 물들지 않았던가.

유연은 삼간에 올랐던 처자였다. 치서의 바람대로 곁에 머무르겠노라 답한다 하여도, 떳떳하게 혼인하거나 남 앞에 당당하게 소개할 수 있는 처지도 아니었다. 수절하는 대신 다른 이의 품에 드는 쪽을 택하였다는 사실이 알려지게 되면 거센 풍랑이 몰아닥칠 것이었다.

치서가 지금 고위 관료를 꿈꾸지 아니한다 하여 나중에도 그러하리라는 보장은 없다. 집안의 안위와 맞바꾼 여인에 대한 연정이 오래도록 지속될 리도 없었다. 달콤하지만 설익은 연정이 물러 버린 자리에는 미움과 후회만이 가득 들어차게 될 것이었다.

같은 연유로, 유연은 환의 마음도 이해되었다. 연정 따위를 핑계 삼아 어린 계집아이를 올려놓기에는 중전의 자리가 갖는 의미가 너무도 거대했다. 백성들조차 동정하는 힘없는 왕이 그녀를 곁에 두고자 우긴다면 포기해야 할 무언가가 생기리라.

바짝 얼어 눈만 굴리고 있던 소녀에게 과연 그만한 가치가 느껴졌을 것인가. 실망과 좌절이 겹쌓이면 연심은 쉽게 증오에 가까운 감정으로 물결치게 될 것이었다. 그럴 바에는 차라리 한때의 연모로 남겨 두는 편이 나았다.

"미안해. 내 탓이야, 이건."

유연이 낮고 부드러운 목소리로 사과했다.

'설마 그 사람 때문에⋯⋯.'

치서는 꽤 시간이 흘렀음에도 잊히지 않는 장면을 떠올렸으나 그 일을 입에 올리는 대신 입술을 깨물었다.

얼굴도 보지 못했을 왕에 대해 무슨 지극한 마음이 있어 홀로 늙기를 자처하겠는가. 유연의 완강한 거부는 그때 그 멀끔하던 선비의 탓이리라 생각했다.

그자는 그때에도 이미 장성한 사내였으니 혼인하였을 것이 분명한데도 미색에 마음이 홀려 그러한 것이냐고 일갈하고 싶었다. 그러나 자신 역시 같은 처지임을, 눈에도 마음에도 담아서는 아니 될 왕의 여인을 바라고 있음을 알고 있어 차오르는 말을 삼켰다.

"소꿉동무를 가엾게 여기던 그 마음이면 훌륭한 목민관이 될 거야. 꼭 급제하기를 기원할게."

홀로 남겨진 방 안에서 치서가 주먹을 쥐었다 폈다. 조금 전까지만 해도 따스한 체온을 품고 있던 손안에는 아무것도 남아 있지 않았다. 다정한 목소리만을 남긴 채 사랑스러운 소녀가 곁을 완전히 떠나 버렸다.

둔중하게 이는 가슴의 통증에 빈주먹을 들어 심장 위를 꾹 눌렀다. 각오하고 있었던 일인데도 마음이 저려 와서 견딜 수가 없었다.

방으로 돌아온 유연은 한참을 멍하게 앉아 있었다. 그러다 심란한 마음을 추스르며 두루마리 뭉치의 끄트머리부터 매듭을 풀어냈다. 서안 위로 하나씩 풀려난 두루마리가 얹혔다.

잠깐 머뭇거리던 손길이 도르르 말려 있는 두루마리를 하나씩 펼쳤다가 도로 말아 놓기를 반복했다. 그렇게 서너 개 정도를 내려놓았을까, 무심한 손길로 두루마리를 펼치던 손길이 멈추었다. 반쯤 펼쳐진 두루마리 사이에 얄팍한 종이가 한 장 끼어 있었다.

아직 말려 있는 나머지 부분을 펼치면서 조심스럽게 종잇장을 잡아당겨 빼내었다. 유려한 글자들이 넉 줄, 단정하게 줄지어 서서 그녀를 향해 미소를 보내고 있었다.

꽃이 피어도 함께 즐길 이 없고
꽃이 져도 함께 슬퍼할 이 없네.
묻노니 그대 어디 계신가

꽃 피었다 지는 이 시절에*.

　유연의 입가에 살풋 미소가 떠올랐다 사라졌다. 사내가 여인의 시구를 인용할 정도로 지극한 마음을 알아 달라는 투정인 것 같아 어딘가 귀엽게 느껴지기까지 했다. 종이에 남은 접힌 자국을 없애려 몇 번이고 손바닥으로 꾹 눌러 쓸어 냈다. 답답하게 아리던 마음이 아물어 가는 느낌이었다.

　유연이 자리에서 일어나 벽장을 열었다. 펼쳐 본 지 무척 오래된 몇 권의 책을 들어내니 그 아래에 스무 장 남짓 되는 종이가 차곡차곡 쌓여 있었다. 조금 전 눈으로 훑어 내린 글귀를 맨 위에 놓고 다시 책으로 눌렀다.

　반년 전부터 지금까지 끈질기게 전해지는 그 시구는 단 한 장도 빠짐없이 벽장 안에 자리를 잡고 있었다.

　처음 시구를 발견했던 날, 재청은 평소와 똑같이 애매한 표정으로 유연에게 책 꾸러미를 건넸다. 여느 때와 다름없이 양팔 가득 책을 안고 돌아와 혼자 문을 닫아 보려 끙끙거리다 결국 책을 떨어뜨렸다.

　본 적도 없는 고운 무늬가 아로새겨진 비단으로 감싼 책은 그 주인이 얼마나 소중하게 여기고 있는지를 능히 짐작할 수 있었다. 필사를 할 적에도 눈곱만 한 먹물 한 방울이라도 튈

---

*설도의 '춘망사(春望詞) 기일(其一)'.

40

까 조심하고, 읽을 때에는 혹여 접힌 자국이라도 남게 될까 봐 잔뜩 신경을 썼었건만.

한꺼번에 우르르 떨어뜨렸으니 아래쪽에 깔린 책은 표지가 꺾인 채로 접혀 있을 것 같았다. 그에 대해 혹 책임이라도 물으면 어쩌나 한숨을 쉬면서 책을 한 권 한 권 차곡차곡 쌓았다.

팔랑.

종이 한 장이 나풀거리며 떨어져 내렸다. 아마 책장 사이에 끼워 두고 잊은 모양이리라 생각하며 자기 쪽으로 끌어당겼다. 그러나 곧 얇은 종이 뒷면으로 은은하게 비치는 필체가 낯설지 않다는 사실을 발견했다. 가슴이 두근거렸다.

한참을 망설이다 조심스럽게 접혀 있는 종이를 펼쳤다.

빈집에 차갑게 밤이 깊어 가니
마당 안의 서리를 쓸어 볼까 하였는데
서리는 쓸어 내도 달빛은 쓸 수 없어
서리 위에 밝은 달빛 그냥 얹어 두노라*.

마치 쓸어 내지 못한 그 달빛이 너라고 속삭이는 듯, 단정하게 줄지어 흘러가는 글자들의 끝에는 장식처럼 두 개의 붉

---

*황경인의 '동야(冬夜)'.

은 인장 자국이 남아 있었다. 붉은 바탕의 녁 자 곁에 다정한 연인인 양 바짝 붙은 두 글자를 확인한 유연이 잠시 숨을 멈추었다.

由緣

유연이 떨리는 손으로 붉은 흔적을 어루만졌다. 종이 위에 찍혀 있는 붉은 물감 자국에 불과한데도 날카롭게 깎인 인장의 느낌이 손끝으로 고스란히 살아나는 것 같았다. 왈칵, 눈물이 솟구쳤다.

아무리 비슷한 필체가 많다고 해도 헷갈릴 리 없었다. 무엇보다 끝에 매달린 두 개의 인장 가운데 하나는 그녀가 근일 년 동안이나 소중하게 쓰다듬던 바로 그것이었다. 붉은 물감이 지워지도록 어루만졌던 글자를 기억하지 못할 리 없었다.

일 년이나 버려두었다 느닷없이 혼인한 사이임을 상기시킨 것은 사내의 충동에 의한 단순한 변덕이라 여겼다. 거절당하고 나서도 만남을 청하는 것은 일견 신선하게 여겨지기까지 할, 감히 왕을 마다하는 기고만장한 계집아이에 대한 호기심 때문일 것이라 생각했다. 이후로 반년 동안이나 소식이 전해지지 아니하였던 것은 마음속에서 저를 지웠기 때문이리라 짐작했다.

기실 그는 자신을 잊지 않고 있었다. 다만 마음에 품고 표현하지 아니하였을 뿐.

뿌옇게 흐려진 시야에 음각으로 새겨진 낯선 인장 자국이 들어왔다. 그 위를 손길이 어지럽게 배회했다. 글자의 획을 깎아 나간 부분을 선명하게 가슴에 옮겨 새겨 놓고 있었다.

'이러시는 게 어디 있습니까. 이제 와서.'

한 달에 두어 번 꼴로 재청의 손에는 새로운 두루마리나 책이 들려 있었다. 그 틈에는 답신 따위 주지 않아도 줄기차게 끼어든 종잇장들이 있었다. 책장 사이에 끼어 있다 톡 떨어지기도, 뒤표지 바로 앞에 납작하게 숨어 있기도, 돌돌 말린 두루마리 사이에서 수줍은 듯 그 모습을 드러내기도 했다. 때론 우아하고 때로는 호쾌하게 달려간 글귀의 끝에는 항상 같은 두 개의 인장 자국이 매달려 있었다.

필체에 따라 감정 상태까지 읽어 낼 수 있을 것 같은 느낌이 들 정도로 한 자 한 자를 소중하게 마음에 품어 온 것이 벌써 반년도 넘은 일이었다.

먼저 이별을 고하며 다시는 찾지 아니하리라 굳게 다짐하였는데도 그의 마음이 아직 그녀에게 있다는 확신이 들자 금세 녹아 버린 마음은 얼마나 간사한가. 그러나 처음 보는 순간 주었던 마음을 지금껏 되찾지 못한 채 아직도 그 감정에 휩싸여 있는 것을 보면 일관성이 있다고 해야 할 것인가.

유연이 벽장문을 닫고 자리에 앉았다. 반쯤 펼쳐진 두루마리가 서안 위에서 그녀를 기다리고 있었다. 나뭇가지 위에 삼삼오오 모여 부산을 떠는 동무들 곁에서 막 날갯짓을 시작한 까치 한 마리가 힘차게 날아오르고 있었다. 까치가 깍깍대는 소리는 반가운 손님을 불러들인다고 했다.

"너는 어떤 소식을 전하러 왔니."

유연이 살아 움직일 듯 생생하게 그려진 새에게 다정한 미소를 보냈다.

아주 흡족하지는 않아도 비교적 만족스러운 결과를 갖고 돌아가는 삼월이의 걸음이 가벼웠다. 갈 때는 꽤 묵직하던 품 안이 가벼워진 것은 살짝 아쉬운 마음이 살짝 들었다.

바쁜 마음으로 땅을 바라보며 종종걸음을 내딛던 삼월이가 누군가와 부딪쳤다. 고개를 한 번 더 수그려서 사과의 뜻을 표시했지만 앞을 가로막고 있는 사람은 길을 내주지 않았다. 깨끗한 신발이며 옷의 모양이 아마도 퍽 높은 사람인 듯싶었다.

사소한 실수를 트집 잡아 분풀이를 하려는 자인가 싶어 표정이 일그러졌다. 그러나 자칫 더 억울한 상황에 휘말릴까 억지로 얼굴을 펴고 몹시 죄송한 표정을 지으며 고개를 들었다. 송구함을 가장했던 낯빛이 반가움으로 물들었다가 이내 새침하게 토라지는 것을 본 젊은 남자가 머쓱하게 웃음 지었다.

"사람을 놀라게 하는 재주가 탁월하시네요."

"알은척을 했는데도 그대로 지나친 건 그쪽이오."

"양반의 탈을 덮어 쓴 시정 무뢰배인 줄 알았다고요."

"앞을 잘 보고 다녔으면 이런 일도 없지."

삼월이는 전혀 어울리지 않는 두 명이 길 한복판에서 대화를 나누고 있는 상황임을 깨닫고 다시 바쁘게 발을 옮겼다. 보이는 대로 아무 골목이나 들어가 모퉁이 하나를 끼고 돈 후에야 다시 발을 멈추었다. 느긋한 걸음걸이로 천천히 따라온 남자가 멈추어 섰다.

"어쩐 일이십니까?"

기억을 더듬어 보고 손꼽아 날짜를 헤아려 보아도 오늘은 얼굴을 마주칠 사유가 없는 날이었다. 고개를 갸웃하는 삼월이의 얼굴을 내려다보던 언이 천천히 입을 열었다.

"명을 받고 왔소. 당신의 도움이 필요한 일이라오."

✣   ✣   ✣

"걱정 마세요, 아기씨. 가서 보시면 놀라실 거라니까요."

삼월이는 아무 말 없이 걷는 유연을 향해 호들갑스럽게 말을 늘어놓았다.

노파의 집이 수리되는 과정을 직접 확인하지 못해 표정이 굳어 있는 것인가 싶어 제 성과를 떠벌이는 중이었다. 다른 한편으로는 나는 분명 언질을 주었으니 깨닫지 못한 아기씨의 탓이라며 책임을 미룰 발언을 은근슬쩍 섞는 중이기도 했다.

그러나 삼월이의 말은 절반도 채 유연의 귀에 들어가지 못했다.

"다시 만나면 웃는 얼굴을 보여 줘, 누이."

며칠 전 치서가 남기고 간 목소리가 떠올라 유연의 안색이 흐려졌다. 치서는 사랑에 나타나지 않는 유연을 굳이 불러내서는 평소와 다를 바 없는 미소 띤 얼굴로 인사했다. 다소 무뚝뚝하게 느껴질 만큼 무감한 표정의 유연을 향해 타박하듯 건넨 마지막 말이었다. 환한 얼굴을 모른 체 할 수 없어 고개를 끄덕였지만 지킬 수 없는 약속이었다. 그들에게 다음 따위는 없을 것이었다.

유연이 나지막한 한숨을 쉬며 고개를 흔들었다. 목적지가 지척이었다. 곧, 익숙한 집의 살짝 달라진 모양새가 눈에 들어왔다. 번드르르한 기와집에는 댈 것도 아닌 소박한 모습이었지만 새로 얹은 이엉의 깔끔한 모양새는 지금 한순간이나마 기왓장보다 더 그럴듯한 모습을 자랑했다.

천장에서 느닷없이 쥐새끼나 다리가 잔뜩 달린 지네 따위가 뚝 떨어질 일도, 장맛비가 줄줄 새는 일도 올 한 해만큼은 면할 수 있으리라. 가을이 되면 아들이 돌아온다고 했으니 부양할 사람이 생기면 지금보다는 낫게 지낼 수 있을 것이다.

"나라님도 못한다는 가난 구제를 내가 하는 건가."

유연이 씁쓸하게 웃으며 중얼거렸다. 가난 구제라니, 턱도 없는 소리다. 그녀가 한 일이라곤 땟국물이 줄줄 흘러내리는 수많은 집 중의 하나를 그나마 조금 덜한 상태로 바꾸어 놓은 게 다였다. 그것도 반년이나 걸렸다. 수많은 것 중 하나라도 노파에게는 전 재산이었으니 하찮다고 폄하할 수는 없겠지만 나머지 열, 스물은 어찌할 것인가.

"그런 소리는 누가 떠들고 다니더냐. 일전에 나를 일러 한량이라 이르더니 네 나를 낮잡아 보는 것은 그적이나 지금이나 다르지 않구나."

유연이 고개를 돌렸다. 하늘 위로 높이 솟구친 태양이 강렬하게 빛살을 내리쬐고 있어 눈이 어리어리했다. 그러나 빛이 눈을 가릴 수 있을지는 몰라도 귀까지 막을 수 있는 것은 아니었다.

무어라고 불러야 할지 알 수 없어 입을 다문 채로 뚫어져라 바라보기만 했다. 조금씩 얼굴 윤곽이며 표정이 눈에 들어오기 시작했다. 살짝 야윈 것 같긴 해도 그 미색이 빛바랠 리 없거니와 오히려 더 사내다운 느낌을 자아냈다.

착각할 수 없을 만큼 분명한, 예전부터 지금까지 조금도 변하지 않은 따스한 애정이 그 얼굴에 가득 담겨 있었다.

"반가운 마음이 드는 건 나 혼자인 모양이구나."

입술이 딱 달라붙기라도 한 것처럼 말문이 막혔다. 비척비척 몇 걸음 뒤로 물러섰지만, 성인 남자의 걸음으로 반 보나 될까 싶을 정도였다. 결국 그 자리에 뿌리 내린 듯 멈추었다.

"설마 내가 기억나지 않는 게냐?"

얼핏 서운한 기색이었지만 반짝거리는 눈동자며 미소를 머금고 있는 입술은 짓궂은 사내아이의 것과 크게 다르지 않았다. 몇 번 입술을 달싹이던 유연이 겨우 한마디를 꺼냈다.

"그간 옥체 강녕하셨사옵니까."

"이리 오랜만에 만나는데 할 말이 고작 그것뿐이더냐?"

"어찌 알고 예가지 걸음 하셨습니까?"

지극히 형식적인 안부 인사 뒤에 따라붙는 것은 어떻게 알고 왔느냐는 힐문이었다. 환이 아리송한 미소를 머금었다. 유연이 캐묻듯 다시 물었다.

"혹 사람이라도 붙이셨습니까?"

"글쎄다."

환의 미적미적한 태도에 유연이 무엇인가 짐작이 가는 듯 고개를 홱 돌렸다. 재빠르게 숨어드는 댕기 머리 하나를 본 것은 착각이 아닐 터였다. 유연이 나지막하게 한숨을 쉬었다.

"간자(間者)는 항상 가장 가까운 곳에 있는 법이군요."

환이 빙긋이 웃으며 막 대꾸할 참이었다. 인기척에 방문을 살짝 열어 본 노파가 유연의 모습을 알아보고는 꾸무럭대며 방 바깥으로 나왔다. 노파의 모습을 본 유연도 그쪽으로 다가갔다. 노파가 딱딱하고 꺼칠한 손으로 유연의 한쪽 손을 찾아 꼭 잡았다.

"아이고, 아가씨."

입에 침이 마르도록 해도 부족할 감사 인사를 늘어놓으려던 노파가 몇 발짝 뒤에 서 있는 젊은 남자를 발견했다. 출중한 외모를 지닌 사내와 사랑스러운 아가씨 사이의 관계를 어림짐작하고는 히죽이 웃었다.

"이런 데 서 계실 게 아니라 들어가시우."

노파는 구부정한 허리에 손을 얹고는 사립짝 쪽으로 걸음을 옮기기 시작했다.

"정분이 났다는 걸 사방팔방 소문 낼 것도 아니고 왜 저러고 있담."

담장 밖에서 망을 보듯 서 있는 사내와 그 곁의 댕기머리 처녀도 마저 잡으러 가는 꼬부랑할미의 말은 거침이 없었다. 밖에 선 사람을 향한 말 같았지만 결국은 제게 하는 말이나 다름없음을 눈치챈 유연의 얼굴에 살짝 홍조가 떠올랐다.

"들어가자꾸나."

환이 유연의 어깨에 가볍게 손을 얹었다. 방문이 닫히기 전 유연이 마지막으로 본 것은 노파의 등쌀을 이기지 못하고 사립 안쪽으로 발길을 돌리고 있는 믿지 못할 몸종과 키 큰 사내의 모습이었다.

방석도, 서안도 없는 작고 누추한 방에 둘이 마주 앉았다. 공기 중에는 작은 먼지가 부유하고 있었다. 가난에 시달린 늙은이의 체취가 고스란히 남아 있는 방 안, 환이 가볍게 코를 찡그렸다가 얼른 얼굴을 폈다. 명색이 만백성의 아비인데 추레한 모습에 얼굴을 찡그리는 것은 자격 미달이었다.

이것이 그가 알지 못하는 진짜 백성의 삶이었다. 법률과 제도가 보호해 주지 아니하고 왕과 관료들의 관심에서 벗어나 나라님도 구제해 주지 못하는 가난에 시달리는.

"소녀는 가야 할 곳이 있사옵니다."

난처해하는 유연의 목소리가 상념에서 벗어나게 했다. 환이 유연을 바라보다 품을 뒤적거리며 무언가를 꺼냈다.

"이것 때문이라면 내가 이미 다녀왔으니 염려할 것 없다."

낡은 주머니가 유연의 치마폭 위로 떨어졌다. 유연은 평소에 비해 더 통통한 것 같은 주머니의 모양을 내려다보았다.

"저만 빼놓고 다들 한통속이군요."

유연이 시무룩한 어조로 중얼거렸다. 대신 보아 주마 하는 환의 말에 주인 사내가 반색을 하며 한 보따리 펼쳐 놓고 손바닥을 비비적거리는 모습이 눈앞에 그려져 얼른 고개를 저었다.

"네가 영리하다는 것은 익히 알고 있지만 서화를 본 건 이제 고작 이 년 조금 넘지 않았느냐. 너 같으면 확답도 주지 아니하는 남복한 어린 아가씨와 십 년 넘게 그림을 보아 와 단박에 판단을 내릴 수 있는 자 중 누구를 믿겠느냐."

은근히 으스대는 말투에 유연이 웃었다. 네 어디 있느냐 묻던 시구를 보고 귀엽다 여겼던 것과 별반 다르지 않은 느낌이 들었다.

"옳은 말씀이십니다."

웃음 어린 유연의 목소리에 내내 불안해했던 환이 마음을 조금 가볍게 했다. 줄곧 유연의 시선을 붙잡고 있는 주머니를 들어 슬그머니 뒤로 감추었다.

"네 시간을 얻기 위해 내 시간을 대신 주고 왔다. 그러니 잠시만, 내게 시간을 다오."

시간을 달라 말한 이는 눈에 새겨 넣기라도 하는 것처럼 그녀를 바라보고만 있었다. 그 눈길을 견딜 수 없어 유연이 몇 번 망설이다 입을 열었다.

"전하."

환이 고개를 저었다.

"여기는 궐이 아니지 않으냐. 적어도 네게는 그리 불리고 싶지 아니하다."

이번에는 유연이 입을 다물었다. 그녀에게 환은 언제나 고운 선비님이었다. 하지만 그가 누구인지 알면서 그렇게 부를 수는 없는 노릇이었다. 침묵이 내려앉은 방 안, 바깥도 유난히 조용했다.

"그간 어찌 지냈느냐."

환의 목소리가 침묵을 깨뜨렸다. 유연이 짐짓 명랑한 목소리를 냈다.

"다 알고 계시면서 무얼 확인하려 하십니까."

"내가 천리안을 갖고 있는 것도 아닌데 어찌 알겠느냐."

환의 얼굴을 바라보며 유연이 생글거렸다.

"책을 쌓아 네모반듯한 궤처럼 만들고 두루마리를 굴비처럼 엮어 보내는 분이 계시어 그 덕에 선비의 소양을 쌓았사옵니다."

"책을 볼 때면 이토록 잘난 사내에게도 눈길을 주지 않는 너였으니 호기회라 할 만하였겠구나."

"규중 깊은 곳에 머무르는 부덕이 얕은 여인이 소일하기에 나쁘지 아니하였습니다."

"나쁘지 아니하다?"

"몸이 가벼운 계집아이가 바깥으로 나돌아 다니는 것을 막아 보려는 의도에서 비롯된 것이 아니었나 의심할 뿐이옵니다."

가벼운 농담조였지만 환의 귀에는 아무것도 약조하지 않고 규방에 머무르도록 옭아 놓은 뒤 책이나 안겨 준 것 아니냐는 빈정거림으로 들렸다.

양반이라는 체면을 차리려 드는 집이라면 대략 혼기에 접어드는 열다섯 전후로는 귀한 딸을 함부로 바깥에 내보내지 아니했다. 그러니 굳이 환이 인장 찍힌 서간으로 유연을 얽어 두지 아니하였어도 그녀가 집 밖으로 나설 수 있는 기회는 많지 아니하였을 게 분명했다.

유연이 이보다 더 어렸을 적에도 기껏 한 달에 한두 번 몸종까지 대동해야만 그를 만나러 올 수 있지 않았던가.

실상이 그렇다는 것은 알고 있어도 마음이 편치 않은 것은 어쩔 수 없었다. 그녀가 외로운 처지에 있는 것은 누가 뭐라고 해도 제 탓이 분명했다. 생글거리는 웃음 뒤에 남몰래 쏟아 낸 눈물은 얼마나 될 것인가 생각하면 과연 그녀를 찾아올 자격이나 있는 것인지도 알 수 없었다.

"나를 많이 원망하였겠지."

동그란 눈망울이 환의 눈동자를 응시했다. 일 년 전만 해도 입을 꼭 다물고 고개를 떨어뜨렸을 소녀가 그를 똑바로 바라보며 고개를 천천히 끄덕였다.

"소견이 좁은 계집아이는 이해할 수 없는 일이었습니다. 벗보다 더한 연이라 말씀하신 분께서 어찌 알아보고도 반가워하지 아니하고 일언반구 말도 없이 외면하실 수 있는지 말입니다. 정인처럼 여기고 있어 원망의 마음을 품었던 것이니 그 어리석음을 탓해야 하겠지요."

환은 솔직한 대답에 잠시 할 말을 잃었다. 일 년, 그리고 다시 일 년. 어린 소녀가 변화를 겪고도 남음직한 긴 시간이었다. 애써 마음을 가다듬으며 태연한 척 물었다.

"지금은 어떠하냐."

"세상 일, 누구나 마음 가는 대로 할 수는 없다는 것을 익혔습니다."

차분한 목소리는 당돌하던 어린 소녀였을 때는 물론, 이별을 고하던 그때와도 사뭇 달랐다. 세월이 지나며 몸의 곡선이 변하게 된 것만큼이나 세상에 눈을 뜨게 된 까닭일 터였다. 자신에게 용인되는 것이 어느 정도인지 깨달은 후에 얻게 된 엷은 체념과 함께 지금은 당신을 이해할 수 있노라는 의미까지도 담겨 있었다.

"아직도 내가 원망스럽느냐."

유연이 살짝 끄덕이려다 고개를 살랑거리며 아주 조금 가로저었다. 무슨 뜻을 담고 있는지 알 수 없어 환의 눈동자에 의아한 빛이 서렸다. 상긋이 미소 지은 유연이 새초롬한 말투로 말을 이었다.

"어릴 때야 철이 없어 그랬다치지만 지금도 마냥 어린아이인 것은 아니지 않사옵니까. 여인이라면 내숭할 필요도 있고 적당히 새치미를 뗄 필요도 있다 하던 것을요. 이 나이가 되어서도 쉬운 여인으로 보이고 싶지 아니하니 말씀 안 드리렵니다."

"단 한순간도 너를 그리 여긴 적이 없었는데 괜한 걱정이구나.”

미처 생각을 가다듬을 새도 없이 말이 먼저 튀어나왔다. 소녀를 만나고 싶은 마음을 이기지 못해 불러낸 것은 언제나 그였다. 일방적이었던 약속에 불려 나와 그가 오기를 기다려야 했던 소녀는 가볍게 보였을 것이라 짐작한 모양이었다.

한순간도 곁에서 사람이 떠나는 법이 없는 그와의 만남이 어린 소녀를 곤란한 상황에 처하게 할까 봐 조심했을 뿐이었다. 그녀를 만나러 가는 길이 얼마나 설레고 혹 텅 빈 방의 모습을 마주하게 될까 불안했는지는 그만이 알고 있는 일이었다.

‘내 얼마나 너를 그리워하였는지 너는 알까.’

환은 금방이라도 튀어나올 것 같은 말을 꾹 눌러 삼킨 채 힘겹게 입을 열었다.

“일전에 너를 놓아 달라고 말하였지.”

유연의 표정이 서서히 굳어졌다. 지난 시간이 주마등처럼 스쳐 갔다.

“그적에는 그리할 수 없었다.”

사랑스러운 소녀가 아닌 다른 이가 곁을 차지하게 되리라는 것을 눈으로 확인하는 순간에야 분명해진 마음이었다. 자신의 곁에 둘 수 없다 생각했으면서 남에게 보내는 것은 상상조차 하지 못했다.

“바깥 걸음을 제법 오래도록 한 모양이니 지금쯤은 너도 알게 되었겠지."

환이 가볍게 주먹을 쥐고 있던 손을 펼쳐 내밀어 보였다. 손바닥 위에는 아무것도 없었다. 그는 마음에 둔 여인 하나 곁에 둘 수 없는 힘없는 사내였다. 고단한 백성이 원망의 마음을 품다가도 가엾게 여길 만큼 위세가 미약한 왕이었다.

"네 부모의 하나뿐인 딸로, 반가 규수로 곱게 자란 네게 정실의 자리조차 약조할 수 없다."

환이 도로 손을 접어 자신의 무릎 위에 내려놓았다. 빈주먹의 무게가 쇳덩어리처럼 무겁게 짓눌러 왔다.

"지금 그 답을 네게 주마."

환이 숨을 몰아쉬었다. 숨 막힐 것 같은 정적이 그들 사이를 가로막았다.

"네 원대로 할 것이니 이야기해다오."

일 년도 더 전에, 유연을 그렇게 보내고 난 뒤 마음을 접어 보고자 부단히 애를 썼다. 그러면서도 서화 따위를 보내는 일은 그만두지 않았다. 책을 사랑하는 어린 소녀의 사소한 낙(樂)을 빼앗을 수 없다는 핑계를 댔다.

그 자신 역시 책에 파묻혀 보기도 하고 성군이라도 되려는 것처럼 정사에 관심을 기울였다. 그렇게 몇 달을 노력하여도 그리움이 지워지지 않았다. 눈에서 멀어지면 마음에서도 멀어진다는 말은 거짓이었다. 결국 유연에게 전해질 책갈피에 시구를 적은 종이를 끼워 넣었다.

정무로 바쁜 중에도 잠깐의 짬이 나면 너를 생각하노라, 붉은 인장을 꾹 누르는 것으로도 안심이 되지 않아 유연이 되돌려 준 노리개에 달린 작은 인장까지 함께 찍어 보냈다.

쪽지로 그의 정체를 간파하였을 소녀가 책을 마다하지 않음에 안도했다. 그러나 글귀에 대한 답은 한 번도 받지 못했다. 그녀는 책장을 펼치면 그의 존재도 잊어버린 것처럼 몰두하던 어린 소녀였다. 그의 마음을 받아들였다기보다는 단순하게 책을 읽을 기회가 줄어드는 것이 싫었을지도 모를 일이었다.

'네가 놓아 달라 이야기한다면.'

지켜 줄 세력 따위 하나도 없는 소녀가 후궁이 되면 어떤 일에 휘말리게 될지, 일이 벌어진 이후에 지켜 줄 수 있을지 장담하지도 못하면서 입궐하게 할 수도 없었다. 그래서 국혼 이후에 후궁으로 들이면 되지 않느냐는 말을 단칼에 잘라 냈는지도 모른다. 후궁의 위치는 중전에 비하면 한참이나 낮고 그 위세도 미약했다.

"아직도 내가 너를 놓아주기를 원하느냐."

환이 낮게 가라앉은 목소리를 내어 대답을 재촉했다. 침묵이 길어지는 것은 좋은 징조가 아니었다. 부정적인 대답이라면 차라리 들려오지 않는 쪽이 좋겠다고 생각했다. 맥없이 앉아 있던 환은 느닷없는 움직임에 잠시 숨을 멈추었다.

유연이 반쯤 몸을 일으키고는 무릎걸음으로 가까이 다가

오더니 몸을 기울였다. 환에게 상반신을 기댄 채로 목을 감았다. 소녀의 부드러운 볼이 환의 뺨에 닿았다. 가벼운 숨결이 그의 귓가를 간질였다.

"제가 어떤 대답을 돌려 드리기를 바라시옵니까."

목소리에 싣지 않고 숨긴 감정이 얼굴에 떠올라 있을 것 같았다. 팔을 잡았으나 목을 감고 있는 팔에 더욱 힘이 들어가 목소리를 흘려 내는 이의 표정을 확인할 수 없었다.

"그적에는 무작정 곁에 있으라 말씀하시더니 이제 와 제 뜻을 존중하시는 척 결정을 떠밀고 계십니다. 화무십일홍(花無十日紅)이라, 그 고운 미색으로 마음을 홀리는 것도 한때의 일이옵니다. 사내가 그리 우유부단하여서야 어떤 여인이 오래도록 곁에 머무르겠사옵니까."

음성과 함께 흘러나오는 숨결이, 그에게 닿아 있는 체온이 금방이라도 녹아들 듯 따스했다. 하지만 그 달콤한 목소리는 마음을 후벼 파는 이야기를 서슴없이 전하고 있었다.

이별을 고하기 전 입을 맞추어 오던 소녀는 지금도 기대감을 남겨 놓고 사라질 요량인 모양이었다. 환은 먼저 나를 안아 온 것은 너라고, 그러니 네 뜻과 상관없이 놓아줄 수 없다며 꼭 끌어안고 싶은 마음을 억눌렀다.

유연의 팔을 잡고 있던 손을 놓으며 허리를 세웠다. 가볍게 한숨을 쉰 유연이 여전히 그에게 기댄 채 작은 목소리로 속삭였다.

"그런 못난 사내를 이미 마음에 품고 있으니 어찌하면 좋습니까."

마음으로 원하던 대답을 듣고 나니 꿈이 아닐까, 손을 대면 사라질까 두려운 마음이 일었다. 유연이 다시 부드럽게 말을 이었다.

"원대로 해 드릴 터이니 말씀해 주십시오. 저를 놓아주실 생각이시옵니까?"

"그리할 수 없다."

조금의 망설임도 없는 대답이 돌아왔다.

환이 조금 전 내렸던 손을 들어 유연의 허리를 껴안았다. 조그만 소녀가, 아니 어린 소녀일 때도 사랑스러웠지만 이제는 여인의 향취를 숨기지 못하는 가인(佳人)이 품 안에 들어와 있었다.

"네가 나를 가벼이 여기는구나."

"중요한 결정을 여인에게 미루는 사내를 어찌 진중하다 여기겠사옵니까."

"진중하지 못한 사내의 곁에 머무르기로 한 것은 네 뜻이지."

환이 손을 들어 이마 위에 사뿐하게 얹었다. 머뭇거리던 손길이 서서히 움직이기 시작했다. 얼굴 윤곽을 따라 배회하다 조심스럽게 부드러운 볼 위로, 초승달처럼 가늘고 둥근 눈썹으로, 적당히 솟아오른 코허리로 미끄러졌다.

모든 것을 기억하려는 듯 섬세하게 흘러가던 손길이 마지막에 닿은 곳은 선연한 붉은 빛깔을 띤 입술 위였다. 줄곧 숨도 크게 쉬지 못하고 있던 유연이 입술 위를 쓸어 내는 움직임에 그만 눈을 감았다. 환이 유연의 입술에서 손을 떼고 자신의 품에 안긴 여인을 고쳐 안았다. 이제 얕은 숨결이 닿을 만큼 얼굴을 가까이 한 환이 속삭였다.

"마음이 바뀌었다고 이야기할 수 있는 기회는 지금이 마지막이다."

자신을 안고 있는 팔에 힘이 더 들어가는 것을 느낀 유연이 가늘게 눈을 떴다. 눈을 마주치기만 해도 연모할 수밖에 없는 이가 그녀에게 사랑스러운 눈빛을 보내고 있었다. 이제 더는 이것저것 재며 마음을 숨기고 그에 반하는 행동을 하고 싶지 않았다.

그럼에도 약간의 심술기가 스멀거리는 것은 막을 수 없었다. 이렇게나 다정하게 대하는 것을 조금은 즐기고, 그 모습을 살짝 놀리는 것 정도는 지금까지의 마음고생에 비하면 소박한 대가였다. 유연의 가느다란 목소리에 장난기가 섞였다.

"말씀과 행동이 다르지 아니하십니까. 언행이 일치하지 않는 장부를 어찌 믿사옵니까."

"이미 가벼운 사내로 낙인 찍혔는데 무엇을 더 저어하겠느냐. 다만 그 가벼운 사내를 택한 네 뜻이 변하지 아니할 것임을 믿을밖에."

웃음 어린 유연의 목소리와 달리 환의 목소리는 진지했다. 환은 유연의 턱 아래쪽을 살짝 받쳐 들었다. 유연이 가늘게 뜨고 있던 눈을 감고 환의 목을 다시 그러안았다. 어릴 때처럼 허둥거리지 않으리라 다짐하면서도 부끄러움이 밀려와서 감고 있는 눈이며 목을 안고 있는 팔에 자꾸만 힘이 들어갔다.

"두려우냐."

환이 낮게 속삭였다. 유연은 살래살래 고개를 저으면서도 입가에 힘을 주고 있었다. 어른이 된 척해도 아직 어리고 순진한 소녀였다. 환이 그 얼굴을 보며 미소 지었다.

"아무 생각하지 마라. 너는 단 하나만 기억하면 된다."

그의 손가락이 소녀의 입술 위를 가볍게 스쳐 지나갔다.

"내가 마음을 다하여 너를 연모하고 있음을."

손가락이 잠시 머물렀던 자리에 흩날린 꽃잎처럼 보드라운 느낌이 내려앉았다. 입술을 살짝 머금고 가볍게 자근대는 느낌에, 목을 안고 있는 손에서 힘이 빠져 미끄러지는 일이 없도록 손가락 끝을 얽어 쥐는 것이 전부였다.

걷잡을 수 없이 설레는 마음을 억누르고 있는 것은 환도 마찬가지였다. 기별도 없이 몰래 찾아가는 걸음, 일 년이 훌쩍 넘어간 시간 만에 다시 만날 수 있으리라는 설렘의 이면에는 그를 반기지 아니할지 모른다는 불안이 숨어 있었다.

이번에야말로 품은 마음을 솔직하게 내보이리라 생각하면

서도 원치 아니하면 놓아주어야 한다는 근심이 마음을 내리눌렀다.

팔에 실리는 무게가 결코 환영이 아님을 입증해 주고 있었지만 그럼에도 조바심이 났다. 따스한 체온과 함께 흘러드는 달콤한 이슬방울로는 오랜 기간 견뎌 온 마음의 갈증이 쉬이 해소되지 않았다. 보드레한 입술을 그대로 집어삼켜도 아쉬움이 가득 남을 것 같았다.

닫힌 입술 위를 할짝거리다 살포시 열린 잇새로 부드럽게 파고들고 수줍음 가득한 혀끝을 옭아내는 것만으로도 자꾸만 치켜드는 충동을 이길 수 없었다.

여기서 제 마음을 약간이라도 더 채워 볼 셈으로 욕심을 내다가는 이 초라한 방에서 옷자락을 모두 걷어 내게 될지도 모를 일이었다. 더없이 귀하게 아껴 주고 싶은 여인이었다. 이렇게 야합하듯 얼렁뚱땅 품에 안는 것은 당치 않은 일이었다.

어느새 자신의 손길이 목선을 타고 흘러 쇄골 위를 더듬고 있음을 깨달은 환이 천천히 입술을 떼어 냈다. 조심스레 눈을 뜬 유연이 떠날 줄 모르는 환의 시선을 깨닫고 품에 얼굴을 파묻었다. 이대로 시간이 지속되어도 좋겠다는 생각이 들만큼 그의 향기가 마음 가득 차올랐다.

얼굴을 숨기고 있는 유연의 관자놀이와 귀 사이, 살짝 삐져나온 짧은 머리칼을 귀 뒤로 넘겨 주며 환이 입을 열었다.

"너를 중전으로 맞이하고 싶었다."

"이미 대신들과도 논의가 끝난 터, 그들이 찬동하지 아니하면 왕비로 맞이하는 것이 불가하다는 것은 주상도 잘 알지 않습니까."

마음에 둔 여인을 비로 맞지 못한 왕과 마음에 드는 아이를 세자빈으로 들이지 못한 세자는 이전에도 있었다. 적어도 그들은 정사에 관여하여 자신의 뜻을 펼 수 있을 정도의 권한은 있었으니 신료들이 그 세가 더 커질까 견제하려 반대했던 것은 당연한 일이었다. 그러나 자신은 아무런 영향력도 행사하지 못하는 허수아비 같은 존재였다. 그럼에도 마음에 둔 여인조차 곁에 둘 수 없다는 사실은 견디기 어려웠다.

"내 뜻대로 할 수 있는 게 어찌 아무것도 없을까."

줄곧 환의 품에 얼굴을 파묻고 있던 유연이 고개를 들어 그를 올려다보았다.

"품은 뜻을 이루기 위해서 무엇을 하셨사옵니까?"

"으음……."

대답을 잠시 미룬 채 환이 생각에 잠겼다. 성군이 되고 싶다는 마음은 항상 가슴에 품고 있었다. 홍수나 가뭄 같은 재해가 있으면 구휼하도록 명을 내리기도 했다. 경연에 참여해서 학자들과 이야기를 나누고 자신의 의견을 분명하게 표현하기도 하였다. 얼마 전부터는 젊고 뜻이 있는 신료나 학자를 찾으려 애쓰기 시작했다.

"다만 무엇인가를 하고 있다는 것만으로는 부족할 것이옵니다. 뜻을 이루기 위해 마음을 다하고 계시옵니까?"

대답하지 않는 환의 마음을 읽어 내기라도 한 것처럼 유연이 되물었다.

최근에는 경연에 소홀하였다. 방방곡곡에서 올라오고 있다는 소를 무심한 눈길로 훑어본 뒤에 아무렇게나 고개를 끄덕이지 않았던가. 이제 갓 출사한 젊은 관료도 이미 세파에 찌든 것 같아 실망감이 밀려드는 참이었다. 환은 혼란스러운 눈빛이 되어 제 품에 안긴 소녀를 내려다보았다.

"내게는 아무것도 없다."

"처음부터 모든 것을 바꾸려 하면 당연히 어렵사옵니다. 태어나면서부터 발짝을 뗄 수 있는 아이가 없는 것과 같은 이치이옵니다."

"아이가 걸음을 뗄 때에는 그것을 돕고 지켜보아 주는 부모가 있지 않으냐."

"전하께는 대왕대비마마가 계시옵니다."

유연의 목소리에 환의 입가에 희미한 조소가 떠올랐다. 그의 권위를 짓누르고 그가 가져야 할 권한을 쥐고 있는 이가 할마마였다. 삼척동자도 알 것 같은 사실을 세상 물정에 어두운 이 소녀만이 모르는가 생각했다.

"혈육의 정은 그 어느 것보다 깊다 하였습니다. 대왕대비 마마께 전하는 단 하나뿐인 손(孫)이옵니다. 전하께서 첫 울음을 터뜨리고 난 이후로 지금껏 전하를 보아 오고 계신 어른이십니다. 그 눈에 전하는 여전히 어린아이처럼 보이실 것이니 믿지 못하여 대신 맡아 주고 있다 여기실 것이 분명하옵니다. 그 뜻을 거스르려 하지 마시고 작은 것부터 조금씩, 중간에 지레 포기하지 말고 끝까지 해내는 모습을 보여 드려야 하지 않겠사옵니까."

이유를 들어 이치에 닿게 설명하려 드는 또랑또랑한 유연의 목소리에는 확고한 신념이 담겨 있었다. 그런 노력은 이미 해 보았다 생각하면서도 누군가가 머리를 후려치기라도 한 것 같은 충격이 덮쳐 왔다.

그에 대해서는 생각할 시간이 조금 더 필요했다.

"전하라 부르지 말라 하였는데 그새 잊었느냐. 주의를 주어야 하겠구나."

가슴에 쿡 박힌 무거운 이야기를 잊으려는 듯 환이 고개를 숙여 유연의 입술에 가볍게 입 맞추었다.

"중전의 자리를 줄 수 있느냐 물은 적도 있지 않았느냐."

"그건……."

얼굴이 달아오른 유연이 눈을 내리깔았다. 치기 어린 기분으로 내뱉었던 말을 다시 듣자 당혹감이 밀려들었다.

"그걸 원하는 게 아니었습니다. 다만……."

자신을 품에 가둔 이는 꽃이 만발한 정원을 혼자 독차지하고 제멋대로 날아다니는 나비였다. 눈앞에 있는 여인이 그녀 하나뿐일 때에는 모든 관심을 오롯이 독차지할 수 있었지만 다른 여인들이 있어도 그러할지는 확신할 수 없어 서글펐다.

그것을 견딜 자신이 없어 결코 줄 수 없는 것을 요구했다. 그리하여야 자신을 놓아주리라 생각했다. 지금도 다른 여인과 애정을 나누어야 하는 상황을 온전하게 감당할 자신은 없었다. 그러나 일 년이 넘도록 아슴푸레한 형체조차 대면할 수 없었던 그녀를 고스란히, 예전보다 더 진해진 그리움으로 간직했다는 그를 믿고 싶었다.

"전하라 부르지 말라 하시고 그 이야기를 꺼내는 것은 무슨 경우이십니까."

유연이 토라진 듯 은근슬쩍 화제를 돌리려 했다. 그러나 환은 유연의 노력을 무시한 채 꿋꿋하게 말을 이어 갔다.

"아마 그것만큼은 평생토록 네게 약조할 수 없을 것이다."

환의 목소리가 약간 침울하게 울렸다. 중전에게는 딱히 흠결이라 할 만한 것이 없었다. 위로 대비전이 둘이나 있는 층층시하에 있으면서도 싫은 내색을 하거나 법도에 어긋나는 행동을 하는 법이 없어 궁인들 사이에서 숙덕공론이 돌아다니는 일도 없었다.

혼인한 지 이 년 반이 흘렀으나 아이가 없는 것도 남들 눈에는 시간이 해결해 줄 문제라고 여겨질 터였다. 중전이 그의 곁을 떠날 만한 이유는 아무것도 없었다.

"그럼에도 네가 내 곁에 있어 주겠다 하였으니."

환이 잠시 말을 멈추었다. 크게 심호흡을 해서 마음을 가라앉혔다. 예전부터 느껴지던 싱그러운 봄풀 내음에 여인의 향취인가 싶은 달착지근함이 섞여 들었다.

"조금만 기다려다오. 내 뜻에 대해 그 누구도 감히 무어라 말할 수 없게 되면 가장 먼저 너를 찾을 것이니."

작은 것부터 시작해 마음으로 연모하는 이를 곁에 두어도 감히 해코지하려 들 수 없을 만큼의 힘을 갖게 되면.

"그 약조, 잊지 마십시오."

생긋이 눈웃음을 보내는 유연을 향한 환의 눈길이 애틋해졌다. 줄 수 있는 것은 그저 기약 없는 기다림뿐이면서 받으려 드는 것은 희생이 따를 수밖에 없는 신뢰.

아쉬움 가득한 손길이 유연의 옷섶 위를 가볍게 쓸고 지나갔다. 유연이 눈을 동그랗게 떴다. 낯선 두근거림이 온몸을 휩쓸었다. 몸을 뒤틀어 품에서 빠져나가려 하자 환이 더 세게 끌어안았다.

"하루 빨리 너를 곁에 둘 수 있도록 지금 당장 천지를 개벽시킬 수 있으면 좋겠구나."

❈   ❈   ❈

"왔……."

얼핏 들으면 아직 앳된 소년처럼 느껴지는 목소리가 입구 쪽에서 울렸다. 평소 같으면 버선발로 뛰어나왔을 주인 사내의 기척이 느껴지지 않자 유연이 얼굴을 살짝 찡그렸다. 저 안쪽에서 두런거리는 목소리가 오가고 있었다.

"보는 눈이 없는 건가, 돈이 없는 건가. 하나같이 가짜 일색이군."

"그러다 하나라도 건지면 돈방석에 앉는 것 아니겠습니까요."

주인 사내는 자신의 안목을 타박받았음에도 전혀 개의치 않고 능글맞게 대꾸했다.

"다만 이것 말일세."

환이 아무렇게나 쌓아 놓은 그림 중에 하나를 골라 들고 가볍게 흔들었다.

"꽤 어린 화공인 것 같은데 누가 그렸는지 찾아보게. 제 그림을 그리기 시작하면 제법 괜찮은 평을 받을 만한 가능성이 있네. 나중에 유명해지면 이런 모작도 값어치가 올라가기 마련이니 손해는 아닐 터, 뒷돈이라도 슬쩍 쥐어 주어 보게나. 아니면 돈 많은 댁에 줄을 좀 대어 주거나."

사뿐한 발소리가 다가오다 등 뒤에서 멈추는 것을 느낀 환이 망설임 없이 자리에서 일어났다. 주인 사내가 허둥거리며 저 안쪽에 있는 궤로 향했다.

"이만 가 보겠네."

"아니, 저⋯⋯."

유연은 사례금을 받을 생각도 않고 걸음을 돌리는 환을 불렀지만 그의 걸음을 붙잡을 수는 없었다.

"이후의 일은 네 몸종이 알아서 할 것인데 무엇을 염려하느냐."

유연의 뒤에는 항상 의심 많은 몸종이 따라붙는다는 사실을 익히 알고 있었다. 푼돈이 든 주머니를 챙기는 짧은 시간 동안 서둘러 사라질 셈이었다. 환이 문밖에서 기다리고 있던 언을 향해 의미심장한 눈짓을 한 번 보내고는 사람들 틈에 섞여 들었다.

"이 손 좀 놓아주십시오."

"어찌하여?"

"다 자란 사내끼리 이러면 남사스럽지 아니합니까."

"계집의 손을 이리 쥐고 가는 것은 더욱더 아니 될 일일 터인데?"

유연이 잡힌 손을 빼내려 힘을 주면 그보다 조금 더 센 힘이 손을 감아 왔다.

"전에도 이리 거닌 적이 있었지. 기억하고 있느냐."

유연의 입가에 얼핏 미소가 스쳐 갔다. 복건을 쓴 사내아이의 차림이 마음에 들지 않아 입술을 삐죽거렸더랬다. 손을 다정하게 맞잡았을 때의 두근거림이 생생하게 살아났다. 어린 아우가 길을 잃을까 염려하는 자상한 형처럼 보이리라 말하면서 웃을 적에는 조금 실망했던 일도 떠올랐다.

"어찌 잊겠습니까."

유연이 억지로 제 손을 잡아 뺐다. 손에 남은 알알한 느낌이 여전히 잡혀 있다는 착각을 불러일으켰다.

"그때와 지금이 무엇이 달라 손을 내어 주는 것에 그리 박하게 군단 말이냐."

"지금은 그적보다 더 자라지 아니하였습니까."

"복건을 갓으로 바꾸어 썼다 뿐이지 너는 여전히 어린아이처럼 보이는데도?"

놀림의 의도가 명백한 말에 유연이 입술을 비쭉거렸다.

"하면 앞으로도 주욱 아우를 귀애하는 마음으로만 아껴 주십시오."

토라진 표정의 유연을 보던 환이 소리 없이 웃었다.

"농(弄)도 구분할 줄 모르는 고지식한 이의 흉내를 내는구나. 눈에 훤히 보이는 술수지만 기꺼이 속아 주마."

친근한 벗을 대하는 것처럼 어깨 위에 손을 얹고 가볍게 몇 번 두드린 환이 조금 앞장서서 걸음을 옮겼다. 왠지 모를 아쉬움에 유연이 가볍게 한숨을 쉬며 그 뒤를 따랐다.

북적거리는 사람들 틈을 헤치고 가는 걸음걸음은 마치 과거의 어느 날로 돌아가는 길인 것 같았다. 그때처럼 손을 잡지도, 종알거리지도 않았지만 서로가 곁에 있다는 것만으로 충분했다. 스쳐 지나가는 풍경을 바라보는 소회는 각자의 마음에 담아 둔 채로 눈이 마주치면 잔웃음을 주고받았다.

얼마간 걸은 후 그들은 작은 주막의 한산한 구석에 자리를 잡고 앉았다. 그때와 달리 주모가 달그락거리는 소리를 내며 음식을 내려놓았다. 납작한 전에서는 오래된 기름 냄새가 올라오고 국밥의 맛은 여전히 무어라 표현할 도리가 없을 만큼 기묘했다.

환이 눈을 들었다. 사내아이 같던 그때도 사랑스러웠으나 앳된 선비처럼 보이는 지금의 모습은 소년과 여인의 경계처럼 오묘한 분위기가 있어 쉽게 눈을 떼기 어려웠다.

"아직도 내가 한량처럼 보이느냐."

환이 불쑥 물었다. 입을 오물거리던 유연이 장난스레 웃으며 고개를 끄덕였다.

"한량이 아니고서야 이 시간에 한가로이 나다닐 수 있는 양반 댁 자제가 몇이나 되겠습니까."

"시간을 쪼개어 기껏 네 얼굴을 보러 나왔더니 한량 취급이나 받고 있구나. 앞으로는 너를 찾지 아니해야 할 모양이다."

투정 섞인 서운한 목소리를 들은 유연이 잠깐 주변을 살폈다. 그리고 무릎걸음으로 환의 옆에 다가앉아 뭔가 비밀스러운 이야기를 속삭일 것처럼 얼굴을 가까이했다. 유연이 쓰고 있는 갓 양태가 환의 관자놀이에 부딪쳤다. 유연이 짧은 웃음소리를 내며 양태 앞쪽을 살짝 들어 올렸다.

부드러운 입술이 귓가에 속삭이는 대신 볼 위에 가볍게 내려앉았다. 가벼운 파찰음이 그의 귀를 간질였다. 곁에 다가올 때와 마찬가지로 빠르게 후다닥 자리로 돌아간 유연은 아무 일 없었다는 듯 단정하게 앉았다. 남들의 눈에는 밀담이나 잠깐 전한 것처럼 보일 터였다.

어안이 벙벙하게 앉아 있던 환이 너털웃음을 터뜨렸다. 호쾌한 웃음소리에 유연이 살짝 어깨를 움츠리며 주변을 곁눈질했다. 그들을 잠시 힐끔거리던 몇몇이 별일 아니라 생각한 듯 금방 시선을 돌렸다.

"온순한 토끼인 줄 알았는데 앙큼한 여우였구나."

환이 손을 뻗어 약간 우그러진 갓 모양새를 다듬어 주며 미소했다. 수줍음 많은 어린 소녀가 어느새 훌쩍 자라 서툴게나마 사내의 마음을 유혹하려 드는 여인이 되어 있었다. 그 변화가 기꺼웠다. 오롯이 그를 향하는 감정임을 상기하고 다음에는 또 어떤 모습을 보여 줄 것인가 생각하노라면 소년으로 돌아간 것처럼 가슴이 설레었다.

갓을 매만지던 손길이 얼굴로 향했다. 이마에 땀이라도 맺히지 않았는지 확인하는 것처럼 살짝 훑어 내고는 자연스럽게 뺨으로 미끄러져 내렸다. 조금 전 소녀가 입 맞춘 것과 똑같은 자리를 손가락으로 살짝 눌렀다. 유연이 당황한 표정이 되어 환의 손을 제 얼굴에서 떼어 냈다.

"남들이 보면 어찌 생각하겠습니까."

"먼저 유혹한 건 너 아니냐."

"큰일 날 말씀이십니다."

아무런 짓도 한 적 없다는 얼굴로 항변하는 유연을 보다 환이 한숨을 쉬었다.

"이제 너를 그 할미의 집에서 만나려 들면 아니 되겠구나."

"이렇게 사람들 눈이 잔뜩 닿는 곳보다는 그 편이 낫지 않사옵니까?"

사심 따위가 조금도 깃들어 있지 않은 눈빛에 환이 잠시 고민했다. 눈빛으로 표정을 감출 줄 아는 능력이 있는 것일까, 아니면 정말로 몰라서 저런 눈망울로 그를 바라보는 것일까.

"그런 곳에 있으면 너를 어찌하고 싶어지는 내 마음을 견뎌 낼 수 없단 말이다."

환이 다시 한 번 손을 뻗어 부드러운 볼을 어루만지고는 유연이 손을 치워 내려 들기 전에 먼저 거두어 들였다. 환의 말에 유연이 반박했다.

"지금도 그냥 놓아두지는 않으시잖습니까."

'정말 아무것도 모르는 게 분명한 너를 어쩌면 좋을까.'

환이 애써 한숨을 삼켰다. 사랑스러운 연인이 곁에 있는데도 느는 것이 한숨뿐이라니. 심각한 문제였다.

"누구한테든 쓸데없는 건 배우지 말거라."

환이 반쯤 체념한 목소리로 말을 건넸다. 무슨 뜻으로 이야기하는지 전혀 알지 못하리라는 것을, 그가 그리 말한다고 해서 실행될 수 없는 일임을 잘 알면서도. 유연이 눈을 동그랗게 뜨고 환의 얼굴을 올려다보았다.

"너는 지금 이대로가 가장 곱다."

유연이 말의 의미를 되짚어 보기도 전에 환이 자리에서 일어났다. 상 위에 엽전 몇 닢을 내려놓는 것도 잊지 않았다. 유연도 서둘러 따라 일어나며 작은 신발에 발을 밀어 넣었다.

"더 늦어지면 네 몸종이 지체도 분수도 잊고 내게 잔소리를 늘어놓으려 들 게 분명하니 서둘러야겠다."

먼저 휘적휘적 멀어지려 하는 환의 소맷부리를 유연이 붙잡았다.

"다 자란 사내끼리 이러면 남사스럽다 하였으면서?"

"다리가 아파서 못 걸어가겠다고 말씀드리면요?"

비척거리며 몸을 기대어 오는 품이 어디서 많이 본 것 같아 환이 얼굴을 찌푸렸다. 그러거나 말거나 머리까지 어깨에 기대는 의도 또한 분명했다.

"손을 내어 주는 것은 박하게 굴더니. 이건 앞뒤가 맞지 아니하는 행동이다."

"과거에 낙방했거나 실연당해서 만취한 벗을 데려가는 것으로밖에 더 보이겠습니까."

환이 등에 업힌 이를 추스르며 무뚝뚝하게 말을 붙였지만 어깨에 고개를 파묻은 채로 대꾸하는 유연의 목소리에 벌써 몇 번째인지 모를 한숨을 내쉬었다. 퉁명스럽게 굴고 있어도 등 뒤에 실린 무게며 전해지는 온기가 싫지 않았다. 마음을 다 주었다 여겼던 기녀에게도 이리 깊이 빠져들지는 아니했다. 소녀가 그를, 그의 세상을 바꾸어 놓았다.

'어쩌면 보이지 않게 꼬리를 몇 개 감추어 두고 남몰래 살랑거리는 요물일지도.'

저만치에 익숙한 길이 보이기 시작하자 유연이 다리를 흔들어 환의 주의를 흩어 놓고는 가볍게 뛰어 내렸다. 업혀 온 일 따위는 없다는 것처럼 그를 앞질러 달음박질하다시피 멀어지는 그 모습에 환이 입꼬리를 느슨하게 끌어 올렸다.

❉   ❉   ❉

막 자리에서 일어날 채비를 마친 자경은 불청객의 등장으로 제지당했다. 손등에 앉혀 놓았던 조그만 새를 새장 안에 넣고 보를 씌워 나인에게 건넨 뒤 자리에 앉았다. 더없이 예의 바르게 인사를 하는 혜원의 모습을 물끄러미 바라보다 입을 열었다.

"무슨 일로 오셨습니까."

인사치레도 없이 불쑥 용무를 묻는 말에 혜원이 눈썹을 살짝 찡그렸다. 성품이 온화하고 말과 행동이 신중하다는 중전은 자신과의 만남을 썩 달갑게 여기지 않는 눈치였다.

한 남자를 사이에 둔 여자 간에 생길 수 있는 알력이라 여기기에는 둘 다 총애받는 처지에 있지 못했다. 결국은 성격이 맞지 아니한 탓일 것이다. 온순한 여성의 전형인 중전과 속에 담은 이야기를 어떻게든 꺼내어 풀어 놓아야 하는 그녀. 너무 다른 두 사람의 만남이 유쾌하기는 어려웠다.

'그때는 이러하지 않았던 것 같은데 말이지.'

혜원은 간택이 있었던 때를 떠올렸다.

자경이 중전이 되리라는 것은 초간 때 이미 짐작했다. 고관대작은 물론이고 일반 관료들과도 왕래가 없는 진사의 딸이 두른 의복은 그 누구의 것보다 결이 고왔다.

난생처음이자 마지막일 궐 구경을 하는 소녀들의 설렘도, 어려운 자리에 있다는 주눅 든 표정도 없는 당당한 자세는 제 위치를 확신하는 이의 것이었다. 그런 계집아이가 제게 손을 내밀어 왔다. 우습지도 않은 일에 말려든 꼴이 되어 관망하고 있는 것을 외로움으로 착각한 듯 말을 붙여 왔으나 차갑게 외면했다. 쾌활한 소녀는 멋쩍어하는 기색도 없이 순순히 고개를 끄덕여 보이며 웃었다.

벌써 두 해도 훨씬 지난 일이었다. 중전마마가 된 자경에게서는 그때의 명랑함이 느껴지지 않았다. 조신하고 의젓해졌다기보다는 마치 그림자처럼 여겨질 정도로 생기가 지나치게 줄어들어 있었다. 그 이유를 알 것 같아 혜원의 입술이 살짝 비틀렸다. 지극히 존귀한 여인이라 하여도 사내의 정을 얻지 못하였는데 어찌 생기발랄할 수 있을쏘냐.

"조만간 간택이 있으리라는 이야기, 들으셨을 것이옵니다."

자경이 아무 말 없이 혜원의 얼굴을 건너보았다.

"전하께서 누구를 맞이하려 하실지도 이미 정해진 것이나 다름없지 않겠사옵니까."

"그렇습니까."

자경이 성의 없이 대답하며 눈길을 거두어들였다. 후사를 낳지 못하였으니 후궁이 들어오는 것은 당연한 일이며 누가 들어오든지 상관없다는 듯 무관심한 태도에 혜원의 눈모가 날카로워졌다.

"알지 못하는 척, 무엇이든 감싸 안을 수 있는 척하지 마옵소서. 전하께서 중전마마가 계신 그 자리에 올리고자 한 이가 누구였는지 알고 계시지 않사옵니까."

"풍문 따위는 알지 못합니다."

"하면 직접 말씀 올리오리까. 초간이 끝나고 중전마마께서 붙잡아 이끌고 다니던 그 계집아이라는 사실을요."

자경이 한숨을 쉬었다. 활기차게 말을 건네던 자경에게 별다른 대꾸도 못 하고 끌려오듯 함께 다니던 소녀를 기억하지 못할 리 없었다. 한눈에 혹할 만큼의 미색도 아니었고 그나마도 잔뜩 움츠러든 태도에 빛이 바랬다.

혜원이 유연을 기억하고 있으리라고 생각지 못했다. 굳이 지금 그 이야기를 꺼내어 제 마음을 흔들려는 연유도 알 수 없었다. 궐 안을 떠도는 소문 중 단연 으뜸은 바로 중전마마께서 첫날밤 문을 걸어 닫았다는 이야기였다. 그 하나만으로도 자경은 환에게 아무것도 바랄 수 없었다.

"결국 그때와 마찬가지로 간택 따윈 허울에 지나지 아니할 것입니다. 그리 원하던 이를 손에 넣는 그때야말로 진정 관심을 받는 것은 요원해지지 아니하겠사옵니까."

환의 마음을 애초부터 얻을 수 없는 것이었다는 점은 같았지만 그 연유가 스스로에게 있다 여겨 체념한 자경과 달리 혜원은 분하게 여기는 것 같았다. 그 처지가 가엾다는 생각이 들어 안타까워졌다.

하지만 그에 동조하여 무엇인가를 획책할 생각은 없었다. 되돌리기에도, 바로 잡기에도 이미 늦은 일을 괜한 행동으로 더 그르치고 싶지 않았다. 중전이 되어 입궐한 뒤부터 미미한 관직에 올라 있는 제 아비를, 그 일가친척을 염려하지 않을 수 없었다. 이미 그녀는 책임질 것이 많아졌다.

"분명하게 말씀드리지요, 숙원. 내명부에서 일어나는 일이라 하여도 어심에 관여할 생각은 없습니다. 전하께서 원하시는 일이라면 더욱 그러합니다."

"비겁하시군요, 중전마마께서는. 그런 마음가짐으로는 백 년이 지나도 승은이 무엇인지 아실 수나 있으시겠사옵니까."

들어올 때의 공손함 따위는 찾아볼 수 없는 태도로 고개를 까닥이고 거칠게 물러나는 모습에 자경이 이마를 짚었다. 그때 문 바깥쪽에서 조심스러운 목소리가 들렸다.

"마마."

이깟 일에 마음에 풍파가 일 것 같으면 지금껏 버티고 있을 수도 없었으리라. 천천히 방문을 빠져나가 햇살을 쪼일 수 있는 곳으로 걸음을 옮겼다.

호록거리며 날아든 조그만 새는 경계하는 빛 없이 손바닥 위에 올라 앉아 부리로 낟알을 쪼아 댔다. 몇 개의 낟알은 사라졌지만 남아 있는 몇 개는 마음에 들지 않는지 부리로 여기저기 찍어 대기만 할 뿐 먹을 생각을 하지 않았다.

"한갓 새에 불과한 너도 찬을 가리는 모양이구나."

손목에 걸어 아래로 늘어뜨린 주머니에서 몇 개의 낟알을 꺼내어 손바닥 위에 올려놓았다. 부리로 쪼는 움직임이 다시 분주해졌다. 그 모습을 흐뭇한 얼굴로 바라보고 있는 자경의 뒤쪽에서 조심스럽게 주의를 환기하는 목소리가 들려왔다.

"전하께서 오셨사옵니다."

손바닥 위에 작은 새를 올려놓은 채로 자경이 조심스레 고개를 돌렸다. 저만치에서 환이 다가오는 모습이 보였다.

"잠시만 기다려 달라 말씀드릴 수 있겠느냐."

말을 건네는 것과 동시에 조그만 새의 등허리 쪽을 감싸듯 손을 올려놓았다. 잘 길들여진 새는 멀리 날아가는 법이 없었지만 낯선 사람은 몹시 경계했다. 길일 밤에만 찾아오는 환은 낯모르는 이방인이나 다름없었다.

궁인이 들고 있던 새장 안에 새를 조심스레 넣고 몸을 돌리자 몇 발짝 떨어져 기다리고 있는 환의 모습이 보였다.

"송구하옵니다, 전하."

"저 조그만 미물이 중전을 잘 따르는 모양이오."

자경은 잠시 대답하지 않았다. 양손에 폭 감싸이는 새를 보고 있노라면 품에 안아 본 적도 없는 어린 아기의 모습이 떠올랐다. 어릴 적에는 저와 비슷한 처지의 사내와 혼인하여 아이를 낳고 살아갈 줄만 알았다. 여러 여인과 애정을 경쟁해야 하는 처지가 될 것이라고는 생각해 본 적 없었고 그 애정을 구할 수조차 없으리라고는 상상조차 못했다.

"성정이 예민하여 잘 모르는 이가 있으면 경계하여 돌아오지 아니하옵니다."

대답인 것 같기도 아닌 것 같기도 한 말과 함께 대화가 끊어졌다. 환이 어디론가 걸음을 내딛기 시작했다. 자경이 아무 말 없이 뒤를 따랐다.

그들은 정자 위에 단정한 자세로 마주 앉았다. 지나가는 바람이 가끔 머리칼이나 옷자락을 가볍게 흔들었다.

"할마마마께서 후사를 염려하셨소."

"신첩은 아직……."

자경이 말끝을 흐렸다. 환은 그녀를 품에 안을 생각이 없었다. 겁에 질린 채로 기다리다 무산된 그 밤은 자경에게 남녀 관계에 대한 두려움만 깊게 했다. 진짜 길일을 받아 온다 하더라도 부질없는 일이었다.

"미안하오."

제 뜻으로 꺼낸 이야기도 아니면서 환이 사과했다.

마음이야 어떠하든 자경은 흠 잡을 데 없는 단아한 여인이었다. 그런 이를 쑥덕공론의 복판에 밀어 넣고 있다는 사실이 때로 한없이 불편했다. 그러나 의무감으로 여인을 품에 안을 수는 없었다.

"대왕대비마마의 의중을 신첩도 이미 알고 있사오니……."

표독스러운 얼굴로 그녀를 노려보고 떠난 혜원의 모습이 떠올랐다.

그러나 말을 꺼내지는 않았다. 자칫 모함처럼 여겨질 수도 있었다. 섣부른 판단을 섞어 남의 말을 옮기는 대신 자신의 마음만을 솔직하게 이야기했다.

"투기하는 여인이 되지는 아니하겠사옵니다."

지저귀는 새소리가 바람결에 실려 어렴풋하게 들려왔다.

열

그대여, 내 곁으로

퍽 이른 시각이었지만 간단한 아침 식사를 끝낸 집 안은 여유로운 상태였다. 분주함이 시작되는 쪽은 사랑이었다.

조회가 있어 이르게 입궐하는 재청의 손에는 보에 감싸인 것이 들려 있었다. 점잖은 관복 차림에 썩 어울린다고 볼 수 없었지만 네 귀퉁이가 반듯하게 올라가는 각진 모양이나 화려한 보의 문양 때문인지 크게 이질감을 주지 않았다.

그의 뒷모습을 남몰래 살펴보는 눈길이 있었다. 무엇인가 발견하기를 기대하는 것처럼 '보'를 뚫어져라 바라보다 재청이 대문 바깥으로 사라진 뒤에야 한숨을 내쉬며 뒤돌아섰다. 남들 눈에 띄지 않게 방으로 조용히 들어갈 생각이었지만 몸을 돌리는 순간 이미 실현될 수 없는 것이 되어 있었다.

"예서 뭘 하십니까, 아기씨?"

"깜짝이야. 기척도 없이."

유연의 놀람은 안도로 바뀌었다. 다른 사람의 눈에 띄었다면 곤란한 마음이 앞섰을 것이나 적어도 삼월이라면 그런 걱정은 접어 두어도 괜찮았다. 피차가 비밀을 공유하고 있는 상황이니 이미 공모자나 다름없었다.

"아기씨야말로 몸을 숨기고 계시지 않으셨습니까."

"주인 아기씨의 행동을 감시하는 건 나쁜 일이라는 건 알고 있을 터인데?"

"지나는 길이었습니다. 조그만 생쥐마냥 숨어 계시던 건 아기씨이셨는데 왜 쉰네를 탓하십니까."

유연이 방에 들어와 벽 앞에 깔린 보료 위에 앉았다가 이내 몸을 뒤로 기울였다. 반쯤 꺾인 자세로 누워 있는 그 모습은 어떻게 보아도 곱게 자란 얌전한 규수의 것이 아니었다.

"아기씨."

잔소리가 이어질 것이 분명한 부름말에 유연이 그 자세 그대로 팔만 들어 휘저었다.

"다 알고 있으니까. 잠시만."

눈을 제대로 붙이지 못하고 잠을 설친 탓에 몹시 피로했다. 이렇게 누워 있어도 잠이 오기는커녕 정신은 점점 더 맑아지고 있었지만 손끝 하나 까딱할 수 없을 만큼 노곤하여 일으키고 싶은 마음이 좀처럼 들지 않았다. 유연은 그렇게 누운 채 가만히 손가락을 꼽아 날짜를 헤아렸다.

외출은 보통 보름에 한 번 꼴로 있었다. 잦아지면 신 씨의 눈총을 살 것 같아 그 이상은 시도해 볼 생각도 하지 않았다.

신 씨는 아직도 유연이 기억에서 잊혀지면 지방에 사는 소박한 양반가에 시집보낼 수 있으리라는 소망을 버리지 않고 있는 모양이었다. 안방에 아침 문안 인사를 갔다가 그런 의미를 담고 있는 말을 들을 때면 마음이 불편해졌지만 그렇다고 있는 사실 그대로를 고백할 수도 없었다.

가난 구제는 나라님도 못 한다는 말을 반박하던 목소리가 등 뒤에서 들려온 그날을 기점으로 대략 보름에 한 번 있는 외출일이면 어김없이 환이 모습을 드러냈다.

다만 두어 달 전부터는 예외였다. 삼월이가 집을 나서는 길에 미리 언질을 주었다. 그 선비님을 이번에는 뵐 수 없을 것이라, 이번에도 나오시지 아니할 것이라, 여전히 매우 바쁘셔서 짬을 내기 어려우신 모양이라면서.

충분히 이해할 수 있고 반드시 이해해야 하는 일이었다. 대낮에 거리를 활보하니 한량과 무엇이 다르냐고 가볍게 농을 던지기는 하였어도 정인은 한가하게 사랑이나 속삭이며 소일해도 좋은 진짜 한량이 아니었다.

그녀와 함께하는 짧은 시간은 정말 쪼개고 또 쪼개서 열일 제치고 달려 나와 내어 주는 그런 시간이었다. 서운해하면 안 된다는 것을 머리로는 알아도 마음으로까지 온전히 받아들이지는 못했다.

"한량 취급이나 받고 있으니 앞으로는 너를 찾지 아니해야 할 모양이다."

농담인 것을 알고 있어도 그 말이 떠오르면 괜히 심란해졌다.

비록 그의 얼굴은 볼 수 없었으나 서화 사이에 남몰래 숨어든 시구는 평소와 다를 바 없이 그녀의 손에 들어왔다. 너를 잊지 아니한다는 의미에 따뜻해지던 마음은, 꽃보다 더 곱다는 여인들이 매혹하면 그녀 따위는 금방 잊어버릴 것만 같아 서늘하게 식기를 반복했다.

'설마 아버지께서 열어 보시는 일은 없겠지.'

유연은 스스로의 충동적인 행동이 신경 쓰였다. 간밤에 잠을 못 이루고 아침에 재청이 들고 가는 보의 매듭이나 무늬, 결 따위를 살핀 이유도 그 때문이었다.

괜한 짓을 한 건 아닐까, 없던 것으로 할 수 있게 몰래 빼내 와야 하는 것은 아닌가, 혹시 다른 이가 먼저 보거나 남의 손에 들어가게 되면 어쩌나. 마지막 생각에 닿자 몸서리를 쳤다. 그것만큼은 결단코 사양하고 싶은 일이었다. 하지만 재청이 등청한 이상 이미 엎질러진 물이었다.

늦은 밤이었다. 온갖 회의에 윤대와 강연, 호위병들의 야간 점호까지 끝내니 벌써 까마득하게 날이 저물었다. 환은 마치 혼자 남기를 기다린 양 나타나 단정하게 선 젊은 내관을 향해 시큰둥한 목소리를 냈다.

"그대를 부른 기억이 없다."

"전하께서 소신을 부르신 적은 없으십니다."

"그러면 의당 물러가야 하지 않겠는가."

"사소한 것이라도 발견하면 가져오라 명하신 것도 전하이시옵니다."

환이 그제야 눈을 들었다. 피로에 짜증이 겹쳐 이마에 절로 세로줄이 그어졌다. 그는 손등으로 문지르며 언을 바라보았다.

"과인이 무언가를 명한 적이 있었던가?"

최근 두어 달은 몹시 바빴다. 유연이 집을 나선다는 소식이 전해져도 짬을 낼 수 없을 정도였다. 혹시 이번에도 젊은 여인의 비밀스러운 외출에 대한 이야기일까 생각하였으나 조금 전 언의 발언은 연관이 없어 보였다.

언이 공손한 태도로 소매에서 무언가를 꺼내어 내려놓았다. 반듯하게 접혀 있는 평범한 종잇장이었다. 심드렁하게 내려다보던 환의 눈빛이 종이 뒷면으로 은은하게 비치는 필체를 알아보는 순간 마치 다른 사람인 것처럼 바뀌었다.

얼굴도 볼 수 없던 일 년이 넘는 시간에도, 잠깐잠깐의 만

남을 지속하는 동안에도 기대하지 못했던 답서를 펼치는 손
끝에 엷은 떨림이 밀려왔다. 소녀를 닮은 낭창낭창한 필체의
글귀가 그를 기다리고 있었다.

텅 빈 규방의 쓸쓸한 아낙
누구를 위하여 비단 이불 펴는가.
임 그리워 잠 설치는 깊은 밤의 한
오직 저 등불 하나만이 알고 있네*.

환은 시구의 끝에 찍힌 붉은 흔적을 바라보다가 그만 짧게
웃음을 터뜨리고 말았다. 건네었던 인장은 도로 그의 손에
돌아와 있었으니 규방에만 앉아 있는 소녀가 인장 따위를 가
지고 있을 리 없었다. 그럼에도 제가 써서 보내는 것이라는
증명은 하고 싶었던 모양이었다.

이것만큼은 보는 눈을 의식하지 아니할 수 없어 종이를 도
로 서안 위에 내려놓고 손가락으로 살짝 쓸어 냈다. 바짝 마
르면 처음부터 종이 그 자체였던 것처럼 스며드는 물감과 달
리 쓸어 낸 손끝에 붉은 흔적이 묻어났다.

그 손가락을 얼굴에 가까이했다. 기름기가 도는 엷은 꽃향
기가 희미하게 퍼져 나오고 있었다. 몇 번이고 망설이다 수

*이규보의 '규정(閨情)'.

줍게 찍어 눌렀을 입술 자국이 선연했다. 곁에 있으면 당장
에라도 안아 주고 싶을 만큼 사랑스러웠다. 그리움이 밀려들
었다.

환이 자리에서 일어나 창을 열었다. 흐릿한 등잔불로 방을
밝히고 있는 것이 무색할 만큼 환하게 밝은 달빛이 열린 창
으로 쏟아져 들어왔다. 이 달빛은 틀림없이 소녀가 머무르는
방문 앞에도 흘러내리고 있으리라.

"오늘 밤, 네 생각에 잠들 수가 없겠구나."

✤   ✤   ✤

"날이 이리 더운데 그렇게 꼭꼭 싸매고 있다가 음서(飮暑)할
까 염려스럽구나."

"반가 여인이 바깥을 나설 때의 법도가 이러하니 어찌하
겠사옵니까."

입추에 접어들며 한풀 꺾이기는 했지만 한낮의 더위는 한
여름에 버금간다 싶을 만치 강렬했다.

환은 유연이 눈코입만 겨우 보일 만큼을 남겨 두고 온몸을
쓰개치마로 감싸고 있는 것이 마땅치 아니한 듯 뒤쪽에서 쓰
개를 잡아당겼다. 까만 머리칼과 생기 넘치는 얼굴이 드러났
다.

"누가 올 것 같으면 뭔가 신호라도 보내 주겠지."

환이 유연의 얼굴을 힐끗 보았다. 잔소리 많은 몸종이야 항시 제 생각을 고스란히 표정에 드러내고 있어 마음을 짐작하는 건 전혀 어렵지 않았다. 또, 늘 무뚝뚝한 젊은 내관의 표정이 묘하게 느슨해진다 싶은 것도 그의 뒤를 따라 나올 때뿐이었다.

온통 그에게 정신을 쏟고 있는 소녀도 그 사실을 알고 있는지 궁금했다. 하지만 남의 일까지 염려하며 입에 올리기에는 주어진 시간이 짧아 몹시도 아쉬웠다.

"애초에 사람들이 자주 드나들 법한 곳이 아니지 않으냐."

환은 아직도 쓰개치마를 꼭 움켜쥔 유연의 손가락을 풀어내며 어깨 위에 얹혀 있는 옷자락을 걷어 냈다. 얼굴에서 어깨로 이어지는 부드러운 목선이 드러났다.

여름이라 쓰개치마도 한층 얇아져 있기는 했지만 차려입는 만큼 덧입는 것이니 덥지 아니할 리 없었다. 환이 유연의 어깨에서 벗겨 낸 옷가지를 낮은 나뭇가지에 걸어 놓았다.

"너를 불편케 하는 이런 법도도 내가 고칠 수 있을까."

얼굴 가까이에서 손부채질을 하고 있는 유연의 모습을 바라보며 환이 혼잣말처럼 중얼거렸다. 유연이 고개를 돌려 생긋 눈웃음을 지어 보였다.

"아니다, 그리하지 말아야겠구나."

잠깐의 시간 사이에 손바닥 뒤집듯 말을 바꾸는 환의 모습에 유연이 고개를 갸웃했다.

"누가 너를 제 눈에 담아 버리는 일이 생기면 곤란하지 않겠느냐."

"소녀에게는 이미 정인이 있지 않사옵니까."

부끄러움을 알지 못하는 것처럼 스스럼없이 꺼내 놓는 말에 환이 입가에 떠오르는 미소를 감추며 심드렁하게 대꾸했다.

"혹 아느냐. 저 좋다며 항시 꽁무니를 쫓아다니는 사내가 생기면 그 마음이 흔들릴지."

순간 유연의 마음 구석에 파랑이 일었다 사라졌다. 마음이 흔들린 적은 없었다. 다만, 답해 줄 수 없어 미안하였을 뿐. 유연이 목소리를 한층 밝게 했다.

"매양 스스로를 일컬어 잘난 사내라 말씀하시면서 저어하실 것이 무엇이옵니까."

"그것이야 의심할 나위 없는 사실이지만."

환이 유연의 곁에 다가서며 바람결이 식혀 놓은 목덜미에 가볍게 손을 얹었다. 서늘한 피부 아래로 미약하게 뛰는 맥박이 그의 손바닥을 가볍게 울려 댔다.

"누구나 다 미색에 혹하는 건 아니지 않으냐. 당장 나만 하여도……."

환이 말을 맺지 않고 싱글거리면서 유연의 얼굴을 내려다보았다. 지금도 예전처럼 재기 넘치는 눈빛에 생기발랄한 표정은 여전했지만 그것을 지우고 보아도 쉬이 잊히지 않을 것 같은 고운 얼굴을 하고 있었다.

　문제라면, 그가 스스로를 잘났다 말해도 잘난 척으로 보이지 아니할 만큼 출중한 외모를 지니고 있다는 사실일 터였다. 그리고 그런 이의 앞에 있으면 누구든 자신의 외모 따위는 하잘것없이 느끼게 마련이라는 점 또한.

　환의 싱글거리는 웃음이 무엇을 뜻하는지 눈치챈 유연이 뾰로통한 표정을 지어 보이기도 전에 그가 그녀를 끌어당겼다. 자칫하면 부서지거나 녹아 버릴 것 같은 여리고 가느다란 몸이 품 안으로 들어왔다.

　"오랜 기다림에 네가 지칠까 두렵구나. 누군가가 미소를 보내기만 하여도 네 마음이 돌아설까 봐 겁이 난다."

　목소리에 배어든 아픔에 유연이 조심스럽게 팔을 올렸다. 숨을 쉬는 게 버거울 정도로 꼭 안겨 있는 상태에서는 팔을 제대로 움직이는 것조차 자유롭지 않아 겨우 허리께를 다독여 주는 것이 고작이었다. 하지만 환은 그 미약한 움직임으로도 마음이 조금 누그러졌다.

　"일구이언(一口二言)하지 않사옵니다."

　"너의 그 성정을 내가 어찌 모르랴."

　"아시오면 아무것도 염려하지 마옵소서."

　유연이 팔을 뻗고 까치발을 들어 환의 목에 매달렸다. 그리움을 가득 품은 입술이 맞닿았다.

　"예전에 비해 더 다망해지신 모양이옵니다."

"그렇다 하여 너를 잊고 지내는 것은 아니다."

한 쌍의 다정한 연인은 좁다란 오솔길을 손을 맞잡고 걷다가 너른 돌 위에 나란히 앉았다. 환이 유연의 머리를 제 어깨에 기대어 놓았다.

"그리하셔야 훗날 저를 찾아 주실 것이니 기꺼운 마음으로 견디겠습니다."

유연은 마음에 이는 아쉬움을 꼭 눌러 담았다. 만나도 줄지 않고 떨어져 있으면 커지기만 하는 그리움은 오롯이 혼자만 품어야 하는 것이었다. 언제가 되어야 함께할 수 있을 것이냐고 채근할 수도 없었다. 연인의 곁에 있고 싶은 마음은 그 무엇과도 비교할 수 없었지만 부담이 되고 싶지는 않았다.

"하면, 요즘은 무엇을 도모하고 계시옵니까?"

유연이 한결 가벼워진 목소리로 물었다.

"마음으로 본받는 분이 있어 그분의 자취를 더듬어 보고 있으니 내 장차 그분의 반의반만 따라갈 수 있어도 좋겠다고 생각하고 있다."

비 온 뒤에 땅이 굳어진다 하였으니, 그 누구라도 무엇인가를 이루고자 하면 역경과 고난을 딛고 일어나야 하는 것은 만고불변의 진리와 다름없었다. 아주 어렸을 때부터 못마땅하게 여기는 따가운 시선과 생명의 위협까지 견뎌 내고 보위에 오른 이의 삶은 결코 순탄하다고 말할 수 없었다.

그럼에도 왕위에 오를 때의 상황을 비교하면 아무리 보아도 자신이 더 불합리한 처지에 놓여 있는 것 같았다. 환은 훨씬 더 어린 나이에 옥좌에 올랐고 정국은 그때보다 더 어수선했다. 왕의 권위는 미약한 데다 심지어 나라 바깥에서도 혼란이 밀려들고 있었다. 아득해지는 상황에 절망감이 느껴질 때면 그분을 떠올리며 애써 마음을 다잡았다.

"그 길을 좇다 보면 내 길을 갈 수 있을 것인지, 그리하여 후일 내 자취를 따르려는 후손이 생길 수 있을 것인지를 늘 생각하고 있구나."

"반드시 그리되실 것입니다."

환의 목소리에 실린 무거운 기운을 흩어 내려는 듯 유연이 밝게 말하며 그의 어깨에 기댄 몸에 조금 더 무게를 실었다.

"그대는 제 낭군님이시니까요."

그대, 낭군님. 소녀의 목소리로 한 번도 들어 본 적 없는 두 마디의 말이 환의 마음을 어지럽혔다. 행복감을 불러들이는 설렘과 별개로 잘못을 고백해야 하는 어린 소년의 마음이 되어 머뭇거리다가 입을 열었다.

"할마마마께서 빈청(賓廳)에 자손을 이을 처자를 구하라는 언문 교서를 내리셨다."

유연이 몸을 일으키려는 것을 느낀 환이 얼른 팔을 뻗어 어깨를 감싸 안았다.

"이미 금혼령이 내리지 아니하였사옵니까. 열넷에서 열아

흡까지, 단자를 올리라는 명이 내렸다는 이야기는 벌써 전해 들었사옵니다."

지금도 그에게는 정실인 중전이 있다. 품계를 받은 후궁도 있고, 그 외에도 그의 눈길을 기다리는 궁인이 손가락, 발가락 따위로는 헤아릴 수 없을 만큼 많을 것이 분명했다. 거기에 다시 절차를 밟아 들이는 여인이 늘어나는 것이다.

아무렇지 않은 것처럼 태연하게 말하기는 가슴 아픈 이야기였다. 유연의 목소리에 가느다란 한숨이 섞여 드는 것을 느낀 환이 몸을 돌리고 팔을 뻗어서 껴안았다.

"드리면 아니 되는 말씀이겠지만 너무하십니다."

유연이 투정을 부리듯 작게 속삭였다. 서운함을 표출하면 상처를 입힐지 모른다고 짐작하면서도 한마디도 하지 않고 넘어가면 원망만 커질 것 같아 토라진 기색을 숨기지 않았다.

"괜찮다고 거짓을 말하는 것보다 그리 말하는 편이 낫다."

환이 나지막하게 한숨을 내쉬었다. 정인은 언제 곁에 둘 수 있을지 약속도 할 수 없으면서 마음에 없는 여인을 곁에다 데려다 놓아야 하는 자신의 처지가 한심했다.

"서시가 살아 돌아온대도 눈길도 주지 않을 것이니라."

유연이 입술을 삐죽였다.

"지키지 못할 약속은 처음부터 하지 않으심이 옳습니다."

"어찌 나를 믿지 못할까. 그러면 너 말고 다른 여인을 기꺼이 품에 안으랴?"

유연이 대답 대신 그의 가슴에 얼굴을 파묻고 환의 귀에
들릴락 말락 하게 웅얼거렸다.

"그런 건 생각하기도 싫습니다. 하지만 어찌 다른 여인에
게 눈길도 주지 말라고 말씀드릴 수 있겠습니까."

환이 유연의 얼굴을 가슴에서 떼어 치켜 올렸다. 붉게 물
든 눈가를 애써 모르는 척하며 가볍게 놀리듯 말을 걸었다.

"늘 의젓하게 굴더니 투기도 할 줄 아는구나."

"사내건 여인이건 정인을 남과 나누고 싶지 아니한 것은
누구나 마찬가지이리라 생각하옵니다."

유연의 목소리가 새초롬했다.

"그럼에도 왜 여인에게만 투기하지 말라 하는지 모르겠습
니다. 어찌하여 제 마음에 담은 분은 여인을 한도 끝도 없이
거느려도 되는 분인지도요."

"그러게 말이다."

환이 한숨을 내쉬며 유연의 눈가를 가볍게 문질렀다. 손끝
에 엷은 물방울이 묻어나는 것을 보니 마음이 아려 왔다.

"내가 필부라면 좋겠구나. 오로지 너만 눈에 담고 마음에
품고, 품에 안을 수 있도록."

유연이 환의 가슴에 옆얼굴을 갖다 대었다. 빠르게 내달리
는 그의 심장 소리가 귓전을 울렸다. 환이 다짐하듯 말을 건
넸다.

"네가 내 곁으로 오기 전까지 아니, 그 이후에도 그 누구에게든 눈길도 주지 않으마."

✤   ✤   ✤

"전하."

어슴푸레한 불빛에 의지하여 장계를 하나하나 읽는 중이던 환이 눈을 들었다.

오늘 곁을 지키고 있는 자는 젊은 내관이 아니라 저 바깥에서 소일하는 늙은 내관 중 하나였다. 오래도록 장번을 하고 나면 며칠씩 여항에 있는 제집에 다녀오는 일이 종종 있었다. 딸린 식구가 없다 해도 밤낮의 구분도 없이 왕의 곁을 지킨다는 것은 쉬운 일이 아닐 터였다.

"금일 초간(初揀)*이 있지 않았사옵니까."

환의 미간이 절로 찌푸려 들었다. 궐 안 사람들의 신경은 온통 간택에 쏠려 있는 모양이었다. 어찌 되든 알고 싶지 않아 누구든 간택 비슷한 이야기를 꺼낼라치면 발언을 막았다.

지금도 언이라면 분명 입도 벙긋하지 않았을 이야기를 희봉은 스스럼없이 입에 올리고 있었다. 원래 눈치가 없는 편이기는 하였으나 제법 우직하게 일을 처리하는 편이어서 그

---

*초간:임금이나 왕자, 왕녀 따위의 배우자가 될 사람을 첫 번째로 고르던 일.

정도의 맹함은 묻어 두고 넘어갔음에도 오늘은 유난히 거슬렸다.

어찌하여 덕해 대신 이자를 불러들인 것인가 하는 후회가 밀려와 입을 열어 왕의 업무를 방해한 것에 대해 질책을 할까 잠시 고민하였다. 대꾸할 가치도 없는 질문이니 무시하고 넘어가는 쪽이 나을 성싶었다.

그러나 희봉은 도로 눈을 내리깐 환의 태도를 이야기를 지속해도 좋다는 허락의 의미로 받아들였다.

"전하께서도 아시옵겠지만, 처자들 가운데 다섯 명이 재간에 올랐사온데 그중……."

"시끄럽다."

듣다 못해 한 마디 내뱉자마자 희봉이 얼른 입을 다물었다. 한껏 좁아 든 미간에 꾹 다문 입술이 환의 기분을 고스란히 드러내고 있었다.

거의 삼 년 전쯤 있었던 삼간 때의 일은 궐을 한바탕 흔들어 놓기에 부족함이 없었다. 대왕대비전에서 있었던 일을 함부로 떠들어 댔다가는 무슨 일이 있을지 몰라 다들 목소리를 낮추었지만, 그 은밀한 목소리는 입에서 입을 건너고 문틈으로 새어 들며 벽을 뚫고 지나 모르는 이 없는 이야기가 되었다.

"주부의 딸을 중전으로 맞이하게 해 주십시오."

전하의 목소리가 굳게 닫힌 문 바깥까지 울렸다고 했다. 뜻을 관철하려 대왕대비마마와 언쟁까지 벌였다며 문밖을 지키던 나인이 소곤거렸다. 중전마마께서 동뢰연을 마치고 문을 걸어 닫았던 것은 그 사실을 알고 마음 상했기 때문이라는 이야기도 떠돌았다.

전하께서 단 한 번밖에 못 본 그 여인을 잊지 못해 다른 여인에게로 향하는 발길을 끊으셨다는 말이 궁을 휘저었다. 처음에는 반신반의했으나 이 년 넘게 사정이 변하지 않다 보니 지금은 누구나 고개를 끄덕이고 있었다.

방탕한 자가 마음을 잡기란 쉽지 않은 것이나 일단 마음을 돌리기만 하면 누구보다 건실하게 된다더니 사실이었나, 속닥이는 자도 있었다.

그 내막을 모두 알고 있는 희봉은 젊은 왕의 처지를 누구보다도 안타까워했다. 그래서 몹시 냉담한 환의 대꾸에 당황할 수밖에 없었다. 초간이 있었으니 누가 재간에 올랐는지 정도는 이미 보고를 받았을 것이 분명했다. 재간에 오른 그 면면을 보면 당장에라도 대왕대비마마를 찾아뵈어야 마땅했다.

변하지 않은 확고한 뜻을 강조하든, 넙죽 감사 인사를 올려 혹여 대왕대비가 다른 뜻을 갖고 있어도 어찌할 수 없도록 분명하게 일을 매듭짓든.

그런데 전하께서는 머리가 지끈거릴 종잇장들만 붙들고 있을 뿐이었다. 사내가 계집을 품는 것이 나랏일보다 중요하랴 생각하면 이해 못 할 일은 아니었다. 하지만 긴급한 일도 아닐진대 사랑하는 여인을 곁에 두기 위한 짬을 내는 것도 어려운가.

희봉이 속으로 두 가지의 가능성을 떠올렸다. 사내란 어쩔 수 없어서 처자에 대한 마음이 식어 버렸거나 전하께서 여인에 대한 흥미를 완전히 잃어 환관이나 다름없는 처지가 되어 버리셨거나.

어느 쪽이든 가엾은 마음에 희봉은 저절로 새어 나오는 한숨을 입을 다물어 삼켰다.

한 통의 서간을 사이에 두고 부부가 마주 앉았다. 기묘한 익숙함이 감돌았지만 달라진 점이라고는 사랑에서 안방으로 장소의 변화가 생긴 것뿐이었다.

"이걸 어찌……."

"무얼 물으십니까. 소첩이 무어라 말씀드리든 지엄하신 상감마마의 명이니 받잡을 수밖에 없지 않겠느냐 말씀하실 분께서요."

신 씨의 목소리에는 불평이 섞여 있었다.

지난번에는 몹시도 깊은 밤에 밀서인 양 비밀리에 전해졌던 한 통의 서간이 온 마음을 어지럽혔다. 이번에는 날이 어둡기 전에 관복을 차려입고 찾아온 사자가 점잖게 내어놓고 갔으나 마음을 뒤흔들어 놓은 것은 피차일반이었다.

"부인이 내키지 않는다면……."

"됐습니다."

재청이 망설임 끝에 내어놓은 말을 신 씨가 단칼에 잘랐다. 조금만 지나면 '그래도 국록을 먹는 벼슬아치가 되어서 그리할 수 없겠다'고 이야기할 게 분명한 남편의 성격을 잘 알고 있었다.

"왜 이걸 보내신 걸까요."

그러나 피어오르는 궁금증은 어찌할 수 없었다.

성년이 지난 지도 퍽 오래되었는데 아직 원자를 두지 못한 왕의 처지를 생각하면 후궁을 간선하기 위한 간택이 또 열리는 것은 이상하지 않았다. 초간택에서 재간택, 삼간택을 거쳐 간선되는 것이 보통이기는 했으나 단자의 수가 적은 경우 재간 전까지 단자를 받는 경우도 종종 있기는 했다.

그러나 이번 재간에 참예해야 한다는 통지를 받게 되리라고는 상상도 못 했다. 단자를 올리지 아니하였을 뿐더러 지난번 삼간까지 오른 뒤 이미 왕의 여인이라는 서간도 받지 않았던가.

"깊은 뜻을 어찌 헤아리겠소."

"처녀로 늙어 죽으라는 어명을 한 번 더 받게 되어 우리 아가가 상처 받을 것을 떠올리면 정말 야반도주라도 하고 싶은 마음입니다만."

한숨을 쉰 신 씨가 커다란 장 맨 아래 서랍에서 커다란 보퉁이를 꺼내어 매듭을 풀었다. 화사한 빛깔의 고운 옷감들이 켜켜이 쌓여 있었다. 연두 빛깔의 곁마기를 펼쳐 놓고는 가볍게 손끝으로 쓸어 냈다. 삼 년 전 입혀 보고 아픈 마음으로 개켜서 꼭꼭 숨겨 두었던 그 옷이었다.

"따르지 아니할 수 없는 명이오니 어쩔 수 있겠사옵니까."

�❖   ❖   ❖

유연이 단정하게 앉아 눈을 감았다. 가마의 흔들거림이 고스란히 온몸으로 전해졌다.

눈을 감은 채 천천히 대왕대비며 왕대비의 눈빛을 되새겼다. 오가는 문답은 지극히 평범하여 이후를 짐작하거나 눈치챌 만한 것은 없었다. 다만 순수한 관심이라고 받아들이기에는 미묘하게 마음에 걸리는 구석이 있었다.

"내게는 아무것도 없다."

유연은 환의 목소리가 얼마나 쓸쓸하고 처연하게 울렸는지 생생하게 기억하고 있었다.

104

"전하께는 대왕대비마마가 계시옵니다."

그 말에 쉬이 대답하지 못하던 환의 표정도 선명하게 떠올랐다. 유연은 대왕대비의 꼿꼿한 자세와 단호한 입매, 엄격한 목소리를 들으며 환의 반응을 이해했다.

사방이 막혀 있는 가마 안의 공기가 답답해 살짝 창을 열자 서늘한 바람이 불어 들었다. 안에서는 잘 보이지 않았지만 오르기 전의 기억을 더듬었다. 맨 앞에는 내관이 앞장서고 별감이며 무감(武監)이 일고여덟 명쯤, 그 외에도 서른 명에 가까운 사람이 가마의 앞뒤에서 따르고 있었다.

가마에 오르기 전 그녀를 배웅하던 이 중에서는 낯이 익은 자들이 있었다. 짧은 순간이었으나 눈이 마주쳤을 때 얼른 눈웃음을 보내고는 허리를 굽혀 인사했다. 예전보다 더욱 정중해진 태도는 그녀에게 어떤 앞날이 주어질 것인지를 깨닫게 했다. 그것이 좋은 일일지 유연은 확신할 수 없었다.

"그 누구도 감히 무어라 말할 수 없게 되면 가장 먼저 너를 찾을 것이니."

그가 약조했다. 더없이 소중한 듯 품에 안고 사랑스러워 못 견디겠다는 눈빛으로 목소리에는 굳건한 의지를 담아서. 그 목소리를 들으며 그날이 쉽게 다가오지 않으리라는 것을 짐작했다. 그렇기에 단단하게 마음을 먹고 의지를 다졌다. 하루가 일 년 같은 기다림이어도 일 년을 하루처럼 생각하며 기다리리라고.

그러나 아직 약조한 때는 아닌 것 같았다. 그녀의 존재가 그에게 짐이 될 것 같아 두려웠다. 선선한 바람이 불어 드는데도 마음이 가벼워지기는커녕 더더욱 가라앉았다. 유연이 창을 닫으며 다시 한숨을 내쉬었다. 이런저런 생각을 해 보아도 부질없는 일이었다. 그녀에게는 선택권이 없었다.

"잘 오셨소, 주상."

환이 무감한 얼굴을 하고 김 씨의 앞에 앉았다.

"어인 일로 부르셨사옵니까, 할마마마."

"오늘 재간이 있었습니다. 주상의 배필을 맞이하고자 함인데 어찌 그리 관심이 없을 수 있습니까?"

환의 표정을 살피던 김 씨가 소리 없이 웃으며 두루마리 하나를 내밀었다.

"어떤 이들을 가려냈는지 주상께서 틀림없이 궁금해할 것 같아서 말이지요."

환이 열의 없는 손동작으로 두루마리를 펼쳤다.

이번에는 또 어떤 집안의 여식을 올려놓았을 것인가. 김 씨와 아주 조금이라도 연이 닿아 있는 인척이라면 세를 더 늘리기 위함일 것이고 그게 아니라면 경계할 필요가 없는 아주 한미한 집안의 여식을 골라놓았으리라. 지난번도 그러했다.

천천히 훑어가던 눈길이 딱 멈추었다. 두루마리에 가려진 얼굴 표정은 보이지 않았으나 양 끝을 세게 움켜쥐는 손짓에서 마음에 이는 동요가 드러났다. 이를 눈치챈 김 씨의 미소에 사느란 기운이 배었다.

환이 두루마리를 원래대로 말아 내려놓고 김 씨의 얼굴을 바라보았다. 김 씨가 다시 펼쳐 환이 글자를 똑바로 읽을 수 있도록 서안 위에 올렸다.

"주상도 알다시피 이런 건 절차에 지나지 않습니다. 한 번만 보아도 누가 가장 적합한지 가려내는 것은 어렵지 아니하지요. 하여, 이미 마음은 정하였습니다."

김 씨의 손가락이 한 점을 짚었다. 환의 눈길이 김 씨의 손가락이 있는 곳에 머물렀다.

"지난 간택 때 주상이 비(妃)로 맞이하고 싶다 하였던 바로 그 여인이오."

"그적에는 여덕이 부족하고 얌전하지 못하여 적합지 아니하다 말씀하지 않으셨사옵니까?"

"시간이 흐르면 철없는 아이가 의젓한 어른이 되지 아니합니까. 그적보다 훨씬 음전한 여인이 되어 있더이다."

궐에 들이지도 아니한 소녀의 모습 따위가 제대로 기억에 남아 있을 리 없었다. 어린 소녀가 훨씬 성숙하고 단아한 자태로 변하였으리라 짐작했을 뿐이다. 김 씨는 기억도 나지 않는 이야기를 짚어 내는 환의 얼굴을 바라보다 생각난 듯 덧붙였다.

"중전이 갖추어야 할 덕목과 후궁이 갖추어야 할 덕목이 조금 다르기도 하거니와……."

환의 눈썹이 미미하게 꿈틀거렸다. 딱딱한 목소리로 김 씨를 향해 대꾸했다.

"중전이든 후궁이든 간선은 내명부 소관 아니옵니까. 굳이 소손을 부르신 연유를 잘 모르겠사옵니다."

아무렇지 않은 척하고 있어도 마음이 어지러웠다. 단 한순간도 유연이 그립지 아니할 때가 없었다. 정무에 온 신경을 곤두세우고 경서에 파묻히는 것으로 애써 지워 내는 연정은 그도 모르게 스며들었다가 잠시만 긴장을 늦추어도 불쑥 솟아올랐다.

벼슬아치가 올리는 장계의 글자 사이사이나 발걸음을 휘감는 한 줄기 바람에도, 밤하늘을 밝히는 수줍은 달에도 그녀가 있었다.

더는 그렇게 그리움을 삭일 필요가 없다. 그의 여인은 눈을 뜨면 새벽안개처럼 감싸 안아 줄 것이고 날이 저물면 저녁에 내리는 빗방울처럼 그에게 스며들리라. 밤을 같이 보내지 아니하여도 아침 문안 인사를 올리겠다며 수줍은 미소를 머금고 찾아오고 그가 찾는다 하면 언제고 달려오지 않겠는

가. 그 어떤 희생을 감수하게 되더라도 얻고 싶은 결과였다.

"간택의 결과로 입궐하는 점은 비슷하다 하여도 비(妃)가 되지 못하여 입궐하는 이와 왕실 자손을 잇기 위해 고르고 골라 간택하는 후궁을 같다 할 수는 없지 않겠습니까. 하여, 주상이 크게 기꺼워하리라 여겼는데 아니었습니까."

김 씨의 목소리에 서운함이 배어 있었다. 환이 선뜻 입을 열지 못했다. 그는 여전히 아무것도 손에 쥐지 못한 채였다.

궐 안은 평온해 보여도 늘 살얼음판을 밟는 것처럼 위태로운 곳이었다. 온종일 붙어 있을 수도 없는 그가 과연 그녀를 지켜 줄 수 있을 것인지 사랑하는 마음을 온전하게 드러내도 괜찮을지 자신할 수 없었다.

"주상이 내키지 아니한다고 하면 생각을 바꿀 수밖에 없겠지요. 하나, 이번에는 출궁할 때의 모습이 크게 달랐을 것이니 아마 그 처녀도 일이 어찌 되고 있는지 짐작하고 있을 것입니다. 이번에도 지난번과 똑같은 결과를 받아 들게 되면 그 마음에 입는 상처가 더욱 클 것을요."

은근한 위협처럼 들리는 말에 환이 주먹에 힘을 주었다.

내가 너를 들일 수 있을 때까지 기다려 달라 하였다. 지금이 그때가 아님은 그녀도 잘 알고 있을 것이다. 그러니 지금 당장 곁에 두지 않겠다는 결정을 해도 이해해 주겠지만.

"그 마음에 입는 상처가 더욱 클 것을요."

그럼에도 또다시 버림받았다는 느낌을 받게 될 것이고 여린 마음에 상흔이 남게 되리라.

"할마마마."

환이 한참 만에야 입을 열었다. 들어올 적과는 몹시 다른, 낮게 가라앉은 데다 가슬가슬하게 긁히는 듯한 목소리였다.

"왜 그러십니까, 주상."

"소손에게 무엇을 원하시옵니까."

김 씨는 환의 눈동자에 일렁이는 불안한 빛을 읽어 냈다. 애처로움이 깃든 눈빛에 약해지려는 마음을 다잡았다.

어찌 되었든 손자가 원하는 일을 해 주는 것 아닌가. 그녀의 행동은 손자를, 그리고 나라를 위한 일이었다. 아직도 미성숙하여 무조건 반대하는 것이 옳다고 생각하는 손자를 아직 더 가르칠 필요가 있었다. 김 씨가 다정한 미소를 보냈다.

"손자에게 무엇을 원하는 할미가 어디 있겠습니까. 그적에 주상의 뜻을 미처 헤아리지 못한 데 대한 사죄의 뜻이고 더 다복하게 지내기를 바라는 마음인 것이지요. 주상이 조금 더 사려 깊게 행동하기만 하면 더 바랄 것이 있을까요."

중요한 이야기는 항상 마지막에 나오기 마련이었다. 아무런 사심도 없는 것처럼 내놓는 말이었지만 김 씨가 그에게 무엇을 원하는지 알게 된 환이 쓴웃음을 지었다.

그의 정인은 틀렸다. 권력이란 혈육의 정 따위는 아무렇지도 않게 끊어 낼 수 있을 만큼 비정한 것이었고 그것은 자신의 피가 절반이나 흐르고 있는 아들에게도 마찬가지였다. 하물며 그는 대왕대비에게 있어 아들보다 곱절은 더 먼 손자였다.

"그 뜻을 거스르려 하지 마시고 작은 것부터 조금씩."

그를 달래듯 부드럽게 이야기하던 유연의 목소리가 떠올랐다. 혼란스럽던 마음이 서서히 가라앉았다. 일의 선후가 바뀐들 어떠하랴. 그녀를 곁에 두고 그다음에 모든 것을 지켜 낼 힘을 얻어 내면 그만이었다. 그녀를 곁에 둘 수만 있다면 모든 것을 내어 주어도 괜찮다 생각하던 시절도 있었던 것을.

환이 천천히 생각을 가다듬었다. 어쩌면 이번 일은 그에게 온 기회의 시초일 수도 있었다. 마음으로 존경하는 증조부의 뒤를 밟는 첫걸음.

"소손의 심정을 헤아려 주시는 할마마마의 정이 가없으시니 그저 감읍할 따름이옵니다."

몹시 차분해진 환의 목소리에 김 씨가 살짝 얼굴을 굳혔다.

"원컨대, 소손의 청을 하나 들어주옵소서."

"무엇이든 말씀해 보시지요."

"할마마마께서 듣고 저어하실까 염려스럽사옵니다."

갑자기 평정을 되찾은 태도에 김 씨의 머릿속이 복잡해지기 시작했다. 환이 예전에 비해 정사(政事)를 돌보는 데 퍽 적극적이라는 이야기를 몇달 전부터 간간히 들어 왔다. 그렇다고 해도 여전히 반대 의사를 표하는 법도 별로 없고 흔쾌히 인장을 찍어 공표해 주었다.

뭘 획책하는 것 같지도 않고 무엇보다도 그럴 만한 세를 갖고 있지도 못했다. 나이를 먹으면서 쓸데없는 걱정이 늘고 있기 때문이라 자신을 책망한 김 씨가 인자하게 대답했다.

"지엄하신 주상이기 이전에 내 하나뿐인 손자이니 그리 간곡히 말씀하시는데 어찌 싫다 하겠습니까."

"이 여인을……."

환이 손가락을 두루마리 위에 올렸다. 드러내 놓고 쓰다듬을 수는 없었으나 손끝으로 지그시 누른 그 글자에 온기를 불어넣었다.

"빈궁(嬪宮)으로 맞이하겠사옵니다."

"그건……."

예상하지 못했던 말에 김 씨가 크게 당황했다. 간택 후궁은 숙의(淑儀)로 맞아들이는 것이 관례였다. 빈(嬪)은 원자라든가 왕자군을 생산한 연후에나 고려할 수 있는, 후궁에게 내릴 수 있는 최고의 봉작이었다.

"한때 중전으로 맞이하고자 하였던 여인이니 그 정도는

되어야 마땅하다 생각하옵니다."

"그 문제는 후사를 생산하고 난 이후에 생각하여도 늦지 아니합니다, 주상."

"선례도 있사옵니다. 할바마마와 관련된 일이니 할마마마께서도 아시겠지요."

선왕의 생모는 정비(正妃)가 아니라 후궁이었다. 원자를 낳아 책빈된 것이 아니라 입궐할 때부터 이미 빈(嬪)이었다. 김씨의 표정에 미묘한 변화가 생기는 것을 감지한 환이 조금 여유로운 표정을 지었다.

"굳이 선례를 운운하지 않아도 할마마마께서 엄밀하게 살피시어 고른 여인이지 않사옵니까. 하물며 중전이 갖추어야 할 덕목과 조금 다르다 말씀하셨으니 필시 후사를 낳는 것이 최우선이라는 뜻 아니겠사옵니까. 어느 쪽이든 어차피 일어날 일일진대, 그 순서가 조금 바뀐다 하여 무엇이 문제가 되겠사옵니까."

"만일 불가하다 하면 어찌하시겠소?"

"굳이 맞아들이고 싶지 아니하옵니다."

환의 목소리가 단호했다.

"그 말씀인즉 이번에 입궐할 후궁을 다른 여인으로 바꾸어도 관계치 않겠다?"

김 씨가 환을 흔들 요량으로 간택의 결정권을 은근슬쩍 들이밀었으나 그는 눈 하나 깜짝하지 않았다.

"간택은 내명부의 소관이오니 소손이 무엇을 말씀드리리까. 다만, 여인을 취하는 것만큼은 소손의 뜻이오니 그에 대해 다른 말씀하지 아니하셨으면 하옵니다."

후사 생산 따위는 꿈도 꾸지 말라는 말이나 다름없었다. 예전 같으면 코웃음 치며 넘겼을 일이지만 요즘의 동정을 살펴보건대 단순한 엄포라고 보기 어려웠다.

김 씨가 체통에 어울리지 않게 입술을 잘근잘근 깨물었다.

"하면, 소손은 이만 물러가겠사옵니다."

환이 몸을 일으켰다.

"주상."

마음을 정한 김 씨가 환의 얼굴을 올려다보았다. 환과 김 씨의 눈빛이 맞부딪쳤다.

❋　　　　❋　　　　❋

"이게 다 어찌 된 것입니까, 어머니?"

안방을 들어서자마자 보이는 것들에 유연이 눈을 휘둥그레 떴다. 화려한 자줏빛 보가 각진 물체 하나를 감싸고 있었다. 섬세하게 수놓인 보에 눈길을 빼앗기고 있다가 어렵사리 눈을 옆으로 돌리니 까맣게 옻칠이 된 커다란 함이 위풍당당하게 자리를 차지하고 놓여 있었다.

"아마도 삼간 때 입을 의복이 온 모양이구나."

신 씨가 조심스러운 말투로 대꾸했다. 지난번하고 똑같이 준비하여 내보낸 딸이 오후에 돌아올 적에는 생각지도 못한 행렬을 이끌고 집에 도착했다. 난데없는 육인교를 타고 도착한 데다 앞뒤로 잔뜩 늘어선 사람 수는 집안에서 부리는 사람보다 더 많았다.

긴 행렬의 맨 앞에 서 있던 내관이 슬쩍 언질을 주었다. 이 댁 아가씨가 삼간에 오를 것이고 아마 그 이후 곧장 별궁으로 향하게 될 터이니, 삼간이 있기 전까지가 부모 자식 간의 정을 나눌 수 있는 마지막 시간이 되리라고.

조만간 딸아이는 감히 딸이라고 부를 수도 없을 만큼 존귀한 이가 될 것이었다. 혹여 마음에 상처를 입을까 염려하여 야반도주까지 고민했던 것이 무색할 정도였다.

홀로 늙어 가는 것보다야 몇 배는 더 아니, 헤아릴 수 없을 만큼 잘된 일이었지만 가만히 누워 생각해 보면 더럭 겁이 나기도 했다. 사가로 치면 시할머니에 시어머니까지 있는 층층시하에다, 정실부인은 물론 첩실까지 둔 사내에게 시집을 보내는 셈이었다.

너그러운 어미의 눈으로 보아도 부족한 점이 많은 아이였다. 귀염 받으면서 살 수 있을 것인가는 사치스러운 고민이고 법도며 규율이 엄격한 궐에서 잘 버텨 낼 수 있을지 염려스러운 건 당연했다.

"그렇군요."

짧게 대답하는 유연의 목소리에는 별다른 감흥이 묻어 있지 않았다.

"무엇이 들어 있는지 미리 보아 두는 것도 나쁘지 않겠지."

신 씨가 다정하게 손짓하여 유연을 곁에 앉혀 놓고 까만 함의 뚜껑을 열었다.

가을이 깊어 가는 날에는 시리게 보일 만큼 선명한 초록 빛깔의 당의가 곱게 개켜져 있고, 그 위에는 붉은 기가 도는 보랏빛 비단에 화사한 꽃무늬가 수놓인 온혜(溫鞋)가 한 켤레 놓여 있었다.

송화색 명주 저고리와 그 안에 받쳐 입는 분홍색 비단 저고리며 눈부시게 하얀 모시 속적삼, 다홍빛이 선명한 비단 겹치마와 올이 구분되지 아니할 것처럼 몹시 고운 흰색 치마에 속바지며 바지까지. 더 나올 것이 있나 싶을 때 마지막으로 눈에 들어온 것은 결이 고운 무명천을 누벼 만든 대자였다.

유연이 얼굴을 붉히며 신 씨가 꺼내 놓은 것들을 얼른 그 위에다 차곡차곡 포개어 덮어 냈다. 이런 것들을 환이 직접 갖추어 보내는 것이 아님은 알고 있었지만 속옷 일습까지 나오는 것을 보고 있노라니 왠지 낯부끄러운 느낌이 들었다.

처음으로 감정이라고 할 만한 것을 얼굴 위로 비치는 딸을 보고 신 씨가 빙그레 웃으며 자줏빛 보를 앞으로 끌어당겼다. 보가 미끄러지며 크기가 작은 문갑 하나가 모습을 드러냈다.

나무로 만들어 옻칠한 것이야 흔히 보아 온 것이지만 금칠을 한다는 것은 듣도 보도 못한 것이어서 둘 다 잠깐 동작을 멈춘 채 문갑을 뚫어져라 바라보았다. 유연이 머뭇거리는 손길로 서랍을 잡아당겼다.

족두리에 금박댕기, 진주가 장식된 떨잠에 지환(指環), 산호며 밀화, 공작석이 매달린 노리개까지. 잊고 있던 부담감이 양어깨 위에 묵직하게 놓이는 느낌이었다.

그녀가 연모하고 있는 이는 한가하고 돈 많은 한량 같은 선비가 아니라 단 하나뿐인 존귀한 분이었다.

유연이 서랍을 닫았다. 고운 장신구는 서랍 안으로 숨어들었지만 반짝거리는 문갑은 여전히 앞에 놓여 있었다.

"아가."

신 씨가 부드럽게 유연을 불렀다. 유연이 고개를 돌려 어머니의 얼굴을 바라보았다.

"우리 딸."

신 씨가 팔을 뻗어 유연을 당겨 안았다. 나이에 비해 체구가 작은 딸은 늘 어린아이 같았다. 팔랑거리는 나비를 잡으려 숨죽이고 숨어 있다가 재빠르게 몸을 날리는 고양이처럼 기회만 되면 살그머니 집을 빠져나가는 뒷모습을 보았다. 대개는 너그럽게 눈감아 주었지만 가끔은 못마땅한 마음에 잔

소리를 늘어놓기도 하고 그것을 묵인해 주고 있는 남편에게
불평을 늘어놓기도 했다. 여인다운 면모를 갖추라며 불러다
훈계를 한 적도 여러 번이었다.

"이렇게 부를 수 있는 날도 얼마 남지 않은 것 같구나."

"어머니는 언제까지고 어머니이신 것을요."

유연은 뭉글해지는 가슴을 억누르며 조그맣게 대꾸했다.
신 씨가 고개를 저었다.

"지금 같을 수는 없겠지. 내 너를 제대로 가르치지 못하여
앞으로의 생활이 녹록치 않을 것 같아 염려스럽지만……."

그녀의 품에서 벗어나게 된 딸은 먼 시골보다 더 아득하게
느껴지는 곳으로 가게 되었다. 모든 게 다 걱정이었지만 후
회되는 것도 하나였다. 사무치는 마음으로 낮게 읊조렸다.

"이럴 줄 알았으면 너를 더 귀애해 줄 것을."

"감축드리옵나이다, 전하."

"과인이 그대에게 부탁할 것이 있으니 잠시 고개를 들라."

"하명하시옵소서."

"삼간이 끝나지는 아니하였으나 이미 가례 준비가 한창인
것은 그대도 알고 있을 터, 일의 진행 상황을 글로 담아 주었
으면 한다. 시일이 오래지 아니하였으니 초간 때의 일을 알
기도 어렵지는 아니하겠지. 그적부터 시작하여 가례가 끝날
때까지 가능하다면 그 이후에도 줄곧. 무엇을 준비하고 무엇

을 내렸으며 무엇을 입었는지 하나도 빠짐없이 말일세."

박 상궁이 허리를 굽혀 그 뜻을 받들겠다는 몸짓을 해 보였다. 환의 목소리가 다시 이어졌다. 조금 전에 비해 조심스러워진 목소리라 박 상궁이 귀를 기울였다.

"빈궁의 곁을 지키는 것을 그대에게 부탁하고 싶은데."

짐작하고 있었다는 듯 박 상궁이 엷은 미소를 머금었다. 환은 박 상궁이 곧바로 대답하지 않자 서둘러 말을 이었다.

"그대의 격에 맞지 아니하다 여길 수 있음은 알고 있으나 당부를 전할 이가 달리 없으니 과인의 뜻을 곡해하지 말라."

유연이 궁에 들어와서 겪게 되는 일들이 모두 순탄하고 평온하지는 않을 것이었다. 그가 없을 때 마음을 다치거나 눈물을 떨구는 일을 조금이라도 막아 주려면 곁에 믿을 만한 이를 두는 게 가장 좋았다.

"조만간 별궁에 대해 내릴 전교의 초(草)일세. 이것으로 내 뜻을 짐작하여 혹 거리낌이 있어도 과인의 뜻을 짐작하고 마음을 다해 주기를 바랄 뿐."

환이 서안 아래쪽에서 두루마리 하나를 꺼내었다. 박 상궁이 두 손으로 공손하게 받아 들었다. 여인임을 고려하여 언문으로 바꾸어 쓴 그 글귀를 몇 번이고 읽어 내려갔다.

바라던 여인을 맞이하는 사내의 지극한 마음 이면에 숨은 야망을 읽었다. 꿈꾸다 깨어나고 소중히 품어 오다 산산조각 나기를 반복해 온 그 염원을 다시금 살려 내려는 첫 시도였다. 한 여인의 존재가 그 시발점이 되었다. 이제 더욱 박차를 가해 달려 나갈 수 있으리라. 다시는 잃을 수 없는 소중한 것이기에.

"어명을 받드는 것을 업으로 삼아 왔사온데 무엇을 저어하고 망설이겠사옵니까."

박 상궁이 분명한 목소리로 대답했다.

"과인이 잘하고 있는 것일까."

박 상궁을 내보내고 난 자리에는 그 혼자만 남았다.

"유연."

아주 희미한 목소리로 소녀의 이름을 불렀다. 아른거리는 불빛 사이, 감출 수 없는 생기를 품고 미소를 보내는 모습이 앞에 앉아 있었다. 꾸밈없는 태도에 흥미가 일었고 소녀가 가진 모든 특성이 하나하나 스며들며 종내는 그의 마음을 움켜쥐었다. 도저히 벗어날 엄두를 낼 수 없을 정도로.

"너를 내 곁에 두려한 것이 너의 매력을 쇠하게 하는 결정이라면 어찌할까."

"쇠하면, 마음도 함께 거두어들이실 것이옵니까?"

새침한 표정으로 되묻는 목소리가 들리는 것 같아 빙그레 미소 지으며 손을 뻗자 소녀의 모습은 흔적도 없이 사라졌다. 그럼에도 그의 미소가 지워지지 않았다.

곁에 둘 수 없다는 체념이 심중에 스며들고 시기를 기약할 수 없는 초조함이 마음을 좀먹어 갈 적과는 사정이 달랐다. 허상이 아니라 실체를 곁에 둘 수 있게 되었다.

길어야 두 달 남짓. 그 정도는 기꺼운 마음으로 견뎌 낼 수 있는 것이었다. 환영이 사라진 것도 깨닫지 못하고 환이 다정하게 속삭였다.

"내 마음에 이미 너뿐인데 어찌 그럴 수 있으랴."

❊   ❊   ❊

"옷부터 마저 입으시면 아니 되시겠습니까?"

"뭘 먼저 하든 상관없지 않으냐."

"누가 오기라도 하면 어쩌시려고……."

"여기에 오긴 누가 온다고. 혹 사람이 오면 할멈이 알려 주겠지."

미간을 찌푸린 삼월이는 한숨을 삼키었다. 다홍빛 치마까지는 제대로 갖추어 입어 놓고 정작 위쪽으로는 잠자리 날개처럼 얇아 어깨며 팔이 고스란히 비치는 연보랏빛 속저고리만 걸친 채 봉두난발로 앉아 있는 유연 때문이었다.

'가엾은 분이야 따로 있지.'

삼월이가 빗을 쥔 손에 힘을 주었다. 매끄러운 머리칼을 빗어 내리며 지엄하신 상감마마를 동정했다.

그 앞에서 수줍게 미소 짓고 작은 목소리로 속삭이는 모습을 꾸며 낸 것이라고 하기는 어려웠지만, 그렇다고 평소 모습과 똑같지도 않았다. 지금만 해도 그가 오지 않으리라 확신하고 있기에 이리 느슨한 태도를 취하고 있는 것이었다. 워낙 짧은 시간을 함께했기에 꼬리를 밟히지 아니했지만 혼례를 올리고도 그러할까. 실체를 알고 나면 이미 때가 늦었을 터이니 후회하는 것도 본인의 몫이었다.

"아기씨가 아직도 이러시니 혼례를 올리신대도 어찌 마음을 놓겠습니까. 좋든 싫든 곁에 딱 붙어 있어야지."

유연이 가벼운 웃음소리를 내더니 몹시 진지하게 대꾸했다.

"나를 따라오면 고생길이 훤할 것 같아 너는 그대로 집에 머무르게 할 생각이다."

빗질을 마치고 머리카락을 한데 모아 쥔 채 땋기 시작하던 삼월이의 손길이 멈칫했다. 입성은 나아질지 몰라도 숨쉬기도 어렵다는 궐 생활에 대한 기대는 거의 없었다. 가끔 생각하면 밤을 뜬눈으로 지새울 만큼 심란했지만 당연히 교전비로 따라가리라 생각하고 마음을 가다듬고 있었다.

"아기씨?"

"그간 내 곁에서 수고가 많았으니 이제는 좀 쉴 때도 되었지. 어머니께서도 조만간 말씀하실 것이야."

신 씨는 그동안 딸의 처지에 대한 고민으로 가득 차 있어 집 안에서 일어나는 소소한 일들까지는 신경 쓰지 못하고 있었다. 전혀 예상하지 못한 방향이기는 해도 유연의 문제가 해결되고 나니 비로소 다른 것들이 눈에 보이기 시작했다.

삼월이에 대한 것도 그중 하나였다. 제 마음대로 구는 아기씨의 곁을 오래 지켜 준 아이에게 그에 알맞은 대우를 해 줄 것이다. 유연은 그들이 비밀리에 어떤 행동을 했는지 안다면 호되게 꾸짖어 내쫓으리라는 사실은 모른 척했다.

"교전비도 결국에는 나인(內人)이니 입궐하게 되면 죽기 전에는 궐에서 나올 수 없다 하던걸. 그렇다고 연적(戀敵)이 되고 싶지도 않고 말이야."

생글거리며 덧붙인 유연의 말투에는 은근한 장난기가 배어 있었다. 삼월이가 한쪽 눈썹만 살짝 찌푸렸다. 그분의 눈빛만 보아도 연적 따위는 가당찮은 말이라는 건 누구나 알 수 있었다. 어쨌든 그 장난기 다분한 말속에서 자신에 대한 애정을 읽어 낸 삼월이가 짧은 한숨을 내쉬었다.

"아기씨께서 염려하실 일이 아닙니다."

유연이 달아나듯 집으로 돌아온 일 년 전의 그날 이후, 며칠쯤 지나 불쑥 나타난 키 큰 사내는 그분의 명이라 쪽지를 건네며 유연의 근황을 묻곤 했다.

처음에는 상대도 하지 않을 생각으로 입을 꾹 닫고 피했지만 포기를 모르는 듯 줄기차게 쫓아다니는 데에야 당할 재간

이 없었다. 늘 집 안에 머무르는 아기씨의 근황은 별다를 것
이 없어서 짧은 이야기가 끝나고 나면 화제가 그들 자신에게
로 옮아오곤 했다.

드러내 놓고 말하지는 않아도 언뜻언뜻 지나가는 언급에
서 어린 시절의 상흔을 발견하는 것은 어렵지 않았다. 본디
부터 호감을 갖고 있기도 했거니와 연민이 연정이 되는 것
은 드문 일이 아니었다. 그러나 상황은 호락호락하지 않았
다. 자신의 신분이 낮은 것이며 그의 처지가 평범하지 아니
한 것, 어느 하나 마음에 걸리지 않는 게 없었다.

아기씨도 아니 계실 이 댁에 남아 있어 보았댔자 앞으로
벌어질 일은 불 보듯 훤한 것이었다. 차라리 교전비가 되어
모시고 들어가면 앞날을 염려할 것도 없고 간혹 그 얼굴도
볼 수 있지 않겠는가 싶은 마음이었다.

"어떻게 염려를 하지 않을 수 있을까?"

정색을 한 유연이 뭔가 말을 덧붙이려 했지만 예고도 없이
문이 벌컥 열렸다. 떠밀리듯 사람의 형체 하나가 방 안으로
들어왔다. 막 댕기의 매듭을 짓고 있던 삼월이가 뒤를 돌아
보았다가 몹시 당황스러운 얼굴이 되어 유연을 뒤에서 감싸
듯 저고리 소매 한쪽을 팔에 끼웠다.

"아."

고개를 뒤로 돌렸다가 익숙한 사람의 모습을 발견한 유연
이 얼굴을 붉혔다. 몸을 돌린 채로 재빠르게 저고리를 걸치

고 앞섶을 여몄지만 얇은 속저고리 안쪽의 어깨며 팔의 선이 지켜보는 사람의 눈에 아로새겨지는 것은 피하지 못했다.

"옷부터 먼저 입으시라 말씀드리지 않았습니까."

고름을 매어 주며 삼월이가 낮은 목소리로 속삭였다.

"그럼 날더러 봉두난발을 하고 있으란 말이 되지 않느냐."

유연이 못지않게 낮은 목소리로 대꾸했지만 얼굴에 떠오른 홍조는 쉽게 가라앉지 않았다. 삼월이는 힐끔 눈치를 살피고 나서 몸을 돌려 방문 쪽으로 향했다.

"어딜 가려고……."

삼월이는 유연이 미처 말을 맺기도 전에 이미 방 바깥으로 사라졌다. 유연이 머뭇거리다가 조심스럽게 몸을 돌렸다. 그리운 것이야 당연하지만 오늘은 절대 만날 수 없으리라 생각했던 사람이 그녀의 앞에 서 있었다.

"어인 일이시옵니까?"

"그러는 너야말로 혼례를 앞두고 있는 과년한 처자가 여기에 어쩐 일로 와 있는 것이냐."

"앞으로는 찾아올 수 없을 것이니 마지막으로 인사해야 하지 않겠습니까."

그림을 챙기던 주인 사내도, 방을 내어 주던 노파도 몹시 아쉬운 얼굴로 고개를 끄덕였었다. 나이가 찬 아가씨가 언제까지나 사람들의 눈을 피해 바깥 걸음을 할 수 있는 것은 아니었다.

게다가 소식을 전하는 아가씨의 눈망울에 아쉬움이 담겨 있기는 하나, 입가에 머금은 고운 미소를 통해 그 선비와 혼인을 하게 되었는가 보다 짐작하는 것도 어렵지 않았다. 그 사실을 부정하지 않고 배시시 웃은 탓에 이미 아낌없는 축하 인사까지 받고 난 뒤이기도 했다.

"괜찮겠느냐?"

환이 유연을 바라보다가 어깨를 당겨 품에 안았다. 얇은 옷자락이 가려 내지 못하던 여린 어깨며 팔이 고스란히 그의 팔 안에 들어와 있었다.

"무엇이 말이옵니까?"

환이 천천히 유연을 품에서 떼어 내며 그 얼굴을 내려다보았다. 얼굴에 가득 품고 있는 생기를 보며 어느 밤에 품었던 고민이 다시 살아나는 것을 느끼고 엷은 한숨을 내쉬었다.

"이렇게 조심성 없는 아가씨가 어찌 궐 생활을 할지 염려스러워 그러한 것 아니겠느냐."

환의 손가락이 유연의 이마 한가운데에 자리 잡더니 부드럽게 뻗어 내린 콧날에 도도록한 입술선을 따라 흘러내려 턱 끝에 매달렸다가 떨어졌다. 그의 손끝이 그려 내는 감촉에 잠시 말을 잊고 있던 유연이 조그만 목소리로 웅얼거리듯 항의했다.

"이날이 오기까지 반가 규수로 자랐사옵니다."

"궐의 법도는 여염과는 크게 달라 처음 궁인으로 들어오면 눈물로 밤을 지새우는 날이 많다더구나. 하물며 너처럼 조그만 다람쥐인 양 부지런히 돌아다닌 어린 계집아이야 더 말할 것 있겠느냐.”

“하면 소녀는 어찌하오리까.”

“아무것도 하지 않아도 된다.”

타박한 것과는 전혀 다른 뜻을 품은 말이 환의 입술에서 흘러나왔다. 어리둥절한 표정을 한 채 올려다보는 소녀에게 다정한 미소를 지어 보였다.

“내가 곁에 있을 것인데 그 누가 감히 네게 무어라 할 수 있겠느냐.”

그의 뜻 이전에 대왕대비의 결정이 있었으니 당분간은 어느 누구라도 함부로 대하지 못할 것이다. 환은 얼굴에 띤 미소에 씁쓰레한 기분이 담기지 않게 조심하며 품 안에 감추어 온 얇은 종이를 펼쳐 내밀었다.

“이것은 또 무엇이옵니까?”

문자가 아니라 언문, 힘차고 꼿꼿하게 그은 필체가 아니라 우아한 곡선을 그리는 글씨의 모양은 눈에 낯선 것이었다. 유연이 고개를 갸웃했지만 환의 재촉에 종이 위로 시선을 고정하고는 빠르게 그 위를 훑어 나갔다.

“이건…….”

얼마 전, 어머니가 기거하는 안방에서 풀어 보았던 물목이 고스란히 적혀 있었다. 몇 장 겹쳐진 종이를 하나씩 넘길 때마다 마음이 차올랐다. 아무 생각 없이 마음 편하게 받아들일 수 있는 것은 아니었으나 그만큼 지극한 애정을 표현하는 방법의 하나라고 생각하면 싫지 않았다.

"경박한 계집아이를 데려오는데 이렇게 많은 비용을 들이고 있다고 생색이라도 내실 생각이십니까?"

유연이 종이를 도로 접어 환에게로 건네었다. 가볍게 흘기는 눈빛에는 불퉁한 목소리와 어울리지 않는 따스한 미소가 함께 담겨 있었다. 다감한 눈빛을 하고 있으면서도 짐짓 서운한 척 환이 투덜거렸다.

"이런 것 하나하나를 다 기록해 놓을 정도로 너를 아낀다는 뜻인데 어찌 내 마음을 몰라주는 게냐. 나야말로 네 마음을 염려해야 하겠구나."

"소녀에게는 지나치게 과분하옵니다."

"내 마음을 표현하기에는 이것도 한없이 부족한 것을."

환의 품 안으로 종이가 다시 숨어들었다. 유연은 그녀 자신의 마음이 확고한 것 이상으로 그의 마음도 의심하지 않았다. 하지만 지금의 대우가 과하다 싶은 생각이 드는 것은 어쩔 수 없었다. 그녀는 누구도 관심을 두지 않을 것처럼 평범한 여인에 불과했다.

"일개 후궁에게……."

"그리 말하지 말거라."

환이 유연의 어깨를 움켜쥐었다. 흠칫 놀란 유연이 약간 뒤로 물러나 고개를 들어 올렸다. 그의 얼굴이 일그러져 있었다.

"과인의 빈궁(嬪宮)을 능멸하는 이는 그 누구도 좌시하지 않겠다. 그것이 설령 너라 하여도."

그가 처한 상황에서 가장 최선의 방법을 선택하기는 하였으나 최고의 선택이라고 이를 수는 없었다. 유연이 자신을 일개 후궁이라 칭하는 것은 겸손의 표현일지 모르나 환의 가슴에는 날카로운 비수가 찔러 대는 것 이상의 통증이 밀려왔다. 비(妃)로 맞이하고 싶었던 단 하나뿐인 여인이 그런 식으로 생각한다는 것은 견딜 수 없는 일이었다.

짧은 순간 복잡한 심경이 스쳐 가는 환을 바라본 유연의 표정이 애잔해졌다. 조금 전 꺼낸 말이 덮어 둔 상처를 헤집었음을 짐작했다.

가장 중요한 것은 정인의 곁에 머무를 수 있게 되었다는 사실이었다. 그의 마음이 외롭지 않게 감싸 주고 자신의 존재가 거치적거리는 짐이 되지 않도록 노력하는 것이 그녀가 해야 할 일이었다. 유연이 어린아이처럼 환의 목에 팔을 두르고 매달렸다. 까치발을 든 채 그의 얼굴을 보고 미소를 지으며 귓가에 속삭였다.

"소녀의 생각이 짧았습니다. 좌시하지 않겠다 하셨으니 그저 처분만 기다리겠사옵니다."

귓가에 닿는 숨결이 따스했다. 달콤한 목소리에 마음이 녹아내렸다. 환이 고개를 돌려 앙큼한 말을 쏟아 내는 입술을 찾아냈다.

기다림의 시간은 이제 한 달도 채 남지 않았다. 그간의 인고가 헛되지 아니하도록 팔로는 가느다란 허리와 여린 어깨를 안는 것으로 꼭 붙잡아 두고, 말랑한 입술을 가볍게 깨물어 그 틈을 비집고 들어가는 이상의 욕심은 내지 않았다. 그럼에도 뜻만큼은 분명하게 전해졌다. 한데 얽혀 있던 숨결이 흩어지고 난 뒤 유연은 가쁜 숨을 고르며 그의 품에 고개를 파묻었다. 그녀의 것과 크게 다르지 않을 만큼 급히 내달리는 박동을 가만히 느끼고 있던 유연이 문득 무엇인가 생각난 듯 고개를 치켜들었다.

"한데 조금 전에 말씀하시기를, 소녀를 일러……."

"빈궁이라 하였지."

아무렇지도 않게 대답한 환이 유연의 눈에 떠오른 의아함이 마음에 들지 않는 듯 정수리를 가볍게 눌러 그녀의 얼굴을 도로 품 안에 감추었다.

"그러니 그 누가 감히 너를 일개 후궁이라 폄하할 수 있으랴."

환은 품 안에서 미약한 꿈틀거림을 느끼고 손에 주고 있는 힘을 풀었다. 호흡이 곤란했던 듯 가볍게 숨을 몰아쉬고 있는 유연의 얼굴을 받쳐 들고 시선을 맞추었다.

"그러니 너는 아무것도 생각지 말고, 언제까지고 내 곁에 머무르기만 하면 된다."

한층 깊어진 눈빛에 그윽한 목소리까지 덧붙으니 생각 따위는 이미 저만치 사라진 지 오래였다. 얼굴은 고개도 돌릴 수 없을 만큼 단단히 붙잡혀 눈만 살짝 내리깐 채 유연이 딴청을 부리듯 조그맣게 중얼거렸다.

"어명이옵니까?"

"명을 내리면 그 행동을 제약하고 몸을 취할 수는 있어도 마음을 얻을 수는 없는 법이니, 연모를 품은 사내의 청(請)이고 원(願)이니라."

한껏 열기를 머금고 있는 숨결이 입술 위를 스쳐 지나갈 정도로 그의 얼굴이 가까이 다가왔다.

"들어주겠느냐?"

위태롭게 너울지던 눈동자에 잠겨 있는 고운 사내의 얼굴이 흔들거렸다. 환의 손가락 끝이 눈가에 닿자마자 눈꺼풀이 파르르 떨리는가 싶더니 물방울이 굴러 떨어지며 파랑이 잦아들었다.

긴 속눈썹이 이슬방울에 젖어 들었다. 입술 새로 스며드는 열기를 받아들여 머금는 것으로 말로 하지 못한 대답을 대신했다.

열하나

서로의 마음에 닿아

　동편 하늘이 희붐하게 밝아 오고 있기는 하였지만 태양은 떠오르지 아니한 이른 아침이었다. 평소 같으면 날을 밝히려 지저귀는 새소리가 집 안 곳곳으로 스며들고 있었으나 오늘은 산발적으로 들려오는 지저귐 따위는 발도 들이지 못할 만큼 분주했다. 아직 덜 물러간 어둠을 몰아내려 등잔을 밝혀 놓은 안방에서도 준비가 한창이었다.

　"이렇게 좋은 날에 왜 눈물이 나는 건지 모르겠구나."

　고름 끝으로 살짝 눈언저리를 찍어 낸 신 씨는 아무리 애써도 금세 뿌옇게 흐려져 어른거리는 딸아이를 가볍게 끌어안았다. 혹 옷에 깊은 주름이라도 가면 책잡힐까 조심스러워 얼른 팔을 떼고 나서도 매무새를 꼼꼼하게 살펴보았다.

"그러다 또 돌아오면 어찌하려 하십니까, 어머니."

"농이라도 그런 말은 하지 말거라."

연한 미소를 머금고 유연이 농을 치자 신 씨가 눈물이 쏙 들어간 것 같은 말투로 엄격하게 일렀다.

"네가 가장 마음 써야 할 것은 상감마마를 잘 모셔야 하는 일임을 잊지 말거라. 여인은 일단 혼인을 하고 나면 남의 집 사람이니라."

신 씨가 자못 엄격한 목소리로 선을 그었다. 부모 자식 간은 천륜이라는데 어찌 혼인했다는 사실 하나만으로 무 자르듯 뚝 끊어질 수 있을까. 더욱이 슬하에 단 하나뿐인 딸아이인데. 그러나 이렇게 일러 주는 것이 최선이었다. 그저 평범한 필부필부(匹夫匹婦)에 불과한 부모와 든든한 배경이 되어 주지 못할 집안이 딸에게 걸림돌이 되지나 않으면 다행이었다.

"나가자꾸나."

신 씨의 뒤를 따라 바깥으로 나온 유연이 대문 앞에 놓여 있는 가마를 보다가 몸을 돌렸다. 어쩌면 평생 몸을 의지해야 할지도 모른다고 생각했던 부모님이 그녀를 바라보고 있었다. 신 씨보다 더 쓸쓸한 얼굴을 하고 있는 재청의 모습이 눈에 밟힐 것만 같았다.

"아버지."

"너를 가르친 아비의 자질을 의심받는 일 없도록 주의해야 한다."

금방이라도 매달려 안길 듯 서두르던 유연의 걸음이 멈추었다. 유연이 재청의 손을 꼭 잡았다. 눈길로 머리를 쓰다듬고 어깨를 두드리는 행동을 대신하고 있는 재청을 향해 고개를 끄덕여 보였다.

"저……."

유연은 재청의 손을 놓고 몇 걸음 움직여 문이 열려 있는 가마 앞으로 다가갔다. 다녀오겠다는 말도, 다시 뵙겠다는 말도 어울리지 않아 인사말을 입에 올리는 대신 고개만 숙여 보였다.

희봉은 유연이 가마에 몸을 들이기가 무섭게 가마꾼들을 채근했다. 귀한 몸이 된 아기씨가 숨어든 가마의 행렬이 조그만 점처럼 되었다가 모퉁이를 돌아 완전히 사라질 때까지 대문간에 서 있는 이들은 움직일 줄을 몰랐다.

흔들리고 있는 가마 안은 아침과 비슷한 것 같으면서도 또 달랐다. 유연이 조심스럽게 손을 들어 머리를 만져 보았다. 아침에 곱게 땋아 틀어 올렸던 낭자머리가 지금은 양 갈래로 나누고 덧머리까지 넣어 복잡하게 땋은 뒤 어깨 위로 드리운 모양으로 바뀌어 있었다.

처음 환을 만날 때의 머리 모양도 이랬다. 그날의 기억이 마치 어제 일인 것처럼 선명하게 떠올랐다.

가마의 흔들거림이 잦아들었다. 가마 앞쪽의 문이 걷어 올려진 뒤 유연이 부축을 받아 바깥에 첫발을 내디뎠다. 긴 옷자락이 사락거리며 가마 바닥을 스치는 소리가 귀에 설었다.

눈을 들어 주변을 둘러보았다. 높다란 담장을 옆으로 끼고 있는 솟을대문이 활짝 열려 있었다. 그 문가에서 기다리고 있는 사람을 유연은 금방 알아보았다.

"오셨사옵니까."

어린 소녀를 곱게 단장해 주던 여인이자 유연의 집 안채까지 발을 들이던 아파, 조그만 가게에 주인처럼 단정하게 앉아 있던 이가 그녀를 맞이했다.

유연의 차림이 조금 가벼워지는 사이에도 염려 섞인 당부가 끊이지 않았다. 유연의 책빈(冊嬪)이 이틀 뒤, 친영은 그로부터 다시 이틀 뒤.

비씨(妃氏)로 간택된 것이라면 한 달은 족히 별궁에 머무르며 각종 예의범절을 익혔겠지만 그보다 격이 낮기 때문인지 환의 마음이 다급한 탓인지, 유연에게 주어진 시간은 고작 나흘이 전부였다.

모든 법도를 몸에 배도록 하는 데는 턱없이 짧은 시간이라 최소한의 기본적인 예절이라도 익히려면 여유를 부릴 수 없었다.

바닥에 앉기 무섭게 방 안으로 자물쇠가 달린 상자며 붉거나 검게 칠한 커다란 궤가 속속들이 들여졌다. 신 씨의 안방에서 두 개의 함을 놓고 있을 때에도 기가 질린다고 생각했지만 그에 비할 것이 아니었다.

"전하께서 부인궁*으로 보내셨사옵니다. 확인해 보옵소서."

"굳이 제가 확인할 필요가……."

"장차 빈궁이 되실 분께서 상궁에게 존대함은 옳지 않사옵니다."

박 상궁의 목소리는 단호했다. 유연이 난처한 얼굴로 입을 다물었다.

몇 개의 상자를 확인하고 난 뒤 가장 끝에 남아 있는 것은 사람이 들고 문 사이로 들어온 것이 용하다 싶을 만큼 크고 무거워 보이는 붉은 궤였다.

박 상궁이 궤를 열었다. 안에는 방에 들일 세간붙이 같은 것들이 흠집이 나지 않도록 다리나 모서리 부분을 부드러운 천으로 감싸 차곡차곡 쌓아 놓았다.

"전해 듣기로는 여기에 있는 것들만큼은 전하께서 친히 가려내어 하사하시는 것이라 하였사옵니다."

까만 테두리를 한 서안 위에는 빗이며 비녀를 담은 경대가 있었다. 그 옆에는 자개를 박아 장식한 서안과 그 옆에 놓으

---

*부인궁(夫人宮):별궁.

면 꼭 어울릴 것 같은 연갑이 보였다.

박 상궁이 연갑을 살짝 열어 그 안을 보여 주었다. 은으로 만든 연적과 모가 가지런하게 정돈된 붓 여러 자루가 들어 있었다. 글 읽기도 쓰기도 좋아하던 어린 소녀를 위한 것이 었다.

유연이 연갑 위를 조심스레 쓰다듬고는 궤에서 손을 뺐다. 어수선하게 드나든 물건이 모두 사라진 뒤 박 상궁이 유연에게 물었다.

"어떠하셨습니까?"

"과연 이런 대우를 받을 자격이 있는 것인지……."

유연이 말끝을 흐렸다. 박 상궁이 눈웃음을 짓더니 상냥하게 물었다.

"이곳에 누가 머물렀는지 혹 아십니까?"

유연이 대답하지 못하고 눈만 동그랗게 떴다.

"전하를 뵙게 되면 여쭈어 보십시오."

유연이 고개를 갸웃했다. 이곳에는 입궐하기 전 채비를 하는 곳 이상의 의미가 있는 모양이었다. 그것을 직접 이야기해 주지 않고 굳이 환에게 물으라는 의도를 짐작할 수 없었다.

별궁에서는 환을 사적으로 만날 기회가 없을 것이고 입궐한 뒤에는 별궁 이야기는 생각도 나지 아니할 정도로 정신이 없을 것 같았다.

마음에 여유가 생기고 나면 별궁에 대해 묻는 것이 뜬금없이 여겨지리라. 진지하게 고민하는 유연에게 박 상궁이 다시 상냥하게 말을 건넸다.

"금일 저녁, 댁에서 오실 것입니다."

유연의 얼굴이 밝아졌다. 환이 아무리 지극하게 마음을 썼다 하여도 낯선 저택에 홀로 머무르는 것이 부담스럽고 두렵기까지 했다. 한나절밖에 되지 아니하는 시간이었지만 몇 달이 흐르고 몇 년이 지난 것처럼 부모님이 그리웠다. 기껏해 사날 정도 함께할 것이나 그것만으로도 마음이 안정되는 느낌이었다.

유연이 조금 전까지의 궁금증은 잊고 환하게 웃었다.

보름도 아닌데 달이 제법 밝았다. 창호지를 뚫고 새어 드는 달빛이 방바닥을 지나 이불 위에 희미한 격자무늬를 그려 내고 있었다.

문 쪽으로 한 발짝씩 다가설 때마다 진한 어둠이 조금씩 엷어지며 모습을 드러냈다. 그림자의 정체는 느슨하게 머리를 땋아 내린 젊은 여인이었다.

문 안쪽에 손을 대고 여인이 머뭇거렸다. 무언가 곰곰이 생각하는 눈치였다. 망설이는 시간은 그다지 길지 않았다. 비걱대는 소리가 작게 울리고 문이 열렸다.

첫서리가 내린 지 오래지 않았다. 겨울의 문턱에 바짝 다가든 가을밤의 공기는 꽤 차가워서 뜨겁게 달군 숨을 내뱉으면 하얗게 김이 오를 것 같았다.

아무것도 신지 않은 하얀 맨발이 차가운 마루에 닿았다. 바닥처럼 한기가 스며든 기둥에 팔을 살짝 얹고 하늘을 올려다보았다. 반쯤 이지러진 달이 별빛을 모두 삼켜 버린 것처럼 환한 빛을 부드럽게 흘려 내고 있었다.

낮에 있었던 일이 꿈처럼 몽롱했다. 더없이 화려하게 단장한 뒤에 제법 많은 사람들이 들이닥쳤다. 거리를 누비고 다닐 때에는 볼 수 없었던 위엄 있는 사람들의 절도 있고 격식을 갖춘 모습이 그저 낯설기만 했다.

모든 꿈을 다 길몽이라 이를 수 없는 것처럼 앞으로 펼쳐지게 될 삶이 반드시 행복하리라는 보장은 없었다. 그 생각을 할 때마다 밀려오는 두려움은 줄곧 그리운 이의 곁에 머무르게 되리라는 사실로 지워 내곤 했다.

처마가 만든 그늘 안에 잠겨 있던 유연이 섬돌 위에 놓인 신을 발에 꿰었다. 오래도록 찬바람을 맞고 있어 차가운 것은 마찬가지였지만 얇게 솜을 넣어 누벼 놓은 안감 덕분에 미미하게나마 온기가 돌기 시작했다. 까만 머리칼 위에 내려앉은 달빛이 온몸을 감싸듯 부드럽게 흘러내렸다.

같은 달이 두 곳을 비추지만

두 사람은 천리나 떨어져 있네.

바라건대 저 달빛을 따라

밤마다 님 곁을 비추었으면*.

　작지만 청아한 목소리가 달빛에 뒤섞였다. 그리움을 견뎌내야 하는 시간도 이제 이틀, 이 달이 두 번 더 서쪽으로 기울고 나면 밤마다 달빛이 되어 그의 곁을 감도는 것은 그녀가 되리라.

　'밤마다……는 아니겠지.'

　새로 떠오른 고민에 유연이 한숨을 내쉬었다. 내내 조용하던 공기가 느닷없이 일렁거렸다. 갑작스러운 기척이 등 뒤에서 허리를 감싸 안았다. 고개를 돌리려 하자마자 한 팔을 풀어 입을 막았다. 얼굴을 보이거나 소리를 내면 사람들이 듣고 뛰쳐나올 것을 염려하는 듯했다.

　몸을 비틀어 보았지만 단단하게 붙들고 있는 팔은 좀처럼 느슨해질 기미가 보이지 않았다. 오히려 빠져나오려고 애쓸수록 더욱 세게 조여 오는 느낌이었다. 그때 귓가에 작은 속삭임이 울려왔다.

　"가지 마라."

　언젠가 들은 적 있는 부드러운 말에 이어 입을 가리고 있던 손이 천천히 어깨를 감싸 안았다. 몸부림을 멈춘 유연은

---

*삼의당 김 씨(1769~? 조선 후기 여류 시인)의 '추야월(秋夜月)'.

온몸에서 힘이 일시에 빠져나가는 것 같아 비틀거렸다.

몇 번이나 숨을 몰아쉬어도 놀란 가슴이 쉽게 진정되지 않았다. 가느다란 바람이 가벼이 그들 곁을 스쳐 지나갔다. 익숙한 향기가 흘러들었다.

환이 팔을 풀고 유연을 돌려세웠다. 밤 깊은 시간에 연인을 만나는 것은 처음이었다. 녹녹한 달빛을 제 것처럼 휘감고 있는 소녀의 눈동자가 별빛보다 반짝였다. 고운 얼굴에 입 맞추고 싶은 마음을 억누른 채 더없이 다정한 목소리로 타박했다.

"혼인을 달포 앞두고 있을 적에는 남복을 하고 거리를 활보하더니 고작 이틀 남겨 놓고 야밤에 외출이로구나. 중차대한 일을 앞두고도 겁 없이 이런 일을 획책하고 있는 너를 어쩌면 좋을까."

고작 방 앞의 안마당에 서 있었을 뿐이다. 하얀 침의 차림으로는 어딜 가기에도 부적합할 뿐더러 이 날씨를 견디기에는 터무니없이 얇았다. 물샐틈없이 경계하고 있다는 말을 믿고 방문 밖을 서성인 것을 허물이라 한다면 지나친 처사였다.

그러나 불만을 토로할 수도 없을 만큼 그리워한 얼굴을 보고 입술을 삐죽거리는 대신 미소를 머금었다.

"달빛이 환하여 그러지 아니하였겠습니까."

"달에는 월궁항아가 산다지. 사내도 아니면서 달이 그리도 좋더냐."

유연이 손을 들어 여전히 환하게 빛나고 있는 달을 가리켰다.

"이렇게 달이 밝으면 혹 내다보실까 하였습니다. 저 달빛만큼은 그곳에도 내리고 있지 아니하겠사옵니까."

"그런 마음으로 달을 바라보는 이가 수천수만은 족히 될 것이니라."

마땅찮은 기색이 역력한 얼굴로 투덜거린 환이었지만 이내 빙그레 웃었다. 그도 고운 달빛에 마음이 동하여 그 방문 앞을 잠깐 서성이기라도 하지 않으면 뜬눈으로 밤을 지새울 것만 같아 자리를 박차고 나온 길이었다.

"까딱하면 내 여인을 달에게 빼앗기겠구나."

"선비님이야말로 달빛에 취해 나오신 것은 아니옵니까?"

환은 유연이 전하라고 부르는 것을 유달리 싫어했다. 몇 번 그것으로 가볍게 실랑이를 하고 나서는 습관처럼 굳어져 있던 대로 선비님이 되었다.

지금도 그리 부르는 게 옳을까 잠시 고민하기는 했으나 아직 입궐치 아니한 데다 이틀만 지나면 더는 그리 부를 수도 없을 터였다. 새초롬한 표정을 짓고 묻는 유연의 말에 환이 정색했다.

"목적도 없이 나온 네가, 지금 이렇게 네 곁에 있는 나를 보고도 그리 묻는단 말이지."

환이 유연의 손을 잡아끌었다. 두루마기를 벗어 어깨 위에 걸쳐 준 뒤에 마루 끝에 나란히 앉았다. 방에 들여놓으면 단번에 해결되는 문제였으나 지켜보는 이 하나 없는 어두운 밤, 스스로의 행동을 제어할 자신이 없었다. 언제고 무엇이든 그의 뜻을 따를 연인이지만 어렵게 곁에 두고 있는 만큼 귀히 대하고 싶었다.

환은 유연의 어깨를 안아 자신에게 기대어 놓으며 살가운 목소리로 물었다.

"낮 동안에 많이 힘들지는 아니하였느냐."

"머리 위에 돌덩이라도 얹고 있는 줄 알았사옵니다."

고개를 가로젓는 유연의 목소리에는 아주 조금 응석이 섞여 있었다.

"앞으로도 그렇게 힘든 날들이 계속될 것이니라."

여염도 혼례 절차는 복잡하고 까다로웠다. 가례(嘉禮)가 그보다 더한 것은 당연한 일이었다. 환의 목소리에 안쓰러운 기색이 어리는 것을 느낀 유연이 생긋 웃으며 고개를 돌렸다.

"곁에서 모실 수만 있다면 평생이라도 그리하겠습니다."

환이 가볍게 유연의 어깨를 어루만졌다. 소녀를 곁에 두고 가만히 있는 것은 생각보다 더한 자제력을 요하는 일이었다.

"책명(册命)은 마음에 들었느냐."

"모든 것이 소녀에게는 과분하옵니다."

"경빈(慶嬪)에 봉하고 궁호(宮號)를 순화궁(順和宮)이라 한다."

상궁의 목소리로 전해진 그 말을 듣는 순간 유연은 잠깐 동안 호흡을 잊었다. 그녀를 맞이하는 것이 그 어느 것에도 비할 수 없는 지극한 복이고 경사라 이르고 있었다. 유순하고 온화하라며 내려진 궁호를 들을 때에는 살짝 내리깐 눈이 더욱더 아래를 향했다.

이제 갓 입궐하는 어린 소녀의 마음에 불안감이 일렁였다. 지극한 그 마음을 감당할 수 있을 것인지 두려웠다.

"내 마음에는 그것도 흡족하지 못하다."

환의 생각은 유연과 달랐다. 책명과 궁호에 더할 나위 없는 총애를 담았지만 중전이라면 불필요한 것들이었다. 환은 약간 흐려진 유연의 표정을 보고 마음 가득한 감정을 더 드러내는 대신 장난기 가득한 말을 던졌다.

"궁호가 네게 썩 어울리지는 아니한다는 것쯤이야 알고 있다. 몰래 집을 빠져나오고 남복을 일삼는 데다가 지금 이렇게 나와 있는 너 아니더냐. 네가 바뀌기를 기대하고 다른 이들의 눈을 속이려면 궁호라도 이리 지어 놓아야 마땅하지."

"그게 다 누구 때문이었는데 소녀를 탓하시옵니까."

유연이 입술을 삐죽거렸다.

"일전에 그런 표정을 짓지 말라 이른 적이 있었을 터인데."

환이 유연의 얼굴을 돌려 자신의 쪽으로 향하게 했다. 그의 입술이 가볍게 유연의 입술 위에 닿자마자 유연이 팔을 뻗어 목을 끌어안았다. 그 바람에 어깨 위에 놓았던 두루마기가 떨어지며 마루 위에 반쯤 아슬아슬하게 걸쳐졌다. 환이 입술을 떼고 소리 없이 웃었다.

"사특한 늙은 여우가 간혹 사람으로 둔갑하는 일도 있다 하던데. 혹시 네 이야기 아니더냐?"

"간이라도 빼앗길까 염려하시옵니까?"

"간 따위가 대수겠느냐. 네가 원한다면 더한 것이라도 주마."

한 뼘도 되지 않는 거리에서 입술을 달싹이고 있는 연인의 모습은 그대로 지나칠 수 없을 만큼 매혹적이었다. 환이 조금 전 놓아준 입술을 다시 찾았다. 마음이 흘러가는 대로 두면 걷잡을 수 없는 행동을 하게 될까 조심하던 태도는 저만치 밀어 놓은 채 살포시 열린 틈으로 파고들었다.

품에 안긴 몸이 서늘한 바람 때문에 가볍게 떨리는 것을 느끼자 환은 아쉬운 마음으로 입술을 떼어 내고 차가워진 뺨에 가볍게 입 맞추었다. 저를 놓아줄 생각이 없는 것 같은 팔을 풀어내는 대신 작은 몸을 안아 들어 방 안에 들여놓았다. 유연은 순순히 이불 안으로 들어가는가 싶었지만 곧 누운 채로 그의 옷자락을 꼭 쥐었다. 환이 어이없는 얼굴로 유연을 내려다보다가 그 자리에 앉았다.

"조심성이 없어도 너무 없단 말이다, 너는."

"낭군님이시지 않습니까."

이미 잠기운이 몰려오기 시작한 목소리를 들으며 환이 한숨을 내쉬었다.

"아직 혼례도 올리기 전인데 사내의 마음이 어찌 변할 줄 알고 그러느냐."

그 말에 대답하지 않고 유연이 상긋 웃음을 보냈다. 달빛도 제대로 들지 아니하는 방 안이었지만 이미 어둠에 눈이 익은 환에게는 유연의 미소가 또렷하게 보였다.

유연이 옷자락을 놓고 손가락을 더듬거리듯 움직이더니 환의 손을 찾아 그 위에 얹어 놓았다. 그제도 어제도 낯선 곳에서 혼자 잠드는 것이 쉽지 않아 뒤척이다 풋잠 들었는가 싶으면 날이 밝아 왔다.

그가 곁에 있는 지금, 잠기운이 한꺼번에 다 몰려오는 것 같았다. 그대로 잠들고 싶은 마음과 눈을 뜨면 거짓말처럼 사라져 버릴 정인을 조금이라도 더 오래도록 잡아 두고 싶은 마음 사이에서 갈등하던 유연이 잊고 있던 사실 하나를 떠올려 냈다.

"박 상궁이 이르기를 이 별궁에 머무르던 분이 누구인지 여쭤 보라 하였습니다."

이미 반쯤 잠에 취한 유연의 목소리를 들은 환이 살짝 미간을 좁혔다.

"입이 무거운 줄 알았더니 쓸데없는 말을 하였구나."

이곳은 그의 증조부가 빈궁을 맞이할 때 별궁으로 쓰던 곳이었다. 성군이 되겠노라 생각할 적이면 본보기로 삼고자 하는 이는 언제나 그분이었다. 유연을 빈으로 맞이하는 것은 지켜 주고자 함인 동시에 사소한 족적 하나도 놓치지 않고 따르고 싶은 마음의 영향이었다.

다만 제 뜻을 펼 수 있는 진짜 군주가 되는 것은 어디까지나 그가 해야 할 일일 뿐, 지금의 상황도 힘겨울 여린 소녀에게 무거운 짐을 더 얹어 주고 싶지는 않았다. 그러나 대답하지 않으면 엉뚱한 의심을 품고 고민할지도 모를 일이다. 환이 천천히 입을 열었다.

"여기에서부터 내 뜻이 시작될 것이다. 여기는 가장 존경하옵는 선왕께서……."

손등 위에 가볍게 놓여 있던 손이 스르르 미끄러져 떨어졌다. 뜸을 들이는 사이에 잠이 들어 버린 모양이었다. 환이 도로 입을 다물었다.

언젠가 유연에게 먼저 말해 줄 날이 있을 것이다. 어느 성왕이 더없이 사랑하는 빈궁을 맞이하기 위해 준비한 별궁이었으며 그녀가 품어 낳은 아이가 보위에 오르게 되었노라고.

유연의 이마 위에 손을 올렸다. 감은 눈 위와 새근거리며 숨을 내보내는 코를 지나 앙증맞게 움직이던 입술까지 애무하듯 다정하게 쓰다듬었다. 부드러운 피부 위에서 손가락을 떼어 내는 것은 쉽지 않아 오래도록 유연의 얼굴 위를 떠돌았다. 그러고도 아쉬움이 짙게 남아 자리에서 일어난 뒤에도 곤히 잠든 그 모습을 한참이나 바라보았다.

'오지 않을 것 같던 날이 오는구나.'

환은 유연의 잠을 깨울까 걱정되어 발소리를 죽이고 문을 살짝 열어 밖으로 나왔다. 달이 한참이나 기울어 있었다.

❈　　　❈　　　❈

서산에 걸려 있던 해가 이울고 어둠이 깔리기 시작했다. 여느 때 같으면 우선순위에서 밀려난 장계를 읽어 본다든가 경연의 주제가 되는 책을 읽고 있을 시간이었다. 그러나 환은 혼자 서안 앞에 앉아 있는 대신 옷매무새를 살피는 상궁에게 몸을 맡기고 서 있었다.

환이 자신의 차림을 내려 보다 무거운 한숨을 내쉬었다. 가장 귀하게 맞이하고 싶은 여인이건만 맞아들이는 모든 절차 하나하나와 걸치고 있는 옷가지조차도 중전을 맞이할 때와는 격이 달랐다.

상궁들이 그의 곁에서 조심조심 물러나는 것을 보며 몸을 돌렸다. 문이 활짝 열리고 바깥에서 기다리고 있던 이들이 일제히 좌우로 갈라져 그를 뒤따르기 시작했다.

　"내리시옵소서."

　조심스러운 목소리에 유연이 몸을 일으켰다. 바깥에는 이미 어둠이 내려앉기 시작했다. 궁인이 들고 있는 초는 신중한 걸음에도 불꽃을 흔들었지만 그 수가 제법 많아 달빛보다도 환하게 주변을 밝히고 있었다.

　유연은 상궁이 인도하는 막차(幕次) 안으로 들어갔다. 기다리고 있던 나인이 유연을 자리에 앉힌 뒤 머리 모양이며 엷은 화장이 번진 데는 없는지 꼼꼼하게 살피고는 다시 일으켜 세워 옷매무새를 단정하게 가다듬었다.

　"마마께 이리 말씀드리는 무례를 용서하십시오. 참으로 고우시옵니다."

　봄 새싹 같은 빛깔의 원삼 자락에서 손을 떼며 옷시중을 들던 나인이 몹시 작은 목소리로 귓속말했다. 유연이 칭찬에 화답하듯 설핏 미소를 띠었으나 긴장한 기색을 감출 수는 없었다.

　"전하께서 기다리고 계시옵니다."

　그 목소리와 함께 장막의 한편이 걷혔다. 호흡을 크게 들이쉬고 조심스레 발을 떼었다. 지금껏 그녀가 살던 곳과는 전혀 다른 세계에 발을 들이는 것이었다. 믿고 의지할 것은 가장 바쁜 정인의 애정뿐.

그보다 더 필요하고 중요한 것이 어디 있겠느냐 생각하며 마음을 다잡아도 표정이 저절로 굳어지는 것은 어쩔 수 없었다.

일렁이는 촛불 사이로 까만 신에 붉은 옷, 옅은 빛을 반사해 내는 관(冠)을 쓴 모습이 보였다. 고녀의 정인이 다정한 눈웃음을 보내고는 몸을 돌렸다. 그 뒤를 따라 한 칸씩 딛고 올라가는 계단이 흔들대는 것만 같아 발짝을 뗄 때마다 발끝에 힘을 주었다.

환이 남쪽을 바라고 섰다. 몇 발 내딛고 손을 뻗으면 금방 닿을 것 같은 자리에 그의 여인이 그를 향해 서 있었다.

중전을 맞이할 적에는 동서(東西)로 서서 서로에게 재배(再拜)했다. 왕과 똑같이 존귀한 존재로 인정받는 중전에 비해 빈(嬪)은 가장 높은 품계를 받는다 하여도 군신(君臣) 관계가 되는 것은 어쩔 수 없는 일. 유연은 북향한 채 다소곳하게 고개를 숙이고 있었다. 환의 마음에 기쁨보다 앞서는 시린 바람이 불어 들었다.

일배(一拜). 너는 내 마음에 하나뿐인

재배(再拜). 두 번 다시 얻을 수 없는 귀한 여인이다.

삼배(三拜). 삼생가약(三生佳約) 이상의 연으로 맺어졌으니

사배(四拜). 사시사철 어느 때건 내 곁을 떠나지 말지어다.

환은 그를 향해 단아하게 절하는 유연의 움직임 하나하나에 의미를 부여하며 미안함과 아쉬움을 억눌렀다. 모든 안타까움에 변치 않을 연정을 다짐하는 것으로 답례하며 길게 허리를 구부렸다.

자리에 단정하게 정좌하고 앉은 그들 사이로 찬탁(饌卓)이 놓이고 맑은 액체가 잔으로 흘러들었다. 잔을 받아 몇 방울 흘려 내고 난 뒤 입술에 대려는 유연을 본 환이 무엇인가 생각난 듯 빙긋 웃음 지으며 입을 열었다.

"제주(祭酒)로 삼고자 몇 방울 떨어뜨리는 것은 이해할 수 있으나 잔에 술을 남겨 두어서는 곤란하오, 빈."

환의 말에 막 기울던 잔이 그대로 멈추었다. 여염의 혼례에서도 신부가 받아 드는 합환주(合歡酒)는 입술이나 대어 마시는 시늉만 하는 게 보통이었다. 유연이 고개는 반쯤 숙인 채로 눈만 살짝 치떠 환의 표정을 살폈다. 불길한 반짝임이 깃든 장난스러운 눈빛을 하고 있었다.

"동뢰(同牢)라 함은 부부의 연을 맺고 음식을 나누어 먹는 것을 이르는 말이니 그걸 쏟아 내어서야 무슨 의미가 있겠소."

주변의 눈을 의식한 듯 몹시 점잖은 말투였다. 유연이 다시 한 번 환의 표정을 살피고는 도로 눈을 내리깔았다.

약았다. 영악하고 교활하다.

상대는 지엄하신 상감마마였다. 둘만 있다면 늘 그러하였듯이 무어라 받아치고 눈이라도 흘기겠지만 보는 눈이 여럿이었다.

수줍은 듯 눈을 내리깔고 미미하게 고개를 끄덕인 유연이 곧 잔 끝에 입술을 대었다. 처음 목으로 넘긴 술이 어떠한지 깨닫기도 전에 주변에 앉은 이들이 숟가락에 뜨고 젓가락으로 집어 내미는 것들을 입안에 넣었다.

바닥을 드러낸 잔이 다시 찰랑하게 채워진 채로 다가왔다. 유연이 그 잔을 노려보았지만 들은 말이 있으니 거절할 수도 없었다.

흠 하나 없이 정확하게 반으로 쪼개진 표주에 맑은 술이 흘러드는 것을 환이 물끄러미 바라보았다. 그의 마음에 들어와 떠날 줄 모르는 고운 여인의 모습이 잔 너머로 보였다. 처음 마시는 술의 영향도 없지 않겠지만 수줍은 듯 볼을 붉히고 있는 연인의 모습에 가슴이 벅차올랐다. 이제 유연은 마음도 몸도 온전히 그의 여인이었다.

시중을 드는 이들이 유연을 부축하여 자리에서 일으켜 세웠다. 내내 앉아 있다가 갑자기 일어난 탓인지 엷은 어지럼증이 밀려왔다. 혹여 걸음걸이가 흔들리기라도 할까 유연이 조심해서 발을 꾹꾹 디뎠다.

환과 함께 있는 공간을 벗어나자마자 숨을 크게 들이쉬었다. 지금껏 어깨를 무겁게 누르고 있던 원삼 자락이 어깨에서 흘러내리자 내내 마음에 얹혀 있던 무게감도 조금 덜어지는 느낌이었다.

"그만 물러가도 좋다."

잠시 후에 들려온 그의 목소리가 신호가 된 것처럼 시중을 들던 이들이 곁에서 떨어져 조심스레 뒷걸음질 쳤다. 환이 유연에게 성큼성큼 다가갔다. 엷은 분내가 코끝을 스쳤지만 곧 그가 익히 알고 있는 싱그러운 내음이 스며들었다.

온몸을 감싸고 있는 치렁거리는 옷은 살결이 비치는 하얀 천이 나올 때까지 한 겹씩 걷어 내고 기다란 비녀를 뽑아 그 위에 떨어뜨렸다.

"유연."

나지막한 목소리로 소곤대는 부드러운 목소리에 유연이 몸을 옴츠리며 그를 올려다보았다. 아직 붉은 그의 옷자락이 잠깐 잊고 있던 사실을 상기시켜 조금 시무룩한 마음이 되었다. 들릴락 말락 가느다란 목소리로 조심스레 대꾸했다.

"전하."

"네가 나를 그리 불러도 좋다 허락한 적 없다."

환이 엄격한 목소리로 대꾸하며 유연을 품에 안았다. 그의 손바닥이 닿아 있는 어깨로 얇은 옷자락 따위는 위안도 되지 않을 만큼 진한 열기가 배어들었다. 유연은 가슴이 내려앉는 기묘한 느낌을 억누르며 가슴께에 머리를 기대었다.

"법도가……."

"여기에 너와 나뿐인데 누가 무어라 한단 말이냐."

"하오나……."

유연이 머뭇거리자 환이 덧붙였다.

"사람은 다 물러 두도록 했다. 무슨 일이 있을 것 같으면 득달같이 나타나겠지만 적어도 이 정도 목소리는 닿지 않을 것이 분명할 자리까지."

환이 유연의 손을 잡아당겼다. 옥대 위에 닿는 유연의 손가락이 파르르 떨렸다. 옥대가 둔탁하게 떨어지는 소리에 이어 서툴게 옷고름을 잡아당기는 모습을 바라보던 환이 웃었다. 그대로 맡겨 두었다가는 날이 샐 판이었다. 유연의 어깨를 가볍게 눌러 폭신한 이불 위에 앉히고 몸을 돌렸다.

유연이 그의 모습을 올려다보다가 얼른 고개를 떨어뜨렸다. 천이 스치며 나는 사락거리는 소리에 가슴이 두근거렸다. 갈 곳 없어 헤매던 눈길이 종사침(螽斯枕) 위에 닿았다. 손가락으로 섬세하게 수놓인 메뚜기 모양을 어루만졌다. 조금 전보다 훨씬 가벼운 야장의(夜長衣) 차림의 환이 곁에 다가와 앉았다.

"여치는 아흔아홉 개의 알을 낳는다 하지. 다산(多産)을 의미하는 것인데……."

어딘가 짓궂은 환의 목소리에 유연이 얼른 손을 떼었다. 환이 유연의 허리를 잡고 자신의 몸을 뒤로 눕혔다. 순식간에 그의 몸 위에 올라탄 자세가 되어 유연의 얼굴에 곤란한 기색이 떠올랐다.

환이 아무것도 모르는 척 헝겊으로 맺은 단추를 풀어내고 뽀얀 어깨가 드러나도록 속적삼을 벗겨 냈다. 슬쩍 눈을 들어 표정을 살폈지만 부끄러움이나 설렘보다 당혹감이 더 짙은 유연의 얼굴을 보며 한숨을 쉬었다.

"말해 보아라."

"무엇을 말이옵니까?"

"이 밤을 위해 네가 배운 것이 있지 않으냐."

유연의 얼굴이 확 붉어졌다. 집에 있는 어머니는 별궁에서 배우게 될 것이라며 알려 주지 않았다. 기껏해야 지나치게 두려워할 것 없으며 그 뜻을 거스르지 말라는 정도일까.

별궁에서 배운 내용도 머릿속을 이리저리 쓸려 다닐 뿐 정확하게 잡히지 않았다. 그렇지만 하늘과 다를 바 없는 상감마마의 몸 위에서 감히 이러고 있으면 안 된다는 것은 또렷하게 알았다.

이리저리 몸을 비틀어 보아도 사내의 힘을 당해 낼 수 없어서 결국은 포기하고 엷게 한숨을 내쉬었다.

"누구에게든 쓸데없는 내용은 배우지 말라 그토록 일렀는데 그새 잊어버린 모양이구나."

유연이 아무런 대답을 하지 않았음에도 환이 핀잔하듯 말하며 몸을 빙그르르 돌렸다. 유연을 도로 금침 위에 얌전하게 눕혀 놓고는 방 저편에서 일렁이고 있는 불빛을 향해 움직였다.

어떤 식의 이야기를 듣고 어떻게 교육받았을지 짐작이 가지 않는 바 아니었다. 낯선 환경에 내던져져 잔뜩 긴장한 채 어떤 일이 일어날지 몰라 어렴풋한 두려움까지 지니고 있을 게 분명했다. 가끔은 꼬리를 감추고 있는 여우처럼 앙큼하게 굴어도 순진하기만 한 사랑스러운 연인에게 처음부터 많은 걸 바라는 것은 과욕이었다.

환이 방을 밝히고 있는 불을 껐다. 순식간에 깃든 어둠이 시야를 차단했다. 사각거리는 소리에 이어 피부 위로 더듬어 오는 손길에 유연이 숨을 잠시 멈추었다. 따스한 체온이 그녀의 몸 위를 덮어 왔다.

"별궁에서 배우는 것이야 그렇다 치고 사가에서는 어떤 이야기를 듣고 왔느냐?"

관계치 않겠다고 해 놓고 빙글거리며 묻는 목소리에 유연이 가볍게 눈을 흘겼다. 깜깜한 어둠 속이니 눈길 따위가 닿지 아니하리라는 것을 금방 깨닫지 못할 정도였다. 하루 종일 잔뜩 긴장하고 있던 게 조금 느슨해진 데다 난생처음 마신 술 석 잔이 몸 안에서 열기를 뿜어내고 있어 마음이 어지러웠다.

"무엇을 원하시든 그 뜻을 거스르지 말라 하셨습니다."

"듣던 중 반가운 말이구나."

그의 손길이 드러난 피부 위를 쓰다듬었다. 쇄골 위를 지나 어깨를 어루만지다가 팔을 따라 미끄러져 작고 따스한 손바닥 위를 부드럽게 간질였다.

"하면 내 원을 들어주겠느냐."

환이 유연의 손을 잡아 제 가슴 위에 올려놓았다. 옷깃을 사이에 두고 배어드는 체온을 느끼던 유연이 섶을 잡아당겼다. 여전히 조심스럽고 잘게 떨고 있었지만 아까 옷고름을 당길 때보다는 좀 더 대담해진 손짓이었다. 금방이라도 산산조각 날 것 같은 이성을 애써 붙잡은 채로 환이 속삭였다.

"네 목소리로 듣고 싶은 것이 있구나."

환이 연인의 몸을 감싸고 있는 천 조각을 걷어 내려 굳게 여미고 있는 매듭을 끌러 내기 시작했다. 서늘한 공기가 드러나는 피부에 닿아 유연의 몸에 소름이 돋았다.

유연이 대답 대신 낮은 웃음소리를 내며 환의 피부를 부드럽게 쓸어 냈다. 그녀의 손가락이 가슴께며 허리를 더듬거리는 감각이 몹시 생경해서 환이 숨을 삼켰다. 모든 것이 처음인 것처럼 대책 없이 설레는 가슴을 억누르며 다시 한 번 속삭였다.

"내 이름을 불러다오."

환의 몸을 어루만지던 유연의 손가락이 잠깐 멈추었다. 지극히 존귀하여 누구도 부를 수 없는 이름을 가진 이가 간절히 말했다. 목소리에 담긴 외로움이 마음에 사무치는 것 같았다.

유연이 어둠 속을 더듬어 그의 얼굴을 찾아 뺨을 감싸 쥐었다. 마음에 이는 망설임은 구름 위에 둥실 떠 있는 것 같기도 하고 꿈결 속을 거니는 것 같기도 한 몽롱한 느낌으로 떨쳐 내며 그의 얼굴을 조금 더 가까이로 당겼다.

"환⋯⋯."

귀를 기울여도 잘 들리지 아니할 만큼 작은 속삭임이었으나 그것으로 충분했다. 환은 유혹적인 숨결을 흩어 낸 부드러운 입술을 향해 탐욕스레 덤벼들었다.

늘 부드럽게 다가들어 조심스레 불러내던 혀끝을 격렬하게 옭아냈다. 소녀가 그를 껴안아 몸을 붙여 올 때면 어깨나 허리를 감아 충동을 억누르던 날도 지난 일이었다.

거리낄 것이 없는 대담한 손짓이 매끄러운 몸 이곳저곳을 부드럽게 쓸어내렸다. 부끄러움을 이기지 못한 수줍은 저항은 그의 품에서 의미를 잃고 가쁜 숨결과 가녀린 성음이 방 안을 에돌아 장지 바깥으로 희미하게 새어 나갔다.

초겨울, 밤은 이제 시작이었다.

아마도 밤 내내 곁에 붙어 있었을 온기가 조금씩 그녀에게서 벗어나고 있었다. 유연이 반사적으로 몸을 돌리고 팔을 뻗었다. 일단 손끝에 걸리는 것을 얼른 잡아당겼다.

막 이불에서 빠져나가고 있던 환의 팔꿈치가 유연의 손에 잡혔다. 목에서 울리는 낮은 웃음소리를 낸 환이 못 이기는 척 몸을 돌리며 도로 이불 속으로 파고들었다.

유연의 목덜미 아래로 팔을 넣고 남은 한 손으로 가볍게 등을 토닥였다. 이마며 뺨에 닿는 온기에 얼굴을 비비적대고 손에 닿는 따스한 피부를 무심결에 쓰다듬던 유연은 낯선 느낌에 눈을 떴다.

아직도 날이 채 밝지 않은 이른 새벽이었다. 어둠에 적응되지 않은 눈을 거슴츠레하게 뜨고 제 눈앞에 놓인 형체를 구분하기 위해 천천히 몇 번 깜박거렸다.

"이제 깨어난 모양이구나."

웃음이 잔뜩 밴 속삭임에 서서히 현실 감각이 돌아오기 시작했다. 어둠에 익은 눈도 방의 풍경이며 그녀가 처해 있는 상황을 조금씩 담아내고 있었다.

시야를 가득하게 채우고 있는 고운 사내의 얼굴에 대고 그녀가 받은 만큼의 미소를 돌려주었지만 얼른 눈을 감고 이불 속에 얼굴을 파묻었다. 아무 생각 없이 어루만지고 있던 것이 실오라기 하나 걸치지 않은 그의 몸이고, 그의 손이 다독이고 있는 것은 이불 속에 숨어들어 있는 제 맨살임을 깨달았기 때문이다.

그가 밤새도록 그녀를 품고 사랑을 속삭이던 기억이 아스라하게 떠오르자 부끄러움이 밀려왔다. 술기운에 취해, 지난 밤 옷깃을 만지작거리다가 은근슬쩍 젖혀 내어 탄탄한 근육을 쓰다듬고 진한 입맞춤에 열정적으로 반응한 것을 떠올리고는 얼굴을 붉혔다.

그다음에 있었던 일들은 차마 떠올릴 수조차 없다. 온몸의 열기가 얼굴에 모두 쏠리는 느낌이라 고개를 도리질하며 살그머니 몸을 뒤로 뺐다.

이불에 폭 파묻혀 몸을 잔뜩 웅크리고 어쩔 줄 몰라 하는 모습을 사랑스럽게 내려다보던 환이 꼼지락거리는 유연을 잡아채듯 당겨 품에 감싸 안았다. 둥근 이마 위에 입술을 가볍게 얹고 어떻게든 파묻으려 자꾸만 당겨지는 턱을 살짝 들어 올렸다.

감고 있는 눈두덩에 가볍게 입 맞추고 부드럽게 솟아오른 코허리며 발그레하게 달아오른 뺨을 지나 붉은 입술 위에 머물렀다. 수줍게 열리기만 할 뿐 그 이상을 머뭇거리는 연인에게 간밤의 일을 상기시키려는 듯 환의 손이 등줄기를 섬세하게 훑어 내렸다.

맞닿아 있던 입술은 한참의 시간이 흐르고 난 뒤에야 떨어졌다. 그것으로 끝내기는 아쉬운 듯 가느다란 목선을 타고 흘러 내려간 환의 입술이 유연의 어깨 위에 내려앉아 연한 피부를 가볍게 지근거리다 부드럽게 빨아들였다. 나비가 날아들었다 떠난 자리에는 붉은 화순(花脣)이 남았다.

"날이 밝지 아니했다면 여기서 그만두지 아니할 것이지만."

새로 덧그려 넣은 붉은 흔적 위에 손가락을 올리며 환이 웃었다.

"빈이 되어 맞이하는 첫 아침이라 조현(朝見)이 있어 너도 나도 언제까지고 한가로이 있을 수 없으니, 이를 어쩐다."

봄바람에 흩날린 꽃잎처럼 가벼운 입맞춤을 끝으로 환이 몸을 일으켰다. 야금이 미끄러지며 드러난 몸은 서생에 가까운 생활을 했을 사내의 것으로는 어울리지 않을 정도의 준수함을 자랑하고 있었다. 그 모습을 제대로 눈에 담아 본 적 없었던 유연이 얼른 몸을 반대편으로 돌리고는 이불을 머리끝까지 덮어썼다.

안쪽의 기척을 느낀 듯 바깥이 분주해졌다. 문이 열리고 조심스러운 발소리며 옷자락 스치는 소리 따위가 들려오자 잔뜩 긴장해서 몸을 옹그리는 유연의 모습이 고스란히 보이는 것 같아 환이 빙긋 웃었다.

"기다리겠소, 빈."

전혀 당황하지도 서두르지도 않는 느긋한 목소리를 남기고 환의 발소리가 멀어져 갔다. 그가 완전히 침전을 벗어난 것을 확신하고서야 유연이 겨우 고개를 내밀었다.

"아, 저……."

문 옆에서 기다리고 있는 자애로운 표정의 여인과 눈이 마주치자마자 유연의 얼굴이 다시 달아올랐다. 간밤에는 반쯤 술기운에, 반쯤은 연인의 감미로운 몸짓에 취해 장소가 어디인지 상대가 어떤 사람인지도 까맣게 잊고 있었다. 어디까지 들었고 얼마만큼 알고 있을까.

"일가친척이 수방(守房)하느라 곁을 지켰다 생각하십시오."

교전비 하나 데려오지 않아 모든 게 낯설고 서먹할 유연에게 박 상궁이 다정하게 말을 건넸다. 그전에도 안면은 있었고 며칠간 줄곧 곁에 머물렀지만 그게 인연의 전부였다. 첫날밤을 보낸 새색시가 아무렇지도 않게 대할 수 있는 사이는 아니었다.

박 상궁이 이불을 걷어 내는 것과 동시에 팔에 걸쳐 들고 있던 하얀 치마폭을 재빠르게 유연의 몸에 둘렀다. 어린 소녀를 어르고 달래어 옷을 갈아입힐 때만큼이나 빠른 손놀림이었다. 방을 벗어날 수 있을 만큼의 얇은 홑겹 속옷 차림까지만 채비해 놓고는 유연을 채근했다.

"고단하시겠지만 서두르셔야 하옵니다."

유연이 고개를 끄덕였다. 시각을 지체하면 그녀 자신에게도 흠이 되겠지만 환에게도 좋을 게 없었다.

박 상궁의 뒤를 따라 빠르지 않은 걸음을 딛는데 아릿한 느낌이 들었다. 통증이나 불편한 느낌보다도 그녀가 놀라고 두려워할까 다정한 숨결을 불어넣으며 조심스러워하던 모습이 먼저 떠오르는 바람에 도로 얼굴이 붉어졌다.

유연은 마음을 감추려 더 허리를 꼿꼿하게 펴고 박 상궁의 뒤를 부지런히 따랐다.

더없이 다정한 연인은 남몰래 다감한 미소에 상냥한 눈웃음을 보내 주기는 하였으나 그의 자리에 걸맞은 준엄함과 권위를 지닌 이가 되어 있었다. 유연은 저절로 수그러드는 고개를 따라 시선을 떨어뜨리며 과연 앞에 있는 이가 실없는 한량, 외로움을 가득 품고 연정을 고백하던 연인과 같은 사람인가 의심했다.

대왕대비나 왕대비를 만날 때에는 잠깐도 긴장을 늦추지 못했다. 공손하고 예의를 갖춘 모습을 보여야 하는 동시에 그 위엄에 주눅이 든 것처럼 보여서도 안 되었다. 부드럽고 다감한 듯 들리는 말속에 어떤 뼈나 가시가 박혀 있을지 생각하며 행동하지 않으면 실수하기 십상이었다.

유연은 대전에서 왕대비전까지 거치는 동안 녹초가 되어 낮게 한숨지었다.

"중전마마께도 문안 인사를 올려야 옳사옵니다."

유연이 천천히 걸음을 딛기 시작했다. 아직도 얼마만큼의 절차가 더 남아 있는지 짐작조차 할 수 없었다. 시간이 몹시 더디 흐르는 느낌이었다. 눈을 들어 저 먼 산 위에 떠오른 태양을 올려다보았다. 붉은 옷을 입고 있던 그의 모습을 떠올리며 어렴풋하게 미소했다.

"문안 인사 올리옵나이다."

자경이 앞에 앉은 여인을 바라보다 온화한 목소리를 냈다. 주부의 딸, 유연. 본디 어심이 향하였던 그이.

"초면이 아닌 것으로 아는데 그간 무탈하였습니까."

저쪽에 부복하고 있는 상궁이 못마땅하게 바라보는 것을 알면서도 자경의 태도에는 변함이 없었다. 그녀를 모시는 상궁은 지나치게 예의를 차리는 것을 사랑받지 못하는 여인이 지레 주눅이 들어 먼저 숙이고 들어가는 것이라 생각할 터였다. 표면적으로야 한 사내를 사이에 두고 있는 두 여인이니 연적이라 해도 이상하지 않은 관계이기는 했다.

"모두 염려해 주신 덕분이옵니다."

자경은 침착하게 대답하는 유연의 모습 위에 잔뜩 긴장하고 있던 어린 소녀의 모습을 포개어 보았다. 싱그러움은 여전한데 성숙한 느낌이 덧씌워지고 그때에 비한다면 훨씬 여유롭고 당당한 태도를 보고 있으려니 기묘한 기분이 드는 것이었다.

'사랑받고 있기 때문일까.'

큰 의미를 부여할 필요가 없는 이야기가 조금 더 오간 뒤 유연이 자리에서 일어나 공손하게 인사했다. 중전이 가볍게 숨을 고르고 막 몸을 돌리려는 유연에게 말을 건넸다.

"전하를 잘 모셔 주오."

자경은 조금 전까지 몇 번이나 머릿속에 이 상황을 그려 보았다. 아무렇지 않은 마음으로 지극히 태연하게 말하고 우아하게 미소할 수 있으리라 확신했다. 그러나 막상 이 순간이 닥쳐 오자 마음이 복잡해졌다.

아이도 낳기 전에 빈으로 맞이하는 데서 그 누구도 바랄 수 없을 지극한 총애를 읽었다. 자신은 정말 그를 마음에 품어 본 적이 없나. 그가 밤마다 다른 여인, 그것도 항시 같은 이의 처소에 든다는 사실을 아무 거리낌 없이 받아들일 수 있을까.

"본디 빈궁은 회임하여 왕자군을 생산한 연후에나 받을 수 있는 봉작이라는 점을 잊지 말아야 할 것입니다."

"명심하겠습니다."

엷은 화장 아래 감추어진 유연의 낯빛이 살짝 붉어졌다. 대왕대비도 중전도 그녀에게 같은 이야기를 했다. 뼈 있는 말의 함의를 모르는 것은 아니되 아이를 낳아야 한다는 소리를 들으면 그 이전에 반드시 존재해야 하는 일련의 과정이 먼저 떠올랐다. 철없고 경박스러운 제 마음을 탓하며 고개를 조아려 보였다.

조심스러운 걸음걸이로 유연이 사라지고 난 빈 자리를 바라보던 자경이 쓴웃음을 지었다. 지금 와서 질투심 같은 번거로운 감정을 갖게 되어 보았자 좋을 것이 없었다.

후원을 거닐고 조그만 새를 벗 삼아서 유유자적하게 지내는 쪽이 모두에게 좋은 결정이었다. 잊고 있던 외로움이 불쑥 얼굴을 내밀어 마음을 잠식해 가는 것 같아 긴 한숨을 내쉬었다.

등롱 하나가 흔들거리고 그 뒤로 네 개의 발이 따라왔다. 고작 둘뿐인 일행은 위세며 지위에 어울리지 않게 몹시 단출했다.

환이 저 위편의 하늘을 올려다보았다. 점점 두꺼워지고 있는 구름 탓에 달빛은 전혀 새어 나오지 않고 있었다. 잠깐 아쉬움이 밀려왔으나 이내 그 생각이 사라졌다.

수천수만의 그리움을 대신 전하느라 분주할 달빛 따위가 보이지 않는다 하여 서운해할 필요 따위는 없었다. 그 그리움을 직접 전하러 가고 있지 않은가.

시간이 퍽 늦기는 하였으나 연인은 분명 침전에 단정하게 앉아 있을 것이다. 손을 잡아끌어 닫힌 창 앞으로 가 창문을 활짝 열어젖히고 찬바람에 어깨를 움츠리는 여인을 품에 안아 온기를 나누리라.

저 위쪽을 향했던 눈길을 떨어뜨리자 저만치에 흐릿한 불빛 몇 개가 늘어서서 그를 기다리고 있었다. 어둠이 빛깔을 모조리 잡아먹은 탓에 세상은 온통 진하거나 엷은 회색으로 덮여 버렸지만 흐릿한 불빛 옆에 선 치맛자락에는 몹시 엷은 붉은 기가 감돌았다.

환이 거동에 썩 도움이 되지 않는 등롱을 가볍게 앞질렀다. 낮 동안 꾹꾹 눌러 두었던 그리움이 새로 솟아올랐다.

순식간에 앞으로 다가든 것만 같은 연인을 향해 팔을 벌렸다. 제자리에 못 박힌 듯 서 있는 그녀를 아무런 망설임 없이 덥석 품에 안았다. 소세를 미리 마친 듯 아스라한 안개처럼 그녀를 감싸고돌던 엷은 분내는 깨끗하고 싱그러운 본연의 것으로 돌아와 있었다.

"일일천추(一日千秋)라 하는 말을 온종일 실감하고 있었구나."

고운 목덜미에 얼굴을 파묻어 그 향기를 마음껏 음미하고 부드러운 피부를 자근거려 옅은 탄성을 흘려 내게 하고 싶은 충동을 억누르며 환이 낮은 목소리로 속삭였다. 유연의 어깨가 살짝 움츠러들었다.

반가움이나 유혹에 달뜨는 것과는 조금 거리가 있음을 느낀 환이 팔을 풀자 눈이 마주쳤다. 설렘과 난처함이 어지럽게 뒤섞인 눈빛으로 유연이 눈동자를 움직였다. 그 마음을 짐작한 그가 유연을 번쩍 안아 들었다.

"전하."

목소리의 주인을 안아 든 환의 모습이 건물 안으로 사라지는 것을 확인한 대전 내관이 희미한 등롱을 든 채로 제가 왔던 길을 되짚어 돌아갔다. 먹빛 하늘을 촘촘하게 뒤덮어 버린 잿빛 구름 아래로 하얀 조각들이 나풀거리며 떨어지기 시작했다.

환이 야장의 차림이 되어 다시 나타나기까지 유연은 여전히 새초롬하게 등을 돌리고 선 채였다. 환이 두어 발짝 만에 다가가 유연을 감싸 안았다.

"무엇을 그리 저어하느냐."

유연이 입술을 달싹거렸다. 조금 전 바깥에는 내관에 상궁에 나인, 꽤 여러 사람이 곁에 있었다. 그녀가 차게 식은 옷에 갇히고 뜨거운 숨결에 몸을 움츠리는 것도 그들의 눈에 고스란히 새겨졌을 터다. 환은 그것으로도 모자란 듯 저를 가뿐하게 안아 들어 데리고 들어왔다.

언사에도 발이 있고 벽에도 귀가 있다는 궐에서 어떤 이야기가 물결치게 될지에 대한 걱정은 둘째 치고 앞으로 그 얼굴들을 어찌 마주해야 할지 알 수 없었다.

환이 팔을 풀고 도로 한 발짝 물러났다.

"나는 네가 그리워 서둘렀는데 너는 그렇지 아니한 모양이로구나."

그대로 잠깐의 시간이 흘렀다. 유연이 살며시 고개를 돌렸다. 그녀를 내려다보며 미소를 짓고 있어야 마땅할 이의 너른 등을 보며 한숨을 쉬었다. 충동적인 행동으로 그녀를 곤란하게 만든 것은 그였다. 그럼에도 그녀가 토라진 잠시의 틈도 허용할 수 없다는 듯 고집스러운 뒷모습을 보이고 있었다.

유연이 그의 허리를 감고 벗어나려 들지 못하게 양손을 꽉

지 졌다. 자연스레 등에 닿은 볼을 가볍게 비비댔다.

오래도록 화를 낼 수 없다. 적반하장 격으로 등을 돌린 모습을 보고서도 이렇듯 제가 먼저 다가설 수밖에 없었다. 퍽 두터운 겨울 침의 사이로도 전해지는 체온에 진작 풀려 있던 마음이 녹아내릴 듯 흐늘거렸다. 유연이 작은 목소리로 항의했다.

"보는 눈이 많았단 말입니다."

환은 제 허리 앞쪽에서 깍지를 끼고 있는 작은 손을 보며 빙그레 웃었다.

유연이 왜 새초롬한 태도를 취하는지 모르지 않았다. 놀릴 생각으로 저도 몸을 돌리긴 하였으나 계속 고집스럽게 서 있으면 어찌하여야 할까 슬슬 고민이 되던 차였다.

때마침 제 몸을 감아 온 부드러운 손길과 부끄러움이 잔뜩 밴 목소리가 사랑스러웠다. 환이 허리를 휘감은 팔을 풀어낸 뒤 몸을 돌렸다.

"그자들을 일일이 의식하다가는 아무것도 할 수 없을 터인데?"

환이 장난스러운 눈빛으로 문 바깥쪽을 가리켰다. 유연의 얼굴에 홍조가 떠올랐다.

"전하."

"나를 그리 부르는 것을 금한다."

환이 허리를 구부렸다. 유연의 입술 위에 그의 입술이 잠시 내려앉았다 떨어졌다. 스치듯 지나간 그 움직임에도 유연의 얼굴이 달아올랐다. 환이 부드럽게 속삭였다.

"여기에서 함께 있는 동안에는 네가 어찌 행동하더라도 허물이 되지 아니할 것이야."

환의 손이 유연의 턱을 살짝 쥐었다. 그의 엄지손가락이 아랫입술 위를 부드럽게 스쳐 지나갔다. 유연이 말을 잇지 못하고 눈을 감았다.

시야를 차단하고 나니 다른 감각이 생생하게 살아났다. 얼굴을 간질이는 따스한 숨결과 속삭이는 유혹적인 음색에 가슴이 두근거렸다.

눈을 감고 있는 것 따위는 하등 도움이 되지 않아 도로 눈을 떴다. 하지만 보이는 것은 까맣고 깊은 눈동자뿐일 정도로 가까운 거리에 그의 얼굴이 다가와 있었다. 금방이라도 부드러운 피부가 다시 맞닿을 것 같아 가슴이 떨려 왔다.

"그래도……."

"낭군의 뜻에 반하는 말을 자꾸 쏟아 내려는 요망한 입술을 어찌할까."

반의를 표하려던 유연의 목소리는 혀끝을 옭아내는 움직임이 파고드는 것과 함께 잦아들었다. 하루 내내 숨기고 억누르던 그리움을 한꺼번에 토해 내는 듯 격정적인 움직임은 전날 술기운에 무심코 받아들일 때와는 또 다른 두근거림을 불러왔다.

의지와 상관없이 입술 새로 흘러나오는 소리를 참아 내고, 자꾸만 힘이 풀리는 몸을 지탱하려 환의 옷섶을 꼭 쥐었다. 환의 가슴팍에 닿아 있는 손날 부분으로 쉴 새 없이 달음박질치는 심장 박동이 전해 왔다.

환은 금방이라도 삼켜 버릴 것만 같던 움직임을 조금씩 느릿하고 부드럽게 바꾸어 갔다. 유연이 입맞춤에 정신이 팔린 사이, 살짝 옷자락을 젖혀 드러난 피부 위를 손가락으로 가볍게 쓸어 냈다.

정신이 아득해져 있던 유연은 어깨며 가슴 위쪽으로 전하는 한기를 느끼고 가볍게 몸을 떨었다. 여린 어깨며 도드라진 쇄골을 지나 치마를 단단히 여민 매듭 아래쪽으로 향하는 환의 손길에 가쁘게 숨을 들이쉬었다.

유연은 그대로 환을 꼭 끌어안아 그의 손이 더 움직이지 못하게 가로막았다. 손을 빼낸 환이 유연의 어깨를 반쯤 가려 낸 적삼 자락을 끌어 내리며 천천히 입술을 떼어 냈다.

유연이 고개를 숙여 그의 가슴에 얼굴을 파묻었다. 짧은 순간이었지만 선명한 붉은색으로 물들어 반짝이던 입술과 발그레하게 상기된 얼굴을 보고 빙그레 미소했다. 그의 품에 든 여인은 몹시 수줍은 듯 목덜미까지 홍조가 번져 있었다.

"이렇게 부끄럼 많은 아이가 어찌 감히 내 뜻을 거역하려 든단 말이냐."

유연이 환의 품에 얼굴을 묻고 팔 안에 갇힌 채 조그만 목소리로 웅얼거렸다. 아무리 귀를 쫑긋 세워도 도무지 알아들을 수 없었다. 환은 다시 되묻는 대신 얼굴선을 따라 손가락을 천천히 움직였다. 어딘가 불만스러운 얼굴을 하고 올려다보는 유연에게 생뚱맞은 말을 건넸다.

"너를 처음 만난 게 벌써 삼 년도 훌쩍 지난 일이 되었구나."

삼 년. 그리움으로 견디고 또 애써 외면해야 했던 그날들을 '훌쩍 지났다'는 말 한마디로 표현하기에는 아쉬움이 가득했다.

"기억하고 있느냐."

밑도 끝도 없는 질문이었지만 둘 다 그 뜻을 알고 있었다. 퍽 오래전 일을 떠올리는 듯 아련한 눈빛의 유연이 가벼운 한숨을 쉬며 고개를 끄덕였다. 유연의 얼굴 위를 지나던 환의 손가락은 아직 굳게 다물고 있는 입술 위를 부드럽게 스쳐 지나며 보다 확실한 대답을 재촉했다.

"어찌 잊겠습니까."

조그맣게 속삭이는 목소리 속에 제 마음을 감추지 못하는 소녀의 수줍음이 담겨 있었다. 환이 간혹 의아하게 여겼으나 확인할 길이 없었던 궁금증을 입에 올렸다.

"한데 너는 어찌 그곳에 오게 되었더냐."

"우연이었습니다."

유연이 낮은 목소리로 대답했다. 절대로 오래 지속될 리 없다고 믿었던 그 인연이 지금까지 이어져 가연(佳緣)을 맺기에 이르렀다. 우연이 불러들인 다시없을 기적이었다.

"그적에 네 손을 막은 게 후회가 되는 날이 가끔 있더구나. 꽤 진기한 경험이었을 것인데."

짓궂은 환의 목소리에 유연의 얼굴로 떠오르기 시작한 홍조가 목덜미까지 번져 갔다.

썩 힘이 좋지 않은 계집아이의 손길이니 혹 의도대로 얼굴에 닿았다 해도 흔적 없이 금방 사라졌을 것 같기는 하지만 용안을 상하게 하는 것은 상상도 할 수 없는 불경이었다.

"어리고 경솔한 여아의 행동을 지금껏 기억하며 놀리시다니요. 군자답지 못한 언행이시옵니다."

유연이 눈을 흘기며 고개를 돌렸다. 웃음기가 잔뜩 밴 장난스러운 목소리 안에 애정이 담뿍 담긴 것은 알고 있었지만 철없는 어린 시절의 실수를 상기하게 되는 것은 부끄러운 일이었다.

"놀리는 것이 아니거늘."

환이 유연을 그대로 품에 감싸 안고 여전히 엷은 복숭앗빛으로 물들어 있는 고운 피부 위에 입술을 올렸다. 찬탄도 그리움도 숨길 줄 모르던 어린 소녀의 모습을 현재 모습에 덧씌워 보게 되는 것은 당연했다.

"하면 굳이 말씀하실 연유가 없지 않사옵니까."

한결 부드러워진 유연의 목소리에는 아직도 불신의 기색

176

이 역력했다.

그녀를 만나기 전 환이 어떤 느낌으로 하루하루를 견뎌 내고 있었는지는 그만이 아는 일이었다. 호기심, 아니면 다른 어떤 것. 기묘한 감정이 어떤 계기로 연모의 정이 되었는지 정확히는 알 수 없지만 그의 마음속 깊이 파고든 소녀는 어느 것에도 절대 그 자리를 내어 주지 않았다.

'네가 그리하였기에 내 마음에 들어온 것이 아니겠느냐.'

환은 더욱 믿지 못하게 할 것 같은 말은 마음에만 담아 둔 채로 입술을 서서히 미끄러뜨렸다. 유연은 목덜미 근처에서 고물거리며 엷은 숨결이 피부를 간질이는 느낌에 가느다란 한숨을 몰아쉬었다. 이토록 다정한 연인 앞에서 오래도록 마음이 상한 척 꽁한 태도를 유지하는 것은 어려운 일이었다.

"두렵습니다."

속삭이듯 조그맣게 들려오는 목소리에 환이 입술을 떼어 내고 유연과 눈을 맞추었다.

두려움의 근원을 짐작하는 것은 어렵지 않았다. 낭군은 지엄하신 상감마마이고 작은 목소리가 들불처럼 번져 나가는 공간에 있다는 사실이 그녀의 마음을 얼마나 짓누르고 있을 것인가 생각하자 안타까움이 밀려왔다.

"너만큼은 내가 반드시 지킬 것이니라."

환의 목소리에 결연함이 배어들었다. 유연의 조심성이 자신에게서 기인하는 것이라면 제가 해결해 주어야 마땅했다.

여전히 비슷한 눈빛으로 올려다보는 연인에게 진심이 담긴 한마디를 덧붙였다.

"여기에서는 그저 네 사내로만 머무르고 싶구나."

환의 목소리가 깊어졌다. 어린 소녀를 만나는 것이 즐거웠던 것은, 얼어붙은 마음을 빼앗긴 것은 그 순간만큼 자기 자신을 잊을 수 있었기 때문일지도 모른다.

그래서 아직은 유연이 소녀인 채로 있어 주었으면 했다. 그를 '전하'라 부르는 신료들의 목소리에 진심이 담기는 그날이 올 때까지.

유연의 발끝이 치맛자락 아래로 살짝 드러난 채 허공에서 흔들거렸다. 마음 가득히 정인을 품은 한창때의 청년에게는 종잇장만큼이나 가볍기만 했다. 그녀의 몸을 번쩍 안아 든 환이 아까부터 반듯하게 펼쳐진 채 주인이 들기를 기다리고 있었을 금침 위로 사뿐하게 내려놓았다.

진작부터 섶이 풀려 하얀 피부를 은근슬쩍 드러냈다 감추던 적삼이 가볍게 내려앉았다. 유연을 금침 위에 누인 채 단단하게 조이고 있는 치마 매듭을 끌러 내며 부끄러움에 허둥거리는 모습을 보던 환이 장난스럽게 눈을 반짝였다.

"다만 공석에서는 주의하여야 할 필요가 있겠지. 어린아이는 종종 그런 것을 잊지 않더냐."

"혼인도 하여 어엿한 성인인데 언제까지고 아이 취급을 받고 하대를 들어야 합니까."

사랑하는 여인에게만큼은 사내이고 싶다는 그 말에 마음이 설레면서도 정작 그는 어린 소녀일 때와 똑같이 대하여 은근히 속상했다.

"지금껏 그렇게 고집을 부리려던 게 사실은 그 때문이었느냐?"

환의 목소리에 밴 웃음기가 더 짙어졌다. 유연이 아미를 살짝 찌푸려 그렇지 않음을 표현하려 했지만 뽀얀 피부가 만들어 내는 부드러운 곡선을 훑어 내려가는 손길에 그만 눈을 꼭 감아 버렸다.

일렁이는 불빛이 그녀의 몸을 고스란히 드러내고 있을 것이었다. 게다가 그의 눈길이 조금 엷어진 붉은 흔적을 따라 움직이고 있을 것임을 깨닫고 나자 더욱 눈을 뜰 수 없었다.

"네 안에 숨결이 하나 더 깃들게 되면 생각해 보마."

환의 말에 그의 몸에 막 닿던 유연의 손끝이 굳어졌다. 아침부터 귓전을 파고들던 빈궁의 책무와 이어지는 이야기였다.

지금 이 순간조차 환의 입술과 손끝, 그의 온몸이 전하는 감각에 몰두하여 마냥 가슴 떨려하고 뜻 없는 엷은 소리를 흘려 내는 것이 전부가 되면 아니 되는 모양이었다. 아이를 품을 수 있는 비책 같은 게 있었던가. 유연의 머릿속이 복잡했다.

"하지만 아직은 좀 이르구나. 아직은 내 마음이 너로 가득

해서 말이다."

연정이 담뿍 담긴 목소리와 이어지는 부드러운 접촉이 모든 상념을 말끔하게 치워 냈다. 유연의 피부 위에 닿아 있던 손길이 아쉬운 듯 떨어지고, 사락거리며 무언가 바닥에 떨어지는 소리가 고요한 방 안을 가득 채웠다.

감은 눈꺼풀 사이로 새어 들어오던 빛이 사라진 후에 뜨거운 체온이 그녀의 몸 위에 맞닿았다. 아무것도 볼 수 없었지만 그의 숨결이 흐르고 체온이 맞닿는 쪽을 찾아 손을 뻗었다.

바깥에서 어지럽게 흩날리는 하얀 눈발도 알지 못한 채 오직 서로만이 존재하는 고운 밤이 깊어 가고 있었다.

열둘

묵은 달빛이 타오르다 — 1

눈을 뜬 유연이 이불을 살짝 걷고 고개를 젖혀 흐릿한 빛
이 새어 드는 창밖을 바라보았다. 귀를 기울이면 어렴풋하게
발소리며 옷자락 끌리는 소리가 들리는 것 같기도 했다. 그
러나 그녀는 일어나는 대신 몸을 살짝 웅크리며 이불 안으로
파고들었다.

꼼지락거리는 기척이 전달된 모양이었다. 갑자기 나타난
팔이 가느다란 허리를 찾아 잡아당겼다. 미처 예상하지 못했
던 움직임에 당황할 새도 없이 익숙한 얼굴이 다가왔다.

눈을 깜박거리고 쳐다보았지만 단순히 잠결에 한 행동이
었던 모양인지 여전히 눈을 감은 채 고른 숨결을 내뱉고 있
을 뿐이었다.

"기침하실 시간이옵니다, 전하."

마지막에 덧붙인 말은 상대가 깨어 있다 한들 들릴까 싶을 정도로 희미했다. 그럼에도 환의 눈썹이 미미하게 꿈틀거리는 것을 본 유연이 미소 지었다.

못마땅함을 나타내는 근육의 움직임은 그가 곧 자리를 털고 일어날 것임을 알려 주고 있었다. 첫 울음을 터뜨리는 순간부터 궐의 공기를 호흡하며 살아온 이였으니 일어나는 시간을 놓치는 일 따위 있을 리 없다. 그가 게으름을 부리는 것은 더 누워 있어도 괜찮다는 뜻이리라.

유연은 그를 깨우려 드는 대신 바짝 몸을 붙이고 닿아 있는 피부로 온전하게 전해지는 체온을 만끽하며 깊이 숨을 들이쉬었다. 맨살에서 느껴지는 진한 체취가 폐부로 스며들자 코를 누르다시피 하며 고개를 파묻었다.

두근거림과 함께 까닭 모를 부끄러움이 밀려왔다. 낭군이 잠든 틈을 타 호기로운 척해 보려고 했지만 명백하게 실패였다.

"고작 그 정도 유혹으로 어찌 사내의 마음을 동하게 할까."

잠에서 덜 깨어난 게 분명한 낮은 목소리가 울리더니 유연의 몸이 위쪽으로 밀려 올라갔다.

유연은 가슴츠레 뜬 눈이 부드럽게 초승달 모양으로 휘어지는 것을 보며 눈을 내리깔았다. 온전하게 그의 여인이 된

지 벌써 달포 가까이 지났는데도 그의 눈길이 훑어가고 그의 손길이 느껴지면 눈을 마주치는 것조차도 부끄러워 허둥거리기 일쑤였다.

"그리 말하고 싶지만 너를 생각하는 것만으로도 그냥 있을 수 없단 말이다. 하물며 지척에서 이러고 있어서야."

아리송하게 말끝을 흐린 환이 팔꿈치로 바닥을 짚어 몸을 살짝 들어 올리며 유연을 자신의 품 안에 가두었다. 그의 얼굴이 서서히 내려와 유연의 입술을 덮었다.

조금 전까지만 해도 잠에 취해 있던 이의 것으로는 전혀 어울리지 않는 진한 입맞춤에, 벅차오르도록 가빠진 숨결이 한데 섞이고 말 이상의 뜻을 머금은 가느다란 소리가 어지럽게 돌아다녔다.

밤이라면 틀림없이 새벽안개처럼 아득하게 감싸 안고 저녁 비처럼 은근하게 젖어 드는 꿈결 같은 순간이 이어졌으리라.

"지금은 너무 늦었단 말이다."

한참 만에 입술을 떼어 낸 환이 입맞춤의 여운이 남아 있는 나른한 목소리로 나지막하게 투덜거렸다. 민첩히 몸을 일으키는 환에게서 시선을 뗀 유연이 몸을 돌리고 금침 옆에 놓인 옷가지를 가까이로 끌어당겼다.

유연은 이른 아침에 문안 인사를 마치고 나면 잠자리에 들기까지 사람을 만나야 할 일이 거의 없었다. 입궁 전에도 몸종 하나만 곁에 두고 있을 뿐 혼자 방 안에서 소일하며 생활하는 데 익숙했기 때문인지 외롭다거나 답답하다는 느낌을 강하게 받는 것도 아니었다.

환은 밤이 되면 거의 빠짐없이 찾아왔지만 이따금 홀로 잠들어야 하는 날이 있었다. 그에게 밀린 업무가 많아 올 수 없는 날이거나 일관이 중전이나 숙원의 길일로 택해 고한 날이었다.

잠들기조차 어려운 긴 밤, 홀로 누운 유연은 그의 모습을 그려 보곤 했다. 늘 그녀를 향해 미소하며 더없는 연정을 내비치는 사내는 다른 이에게도 그러할 것인가. 그녀에게는 한없이 길기만 한 그 밤을 그는 어떻게 보내고 있을까. 머릿속에 자꾸만 떠오르는 장면을 지워 내는 것은 쉽지 않았다.

홀로 지낸 밤을 아무렇지 않은 척 넘겨 보려 했으나 다음 날이 되면 은연중에 투정을 부리고 있는 자신을 발견하곤 했다. 연인의 곁에 다른 사람이 있다는 것은 견디기 어려운 일이었지만 그 '곁에 있을 수 있는' 권리를 더 적극적으로 주장할 수 없는 처지를 상기하며 움츠러들고는 했다. 그리고 오늘 밤도 몹시 기나긴 시간이 될 터였다.

"오늘따라 느리광이 저리 가라 할 만큼 굼뜨게 구는구나."

이제 겨우 치마 매듭을 짓고 적삼에 팔을 끼우고 있는 유연을 보던 환이 앞에 다가앉아 섶을 여며 주었다. 생각이 분주하게 널을 뛰는 바람에 동작도 자연 느려졌던 모양이었다.

"송구하옵니다."

"괜한 생각으로 조그만 머리를 복잡하게 할 것 없다."

제 생각을 꿰뚫어 보고 있는 것이 아닌가 싶은 환의 말에 유연이 얼굴을 살짝 붉혔다. 환은 입술 새로 비집고 나올 것 같은 한숨을 삼키며 유연을 품에 안고는 다독거렸다. 사랑하는 연인의 얼굴에 고뇌의 빛이 떠오르는 연유를 알아 더 마음이 아팠다.

"낮에 시간을 좀 내어 주지 않겠느냐."

환의 목소리에 유연이 눈을 동그랗게 뜨고 고개를 치켜들었다. 혼례 이후로 이런저런 행사가 숨 가쁘게 이어진 탓에 낮 동안 사사로이 얼굴을 보는 일은 없었다. 시시각각으로 변하는 유연의 표정을 바라보던 환이 빙그레 웃었다.

"남의 눈을 피하던 그적에도 없는 시간을 쪼개어 너를 만나러 갔었다. 하물며 이제는 그 누구도 부정할 수 없는 내 여인일진대 무엇이 문제라고 망설인단 말이냐."

다르다. 그때와는 사정이 크게 다르다. 처음에는 그저 한량인 줄 알았다. 왕인 것을 알고 난 후에도 실감할 수 있는 일이 좀처럼 없어 잊고 있었다. 그렇기에 그가 내어 주는 시간이 어떤 의미를 갖는지도 모르고 마냥 즐거워할 수 있었다.

"하고 싶은 일이 있다면 말해 보아라."

다감한 목소리에 유연이 가볍게 고개를 저으며 자리에서

일어났다. 너를 곁에 두어도 그 누구도 무어라 할 수 없도록, 이라고 힘주어 말하던 결연한 목소리가 아직도 귓전에 선했다.

가장 존귀한 왕은 가장 외로운 존재인 동시에 온전히 혼자만의 시간을 누릴 수 없을 만큼 지극히 바쁜 이였다. 그런 이의 시간을 함부로 빼앗을 수는 없었다. 지금만 해도 조금씩 더 날이 밝아 오고 있었다.

"가볍게 후원이라도 거니는 것이 어떻겠느냐."

난처한 얼굴이 된 유연이 잠깐 망설이다 고개를 세차게 흔들었다.

입궐한 지 얼마 되지 아니하였던 때의 일을 떠올렸다. 할 일이 없이 무료하게 보내던 낮에 어린 나인 하나만을 대동해서 후원에 갔다. 어지간한 나무는 이미 이파리들을 몸에서 떨어뜨린 뒤였으니 찾는 사람이 없으리라 생각했지만 초입에서 중전과 정면으로 마주쳤다.

뒤따르는 상궁이 비단 보를 씌운 무언가를 들고 있었고 그 안에서 어렴풋하게 지저귀는 소리가 새어 나왔다. 유연의 뒤를 따르던 나인이 작은 목소리로 중전마마께서는 후원을 자주 찾으신다는 이야기를 전했다. 그러니 오늘 후원에 갔다 중전이라도 만나면 곤란한 일이었다.

조금 전 살랑살랑 고개를 저을 때와는 전혀 다른 반응에 환의 얼굴에 의아함이 떠올랐다. 눈도 내리지 아니한 겨울의 후원은 다른 계절에 비해 황량한 편이었다. 그러나 그 쓸쓸함에서 묻어나는 운치는 화사한 기화요초가 제 모양을 자랑하는 때와 또 다른 느낌이 있었다. 아직 어린 소녀여서 그런 멋을 즐길 줄 모르는 건가.

"매양 저자를 쏘다니고 거리를 활보하였으니 고즈넉한 풍광이 주는 아취 같은 건 안중에 두어 본 적이 없는 모양이구나."

환이 미소했다. 유연이 대답하는 대신 발걸음을 떼어 놓기 시작했다. 그런 의도는 아니었지만 적어도 진짜 품고 있는 생각을 들키는 것보다는 나을 것 같았다.

두어 발짝을 움직이기도 전에 환의 팔 안에 갇힌 신세가 되었다. 다정한 목소리를 싣고 오는 부드러운 숨결이 귓가를 간지럽혀 어깨를 살짝 옴츠렸다.

"대답을 들려주지 않았으니, 내 뜻이 곧 네 뜻인 것으로 알겠다. 시간이 되면 사람을 보내마."

잠깐 몸에 감겨 있던 팔은 곧장 풀어졌다. 열린 문 사이로 여느 때에 비해 가벼운 걸음을 내딛는 환의 모습을 유연이 말없이 바라보았다. 다정한 연인은 변함이 없는데 다른 날에 비해 유난히 마음이 어수선한 느낌이 들었다.

'복에 겨워서 그러하지.'

유연이 고개를 잘래잘래 흔들었다. 그의 목소리며 행동은 물론 대화 내용을 하나씩 상기하며 짚어 보아도 마음에 걸리거나 꺼림칙하게 생각해야 할 구석은 조금도 없었다.

배중사영(杯中蛇影)이며 의심암귀(疑心暗鬼)라는 말이 오래도록 전해질 정도로 사람은 본디 의심이 많은 존재였다. 마지막 한 방울만 더 흘려 넣어도 넘칠 듯 채워진 술잔처럼 그토록 가득하게 차오른 행복감이 쓸데없는 걱정을 불러오고 있는 것이 분명했다.

"내 뜻이 곧 네 뜻인 것으로 알겠다."

출처를 알 수 없는 불안감을 몰아내고 나니 귓가에 퍽 다정하게 속삭이던 그의 목소리가 생생하게 되살아났다. 아마도 그에게 무언가 떠오른 생각이 있는 모양이었다.

"문안 준비를 하셔야 하옵니다."

들려오는 목소리에 유연이 정신을 차리고 고개를 끄덕였다. 분주하게 움직이는 이들의 틈에서 습관적으로 발을 내디뎠다. 누군가가 활짝 열어젖힌 창문으로 아침햇살이 기다랗게 뻗어 들어오며 치마 아래로 살짝 드러난 유연의 발끝을 가볍게 찔렀다.

"그간 강녕하셨는가."

웃음 어린 목소리에 덕해가 어깨를 움츠렸다. 강녕하'셨'느냐며 높여 주는 척하다가 그랬는'가' 고 꼬리가 축 처지는 말투는 나이 따위로 유세를 떨 수 없는 지체의 차이를 확연히 보여 주고 있었다. 덕해가 다소 불퉁한 어조로 대꾸했다.

"늙은이의 삭신은 어제가 다르고 오늘이 다르옵니다. 나날이 쇠하고 있는 처지를 어찌 강녕하다 할 수 있겠사옵니까."

덕해의 대답에 환이 빙그레 웃었다. 오랜 시간 환을 지켜보았던 이는 말 이면에 담긴 불평을 눈치채고 에둘러 변명하고 있었다. 예전처럼 자주 볼 수 없음이 아쉽고 혈기 왕성한 젊은이의 객기를 감당하기에는 이미 늙었다는 속뜻은 마음으로만 이해하고 남겨 두었다.

"그럼에도 그대의 사고만큼은 젊을 적보다도 더 기민하겠지."

잠깐 말을 멈추었던 환이 곧장 본론으로 들어갔다.

"궐내 빈궁과 잠깐의 여가를 보낼 수 있는 장소를 말해 보라."

밑도 끝도 없이 던져진 과제에 덕해가 망설임 없이 대답했다.

"날이 아직 차기는 하오나 후원만큼 노닐기 좋은 곳이……."

"아니 된다."

환이 단칼에 잘랐다. 유연이 입술을 꼭 다물고 도리질한 장소였다. 후원에 갈 것 같으면 애초에 늙은 내관을 불러 묻지 아니하였을 것이다.

"하오면 빈궁마마께오서 학문을 즐기시는 만큼 서고 는……."

"그곳이 어디 겨울에 사람이 들어가 시간을 보낼 만한 곳이더냐."

사람이 오래도록 머무르는 것이 목적이 아닌 공간인 만큼 둘러친 벽이 외풍은 막아 주어도 온기가 감도는 곳은 아니었다. 바깥과 크게 다르지 않은 서늘한 공기가 썩 좋을 리 없다.

"그러면 전하께서 새로 마련하신 서재가 적합……."

"싫다."

정인의 눈이 반짝이는 모습은 분명 사랑스러울 것이지만 책에 홀려 눈길도 주지 아니할 것이 분명하였다. 그래서는 부러 시간을 내는 의미가 없다.

입을 여는 족족 말을 맺지도 못한 채 거절당한 덕해가 미간을 좁혔다. 이내 심술궂은 목소리가 이어졌다.

"하면 차라리 침전은 어떠하옵니까. 혼인을 하는 연유가 어디 있는가를 생각하여 보면 그 시간이 밤이건 낮이건 무슨 관계……."

"신 내관."

위엄 있는 목소리가 덕해의 말을 눌렀다. 덕해가 입을 꾹 다물며 코로 한숨을 내쉬었다. 젊은 왕이 대낮에 후궁의 거처를 찾는 것이 바람직하게 보일 리 없다는 것은 그도 잘 아는 사실이었다. 그러나 여기도 저기도 안 된다면 대체 어쩌라는 것인가. 설마 자신이 무릉도원으로 통하는 비밀의 문이라도 알고 있다고 생각하는 걸까.

덕해는 말을 꺼내는 대신 입술에 힘을 주어 오므린 채로 생각에 잠겼다. 평소라면 대답을 채근하였을 환도 잠잠히 기다리는 쪽을 택했다.

"전하."

덕해가 생각을 마치고 환을 불렀다. 고개를 들고는 무엄하다며 통을 놓아도 지나치지 않을 만큼 빤히 환의 얼굴을 바라보았다. 그리고 조심스레 입을 열었다.

✳　　　✳　　　✳

해가 가장 높은 데 자리하는 정오였다. 여름 같으면 고개를 한껏 젖혀야 할 정도로 높이 솟아 있었을 해는 야트막한 곳에서 방 안 깊숙한 곳까지 실꾸리 굴리듯 그 빛을 길게 뻗어 들여보내고 있었다. 도르르 굴러 온 빛살은 온기가 감도는 바닥과 곱고 도톰한 수석(繡席) 위를 지나 다홍빛의 치맛자락 위에서 데굴거렸다.

"숙원마마께서 찾아오셨사옵니다."

의외의 인물의 등장에 유연이 고개를 들고 자세를 바로 했다.

갑자기 들이닥친 숙원 윤 씨, 혜원의 눈에 엷게 먼지가 내린 수틀이며 벽에 기댄 책장에 단정하게 선 몇 권의 책이 보였다. 눈에 띄지 않을 만큼 살짝 혜원의 입가가 비틀렸다.

'식자인 척하는 것으로 환심을 사고 있는 건가.'

"어찌 오셨습니까."

조용한 유연의 목소리가 울려오자 혜원이 시선을 바로 했다. 그들 사이에 둔 서안이 비어 있었다. 찾아온 시간의 문제인 것인지, 객을 맞는 법이 없는 주인을 두어 그런 것인지, 아니면 불청객을 고깝게 생각하는 마음 때문인지 판단하려는 시도는 섣부른 것이었다.

"그저 안부나 여쭐까 하고 찾아왔사옵니다, 빈궁마마."

빈궁마마, 하고 부를 때 기묘하게 깔리는 목소리에 담긴 것은 결코 호의라고 볼 수 없었다.

"빈궁마마를 모시는 궁인들은 어찌나 입이 무거운지 이렇듯 직접 찾아뵙지 아니하면 빈궁마마의 안부를 알 수 없으니 말이옵니다. 아, 혹시 빈궁전의 궁인들도 다른 처소의 나인들과 가까이 지내는 것을 격에 맞지 않다고 생각하는 것일까요."

조소가 담긴 목소리는 그날의 것과 꼭 같았다.

"삼간에 올라 봤자 뒷배를 보아 줄 이 따위 없는 힘없는 아비를 두고 있다는 증좌밖에 더 될까."

얄궂게도 삼간에 오른 처녀 중 하나가 지금 유연의 눈앞에 있는 혜원이었다. 하룻밤 승은을 입은 것으로 처지가 바뀌게 되는 궁녀와는 근본부터 다른, 반가 규수 출신의 간택 후궁이었으니 정식으로 가례도 올렸다. 힘없는 아비를 두었다기보다는 혼기를 놓친 처녀를 배려했다고 보는 쪽에 가까웠다.

"나날이 같으니 따로 안부랄 것이 있겠습니까."

유연이 침착하게 대꾸했다. 이렇듯 적대감을 표하는 이는 본 적 없어 그저 말 속에 품은 칼을 눈치채지 못한 척 대꾸하는 것 외에는 방법이 없었다.

"빈궁마마께서는 상감마마의 지극한 총애를 받고 계시지 않사옵니까. 한때는 궐 안의 궁인이라면 승은을 입지 아니한 이가 없다는 이야기가 나돌았다고 하옵니다. 한데 마치 그런 일이 없었던 것처럼 전하께오서 모든 여인의 처소에 발길을 딱 끊으셨습니다. 빈궁마마께서 입궐하기 전까지 말이지요."

유연이 가볍게 아미를 찌푸렸다. 총애를 운운한 것은 그저 이어질 말들을 꺼내기 위한 수단에 불과했다. 수많은 여인 중의 하나임을 상기시키려 부러 들으라고 하는 소리였다.

"전하께오서 색사 따위에 전연 관심을 두지 않으실 적에는 장차 대가 끊어질까 다들 좌불안석이지 않았겠사옵니까. 혹자는 한때의 방탕함이 화를 불러온 것이 아니겠는가 하였으나 빈궁마마께서 입궐하시고는 사정이 바뀌었으니 진정

다행한 일이옵니다."

유연이 피로한 눈길을 던졌다. 이야기가 밖으로 새어 나가지 않을 것을 믿고 있다며 불경에 가까운 말도 스스럼없이 꺼내는 것이 심상치 않았다.

"빈궁마마께서 입궐하신 지 달포가 지났사옵니다. 아직 무엇이든 속단하기는 이른 때이지요."

"그런가요."

유연은 한참 만에야 대답하는 제 목소리가 낯설었다.

"부디 과욕으로 모든 것을 그르치는 일이 없으셨으면 하옵니다. 그저 숙원의 자리만 붙잡고 있는 저도 전하의 지극한 귀애를 받고 있는 빈궁마마도 결국에는 같은 후궁일 뿐이옵니다."

혜원이 자리에서 일어났다. 그녀 스스로 말했듯 무엇이든 속단하기는 이른 때였다. 빈궁마마도 중전마마만큼이나 온화하고 조용하다는 것이 중론이었으나 속에 어떤 마음을 품고 있는지 알지 못하는 상황에서 섣불리 크게 자극해서는 안 될 것이었다.

"다음에 또 인사 올리겠사옵니다."

갑작스럽게 찾아왔던 혜원은 사라지는 것도 순간이었다. 자리에 앉아 있던 유연은 어느샌가 방에 들어와 부복하고 있는 나인을 향해 말을 걸었다.

"잠시 나가서 소요를 하고 싶구나."

어린 나인이 고개를 조아렸다. 유연은 살짝 미소를 지어 보이고는 자리에서 일어났다. 극히 짧은 외출이 될 것이니 옷이 두터울 필요는 없었다. 부산스레 움직이는 나인을 고개를 저어 막았다.

느리고 조심스러운 걸음은 후원 초입에서 멈추었다. 천천히 눈동자를 움직여 안쪽을 살펴보았다. 이파리를 모두 떨어뜨린 황량한 가지 사이로 언뜻 빛깔 고운 형체가 아른거렸다. 유연이 말없이 몸을 돌렸다.

"마마."

"돌아가자."

낮은 목소리로 대답한 유연이 빠르고 조용하게 그 자리를 벗어났다. 제 짐작이 틀리지 않음을 확인하자 안도감과 함께 죄책감 비슷한 것이 스멀거리고 올라왔다.

"빈궁마마. 신(臣) 신덕해이옵니다."

처소로 돌아가던 유연은 자신의 앞을 가로막는 이를 바라보았다. 이름은 여전히 낯설었지만 목소리만큼은 몹시도 익숙했다.

"무슨 일입니까."

덕해는 유연이 믿을 만하고 친숙하다 여기는 몇 안 되는 이 중 하나였다.

가끔 실없는 말을 던지고 도통 쓸모를 알 수 없는 괴이한 장신구를 늘어놓는 덕해는 마치 할아비가 손주를 귀애하듯 그녀를 바라보고 있는 것 같았다.

"전하께서 마마를 모셔 오라 명하셨사옵니다."

환이 아침의 약속을 잊지 아니하고 사람을 보낸 모양이었다. 유연이 잠깐 망설이다 이내 그 뒤를 따랐다.

덕해는 이따금 뒤를 힐긋대었다. 유연이 뒤쳐진다 싶으면 멈추어 서서 기다리기도 하고 이곳저곳을 가리키며 간단하게 설명도 덧붙였다. 이 나무에는 어떤 사연이 있느니, 저 건물은 누가 기거하는 곳이니, 그쪽은 무엇을 하는 곳이니 따위.

오가는 곳이라고는 대전과 내전, 대비전이 전부였던 유연은 그때마다 고개를 살짝 움직이고 눈동자를 굴려 흥미롭게 주변을 바라보았다.

"저곳은 전하께오서 자주 머무시는 곳이옵니다. 더 자주 걸음하시는 곳은 따로 있습니다만."

덕해의 쭉 뻗은 손끝이 저만치에 있는 이 층짜리 건물을 향했다. 유연도 이번에는 고개를 돌려 바라보았다. 언뜻 고적해 보일 정도로 화려하지 않은 모양새가 눈에 들어왔다. 그러나 그 건물의 모양보다는 덕해의 마지막 말 한마디가 마음에 더 깊이 박혔다.

"그곳은 어디입니까?"

"마마께서 전하께 직접 여쭤 보십시오."

덕해가 빙글거렸다. 그 웃음과 살짝 장난기가 섞인 말투에서 유연은 별궁에 있을 적 그 별궁이 누구를 위한 것이었는지를 직접 물어보라던 박 상궁의 얼굴이 떠올랐다.

한밤중에 찾아든 환에게 별궁에 누가 머물렀는가 물어보기는 했었다. 그러나 그가 무어라 대답했는지는 기억이 나지 않아, 기껏 물어보고서는 그 대답을 허공에 흩어 버리기까지 하였으니 알고 있는 것이 없어 마음이 쓰이기도 했다.

덕해의 웃음에 악의라든가 근심 따위는 보이지 않았으니 환이 자주 가는 곳이 그녀에게 거북한 공간은 아닐 터였다. 그렇지만 꼬치꼬치 캐묻는 것처럼 보일까 봐 선뜻 묻기 어려울 것 같았다.

여인의 투기는 칠출(七出)의 하나.

유연이 고개를 저었다. 자신의 말이 유연의 마음에 불어 일으킨 바람 따위는 알지 못한 채 덕해가 바쁜 걸음을 옮기다 잠시 멈칫했다. 그러더니 이내 방향을 틀어 다른 쪽으로 향했다.

까닭을 알 수 없는 유연은 아무 의심 없이 그 뒤를 따랐으나 이내 눈앞에 놓인 커다란 문과 그 곁을 지키는 병사를 바라보며 걸음을 머뭇거렸다.

"저, 이쪽은……."

궐 밖 출입은 함부로 할 수 있는 것이 아니다. 더군다나 지금 이 차림으로는 더욱. 뒤를 돌아본 덕해가 아무렇지도 않게 눈을 끔벅였다.

"염려하실 것 없으시옵니다, 마마."

무어라 대꾸하거나 물을 새도 없이 덕해가 다시 분주하게 발을 놀리기 시작했다. 잠깐 고민하던 유연이 걸음을 떼었다. 꼭 허락받지 않은 나쁜 짓을 하는 것처럼 가슴이 두근거렸다. 그 두근거림 사이로 아련한 그리움이 피어오르고 있었다.

두 사람이 사라진 자리에 또 다른 두 사람의 모습이 나타난 것은 약간의 시간이 흐른 뒤였다. 관 아래쪽으로 언뜻 보이는 머리칼이 새카만 것 외에는 조금 전과 아주 흡사한 진초록빛 형체가 선연하게 붉은 옷자락의 펄럭임을 뒤쫓고 있었다.

환의 걸음은 빠르고 경쾌했다. 깜깜한 하늘에 달이 덩그러니 떠올라 있는 밤이나, 해가 지붕이나 산등성이 사이로 겨우 흐릿하게 돋아나는 새벽이 아닌 시간에 사사로이 연인을 만나는 것은 꽤나 오랜만의 일이었다.

장소가 침소가 아닌 것도 모처럼만이었다. 어쩌면 오늘, 한껏 곱게 단장하였어도 그저 조그맣기만 했던 기억 속의 여자아이와 재회할 것만 같아 입가에 은근한 미소가 떠올랐다.

세월의 흐름은 누구도 비껴 갈 수 없는 것이기에 당돌하고 생기 넘치던 어린 소녀에게서는 성숙한 여인의 태가 났다. 고집스러움이 밴 동그란 눈망울도 당당히 제 뜻을 밝히는 앙증맞은 입술도 여전했지만 예전과 달리 확고한 목소리를 내지는 않았다.

그것을 다 자랐기 때문이거나 입궐하여 조심성이 많아진 것이라고 범상하게 넘기기에는 지나치게 조용한 것이 마음에 걸렸다.

유연에 대한 이야기가 구설이 되어 나가는 일이 없도록 박상궁과 늙은 내관들을 그녀의 곁에 두고 그 곁을 지킬 이들을 고르는 것을 일임했다. 기녀와 여염의 처녀를 불러내던 환의 기벽은 눈 감아 모르는 척하였을 뿐 알지 못하는 이가 없었으나 몇 년이 지나고 지금에 이르도록 자세한 내막을 아는 이는 거의 없을 만큼 그들의 입은 무거웠다.

조금은 마음을 놓아도 괜찮을 텐데. 정인조차 곁에 둘 수 없는 제 처지를 이야기한 것이 가뜩이나 여린 마음에 무거운 짐을 얹어 준 것인가 싶어서 마음이 아팠다.

'너와 함께 보낼 시간은 그보다 훨씬 더 길지 않겠느냐.'

환은 곁에 있지도 아니한 유연에게 속마음을 전하듯 마음으로 되뇌었다. 그러다 문득 소녀가 의지할 대상은 이 궐 안에 오로지 그 하나뿐일 것임이 떠올랐다. 그리고 오늘 밤 그의 걸음이 사랑스러운 연인에게로 향할 수 없다는 사실도 떠올랐다. 긴 한숨이 흘러나왔다.

환이 걸음을 멈추고 젊은 내관을 향해 돌아섰다. 그리고 언에게 방금 떠오른 즉흥적인 생각을 입에 올렸다.

"그대는 빈궁의 몸종과 각별한 관계였지?"

환의 목소리에 섞인 장난스러운 기운에 언이 움찔했다. 환이 손을 내저었다. 번갯불에 콩 볶아 먹듯 느닷없이 결정된 젊은 내관의 혼사에 대해서는 얼마든지 놀릴 거리가 있었지만 그런 식으로 시간을 낭비하면 연인과의 다정한 한때가 줄어들었다.

"그저 예전처럼 말만 전하여라. 오늘 밤, 빈궁을 찾으라고."

환이 호젓한 목소리로 명만 간단히 전한 뒤 다시 걸음을 디뎠다. 싸늘한 겨울바람을 헤치고 가는 길임에도 얼굴에 부딪치는 공기의 흐름이 마치 봄날의 훈풍처럼 마음을 설레게 했다.

"아직 오지 아니하였단 말이냐?"

환의 미간이 좁아 들었다. 뒤쪽으로 고개를 돌려 젊은 내관의 얼굴을 흘기듯 바라보았지만 언의 태도는 태연자약했다. 나는 틀림없이 말을 전했노라, 하는 무언의 시위였다.

유연은 새벽에도 썩 내키지 않는 듯한 태도를 보였으니 혹시 오지 않겠다고 버티기라도 하고 있는가, 중간에 말이라도 잘못 새어 들어 애먼 대왕대비전에라도 붙들려 있는 것은 아닌가. 심란한 얼굴을 하고 시선을 도로 정면으로 향했을 때 언뜻 스친 박 상궁의 얼굴에는 온화한 미소가 걸려 있었다.

"빈궁마마께서는 틀림없이 오실 것이니 심려 말고 기다리옵소서, 전하."

그 엷은 미소에 마음이 조금 편안해진 환이 짧게 숨을 내쉬었다. 몸을 돌려 그를 위해 준비되어 있는 방 안으로 몸을 들였다. 그제야 박 상궁이 고개를 들고 몸을 쭉 폈다.

'그 작자가 뭔가 수를 부리고 있는 게 분명하지.'

박 상궁 자신도 덕해의 말을 전해 듣고 퍽 오랜만에 이곳에 왔다. 덕해는 눈치가 빠르고 이런저런 일을 만들어 내는 것을 좋아하는 사람이었다. 아마 궐 안으로 해서 바로 오지 않고 궐 바깥으로 통하는 문, 어린 소녀가 처음으로 그와 인연을 맺게 된 높다란 솟을대문으로 데리고 오는 모양이라고 짐작했다.

잠깐이나마 과거의 기억을 되살리면 그때만큼이나 가벼운 발걸음과 사랑스러운 미소를 지닌 소녀가 되돌아와 있을지도 모른다고 기대했으리라.

환에게 재잘대는 조그만 참새처럼 보였을지도 모를 어린 소녀는 사실 나이에 비해 생각이 많은 편이었다. 첫눈에 반하여 맹렬하게 타오르는 연정은 대개 앞뒤 분간 못 하는 충동의 늪으로 향하는 것이 보통이었다.

그러나 종종거리는 발걸음으로 나타나던 어린 소녀는 한 달에 두 번 이상 모습을 나타내는 법이 없었다. 그것이 나이가 어려 연정을 모르는 탓이라고 치부하기에는 눈동자에 넘실대는 빛이며 얼굴을 연하게 물들인 홍조가 심상치 아니했다.

기다림이 필연적으로 불러들이는 초조함을 내색하지 않았고 무언가를 조르거나 투정을 부리는 일도 없었다. 어른스러움이 지나친 탓이었다. 지금에 와서도 그런 태도는 더하면 더했지, 덜해지지는 않았다.

'그런데 괜찮을까.'

박 상궁이 문득 고개를 기웃했다. 처음으로 만난 곳이라는 점에 집중한다면 분명히 의미가 있는 곳이기는 했으나 이전을 짚어 보면 만남의 장소로 썩 어울리지는 않았다. 솟을대문으로 유연이 발을 들였지만 그전에도 젊은 처녀며 기녀가 문턱이 닳도록 드나들었다. 개중에는 한순간의 유희로 끝나지 아니한 경우도 있었다.

이미 지난 일이어서 아무렇지 않다 여길 수도 있다. 그러나 여인의 마음이 어디 사내처럼 단순한 것이던가. 환이 어떤 마음으로 이곳에 드나들었는지를 안다면 과연 이해할 수 있을까.

세상에 단둘이 존재하는 것 같던 짧은 만남의 순간을 지나쳐 부부의 연을 맺게 되었다. 그러나 아무리 서로 연모하여도 오직 하나뿐인 여인이 될 수 없다는 현실 역시 맞닥뜨리게 되었다. 제아무리 사려 깊고 신중한 이라도 마음에 질투라는 것이 박혀 조그만 싹을 틔우기 시작하는 것을 막기는

204

쉽지 않을 터였다.

　저쪽에서 어렴풋하게 인기척이 느껴졌다. 박 상궁이 그대로 몸을 돌렸다.

　유연은 궐을 나서는 길이라고 짐작하여 머뭇거렸지만 한없이 이어질 것 같은 높다란 담장의 옆길을 지나는 사람이 아무도 없다는 것에 안도했다. 문안을 드리러 오고 갈 때와는 달리 걸음까지 가벼웠다.

　"저쪽이옵니다."

　덕해의 말에 유연이 시선을 손끝이 가리키는 쪽으로 고정했다. 어디나 다 비슷비슷한 모양새인 담과 대문이 유달리 더 익숙하게 느껴지는 모습에 가늘게 눈을 떴다.

　"기억하시옵니까."

　유연이 고개를 들어 올렸다. 그녀가 자라난 탓인지 윤이 나는 대문에 매달린 고리가 그때보다 낮은 곳에 매달려 있었으나 솟을대문은 여전히도 높았다.

　"곧 머리를 얹어야 하는 동기(童妓) 아니더냐."

　그때는 단순하게 자신에 대한 모욕적 언사에 분노했지만 나이를 먹으면서 조금씩 짐작하게 되었다. 어떤 이들이 그 대문 안에 발을 들였을지, 환이 어떠한 마음으로 그곳에 걸음을 했을지.

유연이 선 채로 좀처럼 움직임을 보이지 않자 덕해가 환을 대신하여 변명하듯 덧붙였다.

"마마를 뵈옵기 시작한 연후에는 걸음 하신 적이 없으시옵니다."

손이 비어 있는 탓에 함께 비어 있던 사내의 마음이 서서히 채워졌다. 하여 종내 그곳이 필요치 않게 된 것이리라.

평범한 소녀에게 감히 그러한 존재 가치가 주어졌다는 것에 그저 감사했다. 그러나 동시에 이곳에 다시 발을 들인 것이 미묘하게 불편하기도 했다. 그녀 이전에도 수많은 여인이 있었을 것이다. 지나치게 어린 소녀는 손목 잡히는 것 이상의 경험을 하지는 않았지만 남녀 관계에 대해 어렴풋하게나마 알게 된 이후로는 가끔 어떠한 장면을 머릿속으로 그려 보다가 머리를 싸매듯 감싸 쥔 적도 있었다.

어쨌거나 처음 만났던 장소라는 의미만큼은 선명한 곳이었다. 이 차림으로 이만큼 나오도록 사람들의 눈에 띄지 않을 수 있는 곳이 또 없기도 할 것이고.

유연이 문 위에 손을 얹었다. 그녀가 알지 못하는 지난 일은 중요치 않았다. 뜻을 품고 있으면서도 저를 위해 바쁜 시간을 쪼개어 만남을 청하는 이가 그녀의 낭군이었다. 그 사실만 기억하기로 했다.

꼭 그때처럼 안에서부터 스르르 문이 열렸다. 변함없이 낮

익은 얼굴이 이곳까지 나와 그녀를 기다리고 있었다.

"늦으셨사옵니다."

부드러운 미소 끝에 당의 안에 숨어들어 있던 유연의 손목이 덥석 쥐였다. 어린 소녀를 몰아쳐서 단장시킬 때처럼 힘이 실린 단호한 손길을 이기지 못해 끌려가는 발을 디디던 유연이 입을 열었다.

"시간이 오래 걸릴까요?"

유연의 목소리에 슬며시 장난기가 어렸다. 박 상궁이 손을 놓고 뒤쪽을 바라보며 빙그레 웃었다. 당의 차림을 한 사랑스러운 여인의 모습 위로 퍽 진지한 얼굴을 하고 그녀를 올려다보던 어린 소녀의 얼굴이 겹쳐 보였다.

"아마 얼마 걸리지 아니할 것이옵니다."

"그것 참, 안타까운 일입니다."

같은 질문에 같은 대답을 돌려주었지만 그 이후에 이어지는 반응이 달랐다. 유연이 박 상궁을 앞질러서는 가볍게 발걸음을 딛기 시작했다. 그 모습은 연약한 나비가 나풀거리는 것 같기도 하고 바람결에 흩날리는 눈발처럼도 보였다.

"오래 기다리게 하는구나."

유연이 방에 발을 들이기 무섭게 목소리가 울려왔다. 방바닥에서 올라오는 열기에도 방 안의 공기는 바깥과 썩 다르지 않을 만큼 차가웠다.

한기의 근원은 유연이 열고 들어온 문 반대편에 있었다. 제법 큰 창이 활짝 열려 있는 앞에는 붉은 용포를 걸친 그가 근엄한 자세로 서 있었다. 미동도 없이 고개도 돌리지 않고 내보낸 목소리에는 서운함과 애정이 공존하고 있었다.

발을 살짝 끄는 소리가 환의 뒤에서 들리는가 싶더니 이내 작은 체구가 온몸의 체중을 모두 싣다시피 그에게로 부딪쳐 왔다. 전혀 생각하지 못한 예상외의 기습에 환의 몸이 잠시 흔들렸다. 그의 허리는 물론이고 팔까지 함께 안아 등을 지그시 누르는 태도는 요 근래 보기 드물도록 친밀하고 적극적인 접촉이었다.

환이 고개를 살짝 떨어뜨렸다. 손가락 끝마디끼리 겨우 닿을 정도로 아슬아슬하게 얽어 놓은 손을 바라보다가 조심스레 팔을 빼고 두 손을 한데 모아 단단하게 감쌌다.

따뜻한 손안에 담아 두어도 차가운 기운이 계속해서 배어 나왔다. 그 한기를 몰아내려는 듯 손가락 마디마디를 부드럽게 어루만졌다. 가느다란 손가락의 감촉은 결코 헷갈릴 수도 잊을 수도 없는 것이었다.

"어디 있다 왔기에 손이 이리도 차가운 것이냐."

환이 나지막한 목소리로 투덜대며 한 손을 떼고 팔을 뻗어 활짝 열린 문을 닫았다. 담벼락이 손에 닿을 것처럼 살풍경 하던 조그마한 가게의 방과 달리 퍽 그럴듯한 풍경의 뜨락이 펼쳐져 있었다. 그러나 그 풍광을 감상하는 것보다는 차갑게 식어 있는 연인의 몸에 온기를 불어넣는 것이 먼저였다.

"겨울이옵니다."

당연한 사실을 알지 못하냐는 듯 유연이 태연스레 대꾸했다. 환이 유연의 팔에서 벗어나지 않은 채 몸을 빙그르르 돌렸다. 조금의 흐트러짐도 없게 곱게 빗어 내린 까만 머리칼이 눈에 들어왔다.

환의 손가락이 발그레한 귓바퀴를 돌고 귓불을 지나 손보다 더 오래도록 바깥바람을 쐬었을 뺨 위로 움직여 갔다. 붉은 입술 위를 더듬던 손끝이 잇새 사이에 붙잡혀 부러 손가락을 살짝 흔들었지만 그가 품고 있는 열기에 비하면 미적지근하게 녹녹한 기운이 감싸고 들었다.

"내 품에 든 것이 조그만 들짐승인 모양이로구나."

전혀 힘들이지 않고 손끝을 빼낸 환은 유연의 턱 끝을 받쳐 들며 몸을 구부렸다. 유연이 그대로 눈을 감았다. 손가락이 잠겨 들던 자리로 부드러운 입술이 내려앉고 달콤한 움직임이 헤집어 들었다. 그 순간만큼은 어떤 상념도 끼어들지 못하고 구름을 밟고 선 것 같은 아득한 느낌만이 남았다.

"유연, 사랑하는 내 여인."

맞닿은 입술이 떨어지는 순간 달콤한 목소리가 흘러나왔다. 그 부름에 아무런 거리낌도 없이 생긋 웃어 주는 표정은 실로 오랜만이어서 환의 가슴이 내려앉듯 두근거렸다.

"평소에도 이러하다면 좋을 것이건만."

살짝 닿았다 떨어질 정도로 가볍게 입술을 스친 환은 두 팔로 유연의 여린 어깨를 감싸 안은 채로 중얼거렸다. 한숨이 섞인 투덜거림을 들은 유연이 그의 가슴에 옆얼굴을 기댄 채로 미소를 머금었다. 무언가 대꾸하려고 할 때 바깥에서 익숙한 목소리가 들려왔다.

"전하."

유연이 화들짝 놀라 두어 발짝 물러났다. 동시에 빠르게 다가선 환은 흐르듯 빠져나가는 연인을 얼른 붙잡아 제 품으로 당겼다. 환이 유연을 품에 꼭 안은 채 덤덤한 목소리를 냈다.

"들이거라."

문이 열리는 소리가 들리자 유연이 얼른 고개를 파묻었다. 빠져나갈 수 없다면 차라리 얼굴을 숨기는 편이 나았다. 두어 사람의 발소리와 조심스럽게 뭔가를 내려놓는 소리 위로 희미하게 달그락거리는 소리가 들려왔다. 용포와 호각을 다툴 정도로 붉어져 있을 얼굴은 들지도 못한 채 유연은 숨을 죽였다. 곧 문이 닫히는 소리가 들려왔다. 환이 팔의 힘을 푼 것도 그때였다.

"전하."

난처함과 가벼운 원망 섞인 눈동자를 마주하는 것이 즐거워 환은 그토록 질색하는 '전하' 소리를 들은 것 따위는 가볍게 흘려 넘긴 채로 싱그레 웃었다.

"무슨 일이라도 있었소, 빈궁?"

"내처 누이동생이나 되는 것처럼 하대하시더니 무슨 바람이시옵니까."

투덜거림은 유연의 몫으로 옮아왔다. 환이 얼굴에서 미소를 지우지 아니한 채로 대꾸했다.

"전하를 찾으니 응당 그에 맞게 대답을 한 것뿐."

"하오면 앞으로 줄곧 그리하여도 괜찮겠사옵니까?"

"그건 아니 된다."

원래대로 돌아오는 것 역시 순간이었다. 유연이 입술을 비쭉거리며 그의 품에서 벗어났다.

"어떤 이름자를 지니고 있어도 너는 너일 것이라고 오래전에 말씀하신 적이 있으시옵니다."

"그렇지."

남몰래 마음에 품은 이름자와 소리가 같은 글자를 새겨 넣은 인장을 쥐어 주던 날에 건넨 말이었다. 자신의 마음을 전하기 위해 그토록 깊이 생각하고 망설여 본 적이 없었다. 품에 안으려는 충동이 들기에는 지나치게 어린 소녀라 입 맞추는 것으로도 두근거림이 밀려오리라고는 생각하지 못했다.

환이 유연과 함께하는 것은 모두 다 처음인 것처럼 느껴지는 기묘한 감각을 불러일으켰다. 이전의 일 같은 것은 스쳐 가는 꿈에서 겪은 듯, 혹은 처음부터 있지도 않았던 ·것처럼 그렇게 흐릿해져 가고 있었다. 기억을 거슬러 올라가는 환의 귀에 그 상념들을 몰아내려는 고집스러운 목소리가 들려왔다.

"어찌 불러 드려도, 어찌 불러주셔도 그 근본이 바뀌는 것이 아닐진대……."

"나도 알지 못하는 새에 일전에 이야기한 그때가 벌써 왔단 말이냐."

대답하는 환의 눈길이 살짝 유연의 얼굴보다 더 아래쪽으로 흘러내려 갔다가 돌아왔다. 유연은 괜히 얼굴이 붉어져서 달그락거리는 소리를 냈던 근원지로 눈을 돌렸다. 반질반질해지도록 문질러 닦은 유기그릇과 전혀 어울리지 않는, 담긴 모양새조차 대충대충이고 투박하기만 한 음식을 물끄러미 내려다보았다.

환이 한쪽에 자리를 차지하고 앉아 손짓했다. 그리고 유연의 앞에 놓인 비어 있는 그릇을 잡아당겼다. 절반이 조금 못 되게 채워진 그릇이 도로 유연의 앞에 놓였다. 다시 데웠어도 뻣뻣한 기가 가시지 않은 전이며 아무렇게나 썰어 놓은 김치 조각까지 살펴본 유연이 가볍게 한숨을 쉬었다.

"식욕이 없는 모양이로구나."

유연이 그릇을 뚫어지게 바라보다 한숨을 내쉬는 모습을 바라보던 환이 다정하게 말했다. 유연이 입술을 열지 못한 채로 고개를 가로저었다. 섣불리 목소리를 내려 들면 목이 꽉 메어 오는 그 느낌을 들켜 버릴 것만 같았다.

환의 마음에 작은 파문이 일기 시작했다. 간혹 과거의 불유쾌한 기억이 그에게 경고하듯 스멀거리며 올라올 때가 있다. 사랑받고 있음을 확신한 여인의 눈빛이 달라지며 어찌해도 이해해 주기 어려운 일을 획책하는 모습에 마음이 식어 버린 적이 있었다. 예전처럼 맹랑하다 싶을 만큼 당돌한 구석이 사라진 유연의 태도가 나이 먹고 궐에 머물면서 생기게 된 조심성에서 비롯된 것이 아니면 어쩌나. 갑작스레 마음에 찾아든 고민을 몰아내려 애쓰며, 환이 조심스러운 목소리를 냈다.

"하면 기대한 것에 비해 너무 초라하기 때문인 것이냐."

"아니옵니다."

유연은 조금 전보다 세차게 도리질하다가 겨우 목소리를 가다듬고 천천히 대꾸하며 눈을 들었다. 가까이 있는 것이 독이 되어 철없는 어린 마음이 정인을 의심하는 동안에도 그의 마음은 언제나 그녀의 곁에 있었던 것이다. 사소하게 지나칠 수 있는 일 하나하나를 고스란히 기억하면서.

유연의 눈빛 가득 일렁이는 감정이 오롯이 그를 향한 연모임을 확인한 환이 내심 안도하며 숟가락을 그릇 안에 찔러 넣었다 꺼내 들었다. 그러고는 유연이 자신의 모습을 신호 삼아 조심스레 수저를 드는 모양을 힐끔 곁눈질로 바라보았다. 한술 입에 넣고 오물거리다가 그와 시선이 마주치면 생긋 미소를 건네는 얼굴은 사심 없이 맑았다.

불쾌한 기억은 단번에 자취를 감추었다. 환은 초저녁 하늘에 수줍게 떠오른 초승달만큼이나 곱게 휜 가느다란 눈매를 보며 예전의 기억을 끄집어냈다. 차림새가 전혀 다르고 외양이 바뀐다 해서 본질이 바뀔 리 없다. 어떤 이름이어도 그가 그이고, 그녀가 그녀 그대로이듯. 미소에서 번져 오는 온기가 그의 몸을 감싸고 돌았다.

깊은 겨울의 문턱을 밟고 있는데도 봄이었다. 그것도 완연하게 무르익은.

"역시 맛으로 먹는 음식은 아니지만……."

바깥 음식은 집 안의 것에 비해 거칠었다. 가세가 풍족하지는 않아도 기울었다 할 수도 없는 보통의 집안에서 자란 유연으로서도 썩 맛이 좋다고 평할 수 없었다. 하물며 수라에 온 정성을 쏟는 이들이 만들어 내는 음식을 먹어 오던 환이 입에 맞다 생각할 리 없었다.

"그러하옵니까."

환이 유연의 표정을 살폈다. 그의 말이 품고 있는 의미가 무엇일지 고민하는 듯 아미를 살짝 찌푸린 얼굴은 환한 미소를 지을 때와는 또 다르게 사랑스러운 데가 있었다. 예전 같으면 빙글거리며 틈을 들였을 것이지만 지금은 때가 아니었다. 몸이 두 개라도 모자랄 것 같은 사내에게 온 마음을 쏟고 있는 소녀는 혼자 있는 시간 동안 마음을 번잡하게 하는 사색으로 채워 넣고 있는 게 분명하였으니. 환이 빙그레 웃으며 은근한 눈빛을 보냈다.

"지금은 산해진미보다 훨씬 낫구나. 쓸모도 없는 예법에 얽매여 있으니 겸상하는 건 꿈도 꿀 수 없는 일 아니더냐."

수라는 독상이 원칙이었기에 설령 한공간에서 받는다 하더라도 상은 따로 차렸다. 그러니 무엇인가를 '함께 먹는' 행동은 환의 말마따나 '꿈도 꿀 수 없는' 일이었다.

"게다가 애써 맞아들인 여인이 고지식하게 구는 게 그 얼마나 답답한 일인지 너는 모를게다."

환이 푸념하듯 뇌는 소리는 익히 들어온 것이어서 유연이 엷은 미소를 보냈다.

"언제까지고 철부지 어린아이로 남아 있을 수는 없지 않겠사옵니까."

"세상에는 늦게 알고 천천히 바뀌어도 좋은 것들이 얼마든지 있단 말이다."

한 그릇의 음식을 둘로 나누어 담았으니 그릇은 금방 바닥을 드러냈다. 안주용 뻣뻣한 전 조각은 있으나 탁주 한 병 없이 극히 소박했던 상을 어딘가 아쉬운 눈빛으로 바라보던 환이 자리에 없는 늙은 내관을 탓했다.

"국밥 한 그릇이라 이야기했다고 정말 딱 그것만 덜렁 사들고 오는 눈치 무딘 자는 흔치 않을 것인데 하필이면 그런 사람을 골라 일을 시켰구나."

"그리하도록 시키셨사옵니까?"

"하면 누가 이런 걸 만들어 내겠느냐? 수라간 나인의 솜씨가 고작 요 정도라면 진즉에 버티지 못하고 쫓겨날 것이다."

유연은 정색을 하는 환의 목소리를 귓등으로 흘렸다. 환이 그런 잡다한 일을 시킨 것은 분명 희봉일 것이다. 유연은 허리를 구부정하게 구부린 늙은이가 얼굴이 따끔거릴 정도로 센 칼바람을 맞으며 뒷골목의 주막에서부터 여기까지 걸어오는 장면을 생각하다 짧게 한숨을 쉬었다.

"추운 날씨에 지나친 일을 명하셨사옵니다."

"그 추운 날씨에 너를 먼 길로 인도하여 늦게 데리고 온 늙은이도 있으니 매일반이다."

환이 그들 사이를 가로막은 상을 치우고 유연의 손을 잡아당겼다. 피부 깊은 곳에서부터 배어 나오는 한기는 가셨지만 손끝이 따스하지는 않았다. 이래서는 가볍게 바람을 쐬는 정도의 짧은 산책 정도를 생각하며 장소를 정한 보람이 없었다.

환의 투덜거림에 고개를 갸웃하던 유연이 환의 옷차림을 보며 눈동자에 의문의 빛을 더욱 짙게 떠올렸다. 환은 그녀가 당의를 입고 온 것처럼 붉은 용포 차림이었다. 용포는 요행으로 사람을 만나지 아니하기를 바라기에는 지나치게 눈에 띄는 차림이었다.

"추위가 싫어 후원에서 만나자는 것을 마다하는 줄 알았는데."

환의 목소리에 방금 전까지의 의문을 순식간에 잊은 유연이 표정을 잠시 흐렸다가 고개를 끄덕였다.

"생각보다는 견딜 만하였사옵니다."

차마 후원에 가면 중전마마를 만날 것 같았다고는 말할 수 없었다. 어떤 표정을 하고 바라보아야 할지, 어떤 태도를 취해야 할지 도무지 알 수가 없었다는 속내는 마음에 묻어 두기로 했다. 여인처럼 섬세한 마음을 지니지 못하였을 뿐더러 애초에 정인을 사이에 두고 갈등을 겪은 일이 없을 사내는 그것이 왜 문제인지 어찌하여 신경을 쓰는지 이해할 수 없을 것이었다.

환이 유연의 뺨 위에 손을 올렸다. 부드러운 피부 위에 닿은 손가락 끝에서부터 찌르르한 느낌이 번져 오는 것 같았다. 환은 조금 전, 맑은 눈동자 위에 배어드는 망설임의 순간을 놓치지 않았다. 후원을 마다한 근본적인 이유가 어디에 있는지 명확하게 알 수 없었다.

"아니 오시는 줄 알았단 말입니다."

아마도 그때처럼 유연이 마음을 솔직하게 드러내는 일은 없을 것이다. 둔감한 사내가 여인이 감추어 나타내지 않는 속마음을 얼마만큼이나 읽어 낼 수 있을지 자신할 수 없다는 생각이 들자 마음이 아파 왔다.

"가끔 나는……."

"전하, 황송하오나……."

환이 하고 싶었던 말은 밖에서 불러 대는 목소리에 그대로 끊어졌다. 돌아가야 한다는 뜻이었다.

"알겠다."

바깥을 향해 제법 큰 목소리를 낸 환이 낮게 한숨을 쉬며 유연을 당겨 안았다.

"온종일 네가 그리울 것이다."

"소녀는 항시 그러하옵니다."

작은 속삭임을 대답으로 돌린 유연이 부끄러운 듯 얼굴을 환의 품에 묻은 채로 이마를 꼭 눌렀지만 조금 전 목소리를 상기하며 자세를 바르게 했다. 혹시 옷자락에 분가루라도 남긴 것은 아닌가, 과한 구김이라도 생기지 않았는가를 살피는 유연의 모습을 바라보던 환이 빙그레 웃으며 장난스런 목소리를 냈다.

"아직 날도 저물지 않았는데 네게서 눈을 뗄 수가 없으니 혹 너를 품에 안겠노라 말한다면 어찌하겠느냐."

"낭군께서 원하신다면 무엇을 저어하겠사옵니까."

유연에게서 환이 예상하지 못한 천연덕스러운 대답이 돌아왔다. 그가 시간을 지체할 수 없음을 알고 대범하게 구는 것이 분명했다.

유연이 먼저 자리에서 일어났다. 환의 손이 치맛단 아래를

살짝 들추어 속치마 안쪽에 가려져 있던 뽀얀 종아리를 드러
내 놓았다. 유연이 당황한 얼굴을 하고 얼른 몇 발 움직여 물
러났다. 가볍게 쥐고 있던 붉은 치맛단은 이내 스르르 미끄
러져 버선발까지를 온전하게 감추었다. 유연의 얼굴이 붉게
물들었다.

"감히 어느 안전이라고 거짓을 고하느냐."

환은 아무 일도 없었던 것처럼 태연한 얼굴을 하고 일어나
몹시 부드러운 말투로 가볍게 타박했다. 그대로 돌아가기에
는 아쉬운 마음에 걸음이 쉽게 떨어지지 않았다.

"함께 가려느냐."

"조금만 머물렀다 가겠사옵니다."

정무가 바쁜 왕이 후궁과 노닥거리느라 시간을 허비한 것
으로 보이면 곤란했다.

"따로 할 일도 없을 터인데."

"낭군을 배웅하는 아낙 흉내나 내어 볼까 하옵니다."

생글거리는 얼굴로 유연이 문을 열자 찬바람이 훅 끼쳐 들
어왔다. 환이 문지방을 넘으려는 유연을 저지했다.

"날이 추우니 나오지 마시오, 부인."

"나리께서 출타하시는데 어찌 그러할 수 있겠사옵니까."

궐 안에서 내내 달고 있던 조심성이 사라진 사랑스러운 목
소리에 환이 유연의 어깨를 다시 한 번 가볍게 안았다.

"내가 필부였다면 좋았을 것을."

"그러하였다면 인연이 어찌 닿았겠사옵니까."

"모르는 소리를 하는구나. 연분은 하늘에서 정하는 것이니 너는 어떻게든 내 곁으로 오게 되었을 것이다."

환이 팔을 풀었다. 유연의 이마 위에 가볍게 입 맞춘 뒤 마루를 가로지르고 섬돌 위에 놓인 신에 발을 꿰었다. 고집스럽게 마루 끝까지 따라온 유연에게 고개를 저은 뒤 내관을 대동하고는 큰 보폭으로 발을 옮기기 시작했다. 간혹 고개를 돌려 바라보는 이에게 상냥한 미소를 지어 보이던 유연은 환의 모습이 시야에서 사라진 뒤에야 박 상궁을 발견했다.

"지금 가시겠사옵니까?"

"잠시만 머무르겠습니다."

돌아가더라도 어느 정도 시간 차이를 두어야 눈에 덜 띌 것이었다. 유연의 대답에 박 상궁이 잠시 고민하다 입을 열었다.

"하오면 날이 차니 잠시 들어가 계시는 것이 좋겠사옵니다."

유연이 고개를 끄덕였다. 열려 있는 문을 통해 방 안에 다시 발을 들였다. 그 뒤를 따라서 들어온 나인이 상을 치우고 나가면서 방문을 닫았다. 방에는 이제 그녀 혼자였다.

유연은 방을 둘러보았다. 단 한 번 오고 그 이후로는 온 적이 없었지만 워낙 강렬한 경험이었기에 기억이 꽤 선명하게 남아 있었다. 그때나 지금이나 호사스러움이 진하게 배어

나오는 것 외에는 정갈하게 정돈된 사대부의 사랑 같은 모습이었다.

유연의 눈길이 서안으로 향했다. 몇 번이고 돌이켜 보았던 첫 만남의 순간은 말 한마디, 행동 하나까지 고스란히 그려 낼 수 있었다. 유연은 마치 제가 고운 사내라도 되는 것처럼 서안 앞에 앉으며 입을 열었다.

"내가 누구인지 아느냐?"

알았다면 어떻게 했을까. 용안을 함부로 바라보아서는 안 된다는 사실은 삼척동자도 아는 것이니 납작 엎드려서 죽을 죄를 지었다 말했을 것 같다. 너무 당황해서 얼굴만 멀뚱하게 바라보고 있었을지도 모른다. 그 어떤 모욕적인 말을 듣더라도 손을 올리는 것 따위는 생각도 하지 못했겠지.

"묵향이 배어 있구나."

필묵을 준비하여 주는 이의 앞에서 자랑하듯 글자를 써 보였던 일이 떠올랐다. 지금은 그때와는 다르게 글을 쓸 수 있을 만한 것이 보이지 않았다. 혹 서랍에는 무언가 있을지 모른다고 생각한 유연이 서안 아래쪽의 서랍을 열었다. 몇 장 쌓인 종이가 전부였다.

도로 서랍을 닫으려던 유연의 눈에 뒷면으로 희미하게 비치는 글자가 들어왔다. 줄지어 내려가는 두 줄의 글자는 뒤집혀 있어도 분명하게 알아볼 수 있었다.

　　그대의 마음 저 보름달과 같나요.
　　밤마다 밝은 빛 줄어드는 것처럼*.

　　낯익은 필체는 아니었다. 사내의 것이라기에는 힘이 부족했다. 균형이 맞지 않고 망설임이 가득 배어든 문자는 그 배움의 기간이 그리 길지 않음을 의미하고 있었다. 시간의 흐름이 멈추고 그에 따라 주변의 모든 것이 정지했다. 얼마의 시간이 흘렀는지는 알 수 없지만 조심스럽게 부르는 목소리가 창호지를 뚫고 들려왔다.
　　"돌아가실 시간이옵니다."
　　기다려도 대답이나 기척이 없는 게 이상했는지 신을 벗어 놓고 다가오는 발소리가 들렸다. 유연이 얼른 서랍을 닫는 것과 동시에 문이 열렸다. 유연은 서랍을 닫는 소리가 유난히 크게 울린 것 같아 몹시 신경이 쓰였지만 문을 열고 들어온 박 상궁은 전혀 눈치채지 못한 모양이었다.
　　"마마."
　　"가야지요."
　　유연이 서안을 짚고 자리에서 일어나려다가 잠시 비틀거

---

*장구령의 '자군지출의(自君之出矣)' 변형.

렸다. 손끝에 가벼운 떨림이 남아 있기 때문인지 다리에 힘
이 풀렸기 때문인지는 정확하게 알 수 없었다.

"괜찮으시옵니까?"

"너무 오래 앉아 있었던 모양입니다."

유연은 애써 태연을 가장했다. 박 상궁이 잠시 의심스럽
게 바라보았다. 제법 추운 날씨에 비해 옷은 썩 두껍지 않아
길을 돌아왔으니 한기가 뼛속까지 들어찼을 터였다. 방 안은
미미하게 온기가 감도는 정도였다. 곱게 자란 아가씨였을 소
녀가 감당하기는 퍽 매서운 추위에 감기 기운이라도 도는 모
양이라 생각하며 납득했다.

"서둘러 돌아가셔야겠습니다."

유연이 고개를 끄덕였다. 방을 나서기 전 마지막으로 한
번 더 서안을 힐끗 쳐다보았다.

＊　　　＊　　　＊

빈궁마마의 방 안이 소란스러운 일은 거의 없었지만 지금
은 유달리 더 적막했다. 아마도 책장이 넘어가는 소리, 종잇
장이 바스락거리는 소리, 먹을 가는 소리 중 그 어떤 것도 들
려오지 않기 때문이리라. 어린 나인은 무심결에 한숨을 내쉬
다가 제 숨소리가 저만치 앉아 있는 빈궁마마의 귀에 들어
갔으면 어쩌나 잠깐 숨을 멈추었다. 한숨이라 하여도 조심스

럽고 얕은 소리에 불과했지만 방 안의 적막을 깨는 데에는 충분했다.

멍하니 앉아 있던 유연이 생각에서 깨어났다. 서안 위에는 늘 그러하듯 책이 놓여 있었지만 다시 그 앞에 앉은 후로 책장을 넘긴 기억이 없었다. 마음을 다잡고 글자를 들여다보았지만 까만색 먹물 자국에 불과할 뿐 글자가 모여 담아내는 의미는 전혀 눈에 들어오지 않았다.

이번에는 유연이 한숨을 내쉬며 눈을 들었다. 놀란 토끼마냥 눈을 동그랗게 뜬 어린 나인이 성급히 눈을 내리까는 모습이 눈에 띄었다. 유연의 입술이 끄트머리가 살짝 쳐진 한 일자를 그렸다.

'그렇구나. 지금의 나는……'

유연은 더 이상 여염의 어린 소녀가 아니라 중전 다음으로 높은 자리에 있는 빈궁마마였다. 왕의 지극한 총애를 받고 있음을 누구나 다 알고 있었다. 그러니 유연의 의미 없는 행동에도 마음을 졸이는 누군가가 있고 무심코 뱉는 한두 마디에도 온 신경을 곤두세워 귀를 기울이는 이가 있었다. 그러니 마음 놓고 제 생각을 표현할 수 없음은 물론이고 지금처럼 한숨을 내쉬는 것 역시도 다른 이에게 영향을 미치게 되니 삼가야 할 일이었다.

새삼 어깨가 무거웠다. 사랑하는 이의 곁을 지키는 것은 온전하게 자기 자신만을 위하고자 하는 마음을 버려야 하는 일이었다.

"잠시 쉬고 싶으니 너도 그만 물러가 보는 것이 어떠하겠느냐."

유연의 목소리가 부드러웠다. 혼자 있겠다며 나인을 물리쳐도 문밖에는 다른 누군가가 지키고 있을 것이다. 그러나 적어도 눈앞에 사람을 두고 있는 것보다는 나을 성싶었다.

"하오나……."

나인이 머뭇거렸다. 아무 저항 없이 따르기에는 무리가 있는 말이었고 그렇다고 해서 아니 된다고 우길 수도 없었다. 나인의 고민을 안다는 듯 유연이 상냥한 미소를 지어 보였다.

"내가 명하였다 이르면 누구든 과히 허물하지 않을 게다."

나인이 다시 한 번 주춤거렸지만 이번에는 다른 말을 하지 못한 채로 조심조심 자리에서 일어나 살그머니 뒷걸음질을 쳤다.

"어찌 나와 있느냐?"

방 밖으로 나온 나인의 귓전에 매우 익숙한 목소리가 닿았다. 나인이 몸을 돌리며 거의 반사적으로 허리를 구부렸다.

"빈궁마마께서 물러가 있으시라 하여……."

"흐음."

박 상궁이 닫혀 있는 문과 나인을 번갈아 바라보다가 고개를 끄덕였다.

"처소로 돌아가는 게 좋겠구나."

"예에?"

"마마께서도 그리 하라 이르셨다 하지 않았느냐. 혹 거짓
을 고하여 망설이는 것이냐?"

"아니옵니다."

고개를 얼른 저은 나인이 다시 한 번 허리를 굽혀 보이고
는 총총히 멀어져 갔다. 박 상궁은 잠시 고민스러운 표정을
지었지만 기척을 내고 들어가는 대신 잠시 떨어져 기다리는
쪽을 택했다.

잠깐의 시간도 혼자 있는 것이 허용되지 않는 상황에 대한
불편한 감정은 아마도 지금이 최고조에 가까우리라. 박 상궁
은 유연이 입궐한 뒤 언감생심 꿈도 꾸지 못했을 혼자만의
시간을 마련해 주자 결심했다.

그러나 발걸음을 돌려 문에서 멀어져 가던 박 상궁은 다시
한 번 문을 바라보며 석연찮은 감정에 고개를 외로 꼬았다.
기나긴 겨울밤을 함께 할 수 없음이 아쉬워 마련한 시간, 분
명 즐거운 오후 한때를 보냈을 유연의 태도가 미심쩍은 탓이
었다.

'함부로 속단할 일이 아니다.'

궐에 머무르는 이들은 희로애락의 그 어느 감정도 과하게
드러내어서는 안 되었다. 제아무리 즐거운 시간을 보냈어도
그것을 고스란히 표출하면 상대의 손에 약점을 쥐어 주는 셈

이며 제 권위를 깎아 먹는 것에 지나지 않았다. 그러니 개운 치 않은 느낌이 드는 것도 유연을 일가붙이처럼 생각하는 마음이 지나친 저의 쓸데없는 염려 탓이리라.

사람이 사라진 자리, 고요함이 슬그머니 빈자리를 채웠다.

작은 속삭임과 두런거리는 목소리가 잦아들었다.

"정말로 혼자인 걸까."

유연이 나지막하게 중얼거렸다. 무척 낮은 그 목소리는 얇은 종이도 뚫지 못하고 방 안 유연의 주변에서만 가볍게 맴돌다 흩어졌다. 알 수 없다. 하지만 아무래도 상관없었다. 비록 소리는 낼 수 없더라도 얼굴의 표정과 몸짓 정도는 제 마음대로 해도 괜찮았다.

얼굴을 감싸 쥐자 한숨이 섞인 얇은 신음 소리가 절로 나왔다. 책으로 시선을 내렸다. 누군가가 있을 때에는 아무 의미 없이 흘러 다니기만 하던 새까만 먹물 자국들이 제자리를 찾아가듯 움직였지만 본디부터 책에 찍혀 있던 그 모양으로 돌아가는 것은 아니었다. 낭창거리듯 흘러가는 여인의 필체로 바뀌어선 시구를 계속해 써 내려갔다. 글자 하나하나가 애교 섞인 투정을 부리는 교태로운 여인의 목소리가 되어 귓가를 울려 댔다. 그 뒤로 어렴풋하나마 젊은 사내의 호탕한 웃음소리가 겹쳐 유연이 손으로 얼굴을 감쌌다.

가느다란 손가락 끝으로 몇 번이고 눈자위를 꾹꾹 눌렀다.

터져 나올 것 같은 감정을 모두 그 움직임에 담아 겨우 마음을 추스른 뒤에야 손을 얼굴에서 떼어 냈다. 눈시울이 살짝 붉었다.

유연이 다소 신경질적인 손길로 책장 위를 쓸어내렸다. 비웃듯 흔들거리던 글자들이 깜짝 놀란 듯 제자리를 찾아갔지만 몇 장의 종이가 반쯤 구겨진 채로 넘어가다 서안 위에서 바닥으로 곤두박질쳤다.

툭.

작지만 둔탁한 소리가 유연의 마음을 강하게 때렸다.

책이 떨어졌다. 고작 그뿐이었다. 그러나 유연은 스스로를 자책했다. 사실은 책장을 잡아 뜯고 벽에 부딪치도록 내던지고 싶었던 것은 아니었나. 사람을 내보낸 것이 천만다행이었다.

부정적인 감정을 고스란히 드러낸 행동을 잘했다고 이를 수는 없겠지만 그 덕인지 여인의 목소리도 들려오지 않았다. 그러나 조금이라도 마음을 놓으면 그 소리는 언제고 생생하게 살아날 게 분명했다. 얼굴도 모르는 여인의 들어 본 적 없는 목소리가.

유연이 떨어진 책을 집어 들었다. 꽤 오랜 시간 읽혔음을 알려 주듯 표지가 닳아 있었다. 그렇게 닳기까지 닳았던 손길에는 분명 환의 손길도 있었을 터. 그 생각 하나만으로도 낡은 표지에서 연하게나마 온기가 배어 나왔다. 유연이 책을 꼭 끌어안았다.

함께 할 수 있게 된 이후로는 줄곧 행복하리라 생각했다. 기약 없는 기다림의 시간을 견뎌 왔기에 매일 그 얼굴을 보고 목소리를 들을 수 있다면 더 행복할 줄 알았다. 아니, 더 행복한 것은 사실이었다. 그러나 그만큼의 불안이 함께 밀려온 것을 떨쳐 내지는 못했다.

과연 이래도 좋을까.

이 날들이 언제까지 지속될 수 있을까.

책을 안고 있던 팔에 자기도 모르게 힘이 들어갔다. 유연은 살짝 휘어진 책장 사이 생긴 틈에서 겨우겨우 멈추어 둔 목소리가 스멀스멀 새어 나오는 것 같아 깜짝 놀라 팔을 풀었다. 치마폭 위로 떨어진 책은 반 남짓 되는 어느 장을 펼쳐 놓았다. 단정하게 늘어선 글자들이 구불거리며 멋대로 움직이기 시작했다.

유연이 한숨을 쉬며 이마를 짚었다. 피하려 애를 쓴다고 피할 수 있는 게 아니라면 대면해서 물리치는 게 옳을 것이다. 이제는 책을 벗어나 허공에 제멋대로 늘어서는 글자들은 유연을 비웃듯 흔들거리고 있었지만 그 떨림은 사랑을 확신하고 있던 여인의 불안감이 저도 모르게 겉으로 드러나 버린 것 같기도 했다.

나는 누군가의 그림자에 불과한 건 아니었을까.

어쩌면 나 역시도 이 여인의 전철을 밟게 될까.

두서없이 떠오르는 생각을 채 정리하기도 전에 바깥에서 기척이 들려왔다.

"마마."

상념은 거기까지였다. 문 바깥에서 들려오는 목소리와 함께 환영이 거짓말처럼 흩어졌다. 유연이 책을 들어 서안 위에 내려놓으며 자세를 바로 했다. 문이 열리고 박 상궁의 온화한 얼굴이 나타났다. 박 상궁이 가만히 유연의 얼굴을 살폈다. 문이 열리고 눈이 마주치는 그 순간까지도 미처 숨기지 못했던 흔들림이 유연의 눈동자에 잔상처럼 남아 있었다.

"어디 불편한 데가 있으시옵니까."

박 상궁이 유연의 얼굴을 살핀 것처럼 유연 또한 박 상궁의 눈을 진지하게 들여다보았다. 교전비조차 데려오지 못한 외로운 후궁은 몇 년 동안 본 상궁을 친정 일가붙이마냥 생각하며 의지하고 있었다.

오래도록 환의 곁을 지킨 저 여인이라면 그녀가 가진 의문을 해결해 줄 수 있을 것이다. 그러니 솔직하게 물어보는 게 좋을지도 몰랐다.

제가 알지 못하던 전하의 시간을 보았습니다.

전하는 어떤 마음이셨겠습니까.

그리고 저는 어찌해야 옳겠습니까.

그러나 유연은 불쑥불쑥 치밀어 오르는 모든 질문들을 힘겹게 삼키며 고개를 내젓고는 겨우 말을 내뱉었다.

"날이 차 가벼운 오한증이 왔나 봅니다."

박 상궁은 환의 사람이었다. 그녀가 유연에게 거짓을 말하지는 않을 것이다. 그러나 진실을 이야기하여도 의심을 지우기 어렵고 거짓을 말한대도 알아챌 수 없다. 또, 거짓을 말하지는 않더라도 알고 있는 진실을 오롯이 알려 주리라는 보장도 없었다.

어찌하여 전하께서는 절세가인도 아닌 후궁에게 홀려 있는가. 의심을 가진 사람들 중 누구도 그들이 과거에 이미 마음을 나눈 사이이기 때문임을 아는 사람은 아무도 없었다. 그만큼 입이 무거운 박 상궁은 유연이 아무리 환의 과거사에 대해 궁금해한들 함구하는 편을 택할 가능성이 높았다. 그건 덕해나 희봉도 똑같이 해당되는 이야기였다.

"하오면 전하께 고하고 내의원에 알려야 하지 않겠사옵니까."

전하. 다른 사람의 입에서 나오는 그 소리에도 가슴 한편이 허물어졌다. 지금이라도 달려가고 싶다. 본 사실 그대로를 이야기하고 있는 그대로를 묻고 싶다. 아니, 그 얼굴을 보는 것만으로 모든 의문 따위를 잊고 품에 매달려 안기는 것으로 모든 것을 처음부터 없던 일처럼 잊을지도 모른다.

하지만 하필이면 오늘은 관상감에서 정한 길일이었다. 마음에 담아 묵혀 두는 날이 길어질수록 말하기는 더 어려워질 것이고 불안감은 더욱 굳어지고 커지리라.

"온종일 네가 그리울 것이다."

"소녀는 항시 그러하옵니다."

수줍게 낸 그 목소리는 혹 길일 따위는 무시한 채로, 아니 길일이기에 더욱 그녀에게로 와 주기를 바란 이기심의 발로는 아니었을까.

"잠시 쉬면 나을 것이니 그리할 필요 없습니다."

길을 잃고 제멋대로 날뛰는 생각의 가닥을 겨우 잡고 유연이 약간 늦은 대답을 했다. 걱정스러워하는 박 상궁의 마음을 곧이곧대로 받아들이기에는 유연의 마음에 켜켜이 쌓인 고뇌가 지나치게 두터웠다.

❉   ❉   ❉

숨이 막힐 것 같은 진한 향내가 숨결을 따라 환의 몸속으로 흘러 들어왔다. 환이 미간을 좁혔다. 최소한으로 얕게 숨을 들이마시고 크게 내쉬었지만 그런다고 해서 공간을 가득 메운 공기가 바뀌지는 않아 폐부 깊숙하게 스며들어 몸 안을 돌아다녔다.

결국 환이 숨 쉬는 것을 잠시 멈추었다. 그러나 스며든 향기는 뜻밖에도 아련한 그리움을 불러오고 있어 환이 잠시 당황했다. 방심한 틈을 타 다시 코끝에 진한 내음이 밀려들었다.

"자고로 난향(蘭香)이 가장 그윽한 법 아니더냐."

치기 어린 목소리는 이제 갓 성년에 접어든 어린 소년이 연인에게 던진 말인 듯싶었다. 짙은 분내 따위를 감히 난향으로 착각하다니. 연정에 눈이 멀면 오감 따위는 실제와 무관하게 왜곡되는 모양이었다.

철없는 사내아이의 오판을 비웃듯 가볍게 코웃음을 치던 환이 다시 한 번 미간을 좁혔다. 조금 전 귓전에 울린 목소리가 틀림없는 그맘때 자신의 목소리라는 사실을 깨달은 탓이었다.

환이 긴 한숨을 내쉬며 눈을 떴다. 조금의 빛도 새어 들지 않던 시야가 환해지며 꽤나 눈에 익은 풍경이 펼쳐졌다. 졸부의 그것처럼 천박하지는 않으나 호사스런 취미를 가진 사대부의 사랑처럼 보이는 공간 안에 그가 있었다.

그를 둘러싼 모든 풍광은 꽤 긴 시간 동안 감쪽같이 잊고 있던 한 조각 기억을 재현하고 있었다. 환이 입술 꼬리를 내린 채로 표정을 굳혔다. 잠깐의 백일몽이라 할지라도 어리석었던 시절의 기억 따위에 휘둘리고 싶지 않았다. 꿈이라면 어서 깨어나기를. 이렇게 허비할 시간이 있다면 차라리 그를 항시 그리워한다던 연인의 곁으로 가리라. 환이 손톱 끝이 손바닥에 아릿한 느낌을 전할 정도로 세게 주먹을 쥐었다.

"그간 강녕하셨사옵니까."

그리 멀지 아니한 곳에서 가녀린 목소리가 들려왔다. 환은 눈길조차 주지 않은 채 미동도 없이 앉아 있었지만 눈동자에 일기 시작한 파문이 점차 퍼졌다. 조금 전의 목소리가 재차 들려왔다.

"소녀를 잊으신 줄로만 알았사옵니다."

환이 눈을 질끈 감았다. 어리석었다. 사람이 어디 과거의 일을 그리 쉬이 잊는 존재이던가.

"……과인도 그러한 줄 알았다."

어느 날부턴가 같은 꿈을 꾸는 일이 없어졌다. 아마 달을 보며 떠올리는 얼굴이 달라진 그날, 때문에 달을 바라보는 일이 여느 사람들과 같이 정인의 얼굴을 담아내기 위함이 된 어느 날부터일 것이다. 하여, 잊은 줄 알았다.

그러나 그것은 이곳에 발길을 끊었기 때문이었다. 한때는 하루가 멀다 하고 문턱이 닳도록 드나들었지만 지금은 채 닦아 내지 못한 먼지의 흔적이며 시든 잡초의 흔적이 구석구석에 남아 있었다. 마음에서 멀어진 장소는 더는 그에게 힘을 발휘하지 못했다.

어찌하여 그는 그 닫힌 문을 아무 거리낌 없이 활짝 열어젖혔던가. 솟을대문을 들어설 때마다 대문 위쪽에 걸리는 태양의 모양이며 구름 조각이 그려 내던 반달 모양의 눈매를 아무것도 아닌 척 외면할 수 있는 날이 과연 있었던가.

굳게 닫힌 문 앞에 서면 괜스레 무거워지는 마음이 무엇 때문에 그리되는지도 모르지 않았다. 방 안에 있는 여인이 놀란 토끼 같은 눈을 하고 바라보면 그 눈빛이 진심이든 꾸며 낸 것이든 가리지 않고 희롱하다시피 가벼이 대한 연유는 스스로가 가장 잘 알았다.

모든 것은 오래되어 몇 년이나 지난 먼 기억 속의 일이었다. 문득문득 그때의 일들이 뇌리를 스치는 적은 있었으나 손에 움켜쥔 모래알처럼 순식간에 사라졌다. 간혹 손바닥에 들러붙은 알갱이들을 털어 내듯 불유쾌한 기억을 억지로 눌러 잠재워야 하는 일이 있었으나 대개는 아무렇지도 않은 척 흘러갔다. 그렇게 외면했던 과거와 정면으로 맞닥뜨리게 된 셈이었다.

"이리 뵙게 되니 어찌 반갑지 아니하겠사옵니까."

반가움에 원망, 미묘한 비웃음이 섞여 든 목소리는 마치 처음부터 그러한 것처럼 교태가 스미어 있었다. 한때 그 목소리의 주인은 환이 알지 못하는 세상의 이야기들을 어린아이가 재잘대듯 즐거이 전하곤 했다.

환이 무겁게 한숨을 쉬었다. 현실이 아님을 자각하고 있으니 분명 꿈, 그의 기억 어느 구석에 자리하고 있었던 것이 불쑥 올라왔으리라. 다시 이런 일이 생기지 않게 하려면 확실히 매조질 필요가 있었다. 모르는 척 외면하는 게 능사는 아니었다.

"오랜만이구나."

환의 귀에도 설게만 느껴지는 꺼끌한 목소리는 말이 끝나기 무섭게 반박당했다.

"눈길 한 번 아니 주시면서 그리 말씀하시면 누가 믿겠사옵니까?"

환이 천천히 고개를 돌렸다. 곱게 빗어 올린 까만 머리칼이 하얀 목덜미의 매끈한 선을 도드라져 보이게 했다. 앉은 자태는 퍽 단아하였으나 차림은 과히 얇아 목에서 어깨로 향하는 빗장뼈가 살짝 솟아오른 것이며 흰 피부에 박힌 조그만 점까지도 고스란히 비쳐 내고 있었다.

"그러한가."

덤덤한 목소리는 뭇 사내를 홀려 낼 것 같은 모습에도 아무 감흥이 없음을 표현하고 있었다.

먼저 말을 꺼내는 사람이 지게 되는 내기라도 한 것처럼 숨 막힐 것 같은 정적이 꽤 오랜 시간 그들을 감싸고 있었다. 그 무게를 견디지 못한 것은 여인 쪽이었다.

"어찌…… 어찌 아직도 그리 매정하게 말씀하시옵니까."

목소리에서 파르르한 떨림이 묻어났다. 조금 전까지의 교태가 모두 지워진 오로지 감정에만 충실한 본연의 것, 그 자체였다. 환이 아무런 대꾸 없이 잠잠히 말이 이어지기를 기다렸다.

"늘 연모한다 말씀하시면서도 단 한 번도……."
"그 말, 함부로 입에 올리지 말라."

환의 목소리에 처음으로 불쾌감이 서렸다. 연모한다. 그리 생각했다. 실제로도 그러했다. 그러나 이미 지난 일이었다. 지금에서는 다시 떠올리고 싶지도 않은 기억이었다. 그것을 이런 식으로 상기하고 싶지는 않았다. 마음 깊이 다른 여인을 품고 있는 지금에는 더욱더.

"소녀가 없는 말을 지어냈사옵니까."

여인이 발끈했다.

"과인이 너를 연모한다, 하니 조만간 너를 내 가장 가까운 곳에 두도록 하마. 전하께서는 그 약조를 어기신 것으로도 모자라 내리셨던 말씀조차도 없던 것으로 만들려 하시옵니까."
"약조를 어겼다……?"

숨을 고르느라 잠시 여인이 말을 멈추었다. 잠깐의 사이를 두고 낮게 울리는 목소리에서 조금 전의 불쾌감은 씻은 듯 사라져 느껴지지 않았지만 꺼끌함은 여전히 남아 있었다. 잠깐 생각에 잠긴 듯 보이던 환이 여인에게 되물었다.

"네가 그 말을 할 자격이 있느냐?"
"그것은……."

금방이라도 바락바락 대들 기세였던 여인의 목소리가 급격히 줄어들더니 더 말을 잇지 않았다. 환도 굳이 말을 덧붙이지 않았다. 공기의 흐름조차 느껴지지 않는 고요함이 방안을 감싸고 돌았다. 이번의 침묵을 깬 것은 환이었다.

"이만 돌아가야겠다."

"아니 될 말씀이십니다."

환의 말이 끝나기가 무섭게 들려온 여인의 앙칼진 소리가 깨진 그릇 조각처럼 공기 여기저기에 들어가 박혔다.

"과인이 이곳에 머무른다 하여 달라지는 것이 있느냐."

"설령 지금 당장 피하신다 하여도 결국은 돌아오시게 될 것입니다. 왜냐하면……."

말을 멈춘 여인이 입가에 미소를 띠었다. 실로 꽃다운 미모가 화사하게 피어올랐으나 눈이 웃지 아니하고 한쪽 입술이 비뚜름하게 올라간 것이 어딘가 심술궂은 느낌을 주고 있었다. 환이 고개를 돌려 시선을 피했으나 여인의 목소리가 그의 귀에 날카롭게 박혔다.

"본시 사내란 첫정을 잊지 못하는 법 아니겠사옵니까."

"첫……."

환이 여인의 말을 반복해 보려는 듯 입을 떼었다가 도로 다물었다. 미처 방어할 새도 없이 가슴에 쿡 박혀 버린 말을 어떻게 처리해야 하는지 고민하는 것처럼 보이기도 했다. 대답이 없는 사내의 망설임을 조소하듯 가늘게 뜨고 있던 여인의 눈매가 부드러워졌다.

"소녀는 그저 몇 마디면 족하옵니다. 소녀를 내치신 것은 어리석은 처사였노라, 그를 후회한다……."
"그러하지 않다."

환의 단호한 목소리가 아직 한참 할 말이 남아 있는 것 같은 여인의 목소리를 끊으며 말허리를 잘라냈다. 줄곧 여인을 외면하거나 시선을 살짝 비껴 직접 눈을 맞추는 것을 피하던 환이 비로소 여인의 눈을 똑바로 바라보았다. 까만 밤하늘을 한데 담은 것처럼 새까만 눈동자에 넘실대는 분노가 그를 향하고 있었다.

꿈속, 여인과 이렇게 마주하고 있을 적이면 항상 이런 대화가 오고 갔다. 여인의 말 한마디 한마디는 마음 한구석에 남아 있는 꺼림칙한 감정을 불러내어 사정없이 난도질했고 환은 그것을 들을 때마다 격노했다. 분노를 토해 내다 숨조차 쉬지 못할 정도로 감정이 격렬해져서야 헐떡이며 깨어나는 꿈은 언제나 제대로 매듭지어지지 못한 채로 결말을 다음으로, 그 다음으로 미루곤 했다.

지금도 과정은 비슷하였으나 다른 때와는 미묘하게 달랐다. 이전에는 저를 연모하지 않았느냐 이야기하는 여인의 말을 들을 때부터 분노가 끓어올랐다. 사내의 체면도 잊은 채 목소리를 높이고 군왕의 위엄을 내던진 뒤 언쟁을 벌이며 여인의 말을 부정하는 게 보통이었다. 그러나 지금은 그때만큼 화가 치밀어 오르지 않았다.

"과인이 너에게 눈멀어 있던 것은 사실이니 첫정이지 않으냐 물으면 부정할 수는 없다. 허나, 다만 그뿐. 다시 그때로 돌아간다 한들 과인의 결단이 바뀌지는 아니할 것이니 그것을 후회라 이를 수는 없겠지."

"전하!"

환의 차분하면서도 단호한 목소리에 여인이 날카로운 비명 소리를 냈다. 가슴을 부여잡고 상처 받은 얼굴을 했다. 환의 눈빛이 측은한 빛을 띠더니 여인에게 말을 건넸다.

"하면 네게도 물어보자꾸나. 그때로 돌아간다면, 너는 어찌할 것이냐."

"어찌 그걸 소녀에게 물으시옵니까. 소녀가 어찌…… 어찌 그리하였는지는 전하께서 더 잘 아실 것이온데……."

"과인이 네가 아닐진대, 어찌 너의 생각을 알까."

환이 고개를 저었지만 여인의 마음을 아주 모른다고 할 수는 없었다. 그는 후일을 약조하였고 지킬 마음을 굳게 먹고 있었다. 그러나 여인은 제 처지를 돌아볼 때면 초조한 마음이 들었을 것이다. 다른 이에게 자꾸만 눈길을 주던 것은 사내의 마음을 자극하기 위한 기녀 특유의 얕은수였으리라. 어쩌면 그에게 도움을 주려는 마음으로 섣불리 판단하고 행동한 것이 오해를 불러일으킨 것일 수도 있다.

어린 소년이 마음에 품은 첫정이었다. 어떤 이유가 있더라도 부정(不貞)은 용납하기 어려웠다. 기녀에게 과거의 정조를 묻지는 않았으나 향기롭지 못한 소문이 돌아 그의 귀에까지 들어오는 것은 견디기 힘든 일이었다. 불유쾌한 소문을 눈으로 확인하고 난 연후에는 예전과 같은 연정이 되돌아오지 않아 타오르는 불처럼 강렬하던 마음은 차가운 물을 한 됫박 끼얹은 듯 거짓말처럼 사그라졌다. 사내의 마음이 식어 버린 후의 일은 굳이 설명할 것도 없었다.

"네가 조금만 기다렸다면 또 달랐을 것을."

오늘에야 깨달은 사실이지만 환은 자신의 결정을 후회하지는 않았으나 여인에 대한 안타까움을 품고 있었다. 여인은 무엇이 그리 조급하였던 것일까. 여인이 보아 온 사내라는 족속은 시간이 흐르는 것만으로도 쉬이 마음이 식어 버리는 믿을 수 없는 존재였던가.

"불공정한 처사이옵니다, 전하."

여인의 목소리가 파르르 떨렸다. 환이 말없이 눈썹을 치켜올렸다.

"예쁘지도 잘나지도 않은 계집아이가 차지하고 있는 그 자리는 본시……."
"말을 삼가라."

환의 목소리가 도로 엄격해졌다.

"과인이 네게 마음을 주었던 것은 사실이다. 하나 네게 빈궁을 힐책할 권리는 없다. 쓸데없는 소리를 지껄인다면 더는 듣고 있지 않겠다."

여인이 입술을 앙다물었다. 살짝 올라간 눈꼬리에 어렴풋하게 물기가 빛나고 있었지만 몇 번 재빠르게 눈을 깜박거리는 것으로 미처 맺힐 새도 없이 사라졌다. 약해 보이지 않으려 눈물을 참아 낸 것에 대한 안쓰러운 마음이 들기 무섭게 여인이 비아냥대듯 대꾸했다.

"사실이지 않사옵니까. 본디 전하의 곁은 제 자리였어야 하옵니다."

자리에서 벌떡 일어난 여인이 팔을 살짝 들어 편 채로 빙그르르 몸을 돌렸다. 우아한 몸놀림에 묻어나는 유혹의 빛깔은 어느 사내라도 거부할 수 없을 듯 강렬했다. 그러나 이미 그 영혹에서 벗어난 이에게 있어 몸태를 은근슬쩍 감추었다 드러내는 옷자락의 나풀거림은 그저 성글게 짜인 옷감이 펄럭이는 것에 지나지 않았다.

"어쩌면 네 생각대로 그리되었을 수도 있었겠지."

환의 목소리가 냉담했다.

"진실로 기녀를 입궐시키실 요량이셨습니까?"

여인의 목소리에 불신이 가득했다. 환의 귓가에 애교 섞인 녹진한 목소리가 아슴푸레하게 울려왔다.

"언제가 되어야 소녀가 곁에서 전하를 뫼실 수 있겠사옵니까?"

"무엇을 염려하느냐. 조금만 기다리거라. 내 너를 틀림없이 내 곁에 두마."

그적의 그는 호기로운, 그러나 진심을 다한 그 말을 지키려 이 여인을 입궐시킬 방법에 골머리를 앓고 있었다. 몇 날 며칠을 고민해도 소년의 머리에서 나오는 생각이란 한계가 있었다. 하여 조만간 누구에게든 방도를 마련할 수 있겠는가 부탁을 빙자한 명을 내릴 참이었다.

"그리하였을 것이다."

기녀를 들이는 일이 쉬울 리 없으나 방도가 없을 리도 없다. 궐에서 잔뼈가 굵은 늙은 내관과 나이 든 상궁이 그 정도 일머리를 지니지 못하였을까. 나인으로라도 입궐시키면 고운 용모가 눈에 띄어 왕의 승은을 입고 숙원 정도의 첩지를 받게 된다는 식으로 일이 진행되었으리라. 근래의 왕실은 손이 몹시 귀하였으니 회임이라도 하였으면 단번에 빈이 되는 것도 이상하지 않았을 것이다. 그러면 여인의 말마따나 그의 곁을 차지하고 있는 것은 반달처럼 고운 눈매를 가진 그녀였으리라.

"네가 과인을 믿기만 하였다면."

환이 덧붙이며 쓰게 웃었다. 만약 그리되었다면 그 역시도 선대 누군가처럼 한때 죽고 못 살듯 사랑했던 제 연인에게 사약을 내리는 비정한 사내가 되었을지 모른다. 물론 이 여인은 매몰차게 외면한 것과 사약을 받는 것 사이에 하등 차이가 없다 생각할 수도 있겠지만.

"믿고 기다려라. 얼마나 말이옵니까? 곱게 자란 양반 댁 아가씨는 조급할 게 없을지 몰라도, 언제 버림받을지 몰라 전전긍긍해야 하는 하잘것없는 기생 년에게는 일각이 몇 날 며칠과 마찬가지였사옵니다."

"……아무것도 약조하지 못하였다. 기다리란 말조차도."

환이 나지막하게 중얼거리듯 말했다. 약관에도 이르지 못한 소년은 한눈에 반한 기생에게 입궐을 약조할 정도로 대담하였으나 나이가 더 들어 만난 어린 소녀에게는 자신이 누구인지도 밝히지 아니하였다. 만남이라는 것은 그가 통보해야 이루어질 수 있는 것이었고 소녀는 그가 오기를 기다렸다가 떠나는 뒷모습을 말없이 배웅해야 했다.

그의 정체가 드러난 것은 삼간택 마지막 자리에서였다. 잔뜩 긴장한 어린 소녀를 눈앞에 두고도 그는 아무것도 하지 못했다. 다른 여인을 중전으로 들여 옆자리를 내어 주고는 사랑하는 이가 집 안에 갇혀 시간의 흐름과 함께 시들어 가는 것도 그저 멀거니 지켜보았을 뿐이다.

그가 준 것은 잠깐의 다정함, 그리고 기나긴 기다림. 그리고 지금 이런 헛된 꿈에 들어 있는 순간 역시 연인에게는 기다림의 시간일 터였다.

"소녀가 그 계집보다 못한 건 비천한 신분뿐이지만 조선 땅에서는 그게 전부. 소녀는 양반인 아비를 갖지 못하였으니 자리를 빼앗기더라도 그저 고개를 조아려 황송무지해야 마땅하겠지요."

환의 낮은 목소리를 듣지 못한 듯 여인이 제 할 말만 하며 빈정댔다. 환이 지친 표정이 되어 고개를 저었으나 어조만큼은 단호했다.

"길게 말할 것도 없다. 너는 네 이야기를 계속 할 것이고 과인은 너를 이해시키고 싶은 마음이 없으니."

환이 자리에서 벌떡 일어났다. 그 서슬에 정체해 있던 공기가 커다란 물결을 일렁였다. 숨 막힐 듯한 정적과 짙은 향기로 가득 차 있던 공간에 균열이 일어났다. 바깥의 소리와 함께 무취하고 신선한 공기가 스며들기 시작했다.

"과인은 돌아갈 것이다. 너 역시 다시는 찾아오지 말라."

이것으로 매듭지을 수 있을 것이다. 평정심을 유지하고 별리(別離)를 고하는 것은 처음이었다. 이건 모두 유연의 존재 때문이었다. 마음이 변하는 법 없이 언제고 그 자리에서 기다리는, 세상 전부를 주어도 아깝지 않았지만 그 이상의 연정으로 감싸 안아 주는 다정한 정인의 힘이었다. 한데 무엇이 아쉬워 지나 버린 일에 화를 쏟아 낼 것인가. 소중한 이에게 돌아가는 길이 분노에 가득 찬 것이어서는 안 되었다.

환이 몸을 돌리자 붉은 용포가 펄럭였다. 그러나 환이 간과한 것이 있었으니 평정심을 유지하고 있는 것은 다만 그뿐, 상대는 그렇지 아니하다는 사실이었다. 바스러져 가는 공기 속에서도 날카로운 기운을 잃지 않은 여인의 목소리가 환의 뒷덜미를 서늘하게 했다.

"지금은 보내 드릴 수밖에 없으나, 조만간 다시 뵙게 될 것이옵니다. 그땐, 놓아 드리지 아니하겠사옵니다."

환이 고개를 돌렸다. 눈이 마주친 여인이 스산하게 웃었다.

"소녀를 향한 전하의 마음이 변하였던 것처럼 그 계집의 마음도, 계집을 향한 전하의 마음 또한 영원치 아니할 것입니다. 하여 전하께서는 필시 다시 돌아오실 것이옵니다. 누가 무어라 해도 소녀는 사내의 마음 가장 깊은 곳에 자리한다는 첫 정인 아니겠사옵니까."

"빈궁이 변치 아니할 것임을 과인은 믿고 있다. 과인 역시도 배반하지 않을 것이야."

단언하는 환에게 여인이 조소를 날렸다.

"과연 그러하겠사옵니까. 세상에 변치 아니하는 것은 없고 탐심은 누구의 마음에도 있는 법. 조신하고 음전하라 교육받아 속내를 숨기는 데 능한 반가 규수의 음흉한 마음을 과연 누가 안단 말입니까. 전하께서 그리 깊은 믿음을 보이시니 슬슬 마음을 놓고 꼬리를 드러낼 때도 되었습니다. 과연 그 빈궁은 지금 전하의 연정만으로 만족하고 있을까요."

"네가 무슨 이야기를 하여도 내 마음을 흔들 수는 없다."

환이 조용하게, 그러나 단호하게 대꾸하고는 다시 고개를

돌렸다. 이번에야말로 흔들림 없이 단단하게 걸음을 딛기 시
작했다. 뒤쪽에서 기분 나쁜 바람 소리가 울렸지만 다시 뒤
를 돌아보지는 않았다.

"전하."

낮고 작은 목소리가 부르는 소리에 환이 고개를 들었다.
이미 어둠이 몰려와 깔리기 시작한 방 안을 등잔불 하나가
외로이 밝히고 있었다. 흐릿한 빛이 만들어 내는 음영 탓에
모습이 시커멓게 보이는 사내가 그와 눈이 마주치자 급히 고
개를 조아렸다.

"아아."

진실로 꿈이었는가. 환이 고개를 숙여 제 모습을 확인하다
아직 단단하게 쥐고 있는 주먹을 폈다. 손톱자국이 패어 있
는 손바닥이 그가 겪은 고뇌의 흔적을 여실히 보여 주고 있
었다.

설핏 잠든 사이 꽉 쥔 주먹을 풀지 못할 정도로 마음이 고
단하였던가. 꿈에서 여인을 만난 이래로 가장 침착하게 대처
하였다고 할 만하였으나 과연 그가 단언한 대로 다시는 만나
지 아니할 수 있을지 확신할 수 없었다. 유연을 만나 마음에
담은 이후로 여인을 떠올린 적은 없었으나 그곳에 다녀온 것
만으로도 꿈자리가 사나워질 만큼 마음이 크게 흔들리지 않
았나.

"시간을 더 지체하시면 곤란하옵니다."

낮은 목소리가 환을 채근했다. 반쯤 몽롱한 상태로 그가 중얼거렸다.

"지체하여 곤란할 상황이 무어 있단 말이냐."

기분 나쁜 꿈에서 겨우 벗어났다. 불유쾌한 꿈결의 흔적 따위는 털어 버린 연후라야 정인에게 갈 수 있을 것 같았다. 만남이 조금 늦어지긴 하겠지만 뭐 어떠랴. 겨울이 깊어 갈수록 밤은 길어지는 법이니.

"관상감에서 정한 길일 아니옵니까."

환이 제정신으로 돌아오는 데 그 말 한마디면 충분했다. 물벼락이라도 뒤집어쓴 듯 말짱해진 정신으로 허리를 쭉 폈다.

품에 가득 차도록 안고 코끝으로 스며드는 달콤한 살 내음을 맡으며 어지러운 마음을 달래지도 못하고 마음에도 없는 곳에서 의미 없는 시간을 허비해야 한다는 사실이 아프게만 느껴졌다. 아니, 그보다도 더 그리운 정인을 외로이 두어야 한다는 사실이 가슴에 사무치는 것이었다.

"그러하였던가."

풀기 없는 목소리에 그림자가 고개를 갸웃했다. 중궁전에 가는 걸 썩 내켜하지 않는 것이야 이상할 것도 없었지만 유달리 목소리에 기운이 없는 모양새가 잘 이해가 가지 않는 까닭이었다.

"가지 아니하면……."

"아니 되옵니다."

말을 맺을 틈도 없이 치고 들어오는 대답은 이미 예상한 것이었다.

"그러면 잠시 빈궁에게 들렀다……."

"법도에도 어긋나거니와 예(禮)가 아니옵니다, 전하."

알고 있다. 알면서도 막무가내로 떼쓰는 어린아이처럼 억지를 쓴 것에 불과했지만 그런 말을 입 밖으로 내어놓을 정도로 마땅치 않았다. 개운하지 않은 기분으로 연인을 만나러 가는 것만큼이나 마음에 품은 이가 아닌 다른 이의 처소로 발길을 돌려야 한다는 사실 역시 마음에 썩 내키지 않는 일이었다.

환은 아무 말 없이 그대로 앉아 있었다. 손바닥에 남은 손톱자국은 조금씩 흐릿해졌지만 여인이 새긴 조흔(爪痕)은 사소한 것 같으면서도 자꾸만 가슴 깊은 곳을 찔러대는 것이었다.

"전하."

벌써 몇 번째인지 헤아리기도 귀찮을 정도로 꾸준히 그를 불러대는 희봉을 향해 환이 못마땅한 표정을 지었다. 그러나 그게 또 그 자의 임무이니 무어라 책망할 수도 없었다.

"가지."

환이 심드렁하게 대꾸하며 물 먹은 솜만큼이나 무겁게 느꺼지는 몸을 일으켰다. 둔중하게 울리는 발소리가 울릴 적마다 맥없이 흔들리던 나약한 불빛은 문이 닫히는 서슬에 위태롭게 깜박이다 스러졌다.

이미 겨울의 초입을 넘어선 때, 해가 기운 이후의 공기는 서늘함을 넘어 공기 중에 드러난 피부를 에일 듯 한기를 품고 있었다. 하지만 젊은 혈기에 추위 따위를 하등 두렵게 여기지 않아 원치 않는 곳으로 가는 발걸음 또한 바쁠 리 없었다.

"무어 그리 바쁘다고 저만치 가 있느냐 말이다."

환이 희봉의 뒷모습에 대고 가볍게 타박했다. 희봉이 고개를 수그려 보이고는 그 자리에 멈추어 섰다. 마치 세상을 유람하는 한량이라도 되는 양 유유자적 여유로운 그의 발걸음은 몇 번이고 앞장 서 가는 이가 발을 멈추고 뒤돌아보게 했다.

"어둠이 빨리 깃드니 별도 더 일찍 뜨는구나. 알고 있었느냐?"

이제는 숫제 한 자리에 떡 하니 버티고 서서 뜬금없는 별타령이었다. 환의 마지막 말은 질문처럼 들리기는 하였으나 꼭 대답을 요하는 말은 아니었다. 희봉이 대꾸하는 대신 푹숙이고 있던 고개를 살짝 들었다. 코를 통해 드나드는 숨결이 연한 잿빛 알갱이를 조금씩 공기 중에 흩어 놓았다.

"밤 깊어 맑은 달 아래에는 뭇별이 한창 반짝거리네*."

노래라도 흥얼거리는 듯 제법 경쾌하게 시작한 목소리는 이내 시무룩하게 가라앉았다. 삼라만상의 이치를 탐색하고 싶은 생각은 없었다. 아는 시라면 다음 구절을 천연스레 이어받아 읊조리고, 모르는 시라면 눈을 반짝이며 움직임 하나 하나를 똑같이 흉내 내 잊지 않으려 애쓸 연인이 곁에 없음이 그의 마음에 다시 서운함을 불러왔다.

'아마도 저쯤에······.'

무심코 고개를 돌려 주변을 훑어보던 환의 동작이 잠시 굳어졌다. 얼굴이나 표정을 분간할 수 있을 만큼 가깝지는 아니하나 사람의 형체를 착각하기는 어려운 딱 그 정도 거리에 그리운 그림자가 눈에 띄었다.

오늘이 소위 길일이라는 날임을 모르는 이는 궐내에 아무도 없으리라.

유연을 빈으로 맞아들인 뒤 두 번째로 있는 날이기도 했다. 마음에 품은 이를 두고 가는 걸음이 무거운 만큼 사랑하는 이가 다른 여인을 찾아가는 모습을 바라보는 것 역시 유쾌할 리 없다.

품에 안지 아니한다는 사실을 알고 있다손 그것이 위안이 될 리 없다. 지난번 길일에는 환도 유연의 처소로는 시선을

---

*이좌훈의 '중성행(衆星行)'.

주지 않으려 애썼지만 유연도 일찍 불을 끈 채로 처소 밖으로 모습을 드러내지 않았다.

그런데 오늘은 어찌 된 것일까. 환이 눈을 가느스름하게 떴다. 유연이 그를 보았는지는 알 수 없고 그녀의 뒤로 낯설지 않은 형체 몇이 따르고 있음을 알 수 있을 뿐이었다. 개중에는 궐에서 좀처럼 보기 힘든 차림을 한 여인의 모습도 눈에 띄었다. 그제야 자신이 낮에 내렸던 명이, 희봉이 그의 곁에 있는 까닭이 떠올랐다.

"조금이라도 위안이 되었으면 좋겠구나."

환이 곁에 있는 이에게 말하듯 나직이 속삭였다. 가슴 위에 무거운 납덩이를 하나 올려놓은 듯 먹먹한 기분으로 그를 기다리고 있는 충실한 내관을 향해 발을 내디뎠다.

겨울의 추위는 당연한 것이었으나 해가 기울고 난 뒤에는 한기(寒氣)의 정도가 확연히 달라졌다. 젊은 내관의 뒤를 종종거리며 따르는 여인은 한껏 어깨를 웅크리고 있었다. 하얗게 부서지는 김을 수십 번은 족히 보고 난 뒤에 언이 갑자기 걸음을 멈추고 뒤따라오는 삼월이를 향해 몸을 돌렸다.

"부탁이 있소."

손을 모아 쥐고 어깨를 웅크린 채 종종걸음을 걷던 삼월이가 의아한 얼굴을 했다. 언이 잠시 망설이다 입을 열었다.

"빈궁마마께 말씀드릴 때에는 각별히 조심하여야 할 것이라오."

"천것이 무얼 알아 말조심할 게 있을까요."

"진실이든 허튼 소문이든, 세상에는 온갖 이야기가 떠돌지 않습니까. 모르는 게 좋은 이야기라면 구태여……."

"이봐요."

삼월이가 정색했다.

"제 귀에 들어올 이야기라면 누구나 다 알고 있다는 소리예요. 궁에 홀로 외로이 계시는 빈궁마마만 모르신다는 건데 그건 아니될 말입니다. 제게 물으셨을 때 거짓을 고하였다가 나중에 다른 방도로 알게 되어 상심하시면 그게 더 곤란할 것을요."

언이 입을 다물었다. 삼월이를 궁으로 들인다는 말에 잔잔한 호수에 돌을 던져 파문을 일으키는 철부지가 되어서는 아니 될 것이라 덧붙이던 덕해의 말을 그녀에게 그대로 전할 생각은 없었다. 어찌 보면 삼월이의 말이 옳기도 했다.

"저는 아는 사실 그대로 말씀드릴 거예요. 그게 옳아요."

삼월이가 고개를 빼고 언의 뒤쪽을 살펴보았다. 제가 모실 적과는 차림도 확연히 다를, 손톱만 한 형체를 알아보고는 반가운 얼굴을 하며 가볍게 발을 굴렸다. 힐끗 제 뒤를 본 언이 삼월이를 유연에게로 안내하고는 지체 없이 몸을 돌렸다.

"아기씨! 아니, 마마."

"저어할 것 없다. 듣는 사람도 달리 없는데 무엇을 염려하느냐."

화사하게 웃으며 반기는 얼굴이 이상하게 낯설게만 느껴져 삼월이가 힐끔힐끔 주변을 곁눈질로 바라보았다. 아파인 척했던 상궁도, 저를 데려온 이도, 저만치서 히죽거리는 늙은이도 유연의 발언을 썩 마땅히 여기지는 않아도 법도에 어긋난다고 핀잔을 줄 것 같지도 않았다.

"하오면 소인들은 잠시 물러가 있을 테니 회포 나누옵소서."

덕해는 넙죽 인사를 올리고는 실상 나갈 생각이 별로 없어 보이던 박 상궁을 처소 바깥으로 끌고 나왔다.

"대체 왜 그럽니까?"

박 상궁의 목소리에 가득한 힐난의 기색을 짐짓 모르는 척 덕해가 순진하게 대꾸했다.

"지금은 지극히 높으신 빈궁마마에 하찮은 계집아이, 예전에도 상전과 몸종이었다지만 어디 보통 사이였나. 늘 곁에 두고 있던 이를 한 달도 넘기고 만나는 것인데 남이 그 옆에서 기웃거려서야 쓰나."

"마음 씀씀이가 아주 하해와 같으십니다."

박 상궁이 빈정거리듯 대꾸하였으나 무언가 염려스러운 듯 문에서 눈길을 떼지 못하고 있었다. 덕해가 혀를 쯧쯧 차며 박 상궁의 시선을 돌렸다.

"곁을 지킨다고 하여 하려는 말을 못 하게 할까, 귀를 막아 듣지 못하게 할까. 그게 도리어 더 수상쩍게 보일 거고 불필요한 억측만 낳게 할 거요."

"최소한 말을 가려 하게는 할 수 있겠지요."

"나는 잘 모르겠지만 박 상궁의 걱정이 사실이라면 시일이 더 흐르느니 차라리 지금이 나을지도 모르지. 지금 당장이야 숨길 수 있다 한들 언제까지 그리할 수 있을 것 같소? 지금은 전하도, 빈궁마마도……."

말을 하다 말고 덕해의 목소리가 뚝 끊겼다. 불만스러운 얼굴로 그의 목소리에 귀를 기울이던 박 상궁이 고개를 들어 덕해의 시선이 머물러 있는 곳으로 눈길을 돌렸다. 내려앉기 시작한 어둠에도 분명하게 구분할 수 있는 선명한 붉은 빛깔의 형체가 저만치에서 느릿하게 움직이고 있었다.

"아까도 저쯤 계신 것을 뵈온 것 같은데……."

"발길이 아니 떨어지시는 모양이지요. 그러니 아직도 저리 계시지 않겠습니까."

덕해가 아주 천천히 멀어지고 있는 환과의 거리를 가늠하며 목소리를 낮추어 박 상궁에게 말을 건넸다.

"누가 보아도 빈궁마마께서 전하의 꾐을 독차지하고 있음은 자명한 사실이란 말이오. 여인이란 본시 그렇게 쓸데없는 걱정을 만드는 데 익숙하오?"

덕해의 목소리에는 기우(杞憂)라고 하는 것이 적절할, 하등 쓰잘머리 없는 고민을 하는 게 분명한 빈궁마마에 대한 안쓰러움과 한심함이 뒤섞여 있었다. 그 발언에 박 상궁이 냉소했다.

"태어나서 지금껏 지조를 지키는 사내를 본 적 없습니다. 부인의 죽음을 애도하며 가슴 절절한 제문을 지었다는 사내가 일 년도 못 되어 새 장가를 들었다는 이야기도 들은 적 없으십니까?"

사내 하나를 온 세상처럼 바라본 여인이라면 당연할 것이라고 생각하는 박 상궁이었으나 일말의 아쉬움은 있었다. 유연이 지금껏 보아 온 환을 떠올리면 그 마음 의심하지 아니하여도 좋을 것인데.

'한데, 갑자기 어찌하여?'

박 상궁의 생각이 일의 처음으로 되돌아갔다. 사달이 날 것 같은 느낌을 받게 된 일련의 과정들의 시초는 저 늙은 내관이 첫 대면한 곳을 밀회의 장소로 고른 탓인 듯 보였다. 환이 유연과 만난 이후로는 드나든 적 없지만 그전에는 규수들이 드나들긴 하였다. 두 번을 온 여인은 없다 하여도. 그보다 전에는 노상 상주하듯 하는 이가 있기는 하였으나 그게 벌써 언제 적 일인가. 그 흔적 따위가 남아 있을 리가…….

'있을지도 모르겠다.'

박 상궁이 이제 막 중궁전 건물 안으로 사라지는 환의 뒷모습을 바라보았다. 사내는 지난 일에 대해 둔감하다. 이미 마음이 식어 버렸으니 자취가 남아 있어도 동요하지 않아 구태여 그 흔적을 없앨 생각을 하지 아니하는 게 보통이었다.

그렇지만 여인의 마음은 사내와 또 달라서 사소한 것 하나에도 의미를 부여하고 고민했다. 남녀 간의 그 차이가 오해를 낳고 갈등을 빚어 결국에는 관계가 악화되는 경우도 종종 볼 수 있는 일이었다.

"갑시다."

불쑥 내놓는 박 상궁의 말에 덕해가 어리둥절한 표정을 지었다.

"어딜?"

"그쪽이 저질러 놓은 일을 수습 좀 해야 할 것 같으니 잔말 말고 오시지요."

"내가 무얼?"

잠시 발끈한 것처럼 보이던 덕해는 박 상궁이 대꾸할 생각도 없이 걸음을 딛는 모양에 서둘러 보조를 맞추기 시작했다. 조금 전 보았던 유연의 얼굴에 아까까지와 사뭇 다른 그늘이 드리워 있던 것이 떠오른 탓이었다.

"정말이지……."

"의도가 좋다고 결과가 매번 좋지만은 않다는 것은 지겹도록 겪어 온 일 아닌가요."

입속으로 불만을 투덜거리는 덕해를 향해 박 상궁이 부드럽지만 단호하게 말했다. 의도대로만 일이 풀린다면 얼마나 좋겠는가. 하지만 세상사 그렇지 않은 법이었다.

"아…… 마마."

아직은 영 낯설기만 한 호칭을 입에 올리며 삼월이가 유연의 얼굴을 조심조심 올려다보았다. 아직도 소녀티를 벗지 못한 아기씨는 전에 모실 적보다 훨씬 기품 있고 의젓한 모습을 하고 있었으나 뭔가 아쉬운 느낌이었다. 철없이 굴던 어린 아기씨일 적에도 만만히 여길 만한 언행을 하지는 아니하였으니, 귀하디귀한 빈궁마마가 되어 느끼게 된 거리감 때문만은 아니었다.

"아무도 없는데도 그리 부르니 서운하구나."

목소리에 담뿍 담긴 반가움 사이로 언뜻 느껴지는 투정과 같은 것이 함께 섞여 있어 삼월이가 그만 웃어 버렸다. 사가에 있을 적에도 보인 적 없는 어리광은 머리라도 쓰다듬으며 꼭 안아 주고 싶은 마음마저 불러일으켰다.

"아기씨."

삼월이가 얼굴에 떠올랐던 웃음을 지우고 조심스레 유연을 불렀다. 유연의 얼굴에 엷게 웃음이 번졌다.

"그리 들으니 좋구나. 꼭 예전으로 돌아간 것 같은 기분이야."

어린 나이에 외따로 떨어져 나와 사는 것이 어찌 힘들지 않겠는가마는 가만 생각해 보면 다들 그리 살고 있었다. 갓 혼인한 여인이 의지할 것이라곤 어느 날 갑자기 서방이라며 하늘에서 뚝 떨어진 것 같은 낯선 사내뿐이었다.

신랑이 다정하면 좋으련만 제 또래밖에 되지 않아 느닷없이 생긴 부인의 마음을 헤아리지 못하는 소년이거나, 곱게 자라 세상 물정 모르는 어린 아내보다 말도 통하고 화사하게 웃어 주는 기녀에게 발길을 돌리는 장성한 청년인 경우가 허다했다.

눈물 바람으로 밤을 지새우기를 한참, 체념하여 지내는 게 또 얼마간. 그러다 아이를 갖게 되면 모든 정을 그리 다 쏟았다.

그에 비한다면 유연의 경우는 행운이라 할 만했다. 낯선 곳에 홀로 떨어지는 것은 마찬가지라 하여도 지극히 사랑하는 이를 낭군으로 맞이했다. 간혹 외로움에 눈물 떨어뜨리는 날이 없을 리 없겠으나 벌써 이렇게 쓸쓸한 표정을 짓는 건 납득하기 어려운 일이었다.

"무슨 일이라도……."

유연이 고개를 가볍게 저었다. 대신 얼마 전 집으로 보냈던 서간을 통해 알게 된 사실을 떠올리며 삼월이에게 다정하게 말을 건넸다.

"혼인을 한다지?"

삼월이가 얼굴을 붉혔다.

"네."

"바쁜 걸음 하게 해서 미안하구나."

"아니옵니다."

혼인이라 하여 특별할 것도 없었다. 격식을 갖추어 혼례를 올릴 생각도 없고 그럴 처지도 아니었다. 양반 댁 종살이를 하러 갈 적에 입 하나를 줄이고 그만큼의 삯을 받아 집안 살림이 좀 나아지기를 기대했던 것처럼 혼인이라는 것도 그 범주에서 크게 벗어나지 않았다.

"……괜찮은 것이냐?"

유연이 잠깐의 사이를 두고 머뭇거리듯 꺼낸 말에는 많은 의미가 내포되어 있었다. 삼월이가 활짝 웃었다.

"소인이 먼저 그리하자 하였는걸요."

사내는 허우대 멀쩡해 보여도 내관, 계집은 얼굴이 반반하여도 남의 집 종살이나 하던 가난한 처녀. 하여 뒤에서 이런저런 억측을 하며 수군거리는 사람도 웃음거리로 삼으려는 이들도 있을 것이다. 개중 치졸함을 대담함으로 포장하여 면전에다 대고 비아냥대는 작자들도 있겠지만 흘려보내면 그만이었다. 양반 집 종살이를 하는 것만큼 수모와 멸시를 견뎌 내야 할 것은 아닐 테니.

여전히 썩 개운치 않은 표정을 짓는 유연을 향해 삼월이가 빙글거렸다.

"밤일이 사내를 판단하는 전부는 아니라고들 하였습니다."

이번에는 유연이 얼굴을 붉힐 차례였다. 유연이 무어라 답하기 전에 삼월이가 선수를 쳤다.

"이 집 저 집 전전하며 별별 일을 다 겪었습니다. 몸종들이 두어 달을 배겨 내지 못한다던 아기씨도 제법 오래도록 모셨는데 무얼 걱정하십니까. 정 힘들면 아기씨께 그간의 정에 대해 호소하러 오겠습니다. 그때 모른 척하시면 곤란하옵니다."

유연이 미소를 지었다. 그녀에게 무슨 힘이 있을까마는 그리 말해 주는 것만으로도 제가 의지가 된다고 해 주는 것 같아 마음이 조금 누그러졌다. 유연의 표정에 스쳐 가는 변화를 조심스레 바라보던 삼월이가 다시 입을 열었다.

"하오니, 이제는 소인에게 말씀해 주시어요. 정녕 아무 일 없으시옵니까."

유연이 잠깐 머뭇거렸다. 눈앞의 활달한 몸종을 보니 예전이 그리워졌다. 아기씨의 행실에 대해 당돌하게 충고하던 몸종을 처음 만났던 그날이 아스라하게 떠올랐다. 따로 마음을 털어놓을 정도의 이야기를 한 적은 없지만 비밀스러운 외출에는 항시 동행하지 않았던가. 생각했던 대로 그 얼굴을 보는 것만으로도 마음이 한결 가벼워졌다.

그러나 마음에 담고 있는 질문을 꺼내는 것은 조금 망설여지는 것이었다. 그 누구보다 솔직하게 대답해 줄 것임은 확신하고 있었으나 그 질문을 하는 것이 옳은지, 혹은 그 이후를 감당할 수 있을 것인지에 대해서는 명확하지가 않았다.

삼월이는 아무 대꾸도 하지 않은 채 유연의 얼굴을 바라보았다. 명랑하고 당돌하던 어린 소녀가 말을 줄이고 감정을 삭이며 나이를 먹어 가는 것은 흐르는 세월을 멈춰 세울 수 없는 것과 마찬가지인 순리였다. 남들이 안차다 여길 정도로 대범하였던 때에도 마음속 말을 스스럼없이 내놓는 성격은 아니었으니 하고픈 말이 있어도 쉬이 입을 열 수 없는 것 역시 당연했다.

하지만 마음 안에 꾹꾹 눌러 가라앉게 놓아두면 언젠가 그것들이 다시 떠올랐을 땐 걷잡을 수 없을 만큼 마음이 어지러워질 게 분명했다.

"너는 장차 네 낭군이 될 이에 대해 얼마나 알고 있느냐."

삼월이의 귀에 유연의 목소리가 들려왔다. 갑작스러운 질문에 고개를 갸웃했다. 질문이라기보다는 답을 요하지 않는 혼잣말 같은 호젓함과 답을 얻고 싶은 고민스러움이 기묘하게 뒤섞인 말투였다.

"아는 것이 옳은지 모르는 것이 옳은지 판단하기 어렵구나."

속 이야기를 쉽게 꺼내지 아니하는 주인을 모시려면 눈치가 빨라야 했다. 에둘러대는 말이었지만 방금 전 되짚어 가던 생각과 이어지자 어슴푸레하게라도 짐작할 수 있었다.

자세히는 알지 못하나 썩 유쾌하지도 향기롭지도 못할 과거의 사건 어느 한 조각을 주워들었다. 더 캐어 내야 할까,

아니면 묻어 버리는 게 나을까. 없는 데서는 나라님 흉도 본다고 술상의 안줏거리처럼 떠도는 이야기가 있었다. 그러나 잠깐 잠깐 잔시중을 드는 게 전부요, 주로 안채에서 어린 아기씨를 모시는 여종의 귀에 제대로 된 이야기가 들어올 리 없다.

그렇다면 계집종이 듣는 높으신 분의 동태는 단 하나뿐이다. 저자 구석구석을 누비는 동요의 탈을 쓴 참요(讖謠). 삼월이의 머릿속에 노래 하나가 맴돌았다. 막돌아배가 구성지게 불러 대던 노래와 닮은, 아기씨를 모시고 나갔던 어느 날 가게에서 처음 듣고 그 후로도 몇 번이고 들은 그 노래. 그 노래에 어떤 뜻이 담긴 것인지를 알게 된 것은 그리 오래된 일이 아니었다.

당당홍의 정초립이
계수나무 능장 짚고
건양재로 넘나든다
반달이냐 왼달이냐
네가 무슨 반달이냐
초생달이 반달이지

언이 모르는 게 좋은 이야기라면 구태여 하지 말던 연유를 깨닫게 된 삼월이가 저도 모르게 얼굴을 찌그렸다. 유연의 말을 이해하지 못한 척 넘어갈 것인가, 아니면 알고 있는 것을 말씀드릴 것인가. 삼월이는 다시금 조심스럽게 유연의 얼굴을 바라보다가 마음을 굳혔다.

"아기씨, 저는……."

열셋 묵은 달빛이 타오르다 ─ 2

　유연이 말없이 고개를 숙이고 앉아 있다가 앞에 있는 찻잔을 두 손으로 감싸 쥐었다. 김이 모락모락 오르는 잔은 뜨거울 정도의 온기를 전하고 있었지만 손끝은 도리어 차가워졌다. 작은 찻잔 안에서 이는 파랑을 말없이 감상하는 유연의 귀에 낭랑한 목소리가 흘러들었다.

　"요즘 아이들이 저자에서 이런 노래를 부르고 다닌다 하던데. 노랫소리가 어찌나 요란하던지 궐까지 흘러들어 오지 않았겠나."

　잠깐 생각이 나지 않는 것처럼 살짝 눈을 치켜뜨며 눈썹을 찌푸렸던 자경이 곧 우아하게 미소했다. 자경은 스물도 채 되지 아니하였으나 두 해 동안 궐의 안주인으로 자리해 온 덕에 갖추게 된 위엄을 지니고 있었다. 층층시하에서 허울뿐인 자리였다 하더라도 영향력이 아주 없지는 아니하였을 것이다.

한편으로는 순진한 듯 들리고 어찌 보면 내숭스러운 듯도 한 목소리도 역시 그 '중전마마'라는 지위가 만들어 낸 산물임이 분명했다. 솔직하게 마음을 내보이는 것처럼 보이지만 실은 말과 다른 생각을 품고 있어 그 어조의 다정함에 속아 넘어가서는 아니 되는.

"자네도 알고 있겠지."

미소의 뒤에 따라붙은 말은 유연을 향한 것이 아니었다. 유연이 비로소 눈을 들어 조금 전까지도 인식하고 있지 못했던 다른 여인의 형체를 발견했다. 오래전, 작당한 노름판에 끼어든 뜨내기를 조롱하던 혜원의 입가에는 한층 더 두터워진 조소가 스며들어 있었다.

"어찌 모르겠사옵니까."

입가만이 아니라 목소리에도 가득 들어찬 비웃음이 향하

는 곳은 분명했다. 혜원이 눈을 지그시 감고 낭랑한 목소리를 냈다.

> 달을 짚던 손가락이
> 연줄 잡고 희롱하나
> 제아무리 높이 난들
> 연(鳶)이 달을 당할쏘냐.
> 정한 마음 홀려 내는
> 연도 달도 다 싫거니
> 건양재 넘나들던
> 능장부터 분지를걸.

마지막 구절을 맺은 혜원의 고운 입술 끝이 살짝 비틀렸다. 얼굴을 마주 보고 가볍게 미소를 교환한 두 여인의 시선이 일제히 유연을 향했다.

숨이 턱 막히는 것 같다. 이대로라면 그들 앞에서 혼절하는 꼴사나운 모습을 보이게 될지도 모른다. 그러니 어떻게든 호흡을 되찾아야 할 일이다. 어찌할 바를 모르고 주먹을 꼭 쥔 손으로 가슴 한가운데를 있는 힘껏 눌렀다. 혜원이 의외라는 듯 눈을 크게 뜨고 바라보다 태연스레 물었다.

"정녕 모르셨습니까, 빈궁마마?"

유연이 대답하기도 전에 다른 목소리가 그 틈을 파고들었다.

"알고 그리 기고만장하게 굴지는 아니하였겠지. 적어도 교육받은 반가 규수라면 말일세. 아니지, 제대로 배운 규수 같으면 어찌 함부로 바깥을 나돌아 다니다 외간 사내를 만나겠는가."

비아냥대는 말을 듣던 유연이 나오지 않는 목소리를 쥐어짜 냈다.

"그 말씀……."

"내 말이 지나치다? 내 이야기 어디에 그른 데가 있기라도 한가? 자네와 전하의 인연은 시작부터 그른 것이야!"

비아냥을 넘어 카랑카랑하게 내지르는 자경의 목소리에 일순간 그대로 호흡이 멈추었다. 시작부터 잘못된 것이라니. 그럴 리 없다. 환은 총명한 사내였다. 유연과의 만남이 잘못된 일이라면 과감하게 끊어 냈으리라.

하지만 유연이 제대로 정신이 박힌 규수라면 제집 담장 바깥을 홀로 뛰쳐나가는 일 따윈 없었을 터다. 그러면 환이 후일 있었던 간선에서 그녀를 눈에 담았을 리도, 시일이 흘러 그녀를 빈으로 맞이하였을 리도 만무한 것이다.

그럼에도 인연이 그릇되었다는 그 말은 인정할 수 없다. 인정해서는 안 된다. 설령 마음 깊은 곳에서는 수긍한다 하더라도 겉으로 만큼은 결코.

"아니……."

겨우 내어놓는 목소리는 스쳐 가는 바람 소리만큼의 울림도 지니지 못했다. 유연이 무릎 위에서 애꿎은 치마만 구겨쥐고 있던 손을 덜덜 떨며 들어 올려 목 위에 놓았다. 이렇게라도 하면 숨길이 열릴지도 모른다는 생각에서 비롯한 충동적인 행동이었다.

"마마, 마마!"

급박한 목소리에 이어 세찬 손길이 유연의 손을 목에서 떼어 내고는 몸을 흔들었다. 유연이 숨을 토해 내며 눈을 떴다. 낯익은 방의 천장과 늘 보는 나인의 둥근 얼굴에 깊이 안도했다. 두터운 이불 때문에 호흡이 불편했던 모양이었다. 유연의 몸이 좋지 않은 것 같다며 바닥을 뜨겁도록 덥힌 탓에 악몽에 시달린 것일지도 모른다.

"괜찮으시옵니까?"

유연이 고개를 끄덕이며 스르르 눈을 감았다. 조금 전의 생각 중 그 어느 쪽도 악몽의 원인이 아님은 그녀 스스로가 가장 잘 알았다.

"고약한 꿈이라도 꾸셨사옵니까."

유연은 걱정스러워하는 목소리를 흘려듣다 문득 자신의 한 손이 나인의 두 손 안에 꼭 쥐어진 사실을 깨달았다. 잡히지 않은 한 손은 아직 가슴 위에 놓인 채였다.

팔의 힘을 빼고 아무 일도 없던 것처럼 태연스레 몸 옆으로 내려놓는 시늉을 했으나 아직도 떨림의 여파가 남아 있었다.

유연이 다시 눈을 가늘게 떴다. 아직 바깥은 어두운 듯 등잔불이 이리저리 일렁이며 만들어 내는 빛의 흐름이 천장을 얼룩덜룩 물들이고 있었다.

"내가 무슨 말이라도 하더냐?"

나인이 고개를 저었다.

"소리도 내지 못하시고 숨도 제대로 쉬지 못하시어 가위에라도 눌리셨는가 하였사옵니다."

"이제는 괜찮다."

유연이 손을 살짝 빼내며 몸을 뒤척이자 나인이 무릎걸음으로 한 발 정도 뒤로 물러났다.

"이 밤에 수고가 많구나. 어제 일찍 물러나라 일러 놓은

276

것이 도리어 늦은 밤에 잠을 못 이루게 하였으니 미안하구나."

"아, 아니옵니다."

"이렇듯 잠을 설쳤으니 아침에 깨어나는 것도 수월치 않겠구나. 늦지 않게 알려다오."

유연이 조용히 이른 뒤 눈을 감았다. 중전인 자경은 늘 온화했다. 숙원인 혜원도 낮에 찾아왔을 때 처음으로 날선 목소리를 냈을 뿐이다.

그럼에도 유연의 꿈에 나타난 그들은 악역을 맡아 신랄한 소리를 퍼부어 댔다. 아마도 유연의 마음 어딘가에 질투심이 자리하고 있었던 게 틀림없다. 제아무리 사랑받고 있다 하여도 감히 바랄 수 없는 정실(正室)의 자리를 차지하고 있는 이에 대한 얄팍한 투기와 저보다 먼저 입궐하여 그의 곁에서 호흡할 수 있었던 이에 대한 부러움 때문이리라.

이 정도의 그릇밖에 갖추지 못하고서 지존(至尊)의 곁을 차지하고 있는 것은 부끄러운 일이다. 이리도 신경 쓸 것이면서 감당하지 못할 과거지사는 어찌하여 궁금해하였는가. 왜 자신의 것도 아닌 서안의 서랍을 열어 보았을까.

잠들기 전에 들었던 이야기에 꿈속에서 들었던 이야기, 지난 일들에 대한 후회가 마구 뒤섞여 머릿속에서 회오리치는 탓에 눈을 감고 있어도 현기증이 났다.

제아무리 높이난들

연이 달을 당할쏘냐.

혜원의 빈정대는 목소리로 들었던 구절이 어린아이들의 목소리로, 걸걸한 사내의 목소리로, 새된 아낙의 목소리로 바뀌고 더해져서 귓전을 가득 메우듯 울려 퍼졌다.

유연이 다시 한 번 뒤척였다. 감은 눈꼬리 끝으로 번져 나오는 물기는 누구에게도 들키지 않은 채 미끄러져 내려 베갯잇에 조그만 얼룩을 만들어 냈다.

❋   ❋   ❋

게을러빠진 겨울 아침 햇살이 전날 짙게 깔린 어둠을 채 몰아내기도 전, 선연히 붉은 옷자락이 걷히기 시작하는 안개 사이에서 나부꼈다.

나풀대던 옷자락이 갑자기 움직임을 멈추었다. 전날 멈추었던 자리와 꼭 같은 위치였다.

"고작 두 번째였거늘."

겨우 두 번째인데도 마음이 시렸다. 사랑하는 이를 지척에 두고 발길을 돌려야 하는 날들은 이제 시작일 뿐이었다. 세월의 흐름과 함께 다른 이를 찾아야 하기에 연인을 찾지 못하는 날들이 손꼽아 헤아릴 수 없을 만큼 늘어나게 될 것이었다. 정해진 법도며 타인의 시선을 의식하다 보면 유연이 먼저 환의 등을 떠미는 기막힌 상황도 맞이하게 될지 모른다. 다른 여인의 곁에 있는 밤 시간을 어찌 보낼지는 환이 정할 수 있었지만 애초에 가지 아니한다는 결정은 할 수 없었다. 그것만큼은 아무리 위세가 강해진다 하더라도 환의 능력 밖이었다.

환의 눈동자가 천천히 주변을 탐색했다. 제 시선을 잡고 도무지 놓아줄 줄 모르는 고요한 건물에서부터 조금 전 나온 그 건물을 지나 후원으로 향하는 저쪽까지. 양옆과 조금 뒤쪽까지 다 둘러본 뒤에야 방황하듯 사방을 훑던 눈길을 거두었다.

"지나치게 가깝구나."

환은 가볍게 후원이라도 거닐자는 제안에 유연이 난감한 표정으로 도리질하던 게 기억났다. 둔감한 사내는 어린 소녀가 아취를 모른다 여겼지만 연유는 따로 있었던 것이다. 중전의 처소와 유연의 처소는 가까운 거리에 있어 마음만 먹으면 누가 드나드는지 어디로 가는지 살필 수 있을 정도였다.

지금은 겨울이니 부러 창을 열고 바깥을 살피지는 아니하겠지만 여름이 오면 열어 놓는 창 너머로 이리저리 오가는 사람들의 소리와 모양새가 어렴풋하게나마 전해질 터이다. 혹 부주의하게 시선을 돌리다가 창가의 인영이라도 보게 된다면……. 정말이지 생각하기조차 싫은 일이었다. 환이 천천히 걸음을 디뎠다.

유연이 삼간까지 오른 연후에는 그가 아니면 누구도 거두
어들일 수 없는 여인이 되고 말았다. 명을 내려 그것을 취소
할 수도 있었으나 누군가 다른 사내가 그녀의 곁에 있다는
생각만으로도 피 끓는 느낌이 들어 그리하지 못하였다. 하여
마음 깊이 박힌 연인을 곁에 두겠노라고 결정했다.

그러나 그 결정이 온전히 자신의 뜻이었다고 말하기는 어
려웠다. 정무를 돌보는 데 있어 제 뜻을 함부로 관철하지 않
겠노라 대왕대비와 약조를 했다. 중전이 아니라 고작 빈으로
밖에 맞이하는 것마저도 과하다는 이야기에 한동안 시달렸
다.

환은 스스로에게 최선을 다했노라고 몇 번이나 되뇌었다.
그러나 잠깐의 만남 뒤 이어지던 기나긴 외로움을 대신하여
들어선 것이 낭군과 함께하는 시간을 다른 여인과 나누어야
한다는 현실이라면 과연 그것을 일러 최선이라고 할 수 있을
까.

"생각이 짧았구나."

내심 들떴던 것이다. 그가 오랫동안 마음에 품은 여인을
곁에 둘 수 있다는 생각에 온 정신이 팔렸다. 누구도 그녀를
무시할 수 없도록 빈으로 책봉한 뒤 예물의 물목이며 복식
등도 중전과 다름없이 가능한 최상의 예우를 갖추도록 했다.
겉치레에만 신경 쓰느라 낯선 환경에 내던져질 여인이 겪을

가슴앓이는 미처 짐작하지 못했다.

환이 미간을 좁혔다. 유연이 홀로 외로이 보낸 전날 밤을 떠올릴 염도 내지 못할 만큼 지극한 마음을 보여 주는 것은 지금도 결코 모자라다 할 수 없을 것이다. 그런데도 이렇게 자꾸 마음이 쓰이는 건 틀림없이 전날 늦은 저녁에 마음을 어지럽힌 악몽 탓임이 분명했다.

"그 건물부터 헐어 내야 마음이 좀 편하여질까."

화풀이라도 하듯 딛는 발을 신경질적으로 쓸며 투덜대던 환이 걸음을 멈추었다. 갑자기 떠오른 생각이지만 나쁘지 않을 성싶었다. 궐의 구조부터 도본까지 몇 가지가 빠르게 환의 머릿속을 스쳐 지나갔다. 생각이 제멋대로 흐르다 사라지거나 변질되기 전에 구체화시킬 필요가 있었다. 그 이후에는 그 생각을 밀고 나갈 힘을 마련해야 하리라. 답은 언제나 생각보다 가까운 곳에 있었다.

"어서 가자."

마지못한 듯 느릿하던 걸음이 돌연 빨라져 저만치 앞서가서 기다리던 이를 단숨에 따라잡은 뒤 그것도 모자라다는 듯 앞질러 가기 시작했다. 콧노래라도 흥얼거릴 것처럼 경쾌한 걸음걸이였다. 졸지에 뒤따르는 신세가 된 언이 잠깐 의아한 듯 바라보았으나 환의 보조를 맞추려면 어리둥절한 채로 서 있을 여유가 없었다.

어느새 제법 솟아오른 해가 환한 햇살을 비추기 시작했다.

차가운 공기 사이로 내리쬐는 햇볕은 계절에 어울리지 않게 따사로운 느낌이었다. 단아한 자태로 선 여인의 뒷모습은 그 온화한 기운을 즐기기라도 하는 듯 한가로워 보였다. 그러나 관찰하는 위치를 바꾸어 정면을 보게 되면 조금 전의 생각이 잘못되었음을 대번에 깨닫게 될 정도로, 금방 쓰러져도 이상하지 아니할 만큼 망연한 표정을 짓고 있었다.

"마마."

어린 나인이 부르는 목소리는 유연의 귓등에 닿지 않았다. 조금 전까지 간혹 밀려오는 어지럼증을 사념을 없애는 것으로 몰아내었다. 그러나 은근한 온기가 감돌던 건물 안에서 빠져나와 찬바람을 맞이하는 순간 머리가 핑 도는 느낌이었다.

약해 보여서는 안 된다. 마음의 흔들림을 누군가에게 들켜서도 아니 될 일이다. 유연이 억지로 꼿꼿하게 걸음을 내디뎠다. 한 걸음씩 제가 빠져나온 건물에서 멀어질수록 잔뜩 곤두세운 마음이 누그러지는 느낌이었다.

"잠시 쉬어 가자꾸나."

유연이 눈을 감고 중얼거리듯 말했다. 보통 때라면 절대로 이런 곳에서 걸음을 멈추지 않았을 것이다. 아까까지만 해도 전혀 느낄 수 없던 써느른 기운이 꼭 여민 옷깃이며 당의 아래에 감춘 소매 틈으로 새어 들어오는 탓에 유연이 가볍게 몸을 떨었다.

"이러다 병이라도 나시면 큰일이옵니다."

지켜보고 있는 나인이 걱정스런 목소리를 내었다. 잠깐도 아니고 일각은 족히 된 시간 동안 몇 발짝 걷다가 멈추기를 반복하더니 이제는 찬 공기 속에 붙박듯 서 버리는 게 심상치 않아 보였다. 가뜩이나 밤 내내 잠을 제대로 이루지 못한 것 같았는데 이렇게 찬바람을 온몸으로 맞고 있다간 오한증이 생길 게 뻔했다. 유연의 생각은 아렴풋하게 들려오는 나인의 목소리는 아랑곳없이 제멋대로 흘러갔다.

환의 태도는 평소와 다를 바 없이 다정했으나 저도 모르게 유심히 바라보았다. 그의 눈길이 그녀를 넘어 언젠가의 아슴푸레한 기억을 들춰내고 있지는 않은지, 그의 목소리에 오래전 어느 날을 향한 그리움이 묻어 있는 것은 아닌지 의심의 눈길을 보냈다. 그러나 그의 시선이 닿고 음성이 향하는 대상은 명확했다. 아니, 부드러운 눈빛과 다감한 목소리를 앞에 두고 의심을 품는 것 자체가 불가능한 일이었다.

자꾸만 달아오르는 눈시울을 진정시키는 것이 쉽지 않았다. 겨우 빠져나갈 틈을 찾아 몸을 일으키려 할 때 환이 거의 들리지도 않을 만큼 몹시 나지막한 목소리로 속삭였다. 사실은 소리를 듣는다기보다는 입 모양을 해독하는 것에 가까웠으나.

"네게만 전할 길어(吉語)가 있지 않겠느냐."

하루 만인데도 해후처럼 느껴질, 다가올 밤을 기약하는 말은 틀림없이 기뻐해야 마땅함에도 그리할 수 없었다. 어떤 태도를 취해야 할지 알 수 없었기 때문이다.

아무 일도 없었던 것처럼 늘 그러하였듯 상냥한 웃음으로 맞이해야 할까. 꼭 다문 입술로 앵돌아진 태도를 취하여 마음이 상했음을 드러내는 게 옳을까.

그대가 사랑하는 것이 정녕 내가 맞느냐고 애소(哀訴)라도 해야 하나.

그 어느 쪽도 실천으로 옮길 자신이 없었기에 고민할 필요도 없었다. 다만 제 상황을 보다 명료하게 판단하고 어떻게 행할 것인가 가늠할 수 있을 때까지 시간이 멈추길 바랐다.

저도 모르는 사이에 고개를 떨어뜨리고 있었나 보다. 눈이 시릴 것 같은 선명한 빛깔의 치맛단 위로 음영이 드리우는 것을 발견하고는 눈을 들었다.

"……마마."

"이 추운 날 어찌 이리 서 있을꼬."

대비로 불리기에는 젊은 감이 있는, 이제 갓 중년에 접어든 여인이 미소 띤 얼굴로 유연을 바라보고 있었다.

유연은 따스한 온기가 감도는 찻잔을 손으로 감싼 채 그

안을 들여다보았다. 감싸 쥔 손끝에는 아직도 냉기가 남아 있어 찌르르하니 울렸다. 미묘한 떨림이 찻잔 안에 엷은 물결을 만들어 냈다. 그 모양을 바라보고 있노라니 간밤의 꿈이 떠올라 마음이 욱신거렸다. 눈앞에 앉은 이가 중전에서 대비로 바뀌어 있을 뿐 마주 앉아 있는 자세며 분위기 같은 것이 매우 흡사했다.

유연이 눈을 내리깔고 앉아 있는 동안 대비는 흥미로운 표정을 짓고 그녀를 바라보았다. 잠깐의 시간이라도 매일같이 보다 보니 총기 어린 눈망울과 깨끗한 피부, 단아한 행동거지며 결곡한 성품 등이 눈에 띄었다. 향후 이삼 년만 지나면 재색을 겸비한 고운 여인이 될 것 같은 낌새도 엿보였다.

그러나 그 어느 것도 잔뜩 긴장해 있던 그적의 어린 소녀에게서 첫눈에 발견해 내기는 몹시 어려운 것이었으니, 간선이 끝나자마자 대왕대비에게로 달려간 한 젊은 청년을 이해하는 것 역시도 불가능한 일이었다.

'앞날을 내다보는 눈이라도 있었나.'

스스로의 생각이 얼토당토않다고 느낀 대비가 옅은 미소를 띤 채 입을 열었다.

"과히 좋지 아니한 모양인데 간밤에 무슨 일이 있기라도 하였느냐."

"……아니옵니다."

유연이 고개를 살짝 숙인 채로 잠깐의 사이를 두고 대답했다. 간밤에 무슨 일이 있었느냐는 말 속에 뼈가 있는 것처럼 느껴져서 순간 당황했다. 정비인 중전에게 단 하루도 내어 주지 않으려는 부덕한 후궁이 너로구나, 하는 비웃음이 담긴 것 같아 가슴이 내려앉았다.

유연이 눈만 조심스레 올려 들었다. 부드러운 말투만큼이나 온화한 대비의 표정으로 미루어 그렇지 않으리라 생각했지만 확신할 수는 없었다. 보통의 반가 여인이라 하여도 제 감정을 드러내지 않고 온후한 태도를 취하도록 교육받는다. 하물며 이곳은 궐 안이고 앞에 있는 사람은 그녀의 평생보다 더 긴 시간을 궐에서 지낸 여인이었다.

"대저 여인의 성정이 예민해지거나 쉬이 피로해지는 것을 느낀 연후에는 경사스러운 소식이 들려오기 마련인데……."

슬쩍 말꼬리를 흐리는 대비의 목소리에는 장난기 비슷한 것이 언뜻 묻어 나왔다. 유연이 얼굴을 붉혔다. 당혹감에 예법도 잊고 고개를 가로젓는 유연의 모습에 대비의 웃음빛이 더 짙어졌다.

"아직 기대하기 이르다는 사실은 잘 알고 있지만 누구나 곧 들려오리라 고대하는 소식 아니겠는가. 주상의 뜻으로 빈궁으로 맞이한 데다 봉호까지 그리 내렸으니 더욱."

"황공하옵나이다."

질문에 대한 대답은 예의바르기는 하였으나 몹시 짧았다. 대비는 주변의 사람들에게 새로 들어온 빈이 어떠한가 물으면 하나같이 성품이 온화하고 유순하여 궁호에 썩 어울리더라는 말이 돌아오던 것을 떠올렸다. 빈궁이 본디 지닌 성품이 이러하다면 정말로 환의 취향을 의심할 수밖에 없었다. 같은 여인을 두 번 이상 찾지 아니하였다는 제 아들은 기나긴 편력 끝에 여색의 덧없음이라도 깨닫고 무색무취한 여인에게 정착하기로 한 것인가. 그러나 대비가 성마른 판단을 내리기 전 유연이 머뭇거리다 고개를 들었다.

"감히 대비마마께 여쭙고 싶은 것이 있사옵니다."

그렇거나 아니거나, 송구하거나 황송하거나, 후의에 감읍하거나 천부당만부당하거나. 그 외의 말들은 할 줄 모르는 것 같던 입술에서 꽤 긴 문장이 흘러나오자 대비의 표정에 미묘한 변화가 일었다. 아마 저 안 깊은 곳의 용기까지 모두 그러모아 입을 열었을 유연의 얼굴을 살펴보았다. 무례를 범하고 있을지도 모른다는 근심과 함께 거센 감정의 소용돌이가 배어 있는 눈빛이 고스란히 눈에 들어왔다.

빈궁의 조심스러움은 두려움과 연결되어 있었다. 똑같이 양반이라 칭하여도 그 안에서 다시 계층을 세분화할 수 있을 만큼 그 가세는 제각기 달랐다. 그러니 '반가 규수'라는 말로 묶여 있다 하여도 가풍이나 형편에 따라 받게 되는 교육과 그에 따른 예의범절의 깊이는 천차만별이었다.

관직이 결코 높다할 수 없는 주부의 딸이었으며, 두 번의 삼간택에서 이미 그 복색 따위를 보았으니 썩 융성하지 않은 가세를 짐작하는 것은 어렵지 않았다. 예법에 어긋날지도 모른다는 두려움과 제 말 한마디가 불러일으킬 파장까지 염려해야 하는 상황 때문에, 저 조심성 많은 어린 빈궁은 제 언행을 극도로 경계하고 있는 모양이었다.

"빈궁이 먼저 무엇인가를 청하는 것은 처음이니 어찌 들어주지 않을 수 있을까."

다정한 어조가 꼭 환과 닮았다고 생각하며 유연이 잠깐 머뭇거렸다. 비록 중전의 자리에 앉아 본 적은 없으나 세자빈으로 간택되었던 이가 지금의 대비였다. 세자빈으로 살았던 이가 과연 후궁의 마음을 이해할 수 있을까. 잘 알 수 없다. 그렇다고 해서 다른 후궁이 유연의 마음을 이해할 수 있을 것인가. 그것은 더더욱 알 수 없었다. 아니, 전혀 이해하지 못할 게 분명했다. 꽃에게 가장 중요한 것은 나비를 맞아들이는 일, 그 이상도 그 이하도 아니지 않은가.

"생각이 많은 것 같구나."

대비의 목소리에 생각에 잠긴 유연을 다시 그녀가 처한 상황으로 불러냈다. 유연은 먼저 조언을 구해 놓고 아무 이야기도 하지 않은 자신의 무례함을 깨달았다. 유연이 겨우 입을 떼려는 순간 대비의 목소리가 먼저 울렸다.

"무엇을 걱정하는지 알 수 없으나……."

일단 말을 꺼낸 대비는 유연과 눈을 맞대고는 다정한 미소를 지었다. 외양은 썩 닮지 않았어도 미소 만큼은 환과 퍽 흡사하여 유연이 눈을 내리깔았다. 반 시진도 되기 전에 보았던 연인에 대한 그리움이 일어나는 동시에 갖고 있는 고민도 깊어졌다.

"나는 빈궁이 몹시 마음에 드는데."

말끝을 머금고 있던 유연의 입술에서 짧은 탄성이 새어 나왔다. 대비와의 대화에서 이리도 예상치 못한 말들이 연달아 이어지리라고는 생각지 못했다. 대비가 모르는 척 말을 이었다.

"주상이 본디 한 가지에 마음을 쏟으면 헤어나지 못할 정도로 몰두하는 것이야 익히 알고 있던 일이다. 허나 정사에 관심을 갖고 정무에 이리도 열중하는 것은 아무리 기억을 더듬어 보아도 없었던 일일세. 이게 다 빈궁이 곁에서 잘 보필하고 있기 때문이 아니겠는가."

"과분하옵니다."

이번에야말로 유연의 얼굴이 확 달아올랐다. 환이 직접 입에 올린 적은 없었으나 그가 성군이 되고자 한다는 것은 잘 알고 있었다. 마음에 품은 뜻을 실현할 수 없어 애달파하기도 했다. 만약 환이 뭔가 행동을 취하기 시작했다면 그것은 그가 이전보다 깊이 생각하고 현명하게 행동할 수 있게 되었기 때문이자, 그녀의 덕이 아니었다.

"그 정도의 겸양은 지니고 있어야 마땅하지. 그래야 빈궁을 주상의 곁에 두기 합당하다고 믿는 내 생각이 틀리지 않앗다고 확신할 수 있을 것이니."

대비의 다정한 목소리에 믿음이 실렸다.

"그러니 아무 염려할 것 없다. 빈이 주상을 성심으로 받들어 모시어 어심(御心)을 편안하게 하고 있는 것만으로 이미 충분하니."

"하오나……."

유연이 듣고 싶은 말이었다. 사랑하고 사랑받는 것 외엔 아무것도 염려하지 않아도 된다고. 그것으로 충분하다고. 그러나 유연에게는 그것만으로는 부족했다.

"거안제미(擧案齊眉)로 족하겠사옵니까. 전하께서 필부가 아니시듯 저 또한 여염의 아낙이 아닌 것을요."

그가 한가로운 만년 유생이었다면 정성껏 차린 상을 눈썹까지 들어 올렸다 가지런히 내려놓는 것으로 족했으리라. 사나이로 태어나 어찌 세상을 호령하려는 꿈을 꾸지 않느냐 물으면 네가 곧 내 세상이니라 말해 주는 목소리 주인에게 안겨 꿈결 같은 행복을 만끽할 수 있었을 것이다.

하지만 그녀가 지극히 사랑하는 정인은 지엄하신 상감마마였다. 세상 모든 일을 눈에 담고 만백성의 목소리에 귀를 열고 그 아픔을 어루만져 주어야 하는 만인의 아비였다. 그 사실이 두려웠다.

마음을 다해 사랑할 자신은 얼마든지 있었다. 그러나 그것은 얼굴조차 본 적 없는 미지의 여인도 마찬가지였으리라.

그런데 지금 그의 곁에 머무르는 이는 유연이었고, 그 여인은 저자를 떠도는 노래 속에 남게 되었다. 대체 그들 사이에는 무슨 일이 있었던 걸까.

"그것을 염려하였느냐."

대비에게 그녀가 꺼낸 이야기는 사소한 고민에 지나지 않았다. 궐의 예법에 익숙하지 못하고 감당하기 어려운 크나큰 총애에 어찌할 줄 모르는 어린 소녀의 귀엽기까지 한 걱정이었다.

하지만 작은 걱정도 계속 마음에 담고 있다 보면 점점 자라나기 마련이었다. 확실히 일러두지 않으면 근심이 빈궁의 여린 마음을 좀먹어 들어갈 것 같았다. 부질없는 걱정으로 표정을 흐리고 한숨을 마음에 담으면 그것이야말로 주상의 마음을 떠나게 하는 계기가 될지 모를 일이었다. 가득 차고도 넘치는 사랑을 받던 여인에게는 감당할 수 없이 가혹한 일이 될 터였다.

"주상이 필부가 아니니 이미 걷고자 하는 길은 정해져 있느니라."

언제였던가. 철없는 어린아이의 머리 위에 무거운 면류관이 놓인 지 그리 오래지 않았던 어느 날이었던 것 같다.

"아바마마를 일찍 여읜 것도, 할바마마께 보위를 이어받은 것도 꼭 같으니 소자 역시 노력하면 그 뒤를 따를 수 있지 않을까 하옵니다."

"후세에 이름을 남기는 대왕이 되고 싶으신 게로군요."

"어찌 감히 그것까지 바랄 수 있겠사옵니까. 그저 스스로에게 부끄럽지 아니하고 백성들이 원망치 아니하는 군왕이 되고자 하옵니다."

지혜로운 성인으로 성장하면 제 뜻을 펼 수 있으리라 믿던 어린 소년이 제 어미 앞에서 확고한 신념이 실린 목소리를 낸 것은 그때가 처음이자 마지막이었으리라.

이후의 일들은 누구나 다 알고 있는 것들이었다. 냉엄한 현실에 좌절한 소년은 방탕한 청년으로 성장했다. 그 모습을 보는 어미의 마음이 결코 편안할 리 없었으나 세(勢)라는 게 제대로 생기기도 전에 청상이 된 여인이 할 수 있는 일은 별로 없었다. 대비의 동기간에는 뭔가 생각이 있어 보였으나 이미 조정에 득세한 이들 틈바구니에서 제 세력을 넓히기란 쉽지 않았다. 설령 위세를 떨치게 된다 한들 그것이 환에게 도움이 될지 독(毒)이 될지는 알 수 없는 노릇이었지만.

"본디 후사를 생산하여야 빈으로 책봉되는 것이 오랜 관례임은 들었을 터."

유연이 말없이 고개를 끄덕였다. 왕이 후궁을 들이는 이유는 근본적인 이유는 단 하나, 하여 후궁의 가장 중한 책무 역시도 그것.

"회임도 하지 아니한 갓 입궐하는 후궁을 빈궁으로 삼는 것이 다만 지극한 총애를 받기 때문일까."

유연이 새어 나오려는 한숨을 애써 삼켰다. 먼 바다 외딴 섬에도 밀려드는 파도가 있어 때때로 뭍에서 할퀴어 낸 부유물을 모래밭 위에 던져 놓는 것처럼, 다른 이들과의 만남을 피하다시피 하고 있는 유연의 귀에도 들어오는 이야기들이 있었다. 젊은 왕이 관례를 깨고 빈궁으로 맞이한 여인에 대한 호기심과 약간의 실망감이 섞인 수군거림이 유연의 마음 구석에서 버석대고 있었다.

"주상은 한 집안을 이끄는 가장에 불과한 것이 아니라 이 조선 땅을 다스리는 군왕일진대, 평범한 자의 생각과 신려(宸慮)*를 같게 보아서는 아니 될 것이야. 빈궁을 맞아들인 모든 절차는 관례를 깬 것이 아니라 성군으로 칭송받으시는 선왕의 선례를 따른 것이다. 하니 내막을 알지 못하는 자들의 주절거림 따윈 신경 쓸 것 없으며 이미 어심을 정한 대로 행하고 있는 주상에게 빈이 제미(齊眉)하는 것 외에 무엇을 더 어찌할 수 있겠는가."

성군으로 칭송받으시는 선왕의 선례. 그 말에 담긴 묵직한 울림이 유연의 마음에 깊이 내려앉았다.

일개 후궁, 한낱 아녀자. 그저 받들어 모시는 외에 무엇을

---

*신려:임금의 마음.

할 수 있겠는가 묻는 질문은 일견 타당했다. 그러나 할 수 있는 일은 없더라도 하지 말아야 할 일은 분명 있을 것이었다. 아직도 혼란이 가시지 않은 유연의 귓가에 상냥한 목소리가 더해졌다.

"주상이 그리는 세상은 빈궁으로부터 시작되고 있음을 잊지 말라."

✢   ✢   ✢

분명 아침까지만 해도 해가 고고한 척 하늘에 떠올라 있었으나 어느샌가 구름 떼가 슬금슬금 몰려와 하늘을 덮어 가고 있었다. 이따금씩 불어오는 느린 바람에 겨울바람답지 않은 물기가 묻어났다. 늙은 내관은 찬바람이 등줄기를 훑어 내려 뼛속까지 파고드는 고약한 느낌에 얼굴을 잔뜩 찌푸렸다. 청아한 목소리가 들려온 것은 그때였다.

"부탁이 있습니다."

"빈궁마마."

희봉이 더 굽힐 것도 없는 허리를 구부려 인사했다.

"하명하옵소서."

"책을 찾을 수 있는 곳이 있겠습니까?"

희봉이 비로소 허리를 펴고 눈을 들었다. 눈앞에 있는 여인은 절로 몸이 떨려 올 것 같은 써늘한 한기를 청량감으로 바꾸어 두른 듯 우아한 자태로 서 있었다. 희봉의 고개가 살짝 삐뚜름해지더니 주변을 다시 살폈다.

"마마를 모시는 나인은 어디에 있사옵니까?"

"심부름을 보냈습니다."

"이리 홀로 다니시오면⋯⋯."

"구중심처에서 무엇을 염려하겠습니까?"

구중궁궐이 제일 위험한 법이옵니다, 마마.

희봉은 물정 모르는 순진한 여인에게 현실을 일러 주는 대신 순순히 고개를 끄덕였다. 그의 눈에는 이리 소굴처럼 위험한 곳이었으나 지극한 총애로 비호를 받는 이에게는 다를 것이었다. 그리고 희봉 자신은 왕에게 두터운 신망을 받고 있는 노(盧) 내관인지 노(老) 내관인지, 아무튼 그런 존재였다.

"어떤 책을 찾고자 하시옵니까."

희봉이 원래의 화제를 기억해 냈다. 순간 유연이 미묘한 표정을 지었다. 짧지 않은 기간 동안 관찰한 결과 희봉이 가장 순박한 사람이었다. 맡은 일은 곧이곧대로 고지식하게 처리하고 연유에 대해 크게 궁금해하지 않았다. 사람의 생각을 꿰뚫어 보는 듯한 박 상궁이나 몇 마디 말이면 기민하게 그 숨은 뜻을 짐작해 내는 덕해가 아닌 희봉을 굳이 찾은 이유도 그것이었다. 아마도 그는 조금의 시일만 지나면 유연이 무엇을 부탁했는지도 쉽게 잊으리라.

"사서(史書)라면 어떤 것이든 관계치 않습니다."

책이라는 걸 가장 많이 볼 수 있을 법한 곳이야 응당 규장 각이겠지만 그곳은 이 시간에 여인이 갈 수 있는 곳이 아니었다.

희봉은 잊고 있던 허리 통증이 밀려오는 느낌에 뒤허리를 꾹꾹 눌렀다. 희봉이 요통과 싸우며 고민하는 동안 유연은 미동도 없이 그린 듯 서 있었다. 대비와의 대화로 가벼워졌어야 할 마음은 도리어 돌덩이 하나를 더 얹은 것처럼 묵직해졌다.

"주상이 그리는 세상은 빈궁으로부터 시작되고 있음을 잊지 말라."

대비는 어심대로 행하고 계실진대 무엇을 할 수 있겠느냐 물어 놓고서는 그녀가 도무지 감당할 수 없을 것 같은 말을 아무렇지도 않게 입에 올렸다.

"주상을 성심으로 받들어 모시고……"

대비의 목소리가 떠올라 유연이 한숨을 쉬었다. 그 '성심' 이 문제였다. 일국의 군왕이 그리는 세상이 그녀로부터 출발 한다 할진대 밀어를 속삭이고 운우의 정을 나누는 것으로 과연 지극한 마음을 다하여 모셨다고 할 수 있을 것인가.

유연의 한숨 소리에 희봉이 번쩍 정신이 들었다. 간혹 언을 대신하여 두루마리를 들고 돌아다니다가 눈길을 받았던 기억이 떠올랐다.

"……곤란하겠습니까?"

"아니옵니다."

조용히 묻는 유연의 목소리에 희봉이 손사래를 쳤다. 머릿속에 떠오른 두 곳 중 어디로 가면 좋을까 잠깐 고민했다. 잘은 모르지만 환이 유연에게 역사서를 보내어 읽게 하지는 않았을 터다. 그렇다면 역시 서재보다는 서고 쪽이 나았다. 마음을 결정한 희봉이 몸을 돌렸다. 이러저러하니 어디로 모시겠다는 설명조차도 잊고 바삐 움직이는 그 모습을 보며 유연이 어렴풋하게 미소했다. 곧, 늙은 내관의 걸음을 선연한 여인의 자태가 뒤따랐다.

"여기는……."

바로 어제 이 건물을 보았다. 나이 든 환관이 먼발치에서 손짓하며 무엇을 하는 곳인지 직접 여쭈어 보라며 빙글거렸다. 전하께서 자주 머무시던 곳이라는 말이 떠오르자 가슴 가득 그리움이 차올랐다. 길게 잡아 나절가웃만 기다리면 정인을 볼 수 있을 테다. 그 얼굴을 보면 고민 따원 눈 녹듯 스러질 것이다. 무얼 어떻게 해야 하나 하는 고민 따원 집어치우고 그대로 돌아갈까.

"전하께오서 서책을 보관하시는 곳이옵니다."

유연이 건물의 쓰임을 궁금해한다고 생각한 희봉이 성실하게 대답하고는 성큼성큼 걸어갔다. 이미 그 앞을 지키는 자에게 무어라 이야기하는 뒷모습을 보며 유연이 마음을 굳혔다. 여기까지 와서 돌아가는 건 모양새가 우스웠다.

오래된 책 사이사이 스며든 먼지 섞인 세월의 내음이 그리웠다. 무엇보다도 환이 자주 머물던 곳이라 하였다. 훈훈한 공기가 감돌고 있으나 마음을 썰렁하게 하는 방 안에서 혼자 사색하는 것보다는 그의 향취가 떠도는 곳에 있는 것이 더 마음을 편안케 해 줄지도 모른다.

바람이 불지 아니할 뿐이지 바깥과 별반 다를 바 없이 썰렁한 공기는 갑작스러운 사람의 방문에 요동치기 시작했다. 저 아래쪽에 갈앉아 있던 엷은 먼지가 피어올라 허공을 떠돌았다. 희봉도 그 안에 발을 들이기는 하였으나 으레 그러하였듯 입구 근처에 멈추어 섰다. 그를 한 번 본 유연은 조심스레 한 발씩 딛고 있었다. 발짝마다 엷게 이는 먼지가 잊힌 곳이라 말하는 듯 쓸쓸했다.

"대단하구나."

유연이 입술만 달싹여 작은 감탄을 내뱉었다. 문밖에서 있을 내관을 의식하지 않았다면 아낌없는 탄성을 내질렀으리라. 그녀가 이제껏 보아 온 책 전부를 합쳐도 갖다 댈 수 없는 장서들의 향연에 눈이 어지러울 지경이었다.

유연이 가장 가까이에 있는 책등에 손가락을 얹고 천천히 걸었다. 손가락 끝에 도로로록 걸리는 종이 묶음에서는 은근한 온기가 느껴지는 것 같아 가만히 미소했다. 무엇인가 답을 구하고자 왔다는 목적도 잊은 채 둘러선 책장을 돌고 돌았다.

문득 눈길이 닿은 곳에는 혼자 쓰기에는 지나치게 넓어 보이는 커다란 책상이 있었다. 그 위, 활짝 펼쳐진 종이 옆으로 반질하게 칠하고 정교한 장식을 덧댄 납작하고 큰 함이 하나 놓여 있었다.

함의 뚜껑은 조금 비스듬하게 얹혀 있었다. 호기심이 자라났다. 누군가 보면 안 되는 비밀스러운 것이라면 의당 걸쇠를 걸어 잠가 두지 않았겠는가. 왕 외에는 그 누구도 쉽게 드나들 수 없는 공간이기 때문에 굳이 그럴 필요가 없었으리라는 것은 미처 떠올리지 못했다. 잠깐 고민하던 유연이 천천히 뚜껑을 반쯤 밀어젖혔다.

손바닥 안에 쏙 들어오는 크기의 길쭉한 돌들이 줄줄이 놓여 있었다. 유연이 그중 하나를 무심결에 집어 들었다. 매끈하고 둥그스름한 윗면을 떠받드는 옆에는 하늘을 자유로이 흘러가는 구름과 그 구름 사이를 꿈틀거리며 날아가는 위풍당당한 용의 모습이 도드라지게 새겨져 있었다. 유연이 손끝으로 선들을 쓸어 보다가 천천히 인장을 뒤집었다. 붉게 물든 넉 자가 그녀의 눈동자를 빤히 쳐다보고 있었다.

萬幾餘暇.
임금의 정무 중 잠시 쉬는 겨를.

유연의 손에서 인장이 툭 떨어졌다. 운 좋게 상자 안으로 떨어진 인장은 용케도 굴러 뚜껑 안쪽으로 그 모습을 감추었다. 절대 떨어지지 아니할 다정한 한 쌍이라도 되는 것처럼 아니, 저 당당함에 기대어 의지하는 것처럼 그 옆에 자리하던 다른 하나의 붉은 자국에 대한 기억은 아직도 선명했다.

상자 위로 걸쳐진 뚜껑을 밀어내는 유연의 손이 가느랗게 떨렸다. 조금씩 그림자가 걷히며 숨어 있던 나머지 인장들이 삐죽삐죽 고개를 내밀었다. 가장 안쪽에는 네모나고 다부지게 생긴 나머지 것들과는 딴판인 둥그스름한 돌 하나가 빛깔 고운 술을 방석인 양 깔고 앉아 있었다.

유연은 떨림이 가시지 않은 손으로 돌을 집어 들어 움켜쥐었다. 일 년 가까운 시간을 틈만 나면 손에 쥐고 쓸어 보던 덕분인지 몇 년 만인데도 손에 느껴지는 서늘한 감촉이 전혀 낯설지 않았다.

"너를 만나게 됨이 좋은 벗을 얻는 이상의 연이라고 믿기 때문이니라."

300

다정하게 쥐어 주던 이의 목소리가 생생하게 귓가에 되살아났다. 손 안에서 빙글빙글 굴려 가며 한 획 한 획 더듬어 가던 손끝이 따끔했다. 유연이 손을 펴고 손가락을 확인했다. 붉은 인주가 손가락을 엷게 물들인 아래로 가느다랗게 버진 흔적이 남아 있었다.

조금 전 제 손을 날카롭게 찌른 부분을 살펴보았다. 그녀의 기억에 없는 깨진 자국이었다. 제법 정교하게 잘 맞추어 붙여 놓았으나 아교라도 칠하느라 틈이 생긴 것인지 살짝 솟아올라 있었다.

유연이 기억을 더듬었다. 몸을 돌리고 달아나다시피 뛰어나올 적에 쟁 하고 뭔가 부딪치는 소리가 난 것 같은 느낌이 들기도 했다. 유연이 노리개를 그대로 내려놓고는 함 뚜껑을 닫는 것도 잊은 채로 몸을 돌렸다. 여기에 그녀의 것이 아닌 것들을 몰래 들여다보고 과거의 추억에 빠지려고 찾아온 것이 아니었다.

아직도 저 안쪽에는 차곡차곡 잘 쌓인 화첩이며 둘둘 말린 두루마리 따위가 즐비했다. 그러나 유연은 그쪽으로 발길을 옮기는 대신 다시 한 번 안을 둘러보았다. 책이 이렇게나 많으니 원하는 걸 찾는 건 쉽지 않을 것 같았다.

문득, 저 높은 위쪽 구석 다른 책들과 조금 떨어져 비스듬히 책장에 기대어 선 책이 유연의 눈에 들어왔다. 유연이 까치발을 들었다.

손끝이 서배(書背)* 아래쪽에 간신히 닿았다. 한껏 발돋움을 하고 손가락을 한참이나 꼬무락거려 온몸이 뻣뻣해지는 느낌을 얻은 다음에야 책이 아주 조금씩 움직이기 시작했다. 검지와 중지 사이에 책이 끼워질 정도로 가까워진 후 유연이 있는 힘껏 손가락을 잡아챘다. 책이 바닥에 툭 떨어졌다.

"아야."

유연이 바닥에 나뒹구는 책을 내려다보았다. 펼쳐진 책장에 빼곡하게 들어찬 글씨를 보았다. 활자로 인쇄한 것이 아니라 누군가가 붓을 들고 직접 써 내려간 것이었다. 다소 거칠게 긁듯 써 내려간 것이 분노를 담고 있는 듯 보이긴 하였으나 그렇다고 해서 그 본모습을 잃을 정도까지는 아니었다. 유연이 익히 아는 필체였다.

"필사?"

호기심이 동한 유연이 허리를 굽혀 책을 주워 들고는 커다란 책상에 가 앉았다. 급박하고 거칠어 획이 잘 구분되지 않는 글자도 있는 가운데 언뜻 눈에 들어온 구절을 이해하려 눈을 가늘게 떴다.

……드디어 궁중으로 맞아들였는데 이로부터 총애함이 날

---

*서배:책의 등.

로 융성하여……

분명 여인에 대한 글일 것이다. 지극히 사랑하는 여인을 궐에 들인 왕이 이전에도 있었던 것이다. 그 내용을 담는데 어찌하여 붓촉이 먹물을 머금을 시간조차 두지 못하고 성급하게 써 내려간 것일까. 유연이 천천히 글귀를 읽어 나갔다.

……얼굴은 중인 정도를 넘지 못하였으나……
……부고의 재물을 기울여 모두 그 집으로 보내었고
금은주옥을 다 주어 그 마음을 기쁘게 하여……
……왕을 조롱하기를 마치 어린아이 같이 하였고
왕에게 욕하기를 마치 노예처럼 하였다.

글을 읽어 가던 유연의 얼굴이 점점 굳어졌다. 본디 혈색이 없던 얼굴이 납빛에 가까울 정도로 질렸다. 맨 마지막 줄에서 다소 사이를 두고 냉정을 되찾은 단려한 필체로 적힌 문장까지 확인했다.

앞 수레의 엎어진 바퀴 자국은 뒤 수레를 위한 교훈이라,
나는 폐주의 전궤를 밟지 아니하리라.

---

*연산군 일기 47권, '연산 8년 11월 25일' 기사 중 일부.

유연은 삼간에서 떨어지고 재청에게 글을 배우던 때에 역사에 대해서도 조금 배웠다. 아주 오래전 유흥과 여색에 빠진 왕이 있어 전국 각지에서 미녀를 뽑아 춤과 노래를 선보이게 했다고 했다. 그 왕의 마음을 사로잡은 여인이 있어 현숙한 중전에게 눈길조차 주지 아니하였고 정무는 소홀히 한 채 주색잡기에만 빠져 있다 결국은 폐위되었다고 했다. 폐주의 전철을 밟지 아니하겠다는 문장이 말미에 적혔으니 글의 주인공은 그 폐위된 왕과 총첩임이 분명했다.

환의 마음속에 곱디고운 기녀가 자리하였던 때가 있었다. 아마도 이 글은 그 이후 경솔한 여인에게 마음을 주는 실수를 하지 말자 다짐하며 적어 내려간 것이 분명했다. 그런데 어찌하여 글자 하나하나가 비수처럼 가슴에 박히는지 모르겠다 생각하며 유연이 책장을 덮었다.

그러나 사실, 유연은 글의 내용이 제 마음을 찔러 대는 이유를 알고 있었다. 거친 글자들은 환의 눈을 가리고 귀를 막아 총기를 흐리는 요녀가 자신이라 손가락질하는 듯 보였다. 아무리 아니라고 손사래를 쳐 보아도 비난은 거세어지기만 해서 결국 손바닥으로 얼굴을 감싸고 손가락으로 눈두덩을 꼭 눌렀다.

✽　　　　✽　　　　✽

"어쩔 셈이요?"

"무얼 말씀입니까?"

"거, 사람 닦달질하려 든 적 없는 것처럼 시치미 뚝 떼고 의뭉스레 굴지 말고……."

짜증스런 목소리를 내던 덕해가 말을 채 맺지도 못하고 입을 크게 벌리며 소매로 얼굴을 가렸다. 아닌 밤중에 부산을 떨어 지난밤 내내 거의 눈을 붙이지 못한 탓이었다. 그에 비하면 박 상궁은 간밤에 무슨 일이 있기는 하였는가 싶을 정도로 태연한 얼굴이었다.

'계집이란 본시 저렇게 독한 것이지.'

덕해가 혀를 끌끌 찼다. 말로 표현하지는 않았으나 얼굴 표정에 가득 들어찬 못마땅한 기색을 박 상궁은 가볍게 무시하며 몸을 돌렸다.

"대답도 안 하고 어딜 가오?"

"맡은 바 책무는 다 해야 할 것 아닙니까."

"그건 나인 아이가 잘 하고 있을 것이고."

박 상궁이 듣지 못한 척 한 발 재게 디뎠으나 순간적으로 중심이 뒤쪽으로 쏠려 등이 살짝 젖혀졌다.

박 상궁이 고개를 뒤로 휙 돌렸다. 가볍게 끌리는 치맛단 아래쪽을 앞코로 지그시 누르고 있던 덕해가 키들거렸다. 입술을 꾹 다문 박 상궁이 힘껏 치맛자락을 잡아당기는 것과 덕해가 발끝을 떼는 것은 거의 동시였으나, 덕해 쪽이 조금 빨랐다. 박 상궁이 언짢은 표정으로 희미하게 거뭇한 자국이 남은 치맛단을 바라보았다.

"찢어지기라도 하면 치마 값을 물어내라……."

"입때 모아 둔 돈이면 한양에서 떵떵거리고 살 수 있을 텐데 고작 치마 몇 폭에 그렇게 야박하게 굴 게 무어 있나."

점잖게 서 있었으나 빙글거리는 웃음은 숨길 수 없었다. 한숨도 제대로 자지 못한 피로감 따위는 새까맣게 잊은 듯 비죽거리고 있는 덕해에게 박 상궁이 눈을 흘겼다.

"다 늙어 젊은 것들도 안 하는 장난질이나 하는 이와는 할 얘기 없습니다."

"수고를 같이 했으면 그 결과도 함께해야 하는 것 아니겠소?"

"누가 전하께 그 장소를 흘리지만 아니하였어도 할 필요 없는 수고였겠지요."

"하면 날 더러 어쩌란 말이오? 이제는 어엿한 빈궁마마시니 운종가 뒷길로 불러낼 수 있을까, 전하를 대낮부터 후궁 침소나 드나드는 색광(色狂)으로……."

"뚫어진 입이라고 아무 소리나 지껄여서야 나이가 아깝지 않습니까."

짜증은 박 상궁의 몫으로 옮아왔다. 몇 걸음 더 걸어 누군가가 없음을 확인한 뒤 근처에 선 나무줄기에 몸을 기댔다.

여전히 느실거리며 따라오는 늙은 내관의 모습을 확인하고는 얼굴을 잔뜩 찌푸렸다.

그들이 유연의 처소에서 나선 것은 어제저녁 어스름이 깔린 때였으니 목적지에 도착했을 때에는 이미 어둠이 꽤 짙게 내려앉아 있었다. 가물거리는 흐릿한 등잔불 두엇에 의지한 채로 눈을 부릅뜨고 온 방을 뒤집어 놓다시피 했다. 반닫이부터 벽장 안까지, 병풍 뒤부터 족자 뒷면까지, 온갖 곳을 다 들쑤시고 다닌 수고에 비하면 증좌라 할 만한 것은 우스울 정도로 평범한 곳에서 나왔다.

환이 들를 적이면 늘 앉던, 그리고 박 상궁이 문을 열었을 때 유연이 앉아 있던 바로 그 서안 앞. 따지고 보면 거기부터 살펴보았어야 옳았다. 유연이 관심을 가질 만한 곳은 서안의 서랍 안이 고작 아니었겠는가.

사실 그 서안도 열어 보았다가 이내 닫을 생각이었다. 차곡차곡 포개어진 몇 장의 종이 가운데 맨 위의 것이 비뚜름하게 놓여 있음을 눈치채기 전까지는. 박 상궁이 조심조심 손끝으로 종이 한 장을 집어 올렸다. 아무런 소득 없이 먼지 묻은 방구석만 쓸어 대던 덕해도 박 상궁이 가만히 앉아서 뭔가를 들여다보는 모습에 슬그머니 다가왔다.

언문이라면 궐에서 제일 잘 쓴다 하여도 반론을 제기할 이 없는 박 상궁이었으나 제대로 진서를 배운 적은 없으니 까만 건 글씨요, 누르스름하게 뜬 건 종이라는 것 외에 내용을 알 도리는 없었다. 그러나 힘없이 하느작거리는 필체가 누차 보아 온 환의 것과는 판이하게 다르다는 것쯤은 알 수 있었다.

여기에 세월의 흔적이 배어든 자취를 남겨 둘 만한 여인은 단 하나뿐이었다.

같은 데에 생각이 미친 덕해와 박 상궁은 누가 먼저랄 것도 없이 서로를 바라보았다. 순간 박 상궁은 발견한 종이를 꾹꾹 눌러 접어 품 안에 깊이 감추고는 자리에서 일어났다.

"그걸로 무얼 하려오?"

덕해의 질문에 박 상궁이 아무 말 없이 그의 얼굴을 한 번 내려 보고는 문을 향해 발을 옮겼다. 덕해가 그녀를 놓칠 새라 급히 몸을 일으켰다.

"사람이 물으면 대답은 하고 가야 옳지."

덜컥이며 열린 문틈으로 이미 사람의 모습이 절반 정도 사라진 채였다.

그 뒤로는 줄곧 같은 행태가 반복되었다. 덕해는 끈질기게 묻고 박 상궁은 대답을 회피하듯 자리를 뜨고, 그러면 덕해가 다시 악착같이 따라붙는. 줄기차게 이어지던 신경전에서 이긴 쪽은 아마도 덕해인 듯싶었다.

"만에 하나 조금 전에 했던 그딴 소리를 빈궁마마 앞에서 떠들어 대는 날에는……."

덕해가 입을 꾹 다문 채로 주억거렸다. 박 상궁이 긴 한숨을 쉬었다.

"나도 모르겠습니다."

"뭐요?"

덕해가 저도 모르게 입을 벌렸다. 여태 따라다닌 자신이 한심해지는 대답이었다.

"그렇게 말할 거면서 왜 그리 피해 다닌 게요?"

"할 말이 있어야 대답해 줄 것 아닙니까."

박 상궁이 심드렁하게 대꾸하는 걸 본 덕해는 속이 뒤집어질 지경이었다. 무어 잘한 게 있다고 눈을 똑바로 쳐다보는 모습이라니.

"그러니까 지금 그걸 믿으라고 하는 소리……."

덕해의 말허리가 툭 끊어졌다. 저만치에서 몹시 허둥대는 걸음으로 사방팔방 두리번거리는 사람의 그림자를 발견한 탓이었다.

"저기 소임을 다하지 못하고 있는 것 같은 아이가 있소만."

박 상궁의 눈길이 덕해의 시선이 고정된 곳을 향했다. 유연의 곁을 지키고 있어야 마땅할 어린 나인이 눈에 들어왔다. 절박하게 이리저리 두리번거리던 나인의 눈에 항시 보던 제 윗사람들의 모습은 하늘에서 내려 준 동아줄이나 마찬가지였다. 그녀가 거의 뛰다시피 하여 그들에게로 다가오고 있었다.

"마마님, 마마님."

나인은 제 반평생보다 더 긴 시간을 궐에 있으면서 익힌 예법 따윈 죄 잊은 듯 숨을 헐떡이며 박 상궁을 불렀다.

"어찌 빈궁마마를 뫼시지 않고 이러고 있는 게야."

"마마께서, 마마께서 사라지셨습니다."

"그게 무슨 말이냐."

"마마께서 잠시 수를 놓아 보고 싶다고 하시어 침방나인에게 다녀왔더니……."

박 상궁은 몸도 목소리도 파들파들 떨고 있는 나인을 내려다보았다. 금방이라도 눈물을 쏟아 낼 것 같은 그렁그렁한 눈망울에 떨리는 목소리를 앞에 두니 혼낼 생각도 들지 않았다.

장소는 궐 안이다. 섬처럼 외로운 빈궁마마를 싫어할 이는 있을지 모르나 손을 쓸 수 있을 만큼의 능력을 가진 이는 없었다. 설령 있다 한들, 총애가 지극한 지금은 아직 때가 아니라 여기어 숨죽이고 있을 시기였다. 박 상궁이 침착하게 입을 떼었다.

"온종일 안에만 있기 갑갑하여 잠시 바람이라도 쐬러 나가신 것 아니겠느냐."

"소인도 그렇게 생각하여 기다렸사온데, 조금만 더 조금만 더 하고 기다린 지 벌써 한 시진도 훨씬 지났사옵니다."

"알겠다. 혹 지금쯤 다시 돌아오셨을지 모르니 일단 돌아가 보자꾸나."

박 상궁이 발을 돌렸다. 말로는 돌아오셨을지 모른다고 하였으나 그러지 아니하리라는 쪽에 무게를 실었다. 과연 어디로 갔을지 고민하느라 머릿속이 분주했다. 후원에 산책 따위를 나가지 아니하였으리라는 것은 자명하다. 그러하였다면 나인이 사색이 되어 그들을 찾아왔을 리 없다. 빈궁마마가 나이 어린 소녀도 아닐진대 혼자 이곳저곳을 배회하고 있을 리 없고 분명 정한 바 있는 걸음일 테다.

가장 먼저 떠오른 곳은 어제의 그곳이었다. 자신이 본 것을 확인하고자 하는 마음으로 그 장소를 다시 찾는 것은 충분히 가능한 일이었다. 다만, 전일 덕해가 부러 멀리 빙빙 돌아온 길을 그대로 기억할 만큼 눈썰미가 좋을지는 장담할 수 없었다.

'진정 홀로 궐 안을 헤매다가 어느 구석에서 발견되기라도 하면? 혹은 발견하지 못하면?

어느 쪽이든 정신이 아찔해지는 건 마찬가지였다. 박 상궁은 제 걸음이 조금씩 빨라지는 것도 눈치채지 못한 채 유연의 침전으로 향했다. 방 안은 여느 때와 다를 바 없이 잘 정돈되어 있었다. 호화로운 가구는 환이 예물로 갖추어준 그대로 더하지도 덜하지도 않았다. 서안 옆 바닥에 잘 갈무리되어 있는 수틀이며 반짇고리와 색색의 실은 어린 나인이 도청 나인들을 찾아다닌 결과물이리라. 박 상궁의 눈이 자연 서안 위로 향했다. 펼쳐진 종이 위에 단정하게 쓰여 내려가던 글자는 두 줄째에서 멈추어 서 있었다.

溫故而知新 可以爲

읽지 못하는 글자 따위에 미련을 둘 필요는 없다. 다만 글을 쓰다 말았다는 사실은 조금 전의 심증을 굳히게 해 박 상궁의 이마가 찌푸려졌다.

"이보오."

생각에 잠긴 박 상궁에게 덕해가 말을 걸었다. 박 상궁의 대꾸를 기다리지 않고 질문이 이어졌다.

"혹시 오늘 그 늙은이 본 기억 있소?"

"그 늙은이라 하면……."

박 상궁이 희봉의 얼굴을 떠올리고는 고개를 저었다. 희봉 역시 전일 있었던 전하의 외출에 관계된 자 아니던가. 결국은 또 그곳, 귀결되는 생각이 향하는 곳은 줄곧 같은 장소여서 찡그린 얼굴은 쉬이 펴지지 않았다.

"빈궁마마께서 가셨을 법한 곳이 생각났으니 가 봅시다."

"어제 그곳이라면……."

"무슨 그런 가당찮은 소릴."

덕해가 핀잔주듯 말하며 서안을 가리켰다.

"글을 쓰고 계셨단 말이오."

"그렇지요."

"잘 알지는 못하여도 저건 필경 경서의 한 구절인데 어찌 중간에 그만두셨을까 생각해 보시게."

"아주 생각 깊은 노인 하나가 장소를 잘 잡은 덕분에 좋아하시는 글을 쓰다가도 그 생각이 떠올라 열불이 나지 않았겠소? 하여 그곳에 다시 가셨겠지요."

박 상궁이 빈정대는 소리에 덕해가 얼빠진 얼굴을 했다.

"계집이 한을 품으면 오뉴월에도 서리가 내린다더니. 왜 그런 말이 생겼는지는 익히 알고 있었으나 박 상궁까지 그러할 줄은 몰랐는데. 아무튼 내 생각은 좀 다르오. 일단 내가 생각하는 곳 먼저 가 봅시다."

박 상궁이 못 이기는 척 그 뒤를 쫓기 시작했다. 덕해가 썩 믿음직한 것은 아니었으나 전날의 그곳을 가는 것도 썩 내키지 않았다. 아직도 잔뜩 울상을 하고 있는 어린 나인도 종종걸음으로 덕해의 뒤에 바짝 따라붙었다.

이미 해가 이울어 가고 있었다. 덕해가 잠깐 발을 멈추고는 제 뒤에 바짝 서 있는 나인에게 무언가를 가만히 속삭였다. 박 상궁이 마뜩잖은 표정으로 바라보고 있었으나 이내 근심이 덧붙었다. 저만치서 오는 익숙한 형체를 보니 시름이 더 깊어지는 느낌이었다.

"전하."

"과인이 아직 들지도 아니하였는데 다들 벌써 물러갈 시간인가."

환의 목소리가 유쾌했다. 박 상궁이 쓴 침을 삼키며 입을 다물고 있는 사이 덕해가 선수를 쳤다.

"그렇잖아도 빈궁마마께서 전하를 모셔 오라 하여 기다리던 참이었사옵니다."

박 상궁이 날카롭게 숨을 들이쉬었다. 덕해가 힐끗 곁눈질로 환의 얼굴을 바라보았으나 그 소리를 듣지 못한 듯 어리둥절한 표정이었다.

"그래? 그러하였단 말이지?"

환의 얼굴에 서서히 미소가 번져 갔다. 덕해가 눈짓을 하자 나인이 넙죽 허리를 구부려 보이고는 종종걸음으로 앞서 가기 시작했다. 여유롭게 걸음을 옮기는 환을 뒤따르려던 덕해는 사납게 소매를 잡아당기는 서슬에 몸이 기우뚱했다.

"지금 무슨 짓을 하고 있는 거요?"

박 상궁은 입술만 달싹이고 있었지만 서슬이 고스란히 느껴져 덕해가 어깨를 움츠렸다. 그렇다고 해서 입을 다문 것은 아니었다.

"일어난 일을 수습하고 있지 않소. 그쪽이 그토록 하라고 닦달하던."

"그게 어딜 봐서 수습이오?"

"하면 사라진 빈궁마마를 찾고 있사옵니다, 이실직고라도 하란 소리요?"

"지금 가는 그곳에 아니 계시면 어찌할 생각이오?"

"그건 그때 생각할 일이지. 일어나지도 아니한 일을 미리 걱정해서 어디에 쓸까."

되레 큰소리를 치고는 서둘러 걸음을 옮기는 덕해를 보며 박 상궁이 이마를 짚었지만 뒤따르는 것 외에 다른 도리가 없었다. 비밀스런 외출을 감행하던 어린 아가씨일 적에도 조심스럽던 빈궁마마는 대체 어디서 무엇을 하고 있는 걸까. 오늘 있었던 일만으로도 남은 명이 절반은 줄어드는 느낌이었다.

"여기에?"

환이 저만치 앞으로 다가온 건물을 보며 고개를 비스듬히 기울였다. 그녀가 서책과 화첩을 좋아한다는 사실은 이미 잘 알고 있는 바다. 하지만 그가 일러 준 적도 없는 곳을 찾아왔다는 것이 의외였다.

"사가에 계실 적에도 빈궁마마께서는 늘 지필을 곁에 두고 계셨을 것 아니옵니까."

박 상궁은 덕해의 천연스런 목소리가 영 마음에 들지 않았다. 유연이 이곳에 있어 환이 헛걸음하는 일이 벌어지지 않기를 바라는 마음만큼 저 늙은이가 다시 입도 떼지 못할 난처한 상황이 왔으면 하는 생각도 마음 한편에 자리했다. 행운은 덕해의 편인 모양이었다. 문 앞을 지키고 선 자가 너부죽하게 인사를 올리는 뒤로 빗장이 걸려 있지 아니한 문의 모양새를 확인한 박 상궁이 안도의 한숨을 내쉬었다. 의기양양하게 뒤를 잠깐 돌아본 덕해의 표정은 모르는 척 무시했다.

환이 저벅저벅 안쪽으로 걸어 들어갔다. 책장 사이사이로 언뜻 보이는 단아한 자태에 마음이 설레었다. 얼음장처럼 찬 공기도 딱딱하게 굳은 듯 경직된 자세도 깨닫지 못했다. 이토록 책과 글을 좋아하는 이를 좁은 침소 안에 가두어 두었구나 후회하는 마음이 들 뿐이었다.

그녀를 위해 항상 문을 열어 두도록 하리라. 종종 함께 머물리라. 그러다 슬쩍 이곳에서 출발하여 어느 소녀의 규방에 들었다가 젊은 사내의 서재로 옮겨 간 책의 존재에 대해 알려 주며 그리움을 가득히 둘러놓은 그 공간으로 손을 잡아 이끌 것이다. 언젠가는 그 누구의 눈치도 살피지 아니하여도 좋은, 오롯이 그들만이 함께할 수 있는 날들이 펼쳐지게 되리라.

"아직 비는 내리지 아니하나 삼여지공(三餘之功)에 적합한 날이더니 이런 곳에 있구나."

환의 목소리에 유연의 어깨가 움찔했다. 다가오는 발소리에서 이미 그가 오고 있음을 느끼고 있었지만 머뭇거리는 사이 환이 먼저 다가왔다. 유연이 천천히 자리에서 일어나 몸을 돌렸다. 사랑하는 연인의 모습이 태산처럼 거대하게 다가왔다.

"내 아침에 네게 전할 길어가 있다 하였지. 기억하고 있느냐? 내가 무엇을 했는지 안다면 네가 크게 놀랄 것이다. 분명 기뻐할 일……."

싱글싱글 웃으며 말을 건네던 환이 잠깐 말을 멈추고 유연의 얼굴을 살폈다. 혈색이 느껴지지 아니할 정도로 유연의 얼굴이 창백하게 느껴졌다. 꾹 다물고 있는 유연의 입술이 자꾸만 파르르 떨리어 환이 걱정스런 표정을 지었다.

"유연, 내……."

"전하."

유연의 목소리에 환이 입을 다물었다. 환의 마음에 한 줄기 바람이 일렁거려 그의 표정이 굳어졌다. 그것을 아는지 모르는지 유연이 다시 입을 열었다. 무언가 굳은 결심을 한 것처럼 단호한 목소리를 냈다.

"신첩, 어느 때 어느 장소에서건 전하를 모시는 빈(嬪)의 격에 맞게 예우받기를 원하옵니다."

그 순간 머리를 세게 얻어맞은 것 같은 충격이 엄습해 환이 저도 모르게 뒷걸음질 치다 멈추었다. 환은 제 마음에 이는 풍랑을 들키지 않으려 더 엄정한 목소리를 냈다.

"그 말을 하는 연유가 무엇이냐."

"전하를 가까이에서 모시고 있으니 지극히 온당한 청이라고 생각하옵니다."

유연의 목소리에는 흔들림이 없었다. 듣기 좋은 말로 그럴듯하게 꾸며 낼 수도 있었을 것이지만 그대의 치세를 위해서라고 이야기하는 것은 아무래도 낯부끄러운 일이었다. 그러나 마음 구석에 개운치 않은 여운이 남아 있던 환에게는 오해하기 딱 좋은 표현이었다.

"과연 그 빈궁은 지금 전하의 연정만으로 만족하고 있을까요."

"중전의 자리라도 약조하여 주시겠사옵니까."

환의 귓전에 그의 마음을 믿지 아니하며 힐난하는 목소리 두 줄기가 한꺼번에 포개어 울렸다. 유연의 물음은 연정을 배신당한 소녀의 절망감이 스며든 어깃장에 불과했다는 것조차도 잊어버릴 만큼 악몽의 여파는 강렬했다.

'너 역시도 내게 바라는 것은 그것이었느냐.'

환은 목소리를 내는 대신 아랫입술을 지그시 깨물고 유연의 얼굴을 내려다보았다. 그 질문에 대한 답을 듣는 것이 두려워 차마 목소리를 낼 수 없었다. 그러하다는 대답을 듣는다면 마음이 견뎌 낼 수 없을 것이다. 그러나 아니라고 대답한들 과연 믿을 수 있을 것인가. 환은 목덜미에 얼음장처럼 차가운 물이 들이부어진 것 같은 한기에 온몸이 오싹했다.

"금일은 이만 돌아갈 것이나, 조만간 답을 하마."

환이 재차 뒤로 한 발 물러섰다. 굳게 믿던 연인에 대한 신뢰가 스러지고 난 자리에는 그저 생경하기만 한 평범한 소녀가 서 있었다. 소녀가 잔뜩 겁에 질린 눈망울을 하고 있다는 것조차 알아차릴 수 없었다.

"답을 전할 때까지 찾지 않는 것이 좋겠다."

환이 몸을 돌려 성큼성큼 발을 디뎠다. 아슬아슬하게 버티고 섰던 유연이 무너지듯 주저앉았다. 일부는 거칠게 멀어져 가는 발길을 따르느라 일부는 허물어져 내린 여인을 부축하기 위해 분주하게 움직였지만 환은 등 뒤에서 일어나는 일을 알지 못했다.

건물 바깥에는 눈이 되지 못하여 더 시리던 겨울비가 추적추적 내리고 있었다.

열넷 깊은 밤은 물러가고

바람조차 불지 않는 늦은 저녁, 일찍 저무는 겨울 해는 일찌감치 자리를 비우고 추위에 창백하게 질린 쌀쌀한 표정의 초승달이 새초롬하게 서편 하늘에서 고개를 까딱거리고 있었다. 외로운 마음에는 위안도 되지 않을 싸늘한 달빛 아래 그림자 두 개가 서성이고 있었다.

"그럼, 잘 부탁드립니다."

덕해가 대답 대신 어깨를 옹송그리고 그 모습에 박 상궁이 얼굴을 잔뜩 찌푸렸다.

"뒷방 늙은이라도 나인 아이보단 낫겠지요. 그리 믿는 수밖에 있나."

박 상궁의 말이 묘하게 시비조인 것처럼 들렸지만 덕해는 썩 개의치 않는 표정이었다. 말없이 손을 크게 저어 가 보란 뜻을 표하고는 미련 없이 종종걸음으로 건물 안으로 들어가 버렸다. 박 상궁이 바쁜 걸음을 딛기 시작했다.

잠시 후, 박 상궁과 마주 앉은 환의 목소리에는 반쯤 조소가 섞여 있었다.

"빈궁이 그대를 보내던가?"

"그럴 줄 아시는 분 같았으면 전하께서 굳이 소인에게 명하실 필요가 없었을 것이옵니다."

"과인이 이리 오래도록 마음을 돌리지 아니할 줄 몰랐겠지."

설핏 떠오른 환의 미소에는 냉기가 감돌았다. 그 표정은 몇 년 전에 보았던 것과 흡사하여 박 상궁은 덜컥 가슴이 내려앉는 느낌이었다. 박 상궁은 혈기 왕성한 젊은이가 여인을 마다하면서까지 간직하던 마음을 알고 있었다. 멀리서 지켜보고 눈에 띄지 않게 마음을 전하며, 그러고도 지워지지 않는 그리움에 찾아가던 그 모습을 두 해도 넘는 시간 동안 지켜보았다. 때로 앎이 모름만 못한 법. 환의 마음을 알고 있어 일을 가볍게 치부한 게 화근인 모양이었다.

"하오면 줄곧 그리 행하실 것이옵니까."

정무가 많아 도저히 시간을 낼 수 없는 날이나 다른 비빈을 위한 길일을 제외하고는 유연의 처소에 이틀이 멀다 하고 드나드는 환이었다. 서고에서의 대립 이후 오늘이 오기까지 그것만큼은 변함이 없어 환은 곧 유연이 머무는 전각으로 향할 예정이었다. 다만 전각에 발을 들인다는 것이 밤을 함께 보냄을 의미하는 것은 아니어서 장지를 사이에 둔 채 소리 없이 대치하는 상황이 꼭 이레째 반복되고 있었다.

박 상궁은 환이 발길을 끊지 아니한 것을 여지가 있다 보았다. 유연이 자신의 행동에 대해 적극적으로 해명하거나 사과의 뜻만 표해도 환의 분노는 금방 누그러들 것이었다. 그러나 유연은 인사만 받고 옆방으로 들어가는 환을 잡지 아니한 채 서글픈 표정으로 바라보기만 했다.

지금쯤은 눈썰미 좋은 궁인들이 환이 유연의 처소에서 나오는 시간이 일러졌다든가, 그들이 궐내에서 우연히 마주쳤을 때 서먹서먹한 기운이 감돈다는 것을 눈치챘을 법한 시기였다.

"과인이 그대에게 모든 행동을 보고하여야 하는가?"

"이후의 처신을 고민할 따름이옵니다."

박 상궁의 말에 환이 눈썹을 찌푸렸다. 박 상궁이 덤덤하게 말을 꺼냈다.

"이제 그만 대전으로 돌아오게 해 주시옵소서, 전하."

예상치 못한 말에 환의 미간이 더욱 좁아 들었다. 이어지는 환의 목소리에서 비웃음은 씻은 듯 지워져 찾아볼 수 없었지만 여전히 마땅찮아 하는 느낌이 남아 있었다.

"모시는 주인을 구명하러 온 것이 아니던가?"

"어명으로 잠시 기거하는 곳을 옮겼을 뿐 소인이 모시는 분은 전하 한 분뿐이옵니다."

박 상궁의 단호한 대답에 환이 잠시 말을 잃었다. 진심인지 아니면 부러 해 보는 말인지 짐작하려 나이 든 상궁의 얼굴을 바라보았으나 지극히 공손한 척 내리깐 눈에서 읽어낼 수 있는 것은 아무것도 없었다. 환이 굳게 달고 있던 입술을 열었다.

"그대의 마음이 그 정도밖에 되지 아니한다는 것을 안다면 빈궁이 서운하하겠군."

"대저, 상궁이며 나인이 다들 그러하니 빈궁마마께서도 감내할 일이라 여기실 것이옵니다. 다만 교전비 하나 없이 혈혈단신이신 데다 변변한 세도 갖추시지 못한 탓에 조금 더 외로우실지 모르겠습니다만."

환이 박 상궁의 말을 곰곰이 곱씹어 보다 퉁명스럽게 대꾸했다.

"지금 과인을 떠보고 있구나."

"사실을 말씀드린 것뿐이옵니다. 평생에 가까운 시간을 궐에서 보내고 그중 절반도 넘는 시간을 전하의 곁에서 보낸 소인이옵나이다. 그 일생이 하루아침에 없던 것이 되어 버리면 소인의 삶에 무슨 의미가 있겠사옵니까."

왕의 총애를 잃은 후궁의 앞날은 불 보듯 훤하고 그 영향은 곁에서 모시는 상궁이며 나인들에게도 고스란히 전해지게 되어 있었다. 사가에서부터 쫓아와 어릴 때부터 모셔 오던 교전비도 아니며 명에 의해 그 곁을 지키고 있는 것에 불과하니 지킬 의리 같은 건 애초에 없다. 그러니 신임 받던 상궁인 제가 불이익을 받을 이유가 무엇인가 묻는 그녀의 말에 잘못된 것은 없었다.

결국 환이 손들었다.

"그런 걱정을 할 필요가 없다는 것은 박 상궁이 더 잘 알 터인데."

"무엇이든 함부로 속단하여서는 아니 되는 일이옵니다."

"어보(御寶)라도 찍어 주면 의심을 거둘 텐가."

"어명에 반드시 어심이 있다고는 할 수 없지 않겠사옵니까."

잠깐 동안 정적이 흘렀다.

"빈궁은 어찌하여 과인에게 그런 이야기를 하였을까."

"그리하여야 마땅하다고 생각하셨을 것이옵니다."

박 상궁이 소맷부리 안에서 무언가를 꺼내었다. 약간 빛이 바랜 종이 뒷면으로 글자가 은은하게 비치고 있었다. 환이 종이를 펼쳤다가 이내 도로 접어 옆에 내려놓았다.

"이런 건 대체……."

목소리에 불쾌감이 서렸다. 처음 보는 것이지만 필체만큼은 그가 매우 잘 아는 것이었다. 마치 어제인 양 생생하게 떠오르는 악몽이 다시 되살아나는 것 같아 얼굴을 한껏 찌푸렸다. 그러다 문득 짚이는 것이 있어 말을 멈추었다. 준엄하게 바라보는 박 상궁에게 자기도 모르게 변명하듯 입을 열었다.

"알지 못하는 것이다."

필체의 주인은 의심할 여지가 없이 명확하였으나 이 문구도 종이도 본 기억이 전혀 없다. 대체 이건 언제 남겨 놓은 것일까. 어쩌면 이 종잇장이 악몽의 근원이었을까. 환은 사나운 꿈이 그를 괴롭히더라도 여인을 찾지 아니하였으나 여인은 기다리고 또 기다렸을 것이다. 기다림이 부질없다는 것을 느낀 연후에, 그럼에도 한 줄기 희망을 놓지 못하고 더듬더듬 글줄을 남겼으리라. 분한 마음에 눈물방울 두어 개를 떨어뜨리며.

"빈궁마마께서 일부러 찾으신 것 같지는 아니하였사옵니다."

환이 고개를 끄덕였다. 유연이 방에 남아 있던 것이 그의 행적을 캐내기 위함이 아니라 혹여 생길지 모를 구설을 염려하기 때문임을 모르지 않았다. 홀로 있는 시간이 무료하여 주변의 사물에 호기심을 가진 것에 불과하였을 것이고 우연히 눈에 띄었으리라.

몰랐으면 모를까 일단 발견한 이상 마음에 눌어붙은 것을 어찌하지는 못하였을 것이다. 소중한 추억이 오롯이 제 것이 아니라 누군가의 전철을 밟아 나가는 것이 아닐까, 저는 누군가의 그림자에 불과하지는 않을까. 유연의 뇌리에 자꾸만 새겨졌을 그 불안감을 짐작하는 것은 어렵지 않았다.

그러나 여전히 이해할 수 없는 것이 남아 있었다. 어째서 유연은 그가 가장 내켜하지 않는 것을 요구한 것일까. 빈으로 예우해 달라는 말은 임금과 후궁의 관계를 선명하게 드러내는 것이었다. 가장 귀히 여기고 싶은 여인을 그렇지 아니한 여인의 아래에 두어야 하는.

"혹 할마마께서 행실을 지적이라도 하셨는가."

"따로 대왕대비마마를 뵈온 적은 없으시옵니다. 다만, 그날 대비마마와 담소를 나누신 사실은 있사옵니다."

"어마마마?"

환이 눈을 크게 떴다. 환의 놀람을 가라앉히듯 박 상궁이 침착하게 말을 이었다.

"별다른 말씀은 하지 않으셨사옵니다. 빈궁마마께 전하를 성심껏 모셔 어심을 편안케 하라는 말씀을 내리셨을 뿐이옵니다."

환이 미간을 좁혔다. 더 묻는다면 어떤 이야기가 오갔는지 더 구체적으로 들을 수도 있을 것이었다. 박 상궁은 궐에서 일어나는 일은 놓치지 않고 다 알고 있는 눈치였다.

환이 자리에서 일어났다.

"잠깐 같이 가야겠네."

"빈궁마마께 가시옵니까?"

박 상궁이 조용하게 물었다. 환이 고개를 가로저었다.

"그전에 확인을 하여야지."

아무런 이유 없이 그런 이야기를 하지는 않았을 것이다. 종잇장 한 장에서 읽어 낼 수 있는 것은 극히 적었다. 문득 떠오른 생각에 환이 박 상궁을 돌아보았다.

"여염에 돌아다니는 풍문 중에 과인의 이야기도 있을까."

박 상궁이 대답을 피했다. 도리어 그것으로 명확해졌다. 환이 긴 한숨을 내쉬며 발을 옮겼다. 머릿속을 부유하는 생각에 혼란스러워 목적한 곳에 닿아 있다는 사실도 깨닫지 못했다.

"전하."

서고의 문지기 옆, 살짝 가쁜 숨을 몰아쉬고 있는 다른 늙은 내관의 목소리에 환이 눈길을 주었다. 환은 아무것도 묻지 않았으나 희봉은 변명하듯 더듬거렸다.

"빈궁마마께오서 사서를 찾을 수 있는 곳을 하문하시어……."

환이 덤덤하게 고개를 끄덕였다. 명을 충실히 이행한 늙은 내관에게는 잘못이 없다. 책에서 답을 찾고자 했을 고지식한 여인에게도 실수한 것이라 나무랄 수는 없을 것이다. 모든 일의 원인은 자신에게서 찾는 것이 옳은 법이었다.

"오래 걸리지 않을 것이네."

그날 이후로 먼지 한 톨 건드리지 않았다고 아뢰는 목소리를 환이 짧은 몇 마디로 끊어 냈다.

써느렇게 식은 공기가 그의 피부를 긁어 대자 책장 사이로 보이던 가느다란 어깨의 파르르한 떨림이 손에 잡힐 듯 선명하게 떠올랐다.

"비는 내리지 아니하나 삼여지공(三餘之功)이 어울리는 날에 이런 곳에 있구나."

삼여지공 같은 소리를 할 게 아니라 움츠러드는 모습을 보고 마음에 이는 동요를 눈치챘어야 마땅했다. 혼자만의 즐거움에 들떠 무엇인가 말하고 들으려 하기 전에 불안에 떠는 그 마음을 먼저 달래 주었어야 옳았다.

천천히 내디디던 환의 걸음이 멈추었다. 그가 나타나기 전까지 유연이 바라보고 있던 책상 위에 시선을 고정했다. 반쯤 열린 크고 납작한 함이, 비뚜름하게 펼쳐진 채로 남아 있는 책이 보였다. 아무도 신경 쓸 경황이 없었던 그날의 상황을 일러 주듯 정돈되지 못한 모습인 채로 남아 있는 것이 눈에 걸렸다.

환이 책상 위에 펼쳐진 채로 남아 있는 책을 들었다. 몇 장이나 비어 있는 책장을 넘긴 연후에야 거칠게 써 내려간 글자들이 보였다. 그리고 두어 장 뒤, 비단결처럼 매끄러운 종이는 텅 비어 있었다. 제목조차 없는 얇은 책이 담은 내용은 그 몇 장이 전부였다.

먹물조차 제대로 머금지 못한 붓촉이 성급하게 써 내려간 글귀가 보였다. 환이 코에 주름을 잡았다. 이것이 누구의 이야기를 언제 어떤 기분으로 옮겨 놓은 글인지를 알아채는 건 찰나의 순간이면 충분했다.

누군가에게는 미궁인 것처럼 복잡한 궐이었으나 그 안에서 나고 자란 어린 소년에게는 좁지 않은 놀이터였다. 할마마마의 눈을 피하여 숨을 헐떡이며 뛰어다녀도 나무라는 이 없고 어디를 가도 제재받는 법 없던 소년에게 유일하게 굳게 닫힌 곳이 있었다. 오로지 간관들이나 들어갈 수 있다는 그 비밀스러운 서고는 호기심 많은 사내아이에게 몹시 흥미로운 장소였다.

몇 날 며칠, 어쩌면 그 이상을 끈질기게 기웃거리던 소년은 성인은 들어갈 수 없는 경계의 틈을 발견했다. 그렇게 금지된 공간에 발을 들인 소년을 맞이한 것은 갑자기 터져 나오던 재채기와 빛살 사이를 어지럽게 부유하던 먼지, 그리고 헤아릴 수 없을 만큼 많은 책들이었다.

호기심으로 보았던 책이 그에게는 결코 허락될 수 없는 기록물이라는 건 조금 더 나이를 먹은 후에 깨달았다. 그 연후에는 어지간하면 다시 발길을 하지 아니하였다. 다만 단 하루, 예외가 있었다.

그 누구도 따르지 못하도록 엄포를 놓고 모든 이의 눈길을 피해 대낮처럼 밝은 보름달 아래 주정뱅이마냥 휘적대고 다녔다. 용포가 상하고 더러워지는 것도 개의치 않고 좁은 틈에 몸을 끼워 힘겹게 비틀어 댔다. 그리고는 마치 미치광이라도 된 것처럼 책장 사이사이를 헤집고 돌아다니며 이 책 저 책을 던져 대었다.

그러다 찾아낸 한 권을 펼쳐 들고 높은 창틈으로 새어 드는 한 줄기 달빛에 의지해서 읽고 또 읽었다. 분노가 더 큰 분노를 불러일으키고 그 파랑이 제 마음을 온전히 덮어 버릴 즈음에는 글자의 획 하나하나가 선명하게 눈에 아로새겨졌다. 그리하여 다시 그 좁은 틈을 비집고 나올 적에는 파랗게 날이 선 비수와 같은 선뜩함이 눈빛에서 배어 나오고 있었다.

올 적과는 딴판인 지극히 단정하고 반듯한 태도로 걸음을 옮겼다. 그 걸음의 끝에 당도한 곳이 이 서고였고, 흐트러짐 없는 자세로 앉아 붓을 들었던 자리가 여기였다. 마치 저를 조롱하는 듯한 글귀는 원문을 보지 않아도 생생하게 떠올라, 마음이 터져 나갈 것 같은 분노가 깃든 거친 붓 자국으로 화하였다.

마지막 다짐까지 휘갈긴 뒤에야 책장을 덮고 눈에 띄지 않을 저 위쪽 구석에 세워 두는 것으로 그 마음을 봉인하였다. 그리고는 잊었다.

환은 간교한 이에게 홀리지 않겠다며 새겨 놓은 글자를 한 자씩 눈으로 짚어 갔을 연인의 모습을 떠올렸다. 쓸 적과는 사뭇 다른 애잔한 마음이 되어 이어지는 글자들을 훑어 살폈다.

그를 전하라 일컫지 아니하는 것, 그가 빈궁이라 부르지 아니하는 것. 그 모두가 예법에 어긋나 있으니 조롱하고 욕하는 것과 무엇이 다를까 염려하였을 마음이 손에 잡힐 듯 선명했다. 아직도 한량 행세를 하려 드는 임금의 장단을 맞추어 주는 것이 옳은지, 저의 행동이 큰 뜻을 품어야 할 사내를 치마폭에 가두는 것이 아닌지 저어하였으리라.

"아니다. 네 탓이 아니야."

그의 다짐은 걱정 많은 연인이 제 행실을 경계하도록 만들고 말았다. 환이 얇디얇은 책을 손에 구겨 쥐었다. 그는 여러모로 실격인 사내였다. 마치 주워서 살펴보라고 충동질하듯 곳곳에 과거의 상념을 흩어 놓고 있었으니 마음이 흔들리는 것은 당연했다.

제 마음 하나 다스리지 못해 오로지 그만을 바라보는 여인의 마음에 상처를 냈다. 그런 주제에 왕의 권위를 지니지 못하고 있다고 불만을 품었다. 수신(修身)도, 제가(齊家)도 이루지 못한 작자가 치국(治國)을 논하고 평천하(平天下)를 꿈꾸었다. 의미 없는 꿈 따위에 이토록 쉬이 흔들리는 자가 어찌 나라를 바르게 잘 다스릴 수 있겠는가.

막 몸을 일으키려던 환의 눈길을 뚜껑이 반쯤 열린 함이 붙잡았다. 뚜껑을 닫는 대신 옆으로 밀어 젖혔다. 술을 방석

삼아 단정히 앉은 둥그스름한 인장이 드러났다. 그 인장이 항시 그 자리를 지키고 있는 것처럼, 그의 연인도 그렇게 기다리고 있을 터였다.

그는 망설임 없이 일어나 몸을 돌렸다. 지체할 시간이 없었다.

❊　　　❊　　　❊

"어휴, 훨씬 낫군."

건물 안으로 발을 들인 덕해는 입만 달싹거려 감상을 표하고 어깨를 쭉 폈다. 밤이슬을 맞고 다니기에는 너무 늙었는지 고작 그만큼 서 있던 것만으로 삭신이 쑤시고 결리는 느낌이었다. 그런 추운 밤에 성급한 외출을 감행한 박 상궁은 아직 젊어 무모하다고 생각하며 비식거릴 정도의 마음의 여유도 되찾았다.

"저어……."

언제 열렸는지 반쯤 열린 문틈으로 파리한 얼굴이 나타났다. 덕해가 얼른 자세를 바로 했다. 문 아래쪽을 감싸듯 굼실거리는 치맛자락은 방금 보았던 얼굴빛에 어울리지 않게 선연한 빛깔을 띠고 있었다.

"박 상궁은 어디에 있습니까?"

착 가라앉은 유연의 목소리는 호되게 앓고 난 여파를 여실히 보여 주고 있었다. 덕해는 진실을 이야기하는 대신 두루 뭉술하게 둘러댔다.

"잠시 긴한 일로 자리를 비웠사옵니다."

"그렇군요."

짧은 침묵이 흘렀다. 질문에 대한 대답을 듣고서도 다시 들어가지도, 그렇다고 해서 나오지도 아니한 채 유연은 머뭇거렸다. 귀에 덕해의 목소리가 들려왔다.

"빈궁마마께서 거리끼지 않으신다면 소신이 박 상궁을 대신하여 마마의 무료함을 조금이나마 달래 드릴까 하옵니다."

유연이 눈을 돌려 덕해를 바라보았다. 서너 해 전에 보았던 다정스러운 노인의 얼굴이 그녀를 향하고 있었다. 덕해가 조금 전만큼 상냥한 어조로 덧붙였다.

"겨울밤에는 화로를 끼고 앉아 듣는 옛날이야기가 제격 아니겠사옵니까. 오래 산 늙은이는 긴긴밤 따위 눈 깜짝할 새에 지나게 할 만큼 아는 이야기가 많습니다."

유연은 어느 틈엔가 제 앞에 떡하니 차려진 다과상을 난감한 얼굴로 바라보았다. 정말로 화로를 끼고 칼집 낸 군밤을 굽는 걸 기대하지는 않았지만 다과상이 놓이는 것 역시 예상하지 못했다.

유연이 마지못해 상 위에 놓인 것을 하나 집어 입에 넣었다. 모래가 입천장을 긁어 대는 것 같은 까끌까끌한 느낌은

영 유쾌하지 못했다. 제 입안에 들어온 게 달콤한 유밀과라
는 걸 깨닫자마자 갑작스레 눈앞이 희부옇게 흐려졌다.

"유밀과에는 손도 아니 대더구나. 무엇을 주면 좋으랴?"

공기가 얼어붙을 것 같던 며칠 전의 냉랭한 태도 대신 아
주 오래전 일처럼만 느껴지는 그날의 온화하고 다감한 목소
리가 먼저 떠올랐다. 그리 상냥하던 이가 얼음장처럼 차갑게
굴었다. 유연이 고개를 살짝 떨어뜨리자마자 치맛자락 위에
진한 얼룩이 두어 개 생겨났다.

"소신은 전하께서 아직 세상에 계시지도 아니하던 시절부
터 궐에 있었사옵니다."

덕해가 아무것도 모르는 것처럼 천연스레 말을 시작했다.
조그만 아기에 불과하던 어린 세손과 마주한 첫 순간이, 여
느 아이와 다를 바 없이 장난스럽던 소년의 사소한 일탈이,
꿈을 그리면 세상을 바꿀 수 있다고 믿던 그 순간순간이 조
금 전에 있었던 일인 것마냥 생생하게 살아났다.

"대왕대비전 복도에 그런 발소리가 난 것은 처음이었다고
들 하였사옵니다. 전하께오서 평소에 그리 행하신 일 없었으
니 다들 귀를 쫑긋 세우고 무슨 말씀을 하실지 숨을 죽이고
있었다 하옵니다."

눈물 따위는 잊은 채로 환의 어린 시절을 그려 보고 있던

유연의 얼굴에 당혹감이 떠올랐다. 환의 혼사는 그 어느 것이 되었든 내키는 화제가 아니었다. 유연의 손가락이 찻잔 모서리에 닿았다. 마실 생각은 별로 없었지만 가만히 있으면 마음의 동요를 들킬 것 같았다. 유연의 얼굴에 복잡한 표정이 지나가는 것을 본 덕해가 빙긋 웃더니 젊은 사내의 목소리를 흉내 냈다.

"할마마마, 주부의 여식 김 씨를 중전으로 맞이할 수 있도록 윤허하여 주시옵소서."

달그락.

아주 살짝 떠올랐던 잔이 도로 상에 부딪치며 가벼운 소리를 냈다. 물방울 몇 개가 주변에 흩뿌려졌다.

"그건……."

"세 해 전 간택이 있었을 적의 일이옵니다, 마마."

"……알지 못하였습니다."

그녀를 중전으로 맞이하고 싶었다는 이야기는 전해 들었다. 그러나 마음에만 간직한 것이 아니라 그 뜻을 이루기 위해 노력했다는 사실은 처음 알게 되었다. 잠깐 머뭇거리며 조그만 목소리로 대꾸한 유연을 향해 덕해가 사람 좋은 웃음을 지었다.

"전하께서 어찌 그 이야기를 직접 하실 수 있으셨겠사옵니까."

마음 가득 너만을 품고 있노라 고백하는 것도 쑥스러워하는 것이 사내였다. 그러니 너를 위해 내 이러이러한 일을 했노라고 자랑하듯 이야기하기는 쉽지 않을 터였다. 설령 바라는 대로 이루어졌다 하더라도 마음에만 담아 두었을 이야기이니 현실로 만들지 못하였기에 말할 기회는 더욱더 없었으리라.

그러나 그 사실을 처음부터 알았다면 분명 달라지지 않았겠는가. 그리움을 마음에 품고도 모르는 척 외면하지 아니하였을 것이고 전언에 숨어 있는 그리움을 아둔하게 놓치는 일 따위는 없었을 것이다.

그렇다면 자신은 얼마만큼의 진심을 전하였을까. 빈의 격에 맞게 예우해 달라는 말 속에 품고 있던 뜻은 과연 어떤 식으로 전달되었을 것인가.

생각에 잠긴 유연을 향해 덕해가 다정하게 덧붙였다.

"전하께서는 그토록 지극한 마음으로 생각하고 계시옵니다. 빈궁마마의 외로움을 덜어 드리고자 사가에서 몸종 노릇하던 아이도 불러들이도록 명하셨사옵니다. 하니, 빈궁마마께서 품고 계신 충심을 어찌 모르시겠사옵니까."

잠깐 환의 마음을 거슬렀을지는 모르겠으나 진심은 전해질 것이라는 말에 유연의 눈동자가 잠시 흔들렸다. 그녀가 그의 마음을 잘 알지 못하였던 것처럼, 그도 마찬가지일 것이다. 말로 표현하지 않고 알아주기를 바라는 것은 어불성설이었다. 진심(眞心)이 전해지기를 바란다면 진심(盡心)을 다하여야 옳다.

"전하를 빨리 뵈어야 할 것 같습니다. 어디로 가야 옳겠습니까."

침착하게 울리는 유연의 목소리에 덕해가 가만히 시간을 헤아려 보았다. 덕해의 귓가에 불안스러운 울림이 덧붙었다.

"혹 금일은 곤란한 것입니까."

환이 정무가 몹시 바빠 시간을 내어 주는 게 어려울 수도 있다. 누군가가 애타게 기다리고 결코 방해받고 싶지 않을 길일일지도 모른다. 끌어모았던 용기가 흩어지는 듯해 유연이 가볍게 한숨을 들이쉬었다. 덕해가 고개를 저었다.

"아니옵니다. 소신이 모시겠습니다."

박 상궁이 아직까지 소식이 없는 것이 조금 수상쩍기는 해도 무슨 이야기를 하고 어떤 반응을 얻었든 알현은 끝났으리라. 늦은 밤이니 환이 편전에 있어야 마땅하나 정전에 있을 가능성도 없진 않다. 혹여 다른 여인을 찾아갔다면 그걸 어떻게든 잘 풀어내는 것이 오랜 경력에 빛나는 자신이 해야 할 일 아니겠는가.

변변한 채비도 없이 홑옷에 가까운 차림으로 따라나서는 유연을 본 덕해가 눈썹을 한껏 치켜 올렸으나 이내 마음을 고쳐먹었다. 호리호리한 몸태를 지닌 유연은 요 며칠간 병석에 있었던 데다 마음고생까지 겹쳐 한 줌이나 될까 싶게 가늘어 보였다. 그 모습으로 환을 찾아나섰다는 사실이 그의 마음 한구석을 쿡쿡 찔러 대면 일은 일사천리로 잘 해결될 것이다.

서편 하늘 끝에 위태롭게 걸린 초승달이 어울리지 않는 밤 외출을 흥미롭게 내려다보고 있었다.

"전하께서는 아니 계시옵니다."

"이 야심한 밤에 어디에 가셨단 말인가?"

덕해가 인상을 쓰고 바라보았지만 저 충직한 환관은 그의 질문에 대꾸할 생각이 없는 모양이었다. 보통의 경우라면 저자를 대동할 것인데 무언가 이상하다 생각하며 덕해가 언에게로 바짝 다가들었다.

"박 상궁은 다녀갔는가?"

"그분을 어찌 대전에서 찾으십니까?"

덕해는 기가 찼다. 알면서 숨기는 것인지 진정 알지 못하여 저러는 것인지. 어느 쪽이든 왕을 섬기는 자의 태도로는 손색이 없다. 기껏해야 반편이 내시인 주제에 충성스러운 신료 흉내를 내다니. 덕해는 마땅찮은 표정이 되어 툴툴댔지만 그 자신도 비슷한 사람이었다.

'내게 그따위로 해 보았자 네 아낙만 고달파지는 것을……'

덕해는 턱밑까지 차오른 위협의 말을 꾹꾹 눌러 삼켰다. 반쯤 양자 삼은 모양새긴 하였어도 내관이 시어른 행세를 하는 건 별로인 것이다. 대신 태세를 바꾸어 짐짓 처량한 척 어깨를 축 늘어뜨렸다.

"이 추운 날 늙은이 삭신이 쑤시는 것이야 하릴없는 노릇이지만⋯⋯."

전혀 동정의 기미가 없어 뵈는 젊은이를 잠깐 사납게 노려보고는 팔을 휘저어 저 뒤쪽에 아슬아슬하게 서 있는 유연을 가리켰다.

"전하께서 틀림없이 여기 계시리라 말씀드리고 왔는데 이렇게 돌아간다면 내 면이 서질 않네. 편찮으신 직후인데 이리 밤바람 쏘이는 게 좋을 리 없거니와 저 차림으로 시린 공기를 견뎌 내실 수 있을 리 만무하잖은가."

언의 표정에 언뜻 고민의 기색이 스쳤으나 대답이 들려오지는 않았다. 그 덕에 덕해의 머릿속이 복잡해졌다. 일단 전하께서 편전에 아니 계신 것은 틀림없다. 궐 몇 군데만 들쑤시고 다니면 상대를 발견하든 상대방에게 발견되든 만남을 주선할 수는 있을 것이나 모양새는 썩 보기 좋지 아니하다. 게다가 유연의 썩 두껍지 아니한 옷은 한기를 오래도록 견뎌낼 것 같지도 아니했다.

"어쩔 수 없지. 정전에라도 가 보는 수밖에."

덕해가 원래도 굽은 허리를 더욱 옹그리고는 발끝을 약간 돌렸다.

"그곳에도 아니 계시옵니다."

"그럼 어디로 가면 되겠는가?"

덕해가 반색하며 되묻자 언이 저만치에 한 폭의 그림이나 문인석처럼 서 있는 유연의 모습을 바라보았다. 가는 길에 환과 마주칠 가능성이 높기는 하였으나 길이 엇갈리면 곤란했다. 거기다 아직도 병색이 가시지 아니한 얼굴에 얇은 옷차림을 하고 있었다.

언이 한 걸음 옆으로 비켜섰다.

"차라리 안에서 기다리시는 편이 낫겠습니다."

애초에 칼로 물을 베어 내는 것과 진배없는 감정의 부딪침에 지나지 않는 일이었다. 조금 길어지기는 해도 박 상궁에 희봉까지 대동하고 간 이상 문제는 해결된 것이나 마찬가지였다. 그러니 주인 없는 건물에 사람을 함부로 들였다고 해서 말썽이 생기지는 아니하리라.

"진즉에 그리 말했어야지."

덕해가 득의양양하게 유연에게로 발길을 돌렸다. 유연이 사푼하게 걸어와 언에게 가벼운 눈인사를 건네고는 미끄러지듯 안으로 향했다. 그 뒤를 따라가려는 덕해의 걸음을 언이 제지했다.

"전하께서 곧 돌아오실 것입니다."

"그렇지 아니하면 곤란하지."

"한데 곤란한 상황이 생길 수도 있지 않겠습니까. 이를테면 전하께서 이리로 돌아오지 않으신다든가, 하는 것 말이옵니다."

나지막하게 덧붙이는 언의 목소리에 우격다짐으로 밀고 들어가려던 덕해의 몸이 움찔했다.

"소인은 이곳을 비울 수 없습니다."

전하에다 빈궁마마는 모셔야 할 윗전들이니 그렇다 칠 수 있었다. 그런데 박 상궁으로도 모자라 이제는 새파랗게 어린 내관까지 그를 부려 먹으려 들 작정인 모양이었다.

"요즘 젊은 것은 나이 지긋한 어른도 공경할 줄 모르니 세상 말세로세."

구시렁거리며 발을 떼는 덕해의 눈에, 사람들의 그림자가 어렴풋하게 비쳐 들었다.

유연이 조심스럽게 계단을 밟았다. 치맛자락 끌리는 소리가 유난스레 크게 들려 한 손으로 치마 한쪽을 살짝 걷어 모아 쥐었다. 계단을 모두 딛고 올라서는 마치 길을 잃은 아이마냥 우두커니 섰다. 주인 없는 빈 곳에 발을 들였다가 겪게 된 일련의 일들이 주마등처럼 스쳐 간 탓이었다.

"돌아갈까."

실내도 바깥도 아닌 어정쩡한 곳은 바람이 불어 들지 아니하다 뿐이지 찬 기운을 고스란히 머금고 있어 팔이며 목에 오소소 소름이 돋아났다. 오싹한 기운이 몸을 한 번씩 훑고 지날 때마다 애써 굳게 먹은 마음이 움츠러들었다.

유연의 고개가 한쪽으로 돌아갔다. 몇 겹의 벽에 가려진 그 너머에는 내전이 있었다. 여느 대가 댁의 안채와 사랑채보다도 더 가까운 거리에, 금슬 좋은 부부 같으면 사람들 눈을 피해 잠깐씩 드나들어도 아무도 눈치채지 못할 그리 지척에.

'무슨 생각을 하는 거야, 지금.'

유연이 세차게 고개를 저으며 손으로 얼굴을 가렸다. 잠깐만 마음을 놓으면 제 그릇의 크기를 가늠해야 하는 순간이 자꾸만 다가왔다. 이런 상태에서 그의 마음까지 멀어져 버리면 과연 궐 생활을 견뎌 낼 수 있을까.

툭. 투둑.

무엇인가 떨어져 가볍게 구르는 소리 위로 그녀에게 다가오는 발소리가 겹쳐 울렸다. 성급하지 않은 걸음이었지만 유연이 몸을 돌리려 시도할 새도 없이 빠르게 가까워졌다.

온기가 유연의 온몸을 포근하게 휘감았다. 어깨를 감싸 안으며 앞으로 뻗어 내린 손이 앞섶을 단단하게 여미고 있었다. 물론 그중에도 비어 있는 한 손이 섶 사이로 슬쩍 들어가 당의 안에 숨어든 손 위에 슬며시 얹히기는 했다.

"아무리 날이 차다 하여도 궐내에서 동사하는 이가 있어서야 사관들이 사서에 길이길이 남기려 들지 않겠느냐."

언뜻 질책하는 것처럼 들리는 말은 몹시도 다정하여 일곱 날 동안 겨울바람 저리 가라 할 정도로 냉랭하게 대했던 자의 것이라고는 짐작조차 할 수 없는 것이었다.

어린 누이처럼 대하면 아니 되느냐 물었던 그날 이후, 동뢰연 때의 변덕을 제외하고는 항시 같았던 그 말투. 며칠간 몸이며 마음이 잔뜩 고생한 것을 생각하면 허탈한 결과를 받아 든 셈이었지만 도리어 적이 마음이 놓이는 것이었다.

유연이 꼿꼿하게 세우고 있던 몸에서 힘을 뺐다. 뒤에 바짝 붙어 서 있는 환에게 몸을 살짝 기댄 채로 눈을 내리깔았다. 그제야 짙은 빛깔의 도포 자락 같은 것이 온몸을 덮고 있음을 깨달았다.

"먼저 찾지 말라 일렀거늘."

낮은 목소리는 달짜근하게 느껴질 정도로 부드러웠다. 어깨를 감싸 안은 팔과 유연의 손을 덮고 있는 그의 손에 더 힘이 들어갔다. 마치 유연이 몸을 빼내기라도 할까 봐 염려하는 것처럼 보였다.

"송구……."

약간은 물기를 머금은 듯 얼마간은 새초롬한 듯 입을 열던 유연이 이어지는 환의 말에 도로 입술을 다물었다.

"진실로 이렇게 오래도록 찾지 아니할 줄은 몰랐구나. 낭군의 마음을 풀어 줄 생각은 아니하고 관망하고 있는 여인이라니. 실로 매정한 여인을 마음에 품게 되었단 말이다, 나는. 이리 마음 졸이게 하는 여인을 곁에 두어서야 어디 제명에 죽기나 할 수 있을까."

관망이라는 말은 적당치 않았다. 감히 어길 엄두도 안 나는 어명처럼 느껴져 차마 가까이 다가갈 수 없었다. 아침마다 몸을 이끌고 문안을 가면서 아무렇지 않은 척 위장한 것이 그리도 그럴듯하였나.

그러나 유연은 그의 말을 반박하는 대신 환에게 더 깊이 기대었다. 제 몸을 감싼 도포에서 밀려드는, 온전히 몸을 기댈 수 있도록 단단하게 서 있는 사내에게서 풍기는 체취에 휩싸인 채로 마음을 가다듬었다. 용기가 미풍에 날리는 재인 양 사그라지기 전에 마음먹은 이야기는 어떻게든 꺼내 보아야 했다.

"소녀가 일전에 드린 말씀은……."

"내게 전하라 불러도 좋다."

동시에 시작한 두 목소리는 같은 순간에 멎었다. 환은 유연의 어깨를 잡아 가볍게 몸에서 떼어 냈다. 도포 자락은 아직 그녀를 감싼 채였지만 온기가 멀어지는 느낌이 아쉬웠다. 달빛이 그의 이마를 타고 눈썹 위를 굴러 얼마는 눈동자에 머물고 얼마는 뺨으로 스미듯 흘러내리고 있었다.

"들어가자꾸나. 궐에서 얼어 죽는 사람이 나올 정도로 곤궁하던 왕으로 남고 싶지는 아니하다."

웃음기가 섞인 환의 목소리와 함께 유연의 몸이 둥실 떠올랐다. 단단하게 안아 든 팔에 유연은 실로 오랜만인 안정감을 느끼며 고개만 살짝 기울였다. 그의 어깨 너머에는 달빛만 가득히 채워져 있었다.

푹신한 보료 위에 앉은 채로 유연이 눈을 굴렸다. 환복을
해야겠다며 싱긋 웃고 잠깐 자리를 비운 환에게서 묘한 위화
감을 느끼기는 하였으나 곧 잊어버렸다.

편전에 드는 것은 처음이었다. 그를 처음 만난 곳이 사대
부의 사랑 비슷한 곳이었기에 아마 처소도 그러려니 어림짐
작하고 있었다. 그러나 그 추측이 무색하도록 깔끔한 방이었
다. 언뜻 보아서는 살풍경하게 느껴질 정도였다.

물론 지금 위치에서 그녀의 눈이 닿는 곳이 그러할 뿐이
다. 제 등 뒤에 놓여 있는 병풍이 형형색색으로 꾸며진 것도,
깔고 앉은 수석은 매끄러운 비단결에 정교하게 수놓인 것도
들어올 적에 이미 보았다.

먼 데서 가까운 데로 시선이 옮아오자 서안 위에 단정하게
말린 채 놓인 두루마리가 눈에 띄었다. 무슨 내용일까 궁금
증이 들었으나 이내 불필요한 호기심을 지웠다. 저에게 허락
되지 아니한 것들을 남몰래 엿본 대가는 요 며칠 호되게 치
렀다.

고개를 떨어뜨리자 아직도 도포에 감싸여 있다는 사실을
깨달았다. 어두운 데에서는 그저 짙은 색인 줄로만 알았으나
곱게 물들인 여인의 입술만큼이나 붉었다.

유연이 깜짝 놀라 자리에서 일어났다. 그 서슬에 어깨를

폭 감싸고 있던 것이 아래로 미끄러져 내렸다. 선명한 붉은 빛에 호화로움을 더하는 금빛 용이 보료 위에서 구불거렸다.

"무얼 그리 소스라치게 놀라느냐."

간편한 야장의 차림을 한 환이 성큼성큼 걸어와서는 유연의 어깨를 가볍게 눌러 다시 그 자리에 앉혔다. 보료 위에 굼실거리고 길게 누운 용포를 들어서는 다시 유연의 몸 위에 둘러 주었다. 유연은 조금 전 환의 모습에서 느꼈던 미묘한 위화감의 정체를 깨닫고 아미를 찡그렸다.

"전하."

"영민하다는 것은 알고 있지만 그리 빠르게 적응해서야 서운하지 않겠느냐. 벌써 전하라니."

환이 투덜거리며 서안을 사이에 두고 유연과 마주 앉았다. 주객이 바뀐 위치였다. 그의 목소리에는 며칠 전의 분노가 없어 유연이 조심스레 물었다.

"어찌 그리 싫어하시옵니까."

환이 생각을 되짚었다. 유연이 그를 전하라고 부르는 것을 들으면 소중한 추억의 빛이 바래는 것 같은 느낌이, 아직 왕으로서 온전하게 권위를 지니고 있지 못한 자신에 대한 부끄러움이 밀려오는 것 같았다.

"연모하는 사내를 그리 딱딱한 호칭으로 부르는 것은 가당치 아니기 때문이다."

환이 진심을 숨기고 농담조로 가볍게 흘려 대답했다. 천진하기만 하던 소녀에게 궐의 법도가 쉽게 익숙한 것이 될 리 없다. 그의 곁에 있는 것만으로도 충분히 제 몫을 하고 있는 여인이 안쓰러워 더 무거운 마음의 짐을 얹어 주고 싶지 않았다.

유연은 자신만만하게 말하는 환의 목소리에 다시금 얼굴이 달아오르는 느낌이었지만 애써 침착함을 유지하며 대꾸했다.

"지금도 이 방의 동태를 누군가는 살피고 있지 아니하겠사옵니까."

궐 안에서 지낸 시일이 길지 아니하여도 벽에 귀가 있다는 말의 뜻은 충분히 실감하고도 남았다. 고요한 밤공기는 소리를 더 멀리 퍼뜨렸다. 문을 꼭꼭 닫아 놓아도 그들의 그림자가 장지에 아로새겨지고 목소리가 틈새로 새어 나가 누군가의 귀에 들어가는 것은 피할 수 없었다.

"적어도 네 곁을 지키는 이들만큼은 믿을 만하다고 보아도 무방하다."

"사람 마음처럼 변하기 쉬운 것도 없다고 하더이다."

"네 마음도 언젠가는 변할 것이라고 엄포를 놓는 것이냐, 아니면 내 마음을 믿지 못하여 저어하는 것이냐."

몇 년의 시간이 흘렀지만 만난 횟수는 손가락을 몇 번 접었다 펴는 것으로 족할 만큼 적었다. 그만큼의 그리움을 품어 온 연인에 대한 마음이 쉬이 식을 리 없지만 남들의 눈에는 그리 보이지 않을 터였다. 그런 상황에 대한 언질을 받고 겁내는 것일까. 환의 마음이 애틋해졌다.

"……구설에 오르실 것을 염려하옵니다."

"요녀라고 손가락질 당할까 봐 두려운 모양이구나."

유연이 고개를 저었지만 그와 동시에 환이 그녀를 품으로 당겨 안아 토닥이는 바람에 그 반응이 묻히고 말았다. 간택 후궁으로도 모자라 후궁 중에서도 가장 높다는 빈으로 곧장 봉해진다는 이야기를 들으면서 어느 정도는 각오했다. 그러니 어떤 행동도 보지 못하고 어떤 말도 듣지 못한 척할 마음의 준비가 되어 있었다.

"전하께서 후궁 따위에게 홀려 사리 분별이 어두워지셨다 수군대면 어찌하옵니까."

그러나 그녀의 존재가 그에게 좋지 않은 영향을 미칠지 모른다는 사실은 두려웠다. 언제 식어 버릴지 알 수 없는 왕의 총애에 매달리는 모습은 대신들에게 우습게 보일 것이고 공격당하기도 쉬웠다. 조금만 왕의 애정이 식는다 싶으면 가차 없이 외면당할 게 분명했다. 아들이라도 낳는다면 상황이 달라지겠지만 지금으로써는 장담할 수 없는 일이었다.

"너는 내 뜻으로 들어온 것이 아니라 두 대비마마께서 절차와 법도에 따라 간택한 여인이다. 그 누가 감히 후궁 따위라고 너를 폄하할 수 있단 말이냐."

"중요한 것은 그게 아니……"

"안다, 알아. 그래서 내 너에게 허하지 아니하였느냐. 전하라 불러도 좋다고."

환이 고개를 흔들었다.

"미안하다."

환은 그녀를 품에 당겨 안고 싶은 충동을 꾹 누른 채로 단정하게 앉아 사과의 말을 입에 올렸다. 유연의 동그란 눈망울이 환을 향했다.

"한때의 어리석음이 너를 혼란스럽게 하였구나."

유연이 눈을 떨어뜨렸다. 무어라 답해야 할지 알 수 없었다. 유연이 처음 마음을 빼앗겼을 때에도 이미 환은 다 자란 성인이었다. 장성한 사내의 마음이 나이 어린 소녀가 고이 간직한 첫사랑과 같기를 바라는 것은 무리였지만 마음이 아프기는 했다. 유연의 고민도 기실 그 사실에서 비롯된 것이었다. 어쩌면 그는 하잘것없는 소녀에게 첫사랑의 모습을 겹쳐 보며 연정을 착각한 것은 아닐까.

"너라서 곁에 두고자 한 것이다."

환은 한 마디 한 마디에 진심을 담으려 노력했다. 유연이 그 누구를 대신하는 것이 아님을, 그녀의 매력이 전해지고 스며들어 떼어 낼 수 없게 되었음을 알아주었으면 했다. 환이 팔을 뻗어 미처 당의 아래로 숨기지 못한 손을 잡아당겼다. 그리고 남아 있는 반대편 손을 움직여 곱게 말린 두루마리를 집어 들더니 유연의 손 위에 사뿐하게 올려놓았다.

"네게 주려 한 것이다."

무엇이냐 묻는 듯 의아한 눈빛을 보며 환이 부드럽게 웃었다.

"이걸 여기에 놓고 가지 아니하였으면 너와 엇갈렸을 터이니 다행이구나."

유연이 제 손 위에 놓인 두루마리를 쳐다보았다. 쥐지도 못하고 풀어 보지도 못한 채 그저 멀뚱하게 쳐다보는 모습이 답답했는지 환이 매듭을 풀고 한끝을 잡아당겼다. 유연이 조심스럽게 서안 끄트머리에 손가락을 걸쳤다. 펼쳐진 두루마리에 유연의 눈길이 머물렀다. 위에서 아래로 조금씩 눈동자가 움직여 가고 있었으나 별다른 말도 없고 반응도 보이지 않아 환이 성급하게 손가락을 짚었다.

"우리가 지금 있는 곳이 여기니라."

유연이 미미하게 고개를 끄덕였지만 눈길은 그 북쪽에 있는 곤전에 고정된 채로 떨어지지 않았다. 살짝 아래로 움직이던 환의 손가락이 그대로 머물렀다. 유연은 혹여 자신의 눈길이 다른 곳을 배회하다 돌아온 것을 들키지 않았는가 살짝 고개를 들어 환의 얼굴을 보았다. 도본에서 떨어진 환의 손가락이 유연의 이마를 가볍게 두드렸다.

"네가 자꾸 상념에 잠겨서야 내가 전하려는 말을 할 수 없지 않으냐."

유연이 얼른 눈을 내리깔았다. 그의 기다란 손가락이 다시 희정당을 짚은 뒤 미끄러져 내려갔다.

무슨 각(閣)이니, 루(樓)니, 고(庫)니 하는 것들을 다정한 목소리로 일러 가며 설명하는 목소리가 귓등을 스치듯 지나갔다.

전하라 불러도 좋다 이야기하고서 정작 언행에는 전혀 변화가 없다는 건 뭔가 앞뒤가 맞지 않는 것처럼 보였다. 게다가 갑자기 궐의 도본을 펼쳐 들고는 몹시 정다운 목소리로 강론하듯 이야기하는 까닭도 짐작할 수 없었다. 이번에는 조금 세게, 그러나 통증 따위는 남지 않을 정도로 약하게 환의 손가락이 유연의 이마 한가운데를 튕겼다.

"대체 마음을 어디에 두고 있는 것이냐."

"전하의 의중을 모르겠사옵니다."

혼란스러운 와중에도 완고한 입매를 하고 있는 유연을 바라보며 환이 나직하게 한숨을 쉬다 빙그레 웃었다.

"유순하고 온화하라 궁호를 내리기는 하였으나 그 궁호가 어울릴 것 같았으면 애초에 마음도 주지 아니하였을 것이다."

별다른 목적 없이 도본 위를 배회하는 것 같던 환의 손끝이 대번 한 곳으로 향했다. 붉게 표시된 것을 그제야 발견했다. 환이 그 모습을 보며 이레 전에 있었던 일을 상기했다. 그때도 이와 비슷한 구도로 앉아서 이야기를 했다. 다만 손목을 그러쥐지도 않았고, 이렇게 다정하게 다가앉지도 않았지만.

✤   ✤   ✤

궁에서 머문 기간이 환보다 훨씬 긴 노회한 여인은 그가 구태여 도본 여기저기를 짚어 가며 설명할 필요도 없이 주의 깊게 보아야 할 지점을 단번에 알아차렸다.

"이것이 무엇이오, 주상?"
"궐의 도본이옵니다, 할마마마."

천연덕스러운 목소리에 대왕대비 김 씨가 환의 얼굴을 살폈다. 귀엽고 사랑스러운 세손은 냉소적이지만 간혹 유들유들하게 굴기도 하는 청년이 되었다. 환의 행동 양식이야 이미 다 파악하고 있는 김 씨였으나 요즘은 조금 달랐다. 없어졌던 열의가 생겼다고 해야 할까, 더 융통성 있게 군다고 해야 할까.

"늙었다 하여 이 할미를 도본도 모르는 이로 취급하면⋯⋯."
"아시면서 부러 하문하시는 것 같아 소손 역시 실없는 말을 올려 보았습니다."

게다가 지금처럼 넉살맞게 굴 때면 조금 더 신경이 쓰였다. 아무 의미 없는 농담처럼 들려도 그 말 사이에는 드러나지 않은 가시가 숨어 있었다. 무심하게 던진 것 같은 말에 묵직한 진심이 들어 있기도 했다. 이제까지는 망설일 필요도 없던 명확한 판단에 조금씩 틈이 생기고 있었다. 썩 유쾌하지 않은 일이었다.

"이 도본을 통해 무슨 말을 전하러 오셨습니까, 주상."
"할마마마께 새 처소를 마련해 드리고자 하옵니다."

직접적으로 물어온 이상 굳이 말을 돌릴 필요도 없었다. 환이 미소를 띠고 조금 더 가까이 다가앉더니 손가락으로 어느 한 점을 짚었다. 붉은 표시가 있는 바로 그곳이었다.

"지난해, 소손이 소박한 사랑을 지어 서재를 마련하지 않았사옵니까."
"주상의 서재와 내 처소가 무슨 관련이 있단 말이오?"
"할마마마께서 불민한 소손을 바르게 이끌고자 부단히 노력하셨사옵니다. 한데 소손은 할마마마께 불효한 모습만 보여 드린 듯하여 가까이에서 모시면서 지금껏 못 다한 효(孝)를 행할까 하옵니다."

그러니까 바로 이런 때였다. 환의 말이 실상은 제 뜻을 펴지 못하게 치마폭에 싸안고 있지 않았느냐 힐난하는 것인지, 혹은 진심으로 그리 여기는 것인지 저 표정과 말투만으로는 도무지 가늠할 수 없는 것이다. 김 씨는 환의 손가락이 짚어 가는 각진 도형에서 이상한 점을 발견하고 눈을 가느스름하게 떴다.

　"나머지 한 채의 용도가 궁금하오, 주상."
　"빈궁의 처소로 삼을 것이옵니다, 할마마마."

　듣고 나니 고개를 끄덕일 만한 것이지만 미처 생각지 못했던 말이었다. 환이 말을 이었다.

　"그 아비는 고작 종육품 주부에 불과하니 사가는 아무런 의미가 없사옵니다. 교전비 하나 데려오지 아니한 외로운 처지를 보듬어 주실 분은 오직 할마마마뿐이옵니다. 본성이 어질고 삼갈 줄 아는 미덕도 갖추고 있사오니 할마마마께서 잘 가르쳐 주시면 가히 경빈(慶嬪)이라 이를 수 있는 이가 되지 않겠사옵니까."

　"전하께서는 전하의 서재 곁에 대왕대비마마의 처소를 마

련하겠다고 말씀하셨사옵니다."

"그러하지."

"그러면 이 한 채는 무엇이옵니까?"

순진무구하게 물어 오는 얼굴은 용처를 짐작해 놓고도 모르는 척하는 의뭉스러움이나 능청맞음하고는 거리가 있었다. 환이 몸을 앞으로 기울이더니 한쪽 팔꿈치를 서안 위에 올리고 손바닥 위에 턱을 괴었다. 한 뼘도 채 되지 않는 거리는 따스한 숨결을 고스란히 전하고 상대방의 눈에 담긴 제 모습을 발견해 낼 수 있을 만큼 가까웠다.

"정녕 알지 못하여 묻는 것이냐?"

진한 연정을 담은 눈빛은 바라만 보아도 취할 것처럼 아찔했다. 환이 자세를 바로 한 뒤 서안을 옆으로 밀어냈다. 몸을 조금 앞으로 옮기고 유연을 당겨 안았다. 유연은 자세가 불편하다는 투정조차 부리지 못한 채 눈을 감았다. 환의 가슴에 기댄 유연의 귀에 묵직하게 울리는 심장 소리가 전해 왔다.

"영리하다 생각하였더니 아둔하구나."

편전에서 가장 가까운 곳은 곤전. 그러나 그곳은 이미 엄연한 주인이 있는 데다 빈에 불과한 유연에게 내전을 내어 줄 수는 없는 노릇이다. 선대의 어느 왕이 후궁을 중전으로 삼을 수 없도록 국법을 정했다. 지금의 중전을 내치거나 중전이 단명하는 일 따위는 애초에 생길 것 같지도 않지만, 설령 그런 일이 생긴다 하더라도 그 공석은 유연의 것이 될 수 없었다.

"너를 위한 것임을 어찌 모르느냐."

하면 마음과 가장 가까운 곳에 두리라. 머리 위에서 잘게 부서져 흩어지는 고운 햇살과 따스한 훈풍이 필요할 적이면 가장 먼저 찾아갈 것이다. 불어드는 청량한 바람이 전하는 묵향을 따라가면 그의 여인이 기다리고 있으리라. 술 한 모금 머금지 아니하여도 마음은 구름을 밟는 듯 아득하고, 차가운 물에 얼굴을 담그지 아니하여도 정신은 맑게 깨어나지 않겠는가.

"과분하옵니다, 전하."

유연의 목소리가 살짝 떨려 났다. 아직도 잊히지 않는 거친 획들이 눈앞에 줄줄이 늘어섰다. 중간에 불과한 용모, 온갖 재보를 내릴 정도의 지극한 총애, 그 귀애함을 믿은 방자한 행동. 그 끝은 완벽할 정도의 불행이었다. 제 몸을 망치는 데서 그치지 아니하고 지극한 애정을 베푼 이도 죽음으로 내몰았다. 그 여인은 저와 비슷한 듯하여 환의 총애에 판단이 흐려지면 그토록 방만하게 굴까 두려웠다. 그 길의 끝에 비슷한 불행이 똬리를 틀고 도사리고 있을 것 같아 겁이 났다.

사실은 여인이 없었어도 마찬가지의 결과에 도달하였을 것이다. 다만, 지혜롭고 현명할 수 있었던 이의 과도한 일탈에 대한 책임을 질 누군가가 필요하였던 것이다. 후대에 남을 기록, 준엄한 사관의 붓이 비난하는 요망한 여인은 어쩌면 유연 자신이 될 수도 있었다.

요사스러운 여인으로 지탄받는 것은 얼마든지 견뎌 낼 수 있다. 그러나 마음을 다 주어도 부족한 연인이 저 때문에 총기를 잃고 어리석은 임금이 되었다는 평만큼은 절대로 사절하고 싶었다. 그렇게 된다면 그의 곁에 머물기로 한 결정에서 아무런 의미도 찾을 수 없었다.

"그리고 나를 위함이기도 하다."

환이 유연의 마음을 달래려 부드럽게 덧붙이고 어깨를 가볍게 토닥였다.

"일전에 네가 이야기하였다. 내게는 할마마마가 있으니 언젠가 힘이 되어 주실 것이라고."

벌써 오래전 일이었다. 그때에는 대꾸도 하지 않던 그 이야기를 지금에야 꺼내는 이유가 의심스러웠다.

"나 혼자는 어려울 것 같으니 네 도움을 받고자 한다. 정무에 바쁜 나와 처소가 지척에 있는 너 중에서 누가 더 도움이 되겠느냐. 그러니, 사양하지 말아라."

환이 손을 잡아끌어 유연을 일으켰다. 어깨에서 위태롭게 흘러내리려는 용포를 끌어 올리는 것도 잊지 않았다. 유연은 환의 손에 이끌린 채로 다른 방에 들어섰다. 구김 하나 없이 정갈하게 깔린 수금 사이에 설핏 드러난 종사침은 아무래도 익숙해지지 않아 얼굴이 붉어졌다.

유연의 손을 잡고 있던 환의 손이 느슨해지더니 조금씩 위로 옮아갔다. 종착지는 매끄러운 머리칼을 둥글게 말아 고정시킨 비녀였다. 필요 이상으로 힘이 들어간 손길이 비녀를 뽑아낼 적에 머리칼 끄트머리에 매달린 댕기가 스르륵 이불 위로 떨어졌다.

"그곳에서 너를 품에 안는 날이면 네 원대로 해 주마."

가장 기본적인 예법조차 지키지 않고 있는 상황에 불편해한다면 그 마음을 풀어주는 쪽이 나았다. 그러나 그가 유연을 빈궁이라 칭하는 것은 또 다른 문제였다. 단순하게 한량 선비 흉내를 내던 시절이 그리워 그러는 것이 아니었다.

'차라리 네가 중전이어서 왜 그에 맞게 예우해 주지 않느냐 묻는다면 좋았을 것을.'

그러면 고민할 필요도 없이 그 원을 들어줄 수 있을 것이다. 내가 좋은 것이 아니라 중전의 자리가 좋은 것이더냐 짓궂은 질문을 던지고는 곤란함과 억울함이 뒤섞인 표정을 보며 소리 내어 웃어 볼 수도 있으리라.

삼 년 전, 유연을 중전으로 맞이하고 싶다 청하였다 매몰차게 거절당했던 아픈 기억이 살아났다. 가장 존귀하게 대해 주고픈 여인이 고작 후궁의 예우를 청하는 것을 들어주어야 하는 제 처지가 한심했다. 그러나 어떻게 불러도 그 대상은 단 하나, 그에게 있어 가장 소중한 여인이었다. 부르는 이름이 달라진다고 사람이 변하고 마음이 변하는 것은 아니었다.

"아마 일전에 이야기하였던 그날보다는 이르게 오지 아니하겠느냐."

환의 손가락이 땋인 모양을 유지하고 있는 머리칼 틈으로 비집고 들어갔다. 머리카락 한 올 한 올이 흩어져 부드럽게 흘러내릴 때까지 몇 번이고 훑어 내리기를 반복했다. 무심한 듯 부드러운 손길이 목과 뺨을 스쳐 갈 때마다 유연의 마음에서 피어오른 열이 조금씩 바깥으로 번져 가기 시작했다.

"전하."

유연이 팔을 들어 환의 목을 감싸 안았다. 너울거리는 까만 물결 아래로 황금빛 용이 꿈틀대며 하강했다. 이마가 먼저 닿고 날렵한 콧날이 코끝을 가볍게 눌렀다. 그의 눈에 넘실대는 열기가 부끄러워 유연이 눈을 감았다. 닿아 있던 이마가 떨어지고 부드러운 입술이 맞닿았다. 지극히 다감하고 섬세한 움직임에 수줍음을 잊은 가쁜 숨이 새어 나왔다. 그 틈을 파고들기 전 환이 낮게 속삭였다.

"다시는 네 마음 아프게 하지 않으마."

고혹적인 움직임이 유연의 입술 사이로 스며들었다.

아직 여명이 밝아 오려면 한참이나 남은 듯 깜깜했다. 미미한 온기라도 뿜어내는 햇살 조각을 받은 지도 대여섯 시진은 족히 지났을 새벽의 추위는 상상 이상으로 혹독했다. 그 탓에 겨울에는 조회와 문안도 늦은 시간에 이루어졌다.

유연이 이불을 살짝 끌어 올린 채 조심스레 몸을 일으켰다. 제법 따끈한 온기를 품고 있는 바닥에 비해 그 위를 떠도는 공기는 코끝이 시릴 정도로 서늘했다.

이불을 꼭 움켜쥔 채로 고개와 어깨를 돌려 어둠이 짙게 내려앉은 방 안을 둘러보았다. 전날 밤까지 그녀의 몸 위에 걸쳐져 있던 옷가지들은 죄다 팔을 뻗어도 닿을락 말락 한 위치에 겹겹이 포개어져 있었다. 유연이 조심스럽게 이불 위를 손끝으로 두드려 보았다.

제 처소 같으면 이 정도 기척으로도 바깥에서 시립하여 기다리던 나인이 조심스레 문을 열고 나타날 것이었다. 그러나 여기는 사람이 깨어 있노라 표시를 해도 바깥은 괴괴하다는 말이 딱 어울릴 만큼 조용했다.

유연이 한숨을 내쉬려는 찰나에 입이 크게 벌어지며 하품이 나왔다. 부지런하고 게으른 것을 떠나 사경은 족히 되어서야 겨우 잠들었으니 기껏해야 한 시진 조금 넘게 눈을 붙인 셈이다. 피로감이 몰려오는 건 당연지사였다.

유연이 다시 자리에 누우려 뒤쪽을 돌아보다 고개를 갸웃했다. 분명히 한쪽 손으로 머리를 괴어 비스듬히 누운 채 다른 쪽 손으로 제 이마에 흐트러진 머리칼을 정리해 주는 환의 손길을 느끼며 까무룩 잠에 빠져들었다. 그런데 지금은 팔베개라도 해 주었던 것처럼 길게 뻗은 팔이 종사침 아래쪽에 놓여 있는 게 아닌가. 어쩐지 마음은 애잔해졌으나 입가에 엷은 미소가 걸렸다.

그는 하늘 끄트머리에 간당간당하게 매달려 있던 초승달이 숨어들고도 두 시진이 넘도록 그녀를 놓아두지 아니하였다. 다정하게 어루만지고 지나가는 미풍에 마음이 녹아나고 느닷없이 밀려드는 파랑에 몸이 넘실대며 굽이쳤다. 평온하게 쓰다듬는 손길에 설핏 풋잠에 이르면 그가 그립지 아니하였느냐 묻는 것처럼 열정적으로 파고드는 입술이 녹진한 여운을 남겼다. 그렇게 열정이 휩쓸고 지난 자리에 따사로운 햇살 같은 숨결이 내려앉으면 숨 쉬는 것조차 버거울 정도로 가슴이 요동쳤다.

호되게 앓았기 때문인지 지극한 애정에 몸과 마음이 녹아 버린 탓인지 간밤에 있었던 일은 어느 것이든 꿈결 속을 노닌 것처럼 아득했다. 어쩌면 그녀가 마지막에 보았다고 생각하는 모습은 중간에 깜박 졸다 깨어서 본 모습일 수도 있었다.

유연이 환의 반대편으로 몸을 살짝 돌려 반쯤 드러난 그의 손바닥에 손가락을 가볍게 얹어 보았다. 제 손을 올려놓으니 한참이나 커 보이는 것이 어른과 아이의 것을 한데 놓은 느낌이어서 미소가 떠올랐다.

잠시 망설이다 손끝을 그의 손가락 쪽으로 미끄러뜨렸다. 살짝 구부러진 손가락이 힘없이 펼쳐졌다. 둘의 손끝이 맞닿고 난 뒤 천천히 손가락을 하나하나 다정하게 감싸듯 어루만졌다. 둥글고 매끈한 손톱, 붓대를 쥐던 손가락에 남은 굳은 살과 마디마디의 주름까지도. 그러다 문득 엄지가 스치는 손바닥 위쪽 피부의 느낌에 동작을 멈추었다. 붓을 쥐는 사내의 손에는 어울리지 않는 단단함이었다.

무는 숭상하지 않으나 문무겸전은 높이 치는 세상이었다. 관사(觀射)가 있으면 문무 양반을 가리지 않고 참예하여 왕 앞에서 활쏘기 실력을 자랑했다. 문반이라도 글만 읽어서는 백면서생 취급을 면치 못하였으니 마상에 오르거나 습사하는 것에도 제법 시간을 할애했다. 하루 종일 도검이며 활 따위를 들고 수련하는 이들에게는 비할 바 아니어도 환의 몸맵시가 제법 날렵하고 탄탄한 것도 아마 그 영향일 것이다.

유연이 왠지 애틋한 마음이 되어 손을 가만히 쓸어 냈다. 그가 그러한 것을 즐긴다면 그것대로, 좋아하지 아니한다면 그것 역시도 안쓰러운 일이었다.

뜻을 품은 사내이거나 일가족의 생계를 책임진 가장, 혹은 그저 보통의 평범한 사람이라도 일의 우선순위를 따지다 보면 자신이 원하는 것들을 포기해야 하는 때가 있었다. 만백성의 아비가 되어야 한다는 왕의 자리에 있다면 해야 할 일과 그를 위해 희생해야 하는 일도 더욱 명확하게 갈렸다. 즐기는 일에 온전히 몰두할 수 없다는 것, 원치 않는 일이라도 할 수밖에 없다는 것은 얼마나 안타까운 일인가.

생각에 골몰하다 보니 저도 모르게 손에 힘이 들어간 모양이었다. 환의 손이 움찔하는 데 놀라 유연이 얼른 손을 떼었다. 혹여 잠을 방해한 건 아닌지 고개를 돌려 환의 얼굴을 살펴보았으나 평온하게 잠든 채였다.

유연이 몸을 미끄러뜨려 이불 속으로 파고들었다. 금침에 파묻힌 채로 온기를 즐기다 제 목덜미 뒤쪽에 닿는 살결을 의식하고 몸을 반쯤 돌렸다. 목 옆 선을 가볍게 눌러 오는 팔의 주인이 두 뼘이나 될까 말까 한 거리에 누워 고른 숨을 내쉬고 있었다.

제법 긴 시간을 깨어 있던 만큼 어둠에 눈이 익었다. 환의 손끝을 쓰다듬을 적에는 윤곽만 어렴풋하였으나 지금은 그의 얼굴이 선명하게 보였다.

"하늘이 이토록 고운 낭군을 제게 내려 주셨사옵니다."

유연이 손을 뻗었다. 이불 밖을 빠져나오지 못한 손은 그의 얼굴에 앞서 호흡을 할 때마다 오르내리는 가슴 위에 먼저 닿았다. 손바닥으로 번져 오는 온기와 조금 빠른 듯싶으나 평화로운 두근거림. 몸을 일으켜 그 위에 얼굴을 파묻고 싶은 충동을 누른 채 손을 곰질거렸다.

빗장뼈를 가볍게 두드리고 목울대를 스쳐 간 손은 이마에 자리 잡았다. 미끈한 이마 아래에는 산을 그려 놓은 듯 고운 눈썹이 자리했다. 감은 눈시울에서 길게 뻗어난 속눈썹이 파르르 떨렸다. 오뚝하게 뻗은 콧날을 따라 내려오다 뺨 위로 살짝 도드라진 광대뼈와 귀밑머리 위쪽의 관자놀이며 섬세하게 깎아 놓은 것 같은 얼굴 윤곽선을 부드럽게 어루만 졌다. 이리 쓰다듬어도 깨어나지 아니할 만큼 고단한 하루를 보냈는가 보다 안타까워졌다.

유연의 손가락이 조심스레 그의 입술로 향했다. 몸과 마음이 나른하도록 유혹하는 숨결을 토해 낼 적에는 알지 못했던 까슬까슬한 느낌이 손끝에서 자꾸 걸리적거렸다. 유달리 눈비가 적은 메마른 겨울이어서 그런지, 혹은 몸이나 마음이 지쳐 그 흔적이 입술 위에 남은 것인지. 그 역시도 그녀를 두고 돌아선 후에 가슴앓이를 하였을까.

입술 선을 따라 흐르던 손가락에 돌연 아릿한 느낌이 찾아 들었다. 유연이 깜짝 놀라 손을 거두어들였다. 곤히 잠들어 있다고 생각했던 환의 가늘게 뜬 눈에는 애정이 담뿍 담기어 있었다.

눈은 감은 채였으나 환의 정신은 점차 맑아졌다. 오랜 습관은 계절과 날씨를 가리지 아니하고 늘 같은 시간에 하루를 시작할 수 있도록 그를 단련시켰다. 평소라면 정신이 깨는 동시에 몸을 일으켰을 테지만 오늘만큼은 잠시 그 상태를 즐기기로 했다.

침전에 그의 것이 아닌 숨소리가 섞여 있었다. 손을 뻗으면 닿는 자리에 연인이 있었다. 이레 동안 견뎌 왔던 갈증은 쉬이 달래지지 않아 고운 이마가 젖어 들고 눈꼬리에 엷은 이슬방울이 매달리도록 거세게 다가들었다. 수줍음 많은 여인의 숨결에 산드러지는 성음이 섞이고도 한참이 지난 후에야 격랑을 잠재울 수 있었다.

그런데도 갈급증은 아직도 다 가시지 아니한 모양이었다. 오래지 아니하여 아침이 밝아 오겠지만 품에 안고 다독일 정도의 시간은 있을 터였다. 환이 조심스레 팔을 뻗는 순간, 옆에서 바스락대는 기척이 들려왔다.

환이 감은 눈을 뜨고 눈동자를 움직였다. 어슴푸레한 어둠에서도 반쯤 돌아앉은 여인의 뒷모습이 희게 빛났다. 품에 안을 적마다 항시 어루만지는 어깨에 등이고 허리였지만 눈으로 확인하는 일은 극히 드물었다. 필시 빛이 드는 곳에서는 사내의 품에 안기는 것이 아니라 교육받은 결과일 것이다.

'쓸데없는 것은 배우지 말라 그리 이야기하였는데도.'

속으로 투덜대면서도 환의 눈길은 유연의 뒷모습을 새기고 있었다. 둥그스름한 어깨와 도도록한 등줄기, 한 팔로도 휘감을 수 있는 호리호리한 허리를. 저리도 연약하고 사랑스러운 이에게 매몰차게 대한 자신을 나무라고 더욱 아끼고 보듬어 주리라 다짐하며 몸을 돌리려는 찰나였다.

유연이 그의 손 위에 제 손을 살며시 놓았다. 한 번도 본적 없는 무언가를 탐색하듯 조심스럽게 더듬어 가는 손길에 가느다란 허리를 감싸 안으려던 마음을 접어 둔 채로 눈길을 거두었다. 좀처럼 무언가를 바라지도 않고 먼저 어떤 행동을 취하는 일도 별로 없는 이의 소소한 유희를 방해하지 않을 참이었다.

언제였던가, 늙수그레한 내관 둘을 앞에 놓고 물어본 적 있었다. 유연을 어찌 그에게 데려오게 되었느냐고.

"실수……."

"하늘이 굽어 살피신 것 아니겠사옵니까, 전하."

이실직고하는 희봉의 말을 덮어 내듯 덕해가 큰 목소리로 재빠르게 대답한 뒤 능청스레 웃었다. 환은 굳이 더 캐묻지 않았다. 유연은 관직은 낮아도 선비 특유의 고지식함이 있는 벼슬아치의 어린 외동딸이었다. 실수였다는 그 말은 진실임이 틀림없다. 어찌 되었든 천우신조라 여길 만한 일이기는 했다.

그들을, 박 상궁을 곁에 둔 것은 잘한 행동이었다. 마음 붙일 데 없는 유연에게 조금의 위안이 되리라. 하지만 언제까지 평온이 지속될 수 있을 것인가.

대전의 우두머리 상궁이 후궁의 처소로 간 것은 좋게 생각하면 그만큼 총애가 깊다는 증거이기는 하였으나 썩 자연스러운 일은 아니었다.

늙은 내관들은 말 그대로 늙었다. 수십 년간 착실하게 모아 둔 녹봉으로 한양이든 지방이든 어느 구석에서 떠세하고 살아갈 나이였다. 그러니 길어야 서너 해 남짓. 그사이에 유연의 성격이 바뀌기라도 하면 모를까 지금처럼 누가 될까 염려하며 숨죽이고 지내서야 완전히 고립되어 버릴 게 분명했다.

'그 늙은이가 조금 더 젊었으면 좋을 것을. 어찌하면 좋을꼬.'

언뜻 떠오른 건 저 밖에 시립하고 있을 젊은 내관의 얼굴이었다. 그러나 그는 덕해보다는 희봉 쪽에 가까웠다. 눈치가 둔하거나 앞뒤 꽉 막힌 건 아니지만 덕해처럼 눈치를 살펴 수월한 쪽으로 일을 해결해 가는 재주는 없었다. 게다가 유연의 곁에 두기에는 치명적인 단점이 있었다.

'혼인을 약조하였다고는 하나 용모가 지나치게 해사하지.'

무심결에 환의 손이 움찔했다. 유연이 놀란 듯 손을 떼는 것이 느껴져 그가 얼른 눈을 감았다. 혹시 깬 것을 알아차렸나 고민하던 차에 그의 팔 위로 부드러운 살결이 미끄러져 내렸다. 길게 늘어뜨려 놓은 머리칼과 아렴풋하게 닿는 호흡, 꼬물거리는 작은 뒤척임이 피부를 간질였다. 사소한 접촉에도 몸 안에서 열이 피어올랐다.

아직 날이 밝았다고는 할 수 없다. 밤은 연인을 위한 시간 아닌가.

몸 옆으로 내려 뻗은 팔에 힘을 주었다. 그러나 돌연 가슴 위에 얹히는 작은 손이 또다시 행동을 제지했다. 심장 위를 살포시 눌렀다 별 망설임 없이 위로 올라오는 손길에 하마터면 실소를 터뜨릴 뻔했다.

당연한 일이었다. 부끄럼이 많아 환이 나신을 눈에 담는 것도 저어하는 그의 여인은 반대의 경우에도 수줍게 눈길을 돌리거나 눈을 감아 버렸다. 적극적으로 먼저 유혹하는 모습 따위를 기대하는 것은 적어도 지금 상황으로 볼 땐 무리였다.

하지만 그것으로 충분했다. 손길이 닿을 때마다 일렁이는 몸짓, 숨소리를 따라 오르내리는 숨결은 스스러움 뒤에 감춘 춘의를 고스란히 드러냈다. 열정을 불러일으키는 이가 자신이라는 것에 만족했다.

살금살금 몸 위를 더듬어 올라오던 손길은 그가 깊이 잠들었음을 확신한 듯 얼굴 위를 느릿하게 흘러 다녔다. 벅차오르는 숨과 거세어지는 가슴의 고동에 맞서던 환은 유연의 손끝이 입술 위를 미끄러지는 순간을 견뎌 내지 못하고 얕게 빨아들여 잇자국도 남지 아니할 만큼 가볍게 깨물었다.

서둘러 멀어지는 손의 주인이 등을 돌리기 전에 그가 먼저 몸을 돌려 굳어진 어깨 위를 지그시 눌렀다. 어둠에 익지 않은 눈이 혹시라도 여인의 표정을 읽지 못하는 일 없도록 가늘게 떠 주시했다. 눈꺼풀 사이로 숨길 수 없는 연모와 어쩔 줄 모르는 당혹감이 뒤섞인 얼굴이 선명하게 보였다.

"그리도 그립더냐."

잠에서 막 깨어나 반쯤 잠긴 목소리조차 가슴이 내려앉을 만큼 다감했다. 환이 몸을 굴려 가까이 다가드는 모습에 유연이 몸을 움츠렸다. 품 안에 이미 단단히 잡혀 피할 도리 없이 눈만 내리깐 채 겨우 중얼거렸다.

"곧 날이 밝을 것이옵니다."

"염려 말아라. 먼동이 트는 때는 네 생각보다 훨씬 더디 찾아올 것이니."

말을 맺은 것인지 더 이어질 말이 남아 있었는지도 불분명한 상태로 환의 목소리가 잦아들었다. 이마 위에 닿은 입술은 조금 전 유연의 손길이 더듬어 가던 그대로 젖어 들고, 가슴 위에 놓여 있던 손은 떨리는 마음을 달래듯 부드럽게 흘러 내렸다.

"아."

환은 유연의 입술 사이로 짧은 탄성이 터져 나오는 순간을 놓치지 않았다. 기갈에 허덕이다 맑은 샘을 찾아내고 달콤한 과실을 발견한 이처럼 탐욕스레 파고들었다. 입안 가득 머금어도 채워지지 아니하는 허기를, 아무리 들이마셔도 다시 찾아오는 갈증을 몰아낼 수 없어 탐하고 또 탐하였다.

바닥의 열기가 미치지 못하여 서늘하던 방 안에 물기 어린 온기가 배어들고 가냘픈 옥성은 문을 뚫지 못한 채 벽에 부딮쳐 어지러이 돌아다녔다. 새벽이 더디 오라는 바람도 부질 없이 어렴풋하게 빛이 비쳐 들기 시작하고 있었다.

"조금은 더 누워 있어도 괜찮을 것이다."

금침에 감싸여 얼굴만 내밀고 있는 유연을 향해 환이 다정하게 말했다. 감긴 눈을 힘겹게 올려 뜨면서 고개를 젓는 이의 이마에 손을 얹고 가만히 쓸어내렸다.

"지금 잠시 눈을 붙이는 편이 낮에 졸음에 겨워 실수하는 것보다 낫지 않겠느냐."

"이미 사나운 겨울 감모에 붙잡혔다는 소문이 파다할 것이옵니다."

걱정하는 듯 이야기하는 일이 결코 일어나지 않으리라는 것은 둘 다 알고 있었다. 혹 처소에 혼자 있을 때면 병든 닭처럼 잠깐씩 조는 일이 생기더라도, 그러다 금침을 깔고 누워서 잠을 청한다 하여도 남의 눈에 띌 일은 없을 터였다.

"오래도록 병마에 잡혀 있다 여겨지면 곤란하다. 정초에 조정에서 할마마마의 육순, 어마마마의 망오를 경하할 것이고 그 연후에 내명부에서도 연회가 베풀어질 것이니."

"그렇사옵니까."

유연의 웅얼거림은 더욱 작아졌다.

'그때 할마마마께서 너를 살피려 하실 것이야.'

눈을 가리는 것만으로 이미 잠에 취해 버린 유연의 얼굴을 내려다본 환은 하려던 말을 삼켰다. 이미 꿈결을 노닐고 있어 귀에 가 닿지도 아니하겠지만 구태여 마음을 심란하게 하고 싶지도 않았다. 무엇을 물을지 혹은 어떻게 대할지 짐작할 수 없으니 조언을 줄 수 있는 것도 아니었다. 성심을 보이면 그 마음이 닿겠거니 기대하는 것 외에 마땅한 방법이 있지도 아니했다.

환이 유연의 눈을 가리고 있던 손을 떼었다. 아직 병색이 가시지 아니한 작은 얼굴이 애처로웠다. 잠을 방해하지 않도록 작은 목소리로 속삭였다.

"그 누가 어찌하든 내가 너를 지킬 것이다."

"엣취."

코끝을 살짝 움켜쥐어도 기어이 터져 나온 언의 재채기 소리가 공기를 울렸다. 잔뜩 웅그리고 섰던 덕해가 키드득거렸다.

"젊은 것도 추위엔 어쩔 수 없지. 고뿔에 걸리지 아니하게 옷을 단단히 챙겨 입는 게 좋겠구먼. 곧 연분 맺을 내자에게 부탁해 보지 그랬나."

언은 짓궂은 목소리에 대꾸하는 대신 자세를 바로 했다. 반응이 없는 쪽에 대고 장난을 거는 건 싱겁다. 덕해의 목소리는 제 옆에 서 있는 희봉을 향했다.

"팔자에도 없는 장번에다 이 추운 날 바깥에서 덜덜 떨고 있단 말이지. 이건 다 자네 탓일세."

"그게 왜 내 탓……."

기대한 대로 바로 대답이 돌아왔지만 말허리가 뚝 잘렸다. 누가 온 것도 덕해가 무어라 말을 막아선 것도 아니었다. 그저 희봉이 입을 다물었을 뿐이었다.

"말을 시작했으면 끝까지 해야지 그게 뭔가."

놀리는 기색이 역력한 말투에도 희봉은 신경질적으로 한쪽 발을 가볍게 구르기만 할 뿐 대꾸하지 않았다.

이런 대화가 어디 한두 번이었나. 팔자에 없는 장번을 서는 까닭은 필시 희봉이 서고에 빈궁마마를 데려갔기 때문이라 주장할 것이다. 네놈이 전하께 입을 방정맞게 놀린 탓에 그 사달이 난 게 아니냐 물으면 그 외 다른 방안이 있었겠느냐 묻겠지. 그렇게 옥신각신하다 보면 이야기는 자연스레 빈궁마마를 남산골 처자로 착각한 희봉의 어리석음을 탓하는 쪽으로 흘렀다. 찾아내지 아니하였으면 그만 아니냐고 신경질적으로 반문하면 오랜 벗의 목이 날아가는 것을 어찌 보겠는가, 구슬픈 중에도 장난을 잔뜩 담아 대꾸하는 덕해의 목소리가 들려오기 마련이었다.

"일진이 사나워 나이 든 것이나 젊은 것이나 부려 먹으려 들더니 이제는 늙으나 어리나 사람을 무시하는군. 이거 어디 서러워 살겠나."

"그리 곤하면 퇴궐하면 그만이지 누가 지키고 섰으라 하였습니까."

저쪽에서 자박거리고 다가온 박 상궁이 덕해를 나무랐다. 양팔 가득하여 눈앞이 보일까 싶은 어린 나인 하나가 그 뒤에 있었다. 전에 빈궁마마가 사라졌다며 숨을 헐떡이던 그 아이인 것 같았다. 덕해가 그 둘을 바라보다 동편 하늘을 보았다. 아직 어두웠지만 희미하게 밝아 오는 모양이 눈에 보였다.

"괜찮겠소?"

덕해가 턱짓으로 나인을 가리켰다. 나인의 안위와 신뢰 정도를 동시에 묻는 중의적인 물음이었다. 박 상궁이 무뚝뚝하게 고개를 끄덕이고는 건물로 들어서는 계단을 밟았다. 분명 시야가 다 가려졌을 것인데 용케 넘어지지 않고 나인이 뒤따랐다.

"전하."

"들라하라."

박 상궁이 방 안에 들어섰을 때 환은 이미 익선관에 붉은 용포 차림이었다. 그와 반대로 아직도 야금에 싸인 채 평온하게 잠든 유연의 얼굴을 보며 박 상궁이 표정을 굳혔다.

"조금 더 쉬게 하게. 고단할 것이니."

내려다보는 눈길에 애틋함이 담겨 있었다. 대답이 없는 박 상궁을 향해 환이 부언했다.

"이르게 문안까지 마쳤다 하면 그만 아닌가. 대전 나인들이 어떤지는 그대가 가장 잘 알 터이고……."

'네 뒤를 따랐으니 저 아이도 믿지 못할 이는 아니지 않겠느냐.'

뒤에 이어질 말까지 짐작한 박 상궁이 입을 열었다.

"확언할 수 있는 것은 극히 드무옵니다."

믿을 만하다 여기는 이들만 골라 놓아도 말이 새어 나가는 일이 종종 있었다. 누군가의 회유, 가족이나 안위를 빌미로 한 위협, 혹은 주인의 지청구를 들은 데 대한 상심. 어느 것이 원인이든 이후의 결과는 거의 같았다. 사소한 흠결이 빌미가 되고 이리저리 굴러다니던 작은 이야기들이 모여 거대한 사건이 되어 버리기도 했다. 사랑하고 사랑받는 것만으로 살아질 수 있다면 얼마나 좋을 것인가. 장담하는 것은 섣부른 일이었다.

"그러한가."

환의 목소리가 낮게 깔렸다. 두 대비의 치마폭에 싸인 어린아이. 그의 자리를 위협할, 혹은 같은 왕족으로서의 마음을 나눌 수 있는 대군 따위도 없이 오롯이 혼자인 직계 혈통. 제 뜻을 펼 수 없어 한스러워할지언정 음모와 암투는 그를 향하지 아니하여, 악의가 사람을 어떻게 망가뜨리고 옥죄는지에 대해 무지했다. 의미 없는 작은 한숨 소리도 누군가의 귀에는 반드시 들어가며 창을 타넘고 벽을 넘는 순간 태풍이 될 수 있다는 것은 알았지만 어떤 위해가 가해지는지는 알지 못했다.

"그럼에도 그대만큼은 믿어도 좋다고 생각하네."

환이 유연에게서 눈을 떼고 박 상궁을 바라보았다.

"그대가 빈궁의 곁을 지켜 주게. 저 여린 마음이 상처 입지 아니하도록."

박 상궁이 조심스레 눈을 들어 환을 바라보며 말 없는 눈빛 뒤에 숨겨진 뜻을 읽었다.

"어명이니라."

"명 받들겠사옵니다."

잠깐의 사이를 두고 박 상궁의 대답이 들려왔다. 대답을 들은 환이 하루를 시작하기 위해 발을 디뎠다.

환은 문을 나서기 전 고개를 돌려 여전히 잠든 채인 사랑스러운 그 모습을 굽어보았다. 가득하게 차오르는 아쉬움에 자꾸만 발길을 멈추는 것을 깊이 주먹 쥐는 것으로 억눌렀다.

동지가 지난 지 오래지 않았는데도 겨울밤이 짧았다. 게으른 태양은 느지막이 떠올라 일찌감치 숨어들 것인데도 해거름은 아득하게 멀었다.

결국은 왕의 체모 따위는 벗어던졌다. 고개를 수그리면 언제 떨어져도 이상하지 않을 익선관을 벗어 박 상궁의 손 위에 얹어 놓고 곤히 잠든 연인의 옆에 무릎 꿇고 앉았다. 허리를 굽혀 얼굴을 가까이 하니 색색거리는 가는 숨이 뺨을 간

지립했다.

"가소(佳宵)를 기다리마."

약조를 속삭인 입술은 가볍게 팔랑이는 나비처럼 붉은 꽃 망울 위를 맴돌았다.

열다섯

이루어진 꿈,

바랄 수 없는 소망

　새벽이 오도록 다정한 시간을 보낸 후 아침이 밝았고 유연의 월사(月事)가 시작되었다. 그 밤에도 환은 짙은 어스름을 헤치고 유연에게 왔다. 그는 유연이 단정하게 서서 기다리는 모습을 확인하자마자 팔을 벌려 꼭 껴안았다. 희미한 혈성이라도 전해지는 건 아닐까 잔뜩 경계하느라 딱딱하게 굳은 유연의 어깨를 부드럽게 어루만졌다. 환은 눈만 조심스레 올려뜬 얼굴을 들어 올려 말간 입술에 입을 맞추었다.

　방 안에 들어와서 서안을 사이에 두고 마주 앉아 있었으니 틀림없이 몸이 맑지 아니한 사실도 알고 있는 게 분명했다. 그렇지 아니하였더라면 방에 들어서는 순간 손길이 옷고름부터 잡아당겼을 것이니.

한사코 마다하는 유연을 굳이 주인의 자리에 앉혀 놓은 환의 손이 서안 위를 가로질러 그녀의 손목을 잡아 당겼다. 손금이 보이도록 손을 뒤집어 놓고 그 손바닥 위에 비단 주머니를 하나 얹어 놓았다. 금박으로 입혀진 용무늬가 등잔의 일렁임을 따라 반짝거렸다.

"이게 무엇이옵니까, 전하."

"무엇일까."

몸을 기울여 팔꿈치로 서안을 짚어 턱을 괸 채 환이 느긋하게 웃었다. 유연이 눈썹을 살짝 찌푸리고는 손바닥 위에 놓인 것이 무엇일지 가늠하듯 주머니를 빤히 바라보았다. 그 안에 무엇이 들었는지 꿰뚫어 볼 능력은 없었지만 어디 하나 울퉁불퉁한 데 없이 폭신해 보이는 외관은 적어도 엽전 냥이라든가 은자 따위가 들어 있지 않다는 사실만큼은 짐작할 수 있게 했다.

"궁금하면 열어 보면 될 일."

환이 손수 매듭을 끌러 놓았다. 그러나 다만 그뿐, 안에 든 것을 보여 주거나 꺼내는 행동은 하지 않은 채 유연의 얼굴을 살폈다.

"궁금하지 아니하옵니다."

왠지 모르게 흐려진 표정과 살짝 가라앉은 목소리에 환이 얼굴에서 미소를 지우고 유연을 바라보았다. 딱히 화가 나거나 마음이 상한 것 같지는 않은 얼굴이었다. 잠깐 동안 그렇게 대치하고 있었으나 결국 유연이 손을 뻗어 살짝 그 안에 넣었다. 손에 닿는 감촉은 매우 친숙했다. 어떻게 엮었는지 짐작하기 어려울 정도로 정교한 매듭과 햇빛을 받으면 분명히 더 화사하게 빛날 고운 술이 찰랑거리는, 그 사이에 놓인 툭 무지러진 반들반들한 돌의 모양은 몹시 손에 익은 것이었다.

어느 틈엔가 유연에게 더 가까이 다가든 환이 당의 앞 고름을 가볍게 잡아당겼다. 그리고 조금 전 풀어낸 고름 한 가닥의 끄트머리를 찾아냈다. 유연의 손가락 사이에 끼인 채로 힘없이 흔들거리는 노리개를 빼내어 고름 끝에 걸고 섶으로 밀어 올렸다. 서툰 손길이 만들어 낸 기운 없이 처진 매듭은 달랑이는 노리개를 꼭 붙들어 놓는 데 성공했다.

"세공이 곱지 아니하여 노리개로 어울리지 아니한다는 말은 하지 말아라."

유연이 눈길을 떨어뜨렸다. 달빛 아래 책을 펼쳐 놓고 앉은 노인은 손끝에 매인 붉은 실이 이어지면 연분이리라 했다. 붉은 빛깔과는 대척점에 있는 청록의 술이어도 사내의 손에서 계집의 손으로 이어지는 순간 운명이 정해진 모양이었다. 다시 되돌렸음에도 그 인연을 무를 수 없었던 것을 보면.

"사물의 가치는 외양에 있지 아니함을 안다면."

매끄럽게 깎인 것 외에 미적인 가치를 찾기 어려운 돌조각은 정교하게 세공된 패물에 한참 모자랐다. 그러나 직접 쓴 글자를 각인하고 마음을 담아 건넨 정표였다. 그 가치는 여느 노리개에 비할 바 아니었다.

"나는 예외로 하고 말이다. 이런 용모를 하고도 변치 않는 마음을 지닌 이 흔치 아니할 것이니 어찌 너의 홍복이 아니랴."

장난처럼 덧붙인 환이 싱긋 웃었다. 남의 시선을 끌 수밖에 없는 고운 용모에 대한 자신감이었다. 그리고 오로지 한 여인에 대한 마음만 깊어 가는 순수한 정애를 표출한 것이기도 했다.

유연은 때로 그것이 두려웠다. 더없이 고운 선비와 어린 계집아이, 지엄하신 상감마마와 궐은 구경조차 할 일 없을 것 같은 평범한 반가 규수. 그 어느 쪽도 썩 어울리는 조합이라고 할 수 없었다. 서로를 생각하는 마음을 저울에 달았을 때 그저 무한정 차오르는 유연의 마음이 그의 것과 비슷한 무게밖에 지니지 못하여 평형을 이룬다는 것 역시 자연스럽지는 아니하였다. 어떻게 그것이 가능하단 말인가. 과연 이 행복이 그녀 자신의 것이기는 할까.

그 생각의 끝에 떠오른 것은 난데없는 혜원의 얼굴과 목소리였다.

"부디 과욕으로 모든 것을 그르치는 일이 없으셨으면 하옵니다. 그저 숙원의 자리만 붙잡고 있는 저도, 전하의 지극한 귀애를 받고 있는 빈궁마마도 결국에는 같은 후궁일 뿐이옵니다."

가시 돋친 말에 담긴 뜻은 무엇일까. 바라보는 것만으로도 가슴 벅찬 정인을 그들과 공평하게 나누기라도 해야 한다는 말일까.

"대체 어떤 자가 네 얼굴에서 비색(悲色)을 가시지 않게 하는 것이냐. 치도곤이라도 해야 하겠구나."

유연의 입가에 어렴풋한 미소가 걸렸다. 환의 손가락이 유연의 입술을 부드럽게 쓸고 지나가 조금 더 활짝 웃기를 바라는 것처럼 입술 꼬리에서 손끝을 조금 들어 올렸다. 제 여인에게 항시 눈물만 안겨 주는 사내가 되고 싶지 않았다. 그를 위해 외로움을 감내하는 이에게 힘이 되어 주고 싶었다.

"내 마음이 항시 네 곁에 있으리라는 약조이니라."

"잠시만 기다리게."

평소에 비해 더 화사해 보이는 차림은 당의를 덧입는 것으로 마무리되었다. 문갑 앞에 다가간 유연은 치맛자락이 구겨지는 일이 없도록 조심스레 앉아 문을 열었다. 바로 보이는 자리에 용을 금박 무늬로 입힌 주머니 하나가 다소곳하게 놓여 있었다.

조여진 매듭을 쓰다듬는 유연의 손은 망설이는 것처럼 보이기도 했다. 그러나 이내 결심이라도 한 듯 그 안에 든 것을 꺼내어 손에 가볍게 쥐었다.

"이걸 달아야겠구나."

당의 소매에 팔을 꿴 유연이 나인에게 손에 쥔 것을 내밀었다. 삐죽이 늘어진 술 탓에 노리개라는 것은 짐작하고 있었으나 유연을 치장하려 들어 올린 것과는 퍽 다른 모양을 하고 있었다. 나인이 난처한 얼굴로 제 손에 쥔 것과 유연의 손바닥 위에 놓인 것을 번갈아 바라보았다.

"안 고름에 달아주면 좋겠구나. 누구에게 보이고자 하는 것이 아니야."

그제야 나인이 두말없이 핏돈을 고름에 끼운 뒤 매듭지었다. 금사라도 섞어 엮은 듯 빛나는 청록 빛깔의 술은 귀한 가치를 짐작케 했으나 완성품은 소박한 단작노리개였다. 게다가 패물이 들어가야 할 자리에 달랑달랑하게 걸린 건 웬 돌멩이가 댕강 잘린 둥그스름한 모양이었다. 단순한 돌멩이로 치부하기에는 광택이 예사롭지 않기는 하였으나 어디에 쓰는지 무슨 뜻이 담긴 것인지는 도무지 알 수 없었다. 언뜻 편평한 쪽이 불그스름하게 물든 걸 본 것 같기도, 손에 오돌토돌하게 걸리는 문양을 느낀 것 같기도 하였으나 매듭짓기가 무섭게 당의 안쪽으로 숨어들어 확인하지는 못하였다.

화룡점정(畵龍點睛), 고운 옷차림을 더욱 돋보이게 해 줄 우아한 노리개를 단 고름을 단단하게 매듭짓는 것으로 단장이 끝났다. 한 올 흐트러짐 없이 매끄럽게 빗어 단단하게 쪽진 머리는 화려한 비녀가 가로지르고 평소에 비해 조금 짙어진 화장은 어딘가 소박한 느낌이 남아 있던 소녀를 청초한 여인으로 보이게 했다.

"전하께서 마마의 이 모습을 알지 못하심이 서운하옵니다."

나인이 뒤로 몇 발짝 조심조심 물러나며 아낌없는 찬사를 보냈다. 의례적인 문안 정도를 빼면 사람을 만날 일도 많지 않아 겉치장에 크게 공을 들이지 않는 이였기에 더 곱게 느껴졌으리라.

문이 활짝 열렸다. 늘 보는 나인의 익숙한 뒷모습을 따라 걸어가며 당의 속에 숨어든 손을 위로 움직였다. 곤독곤독 흔들리며 손등에 부딪치는 인장을 꼭 쥐었다. 인장에 새긴 글자에는 絲 가 숨어 있어 월하노인의 실꾸리처럼 그녀를 그와 이어 놓았다. 그가 남기고 간 마음이 그녀의 곁에 있으니 긴장하지 않아도 좋을 것이다. 궁호에 어울리고 평판에 적합한 잔잔한 미소를 짓고 고개를 몇 번 끄덕이고 나면 연회가 끝나리라.

유연이 손에 쥔 인장을 놓다가 문득 떨어져 나간 조각을 붙여 놓았던 것이 기억나 조심스레 손톱 끝으로 인장 표면을 더듬었으나 아무것도 걸리지 않았다. 주의를 기울여 몇 번이나 손가락으로 천천히 문지른 후에야 어렴풋하게 자국이 느껴졌다. 아마도 그 부분을 다시 다듬어 낸 모양이었다.

한 번 깨어진 것은 다시 붙여도 표가 났다. 자세히 관찰해야 알 수 있다 하더라도 흔적이 남은 것은 사실이었다. 그렇게 붙여 놓은 것은 작은 충격에도 다시 떨어져 나가기 쉬웠다.

'조심하여야지.'

섶 안에 숨어든 노리개에 위해가 가해질 일도, 한 번 제 손을 떠났다 되돌아온 것을 놓칠 일도 없을 것이다. 유연이 두 손을 맞잡고 저만치에 사람들이 속속 모여드는 것을 보며 발길을 서둘렀다.

대왕대비에 왕대비, 중전과 빈궁에 숙원. 한 자리에서 이들을 한꺼번에 보는 것은 처음이었다. 육순이며 망오를 경하하는 자리는 요란스럽지 않았다. 가끔 낭랑하게 울려 퍼지는 웃음소리에 다정하게 오가는 목소리가 들려왔지만 오히려 미묘한 긴장감이 감돌고 있었다. 오직 중전만이 그 긴장에서 벗어난 듯 무심해 보였다.

대왕대비 김 씨가 찻잔을 입가에 갖다 대며 보이지 않게 조소를 머금었다. 저들 딴에는 조심하고 있다 여기겠지만 분위기가 선명하게 보였다. 중전의 평온함은 다소 의외였으나 그 자리가 조금 더 신중함을 갖추도록 이끈 모양이라고 짐작했다. 가례 첫날밤 제 처소의 문을 걸어 닫은 중전이 후궁에게 적대감을 표출하는 것은 후궁들이 서로를 질시하며 아웅다웅하는 것 이상으로 어리석은 짓이었다.

김 씨의 눈길은 자연히 유연에게로 향했다. 미소 띤 채로 단정하게 앉은 모습에서는 불안감도 총애를 자랑하려는 기세도 찾아볼 수 없었다. 유연은 그녀에게로 향하는 말을 상냥한 미소와 짧은 대답, 그 직후 찻잔을 드는 것으로 피해 내고 있었다. 이따금씩 당의 앞섶이 살짝 들썩이는 것만이 마음에 이는 동요와 그 자리에 대한 불편감을 드러내고 있기는 하였으나.

어딜 보아도 특별한 점을 발견할 수 없었던 소녀의 어떤 점이 환의 마음을 끌어당겼는지는 풀리지 않는 수수께끼였다. 그에 대해 김 씨가 명쾌한 결론을 내린 것은 비교적 최근의 일이었다.

빈으로 맞아들이자마자 노골적으로 감싸고 드는 태도를 진정으로 연심을 품고 있기 때문이라고 해석하기는 어려웠다. 용모로 마음을 쥐락펴락하기에 그 자색이 평범한 수준을 크게 벗어나지 못했다. 방중술을 지닌 계집아이일 가능성도 염두에 두었으나 고지식한 데가 있다는 그 아비를 보아서는 어림없는 소리였다.

그렇다면 남은 가능성은 하나, 치기 어린 반항뿐이었다.

환은 김 씨가 권세를 틀어쥐고 그를 조종하려 든다고 생각했다. 진사의 딸이 중전으로 내정되어 있다는 것은 누구의 눈으로 보아도 잘 알 수 있었다. 정삼품 대사성은 아무나 앉을 수 있는 자리가 아니었고 아무나 앉히어서도 곤란했다. 학식과 인품이 훌륭하여 환이 종종 서간을 통해 조언을 구하고 있었지만 온전하게 마음을 주고 있다고 보기는 어려웠다. 환이 몸서리치게 싫어하는 그녀의 형제들과 밀접한 관계에 있는 이인 탓이었다.

그들을 제외하면 주부의 딸만 남았다. 구색을 갖추기 위해 삼간에 올린 간택되지 아니하여도 어떤 불만도 말할 수 없을 그저 그런 한직에 있는 벼슬아치의 딸. 마음이 없어도 있는 척, 흡족하지 아니하여도 지극히 아끼는 시늉으로 김 씨의 영향력에서 벗어나고 있음을 과시하려는 치기로 보였다.

그런데 며칠 전, 환이 김 씨에게 제안을 했다. 처소를 지어 드릴 테니 빈궁을 곁에 두어 인정하여 달라 요청했다. 더 생각할 것도 없는 명확한 결론을 내렸다고 생각했던 김 씨는 크게 당황했다. 정녕 주상의 진심이 저 계집아이를 향해 있는가.

어떤 아이인가에 대한 호기심이 다시 고개를 치켜들었다. 문안드리러 올 적과 지금 보는 모습은 크게 다를 바 없었다. 상궁이며 나인들을 통해 들을 수 있는 이야기도 몹시 한정적이었다.

두문불출하듯 처소 안에 머무르고 독서를 즐겨 하는 것 같으며 목소리가 단 한 번도 문밖으로 새어 나오는 법 없을 정도로 온화하고 조용한 성품을 가진 이라 하였다. 환이 이삼일이 멀다하고 드나드는데도 교성이 새어 나오는 일조차 드무니 정숙하도록 교육받은 이가 틀림없다 하였던가.

그것으로는 환이 빈궁에게 집착하는 연유를 알 수 없었다. 남의 눈과 귀와 입을 통하는 것보단 본인이 직접 확인하는 쪽이 더 정확했다.

"꽃처럼 어여쁜 이들과 함께 있으니 마치 나도 젊음을 찾은 것 같구나. 이 어찌 즐겁지 아니할까. 명이 지나치게 길다 설워하였으나 이날까지 살아 있지 아니하였으면 이리 즐거운 날도 오지 않았을 것 아닌가. 이리 곱고 지혜로운 여인들이 주상을 보필하고 있다 생각하니 늙은이의 마음이 몹시 흡족하오."

김 씨의 목소리에 좌중이 조용해졌다. 그녀의 눈길이 천천히 상을 둘러싸고 앉은 이들과 시중을 드는 상궁이며 나인까지 한 바퀴 돌았다. 담담하거나 긴장하기도, 의아해하거나 눈에 들려 애쓰기도 하는 각양각색의 표정을 일일이 살피며 퍽 다정하게 말을 건넸다. 지금 이 자리가 어떠한가, 궐에서 지내기는 어떠한가, 생활하는 데 있어 불편하거나 갖추어져야 할 것은 없는가. 거의 정해진 것이나 다름없는 답변을 받을 수 있는 당연한 문답이 오고 간 끝에 김 씨의 눈길이 유연에게서 멈추었다.

"빈궁."

자애로운 미소가 자신을 향하자 유연이 허리를 곧추세우고 엷은 미소를 머금었다. 의례적인 물음과 대답의 순서가 온 것뿐이라며 스스로를 다독였다.

"생각해 보니 지금껏 빈궁의 목소리도 제대로 들은 적이 없는 것 같구나. 주상이 가장 아끼는 빈궁에 대해 아는 것이 없어서야 어찌 할마마마 소리를 들을 수 있겠는가. 하여, 빈궁에게는 조금 다른 것을 묻고 싶은데 어떠한지?"

관망하듯 앉아 있던 대비 조 씨의 눈길이 유연에게서 김 씨에게로 향했다 다시 유연에게로 오갔다. 지금의 상황은 의외였다.

평소 김 씨는 후궁이란 후사를 생산하기 위한 것 이상도 이하도 아니라 단호하게 말했다. 궐의 법도에 맞추어 생활하면 태교는 자연스레 될 것이며 후궁이 원자를 생산하면 중전의 양자가 되고 훌륭한 스승의 가르침을 받을 것인데 태만 빌려준 생모의 품성과 덕망을 따져 무엇할 것인가 비웃듯 말했다. 그 언사에는 백여 년 만에 원자를 낳은 정실 왕비의 위세가 담겨 있었다.

그런 이가 일개 후궁에게 관심을 주었다는 것은 의외였다. 환이 강경하게 주장하여 처음부터 빈으로 맞아들이는 파격을 허하긴 하였으나 중전이 아닌 이상 그 속에 든 자질을 궁금해할 필요는 없었다.

"하문하옵소서."

유연이 고개를 숙였다. 입술이 말라 오는 것 같은 기분이 들었으나 물 잔을 들 엄두는 내지 못했다. 그저 귀를 열고 김 씨의 목소리를 듣는데 집중할 뿐이었다.

"빈궁이 평소 독서를 즐겨 한다 들었으니 내훈(內訓)은 당연히 읽었을 터."

유연이 긍정을 나타내는 작은 대답과 함께 고개를 미미하게 끄덕였다.

"빈궁은 그 글을 남기신 소혜왕후를 본받고자 하는가?"

김 씨의 질문을 듣는 순간, 가장 먼저 떠오른 것은 그 물음에 어떻게 대답할까 하는 고민도 왜 그 질문을 하였을까 하는 궁금증도 아니었다.

"할마마마, 주부의 여식 김 씨를 중전으로 맞이할 수 있도록 윤허하여 주시옵소서."

늙은 내관이 그럴듯하게 흉내 내던 젊은 사내의 목소리는 본디 주인의 것으로 바뀌어 유연의 귓전을 울렸다. 그 바람이 이루어졌다면 환의 마음을 온전히 차지하고 있다는 사실을 거리끼지 않아도 좋았을까. 대왕대비는 유연에게 후사를 생산해야 하는 후궁의 책무를 강조하는 대신 중전이 갖추어야 할 성품과 덕성에 대한 이야기를 들려주었을 것인가.

"좁은 소견으로는……."

대답을 재촉하는 침묵에 유연이 마른 목소리를 냈다. 머릿속에 떠오른 것은 삼간에서 떨어진 이후의 어느 날, 앞에 내훈을 펼쳐 놓았던 재청의 모습이었다. 재청은 그저 지루한 훈화 같다고만 생각했던 이야기들의 출전과 함께 관련된 또다른 이야기들을 펼쳐 보여 주었다.

그러면서 그 책을 쓴 소혜왕후에 대해서도 이야기를 해 주었다. 고작 스물 남짓한 나이에 아이가 셋 딸린 청상이 되어 사가로 돌아갔으나 하늘이 도왔는지 아들이 보위에 오르게 되어 대비의 자리에 앉게 되었다. 왕이 장성하기까지, 그리고 그 연후에도 정사에 관여하여 대신들과 대립각을 세운 여장부였다.

유연이 조심스레 눈을 들어 올리자 김 씨와 시선이 맞부딪쳤다. 소혜왕후는 곧 대왕대비 김 씨였다. 장성한 아들에게서 손자를 보도록 왕비의 자리에 있었으니 그 처지가 온전히 같다고 할 수는 없었으나 어린 왕을 바르게 이끌어야 할 위치에 있는 점만큼은 같았다. 오래전 세상을 밝혔던 성군의 치세는 현명한 왕후의 정치적 내조가 바탕이 되었다. 어려서 판단력이 부족한 왕을 성군으로 만들기 위해서는 현명한 여인인 자신이 필요하다 여기고 있으리라. 그 생각이 꼭 닮았다.

반백 노인의 눈빛은 나이에 어울리지 않게 형형했다. 어린 왕의 뒤에 발을 치고 앉아 정사에 관여하던 왕실의 웃어른, 남편과 아들을 앞세웠기에 어지러워질 수 있는 조정을 잘 수습하였다는 자부심이 넘쳤다. 왕의 총애에 기대어 하루하루 가슴 졸이며 살아갈 어린 후궁에 대한 경시가 감추어져 있었다.

순간, 오직 환에 대한 연모의 정 하나로 온화하게 눌러 두었던 유연의 마음에 파랑이 일었다. 지금껏 지내 왔던 것처럼 조용하게, 유순하며 온화한 후궁의 모습으로 환의 뒤에 숨어 지낼 것 같으면 대답은 쉬웠다.

'내훈은 여인이 거울로 삼아 항시 두고 보아야 할 책이니 때마다 가까이하여 그분을 닮고자 함은 당연한 일 아니겠사옵니까.'

그러면 분명 김 씨는 지금과 꼭 같은 자애로운 미소를 지어 보일 것이다. 역시 그러하구나, 나도 그리 생각하느니라. 그 다정한 말 안에 숨겨진 본심은 드러나지 않게 잘 숨긴 채로 맞장구를 쳐 줄지도 모를 일이다.

하지만 환이 이야기하지 않았던가. 서재의 옆, 대왕대비의 거처와 이어지는 바로 그곳에 그녀의 처소를 둘 것이니 할마마마가 그의 편이 되어 줄 수 있도록 도와 달라고.

후궁의 책무는 오로지 후사를 잇는 것에 국한된다는 생각을 고스란히 드러냈던 이가 얼마만큼 마음을 열어 줄 것인지에 대해서 유연은 극히 회의적이었다. 하물며 그 후궁이 미련하고 어리석다 여긴다면 마음은 더욱 굳게 닫힐 것이다. 그렇다면 뻔한 대답을 해서는 안 될 일이었다.

유연은 김 씨와 달리 소혜왕후를 본받을 수 없었다. 아무리 총애를 받고 원자를 생산하였어도 후궁은 후궁일 뿐, 제 몸으로 품어 낳은 원자가 보위에 올라도 그저 궐에 머무르는 것이 허용될 뿐이었다.

즉위한 어린 왕 뒤에 모습을 감추어 정사를 돕는 이는 선왕의 중전이었던 대비였다. 일개 후궁에게 그들을 닮고 싶은가 묻는 것은 조롱이었다. 분수도 모르고 갖지 못할 것을 탐내는 아둔함을 비웃으려는 것에 지나지 않았다.

유연이 생각을 가다듬었다. 마음에 밀어닥치는 파도에 몸을 맡겼지만 표현을 정제하지 아니하면 도가 지나치다 여길 것을 염려했다.

"전하의 어심을 어지럽히지 아니하는 것도 힘에 겨운 빈잉(嬪媵)이 되어 어찌 감히 그런 마음을 품을 수 있겠사옵니까. 그저 그 자취를 존경할 따름이옵나이다."

목소리의 크기는 크지 않았으나 퍽 또렷하게 울렸다. 조심하며 고른 말이었지만 그 안에 숨은 저항하는 태도를 완전히 숨기지는 못했다. 유연의 대답을 되새기는 듯 몇 번 눈을 깜박인 김 씨의 입가에 조금 전까지와는 다른 미소가 걸렸다.

'주상의 마음을 흔드는 것은 이러한 당돌함인가. 허나 이

런 아이에게 연정이라니, 가당치도 않지.'

이전에도 진지하게 고려해 본 적 없는 가정을 김 씨는 단번에 머리에서 지웠다.

사내란 본시 호기심이 많은 존재였다. 환이 빈궁에게 갖는 관심도 딱 그 정도임이 분명했다. 오로지 그의 눈에 들기 위해 애쓰는 여인들 틈바구니에서 벗어나 발견한 기이한 존재에 대한 호기심. 잠깐의 호기심이 충족되고 나면 본디 있던 곳으로 다시 돌아오는 것 또한 사내였으니 조강지처를 버리고 측실에 눈이 어두웠던 사내도 시간이 지나면 다시 안채로 발길을 돌리기 마련이었다.

그러할 것이다. 그러해야 한다.

간혹 그 연정이라는 것에 눈이 멀어 어리석게 구는 사내들이 있기는 했다. 그들의 말로는 대개 비슷했다. 조금만 깊이 생각하고 자제하였으면 좋을 타오르는 마음을 이기지 못해 저 자신까지 온통 태워야 끝이 났다. 제 손자가 그런 길을 걸어서는 아니 될 일이었다.

그러나 유연에게 눈길이 가기는 했다. 환이 주장하여 중전 다음으로 높은 자리에 앉혔으니 충동적인 행동을 후회하더라도 지위는 보전해 주리라. 환의 걸음이 늘 유연의 처소를 향하니 원자를 생산하기 가장 쉬울 이도 그녀일 것이고 처소가 지척이면 좋든 싫든 얼굴을 자주 맞댈 수밖에 없을 것이다.

그러니 환의 마음이 머무르고 떠나는 것과 관계없이 유연을 가까이에 두었을 때 어떠할지를 시험해 보고 싶은 마음도 있었다.

지금의 답변이 되바라진 아이의 치기 어린 반항심에서 비롯한 것인지, 아니면 제 소견이라는 것이 있어 때로는 쓴소리도 할 줄 아는 사념도 있는 것인지.

"그러하구나."

김 씨가 고개를 끄덕였다. 유연의 대답을 마땅치 않게 여기는 듯 입술을 비뚜름하게 다문 숙원의 얼굴을 거쳐 여전히 그린 듯 앉아 있는 중전을 보자 다소 심술궂은 미소가 입가에 떠올랐다.

"중전."

김 씨가 다정하게 부르는 목소리에 자경이 고개를 들었다.

"중전이 원자를 생산하여 장차 세자가 되고 보위에 오른다면 어떤 군왕이 되기를 바라오?"

평온하게 앉아 있던 자경의 입가에 파르르 경련이 일었다. 남몰래 아랫입술 안쪽을 살짝 깨물었다. 마음에 파문을 일으키려 던지는 질문임을 알아도 어른이 내리는 물음에 대답을 하지 않을 수는 없었다. 자경이 마음을 가라앉히고 입을 열었다.

"장차 보위에 오를 세자가 현군(賢君)이 되기를 바라지 아니하는 이 어디 있겠사옵니까."

그 누구라도 당연히 여길 대답에 김 씨가 건성으로 고개를 끄덕였다. 대답을 듣고 싶은 이는 따로 있었다. 마치 정한 순서에 따라 질문을 하는 것처럼 자연스럽게 김 씨의 시선이 유연에게로 옮아갔다. 유연이 눈길을 피하듯 고개를 수그렸다. 중전을 앞에 둔 후궁이 대답하기에는 다소 곤란한 질문이었다. 대답하지 않고 빠져나가려는 시도를 차단하고자 김 씨가 입을 열었다.

"주상을 곁에서 모시는 이라면 누구든 생각해 보아야 할 일 아니겠는가. 중전이 있다 하여 말을 아끼는 것은 오히려 중전을 능멸하는 것이요, 소견이 얕아 모른다 하면 주상을 보필하는데 부족함을 자인하는 것에 그칠 뿐."

김 씨가 여전히 고개를 들지 않는 유연을 지목했다.

"빈궁."

유연이 고개를 들었다. 김 씨를 바라보는 눈빛에 가느다란 떨림이 묻어났다. 붉게 물든 입술은 얼굴을 숙이고 있을 적에 자근거리기라도 한 모양인지 조금 전보다 더 붉었다. 이제까지보다 조금 더 눈에 띄게 당의 앞섶이 떠들렸다. 김 씨가 질문을 되풀이했다.

"앞으로 빈궁이 생산할 원자가 장차 어떤 왕이 되길 바라는지?"

유연이 입을 떼었다가 짧게 한숨을 들이마시고 굳게 다물었다. 살짝 오므라뜨린 입술이 마음에 남아 있는 망설임을 드러냈다. 그 머뭇거림을 털어 내듯 유연이 다시 입을 열었다.

"백성들이 생각할 때 과연 있는지 알지도 못하겠다 여기는 임금이 되길 원하나이다."

유연의 대답에 자리의 공기가 미묘하게 술렁였다. 김 씨의 표정이 알게 모르게 굳어졌다. 얼굴에 감정을 드러내지 못하는 만큼 당의 속에 감춘 손에 힘을 주었다. 손바닥이 아프도록 손톱이 살갗을 파고들었다.

'어린 계집아이가 나를 능모하는구나.'

대왕대비인 그녀를 두고 어떤 이야기들을 하는지 옥좌에 오른 환에 대해 어떤 이야기들이 떠돌아다니는지 이미 알고 있었다. 장성한 손자에게 왕권을 넘겨 주지 아니하는 탐욕스러운 늙은이, 어릴 때부터 지금까지 줄곧 대비들의 치마폭에 감싸여 제 뜻 하나 펴지 못하는 허수아비 같은 왕.

그녀에게 직접 대고 이야기하는 것이 아니기에 해명할 기회 따윈 없었다. 혹여 면전에 대고 그런 이야기를 들었다 해도 눈썹 하나 까딱하지 않았을 것이다. 시정잡배들의 입방아와 호사가의 귀엣말 따위에 휘둘려 일일이 선후가 어떻고 인과가 어떠한지 이해시키려 들다가는 아무 일도 할 수 없었다.

세간에서는 김 씨를 가문의 영달을 위해 못 할 것이 없는 위인인 것처럼 매도했다. 크게 틀렸다. 중전에 책봉되는 그 순간부터 국모였던 그녀에게는 조정을 안정시키고 나라를 평안케 하는 것이 단 하나의 사명이며 바람이었다.

정치의 전면에 나설 수도 없고 스승과 벗, 문하의 조언조차 바랄 수 없는 여인이 의지할 데라고는 피붙이뿐이었다. 자신의 딸이, 동기간인 누이가 국모인데 어찌 다른 뜻을 품을 수 있겠는가.

속사정을 모르는 자들이 제멋대로 떠들어 대는 건 쉽다. 그 자들을 이 판국에 들여놓으면 인정하고 감복할 수밖에 없을 것이나 그 인정을 얻자고 입만 살아 있는 소인배들을 정사에 관여하게 할 수 없는 노릇이었다.

나이 어린 빈궁은 무뢰배들이 떠드는 소리를 어깨너머로 전해 듣고 저리 교만을 떠는 것이리라. 사려 깊지 못하기는 제 손자나 그 첩실이나 매한가지였다. 더 들을 것도 생각해 볼 것도 없었다. 핏기가 가시도록 세게 쥔 주먹이 파르르 떨렸다. 지금 당장이라도 자리를 박차고 나가 불쾌감을 표시하는 것으로 요망한 계집아이를 곁에 두지 않겠다는 뜻을 피력하리라. 다만 건방지고 경솔한 아이에게 경고를 할 필요는 있었다.

마음을 굳힌 김 씨가 유연의 얼굴을 쏘아보았으나 얄팍한 승리감에 도취되지 아니하였을 뿐더러 무언가 결연한 태도를 취하고 있지도 아니한 유연의 모습에 혀끝까지 밀고 올라온 말을 일단 삼켰다. 눈빛이나 표정에는 전할 이야기가 더 남은 것 같은 복잡한 기운이 엿보였고, 흔들림 없는 차분한 자세는 몰고 올 파장을 짐작하지도 못하는 것처럼 보였다.

김 씨가 굳게 쥔 주먹을 풀었다. 당장이라도 일으킬 자세였던 몸의 긴장을 풀고 침착하게 호흡을 가다듬었다. 오늘은 정월 초하루였다. 이 자리는 대왕대비인 자신의 육순과 며느리인 대비의 망오를 경하하는 자리였다. 연회의 주인이 먼저 일어나는 것은 꼴사나웠다. 설령 이팔(二八)에 불과한 저 계집아이가 저를 도발한 것이라 하여도 그에 넘어가 마음의 평정을 잃는 모습을 보여 주어서는 육십이나 먹은 나이가 아까웠다.

"빈궁의 말을 이해할 수 없군요. 일개 필부의 아낙이어도 제 자식이 훌륭한 인재가 되길 소원할진대, 어찌 주상 전하를 모시는 빈궁이 원자가 성군이 되는 것을 바라지 아니하는 것인지?"

"어찌 성군이 되기를 바라지 아니하겠사옵니까."

작지만 단호한 의지가 엿보이는 목소리였다. 조금 전의 제 말을 손바닥 뒤집듯 부정하는 말에 김 씨가 눈썹을 찌푸렸다. 분위기가 심상치 아니하니 발을 빼고 슬슬 물러나는 비겁한 처신으로밖에 보이지 않았다.

"다만 성군으로 칭송하는 이가 후대의 사가이기를 원하옵니다. 백성들이 성군이라 칭송하는 것이 그 임금의 덕망을 칭송하는 데 그치지 아니하는 까닭이옵니다."

"이리 나이를 먹었어도 빈궁의 식견은 따를 수 없는 것인가. 독서를 즐긴다는 그 말이 허언이 아님은 알겠구나. 허나 지금의 그 말만으로는 빈궁의 뜻을 온전히 이해할 수 없으니 어찌할까."

김 씨가 되묻는 말에 유연이 잠시 숨을 고르며 제 손 안에 든 노리개를 움켜쥐었다. 본디 서늘하였던 돌은 줄곧 손에 넣어 감싸고 있던 탓에 체온만큼 따스해져 있었다. 그 따스함이 한없이 작게 움츠러드는 그녀의 마음을 진정시켰다. 그가 노리개를 다시 건네줄 적에 함께 전했던 말을 상기시켰다.

"내 마음이 항시 네 곁에 있으리라는 약조이니라."

유연이 한결 편안해진 마음으로 대답했다.

"일찍이 더없는 태평성대였다는 요임금 때에 한 노인이 이런 노래를 불렀다 하였사옵니다."

해 뜨면 일하고 해 지면 쉬며
우물 파서 마시고 밭을 갈아 먹는데
임금의 힘이 내게 무슨 소용인가.

신하는 노래의 무도함에 분노하였지만 요임금은 도리어

즐거워하였다고 했다. 임금의 덕을 깨닫지 못할 정도로 안온한 삶을 살고 있다니. 이는 진실로 태평성대임을 뜻하지 아니하겠느냐며.

선비도 벼슬아치도 아닌 뭇 백성에게 중요한 것은 오늘의 배부름과 내일의 편안함이 오래도록 계속되리라는 기대일 것이었다. 그 풍요로운 삶이 지속된다면 만백성의 어버이라는 왕은 그저 존재할 뿐 관심조차 가질 필요가 없을 것이다.

그러나 삶이 고단하여 어찌 이리 가난한가, 왜 내 삶은 이렇게 비참한가 연유를 찾다 보면 하루의 주림을 견디기 위해 팔아넘긴 전답이 눈에 밟혔다. 가뜩이나 없는 살림 거덜 낼 듯 수탈해 가는 탐관오리가 있었다. 임금이 백성을 살피지 못하고 나라가 그들을 지켜 주지 못했다.

자연 원망이 쌓이고 이 고달픈 나날 끝에 도래할 태평성세를 불러와 줄 그 누군가를 갈망했다. 성군이 나타나 불행을 끝내 주기를 간절히 원했다.

"가장 위대하였다는 요임금조차 백성에게 그 존재가 중요치 아니하였사옵니다."

왕의 존재가 백성의 입에 오르내린다는 것은 삶이 지난함을 뜻하는 것에 지나지 않았다. 백성의 삶을 곤궁하게 만든 어리석은 왕을 소리 죽여 비난하고 궁핍함에서 벗어나게 한 어진 임금을 소리 높여 칭송한다. 아직 있지도 아니한 원자가 보위에 올라 성군이라 칭송받는 것은 전대의 왕인 그녀의 연인이 어리석었다는 뜻 이상의 어떤 의미가 있겠는가.

"하여 잠행이라도 하였을 적에 꼭 같은 이야기를 듣는 임금이 되기를 원하였사옵니다. 소견이 좁은 어린아이의 생각이니 어리석다 여기셔도 너그러이 보아 주옵소서."

'그리고 그것은 감히 바랄 수 없는 헛된 꿈이지 아니하겠사옵니까.'

말을 맺은 유연이 가슴 아프게 속으로 되뇌었다. 나라는 어수선했고 백성들의 삶은 고단했다. 시골 어느 구석에서 힘들고 힘든 노동을 견디기 위해 부르는 노래에도 환의 이야기가 은근슬쩍 끼어들어 있었다. 차마 임금을 원망하는 말은 하지 못하여 한때 지극한 총애를 받았던 어떤 여인의 이름이 날선 비난을 고스란히 받아 내고 있었다.

아린 마음으로 고개를 떨어뜨리는 유연을 김 씨가 말없이 바라보았다.

"진정 그리 이야기하였더냐?"

환의 유쾌한 웃음소리에 유연이 난감한 표정으로 고개를 끄덕였다. 궁인이 귀를 활짝 열어 놓고 있다는 것쯤은 누차 들어 알고 있었지만 기억력도 비상하다는 것은 지금에야 새로 알게 된 사실이었다.

그 자리에 있지도 아니하였던 환이 유연에게로 바로 왔다. 그럼에도 그녀가 중언부언 떠들어 댔던 말을 고스란히 전해

주었다. 거짓말 조금 보태 토씨 하나 빠뜨리지 않고, 아니 오
히려 유연이 하지 아니하였던 말도 덧붙은 것 같기도 한 긴
문장들의 향연에 정신이 어질어질할 지경이었다.

"……생각이 짧았사옵니까."

환의 말이 다 끝나기를 기다린 유연이 조심스레 물었다.

"이미 지난 일, 어찌할 것이냐."

환이 빙글거리며 대답했다. 경쾌한 목소리와 얼굴에 가득
한 웃음기로 미루어 가볍게 던진 농담임을 짐작하기는 어렵
지 않았다. 그럼에도 유연의 얼굴에 어두운 빛이 드리웠다.
환이 손가락을 뻗어 살짝 찌푸려 든 유연의 미간을 가볍게
눌렀다.

"무엇을 염려하여 그런 낯빛을 하는 것이냐."

"전하의 뜻을 어리석은 여인이 망가뜨렸을까 저어하옵니
다."

유연이 조그만 목소리로 대답했다. 환이 뜻을 펼 수 있도
록 대왕대비가 적극적으로 지원하게 만드는 것이 제 능력으
로 가능할 것이라고는 애초에 생각하지 않았다. 그러나 깜냥
이 부족해 일을 성사시키지 못하는 것과 시도조차 하지 못할
정도로 판을 엎어 놓는 것은 전혀 다른 이야기였다. 아마도
대왕대비는 그녀를 못마땅하게 여길 것이고 처소가 지척에
있는 정도가 아니라 눈앞에 떡하니 버티고 있더라도 만나려
들지 않을 것 같았다.

'왜 그랬을까.'

분명 굳게 결심했다. 일부러 생각하기 전까지는 그 존재를 의식하지 못하는 공기처럼, 본디부터 그 자리에 놓여 있는 병풍이라든가 화병 따위처럼 조용히 있을 생각이었다. 그리고 실제로도 온화하고 고요하게 머물고 있었다.

발단은 내훈이었다. 내훈을 지은 성왕의 대비와 그 족적을 따르는 듯 보이는 대왕대비였다. 그를 본받고 싶은가 묻는 말이 측실에 불과한 유연을 비웃는가 싶어 예민하게 군 게 화근이었다. 고요히 머무르던 공기가 거센 바람이 된 탓에 병풍이 무너지고 화병이 깨어지는 소리가 났다. 난장을 만들어 놓았으니 못마땅한 눈길을 받는 건 당연한 일이었다.

그냥 평범한 대답을 들려주는 게 나을 뻔했다. 그랬더라면 아직 있지도 아니한 원자를 둔 담론 따위가 오고 갔을 리 없다. 아니, 그때라도 정신을 차리고 제대로 된 대답을 하였어야 했다. 문무백관과 만백성의 칭송을 받는 성군이 되길 원하나이다. 그리 말하였으면 앞에 나설 수도 없는 후궁 주제에 꿈이 원대하다고 가소로워하는 시선을 받았으리라.

설령 그런 시선에 다소 마음이 상하였다 하더라도 지금처럼 마음이 복잡해지지는 않을 것 같았다.

"그렇지 아니할 것이다."

환은 몇 명의 궁인과 내관을 거쳐 제 귀에 들어온 이야기를 상기하다 빙그레 웃으며 그녀의 머리를 가볍게 쓰다듬었다. 건성으로 들으면 오해할 소지가 다분한 표현을 이용한 게 유연의 의도였는지는 알 길이 없다. 그러나 겉으로 드러난 그 말에 분노하여 판단력을 잃을 김 씨가 아니었다.

"말 못하는 꽃처럼 앉아 있거나 누구나 할 수 있는 대답을 하는 것보다는 나았을 터이니."

환은 친정을 시작하였어도 여전히 권좌에 앉아 있는 것과 다름없는 김 씨가 원망스러웠으나 그전까지 조정을 잘 이끌고자 노력하였던 것을 부정할 수는 없었다. 권세를 틀어쥔 것으로 모자라 친인척들에게 그 세를 나누어 준 것이 환에게는 골치 아픈 일이었지만, 수렴 앞으로 나설 수 없고 정치에 대해 제대로 알지 못하는 여인이 생각해 낼 수 있는 나름의 수단이었으리라는 점 또한 아주 이해 못 할 바는 아니었다.

대왕대비는 십여 년 이상을 세상을 호령해 온 여걸이었다. 유연의 대답을 마땅치 않게 생각하였을지언정 그 때문에 그녀를 냉대하지는 않을 터였다. 오히려 그러한 대답을 하였기에 괄시하지 아니하리라. 사내의 관심에만 기대어 하루하루를 버티는 연약한 꽃송이가 아님을 알게 되었기에.

"내가 그 자리에 없었음이 아쉽구나."

환이 싱긋 웃었다. 유연의 얼굴이 붉게 달아올랐다. 그가 있었다면 절대로 그런 소리는 하지 못했을 것이다. 유연이 제 감정에 취해 객기로 하룻강아지처럼 만용을 부리고 있던 참이니 변함없이 버릇없는 소리를 지껄였을지도 모른다.

그랬다면 그가 중간에 자리를 박차고 일어나는 장면을 목도하거나 돌아와서 불같이 화를 내든가 냉랭하게 구는 모습을 대하게 되었으리라. 환이 저리 피식대고 웃는 것은 건너들은 이야기이기 때문이고 이미 지난 일을 어찌할 수 없다 여기고 있는 탓일 것이니.

"전하께서 괜찮다 말씀하시어도, 생각이 짧았다 여기심은 변함없는 사실 아니옵니까."

"분명 영리한 것 같은데 가끔 이리 둔하게 군단 말이다."

환이 한숨을 쉬며 유연의 손을 잡아끌었다. 얼떨결에 환의 무릎 위에 자리하게 된 유연이 눈을 동그랗게 떴다. 고개도 돌리지 못하고 굳어진 자세로 앉아 몸에서 전하는 체온과 피부로 번지는 열기를 의식했다.

"내가 사랑한 네 모습이 바로 그러한 것이거늘."

"네 사내가 아니니 출사를 할 것도 아니지 않으냐."

"논어를 읽는 자는 과거를 보아 입신양명하려는 것이 그 목적의 전부이옵니까."

"어찌 그러할까. 글 읽는 목적이 출세에만 있는 것이 아니거늘."

"하온대 어찌 소녀에게는 사내가 아니니 그만두라 말씀하십니까."

몇 해나 지난 그 문답은 쉬이 잊히지 않고 억울해하던 표정과 함께 선명하게 각인되었다. 초롱초롱한 눈빛으로 그를 바라보고 또랑또랑한 목소리로 그릇된 관념을 탓하는 모습은 성장하면서 보이지 않게 감추어 버린 장점이었다. 그저 수줍어할 줄만 아는 여인이 아니라 제 목소리를 낼 줄 아는 올찬 성정이 아직도 고스란히 남아 있다는 사실이 기꺼웠다.

"언제까지고 세상모르는 어린아이로 남아 있을 수는 없지 않사옵니까."

유연이 조그맣게 속삭였다. 글을 아는 여인은 귀하지 않고 제 뜻을 주장하는 여인이란 번거롭다. 단점으로 보일 것임을 번연히 알고 있으면서 고치지 아니하여서야 구설에 오르기 쉽고 가치를 폄하당하기 쉽다. 그러다 보면 그의 곁에서 멀어지게 될 수도 있으리라. 힘없는 여인이 두려워해야 할 것은 너무나도 많았다.

"내 뜻은 오로지 네게 있다."

유연의 귓가에 속삭인 환의 입술이 목덜미에 가볍게 닿았다 떨어졌다.

"너는 그저 네가 원하는 대로 행하여라. 감당은 내가 하마."

유연이 어깨를 움츠리며 나직하게 한숨을 쉬었다. 그래도 불만스러운 목소리를 내는 것을 잊지 않았다.

"하오나……."

"어명도 지아비의 뜻도 받잡을 줄 모르는 계집이란 실로 무도하지 않으냐. 그리 멋대로 구는 여인이 되려거든……."

나지막한 목소리만큼이나 조용하고 가볍게 움직인 손길이 옷을 여민 고름을 풀어내고 어깨 위를 덮은 천을 끌어 내렸다. 목덜미에서 어깨로 이어지는 하얀 피부 위에 따스한 입술이 사뿐하게 내려앉았다. 움직임이 느릿하게 지나간 자리에 연홍빛 자취가 남았다.

"한마디도 질 줄 모르는 앙큼한 입술부터 엄히 다스릴 일이다."

유연의 몸이 환의 품 안에서 미끄러지듯 움직였다. 그가 책망한 붉은 입술은 숨소리조차 토할 수 없게 덮이고 속속들이 살피는 열정에 삼켜졌다. 유연은 맨살 위로 닿는 서늘한 공기에 몸을 웅크렸다가 얇은 옷자락을 사이에 두고 몸 위를 배회하는 열기에 몸을 떨었다.

견디다 못한 유연이 팔을 뻗어 그의 목을 껴안았다. 갑작스레 가해진 무게에 휘청인 몸은 진작부터 그러기를 기다렸다는 듯 숙어졌다. 흔들리던 등잔불이 제풀에 지쳐 홀로 사그라지고도 오래도록 사락거리는 소리가 이어졌다.

빈궁마마께서는 대왕대비전으로 드시라는 전갈이 전해진 것은 그다음 날이었다.

유연이 조심스레 두 손으로 찻잔을 감싸 쥔 채 한 모금 머금었다. 더운 김과 함께 전해지던 향은 틀림없이 달콤하고 그윽하였으나 입안으로 들어오는 순간 그 달콤함은 간데없이 왠지 씁쓸한 뒷맛이 남았다. 향기만큼은 여전히 그윽하나 코끝을 간질일 때와는 사뭇 다른 느낌이었다.

"혹 이 늙은이가 하대하면 마음 상할까요. 중전은 아니지만 주상이 총애하는 빈궁이니……."

"아니옵니다."

말끝을 흐리는 대왕대비의 목소리에 유연이 얌전하게 대답했다. 불러 놓고 후궁의 처지를 상기시킨 것 외에는 이렇다 저렇다 말이 없던 김 씨가 시립하고 있는 상궁을 불러 무엇인가 속삭이는 사이 유연이 조심스레 방을 훑어보았다. 아침에 문안 인사를 드리러 왔을 때와 다른 방으로 안내되어 더 긴장했다. 장식물이라고는 김 씨의 등 뒤로 놓인 병풍 외에 아무것도 없어 휑할 정도로 삭막했다. 본 적은 없으나 아마도 일생을 검만 휘두른 무인의 방이 이러하지 않을까 싶을 정도였다.

"살풍경하다 생각하느냐."

김 씨의 목소리에 유연이 정신을 차렸다. 아무것도 아닌 생각에 빠져 주변의 변화도 깨닫지 못한 데다 생각까지 읽힌 모양이었다.

유연이 찻잔을 살짝 내려놓으며 자세를 단정히 했다. 사람의 성품은 그가 생활하는 방에 묻어나기 마련이었다.

"평소 보아 온 것과 달라 혼란스러운 모양이구나. 허나 침실은 여기와도 또 다르단다. 잠들기 어려운 외로운 늙은이의 마음을 달래는 데는 눈 호사가 가장 적격이니 말이다."

아마도 유연이 본 적 없을 호사스러움의 극치가 김 씨의 침소에 벌여져 있다는 뜻이리라. 가장 존귀한 자리에 있어도 자리에 누웠을 때 밀려드는 쓸쓸함은 감출 길 없어 그 허전한 마음을 사치로 달래고 있다는 말인지도 모른다.

김 씨는 말없이 바르게 앉아 있는 유연을 바라보았다. 전일의 연회에서도, 아침마다 찾아오는 문안 때에도 항상 이런 태도를 취하고 있었다.

"빈궁이 제법 영리한 것 같아 한마디 일러두는 바."

무슨 말이든 귀 기울여 듣고 그에 대해 어떤 감정도 내비치지 않았다. 지금도 김 씨의 앞에서 눈을 살짝 내리뜨고 고즈넉한 느낌이 들도록 가만히 앉아 있었으나 다만 그것이 전부가 아님은 전날 이미 확인하지 않았던가. 그러니 지금 하려는 말은 실상 자신에게 하는 말과 같았다.

"눈에 보이는 것이 전부라 믿지 말아야 한다. 그 안에 무엇을 감추고 있는지는 아무도 모르는 일이니라."

'황공하옵나이다. 하오나 그 말씀, 과연 대비마마의 혈육에게도 가당한 것이옵니까. 근친이 얼마나 믿을 만한 이들인지, 아직 연소하다 여기시는 전하께서 어떤 마음을 품고 계시는지 알고 계시온지 궁금하옵니다.'

유연은 입 밖으로 새어 나오려는 말을 입술을 꼭 다무는 것으로 막았다. 전날에는 호의적인 의도를 품고 있지 않았기에 주제넘게 대답을 했어도 용인받았다. 개인적인 소견을 묻는 것이기에 그 대답에 담긴 뜻이 공손하지 않음에도 나무라지 않았을 것이다. 그러나 지금은 달랐다. 답을 요하는 질문을 받은 것도 아니고 유연이 하려는 말은 상대방의 가장 가까운 이를 겨냥하여 공격하는 말이었다. 무엇보다 유연 자신도 실천할 수 없을 일이 분명하니 남에게 함부로 조언 비슷한 말을 할 처지도 못 되었다.

'네 아비는 권세에 야욕을 품은 이가 분명하구나. 그렇지 않고서야 여유롭지 않은 집안 사정을 번히 알면서 하나뿐인 딸을 국모로 만들겠다고 간택에 참예하게 두었을 리 있느냐. 게다가 삼간에서 떨어지고 입궐하지 못한 딸을 다시 후궁 간선에 올린 것 역시 자연스럽지 아니하지. 네가 이전에 삼간에 올랐다 하여 꼭 뽑힌다는 보장도 없는데 말이다. 중전이 아니면 후궁이라도 되어 저를 끌어올려 달라는 얄팍한 수가 아니고 무엇이랴.'

누군가가 유연에게 이리 말한다면 과연 순순히 납득할 수 있을 것인가. 유연이 아는 재청은 고지식한 선비여서 단자를 올리는 것이 정해진 법도이니 그것을 피하는 것을 옳지 않다 여겼을 뿐이다. 두 번째 단자는 알지도 못하였던 것이기에 더 할 말도 없다. 무엇보다도 재청이 유연에게 그런 감정을 내비친 적이 단 한 번도 없다. 베갯머리송사는 한 적도 없지만 재청이 그러한 것을 요하지도 않았기에 지금도 한직에 있지 않은가.

네 아비가 그런 작자이니라, 하는 말에 선뜻 공감은 할 수 없었으나 반박할 말은 수도 없이 많았다. 아마 김 씨도 마찬가지의 마음일 터이다. 자신의 딸이, 동기간인 여동생이, 피가 섞인 혈족이 왕비였고 대비인데 어찌 불순한 마음을 먹을 수 있을까 생각하는 건 당연한 일이었다.

가문의 번영이 네 어깨에 얹혀 있다는 말은 들었을지 모르나 우리 뜻대로 정사를 주무를 수 있게 힘을 쓰라 직접적으로 이야기하였을 리 없다. 상대를 꼭두각시 취급하는 말에 긍지 높은 반가 규수였으며 국모의 자리에까지 오른 이가 그러마 대답할 리 없었다.

아마도 잘못된 현실을 비판하는 말을 속 좁은 소인배가 험담을 하는 것으로 치부하고 그들이 옳게 행동하고 있다는 증좌를 들이대며 마음을 안정시키고 있으리라.

"명심하겠사옵니다."

얌전한 유연의 대답에 김 씨가 고개를 끄덕였다.

"주상의 마음이 빈궁에게 있다 생각하겠지."

질문이 아니라 단언이었다. 유연의 얼굴에 난처한 기색이 떠오르는 중에 김 씨가 말을 이었다.

"그 어심, 언제까지 빈궁에게 향하리라 생각하는고?"

곤란한 질문이었다. 유연은 자신의 마음을 굳게 믿는 만큼이나 환의 마음 역시 그녀에게 있음을 확신하고 있었다. 사람의 마음이야 언제 변하여도 이상하지 않은 것이지만 쉽게 달라질 마음 같았으면 이미 바뀌었어야 옳았다. 하지만 그 생각을 표현하는 것은 적당하지 않았다. 자칫하면 중전이며 다른 후궁 모두를 무시하는 발언이 되기 쉬웠다.

"곤란한 질문을 한 모양이구나. 그러면 이런 질문은 어떠하느냐. 이 말에는 꼭 대답을 들어야겠다."

혼잣말처럼 가벼운 어조의 말에도 유연의 신경이 온통 그리로 쏠렸다. 전날, 원자를 운운하는 질문을 할 때에도 응답치 아니하는 것이 중전을 무시하는 처사라 주장하며 대답을 강권했다. 이번에도 썩 수월한 질문은 아닐 터였다.

"이 늙은이의 마음은 과연 빈궁에게 가 있을까."

빙그레 웃는 미소 끝에 한기가 매어 달렸다. 유연이 속마음을 내비친 것은 두 번의 문답이 고작, 대왕대비가 그녀를 부르기는 하였으나 과연 '마음이 와 있다'고 말할 수 있을 것인가.

그러나 이렇게 따로 불러 조언을 해 주는 것 같기도 하고 속을 떠보는 것 같기도 한 이야기를 나누고 있는데 마음이 없다고 말할 수도 없는 노릇이었다. 아마 남들의 눈에는 전일의 일을 질책하는 게 아니라면 호의가 생겨 불러들였다고 보일 것이다. 여기에 지금까지의 문답이 새어 나가면 그건 누가 보아도 호의였다.

"어리고 아둔한 계집아이가 어찌 감히 대왕대비마마의 심중을 헤아릴 수 있겠사옵니까. 다만……."

최소한 호기심이 생겨 불러들였을 것이고 마음을 줄 생각도 있어 보이나 확신할 수 없다. 게다가 조금 전 김 씨가 눈에 보이는 대로 속단하지 말 것을 조언하지 않았나. 어찌해야 할지 알 수 없을 때에는 솔직한 게 낫다. 그러나 잘 알 수 없다는 말 따위는 온전한 대답으로 인정해 주지 않으리라. 김 씨의 미소가 품고 있는 서늘함을 느끼며 유연이 조심스레 덧붙였다.

"다만?"

"앞으로 그리되길 감히 소원할 따름이옵니다."

신중한 답변은 자로 잰듯하여 따분하기 짝이 없는 것이었으나 곤란한 상황은 그럭저럭 피해 가고 있었다. 까마득히 높아 보이기만 할 대왕대비와 독대하는 부담감을 고려한다면 이 정도 대답도 나쁘지는 않았다.

"썩 마음에 드는 대답은 아니지만 확신하지 아니하는 그 태도만큼은 훌륭하구나. 그 누구도 온전히 믿지 아니하는 게 빈궁에게도 이로울 터, 언제고 변할 수 있는 게 사람의 마음이니 나 역시 지금과 같은 순간이 오리라 생각지 못하였느니라."

자경이 김 씨의 눈 밖에 나지 아니하였더라면 나이 어린 후궁을 불러다 문답을 주고받는 일은 없었을 것이다. 환이 자경을 아꼈더라면 측실 따위에게 조금의 틈도 허용하지 않았으리라.

"허나 이 늙은이의 마음을 온전하게 얻을 수 있는 방책 역시 없지 않으니."

무슨 말이 나올지 알 것 같아 유연이 숨을 삼켰다. 이야기는 돌고 돌아 결국 같은 지점에 도달했다. 다만 차이가 있다면 예전에는 '책무'라 강조하였고 지금은 위치를 공고히 할 수 있는 '수단'으로 언급하고 있다는 점이었다. 둘 다 마음에 썩 들지는 않았다. 김 씨가 말을 이었다.

"하루라도 빨리, 원자를 생산토록 하여라."

기실은 혼인한 이라면 어느 여인에게나 해당되는 이야기일 것이나 대를 잇기 위해 들인 후궁에게는 조금 더 깊이 닿는 이야기였다.

"변덕스런 사내의 연정 따위에 기대는 것이나 종잡을 수 없을 늙은 여인의 마음에 들기 위해 애쓰는 것보다 훨씬 수월하지 아니하겠는가. 그리되기만 한다면 빈궁이 주상의 총애를 잃어도 당당할 수 있을 것이며."

김 씨가 꼿꼿하던 자세를 흩뜨려 유연에게로 몸을 기울이며 목소리를 급격히 낮추었다. 바로 앞에 앉아 있어도 귀를 기울이지 아니하면 잘 들리지도 않을 것처럼 낮은 목소리였다.

"만에 하나, 주상에게 무슨 일이 생기더라도 궐에 남을 수 있는 유일한 방법일 것이니."

언제 그랬냐는 듯 김 씨가 도로 허리를 폈다. 무슨 이야기를 들었는지 유연이 되새길 새도 없이 말을 이었다.

"주상은 내게 새 거처를 마련해 주겠다고 하였으나 중요한 것은 그 곁에 바로 빈궁이 머물도록 한다는 것이겠지. 내게 빈궁을 향한 총애를 부탁한 것이고 빈궁에게도 이 늙은 이의 환심을 사라 이르지 않았겠는가. 주상이 문안을 드린다는 핑계로 잠시 내 처소를 들르고 나면 어디로 가겠는가 말일세. 그런 장소를 지키려면 무슨 수를 써서라도 노력하여야 옳지."

김 씨가 몹시 낮은 목소리로 말한 '무슨 일'이라는 것이 무엇인지, '그런 장소를 지키려면'이라는 말이 무엇을 의미하는지 파악하는 데는 오랜 시간이 걸리지 않았다.

중전은 뼛속까지 왕실의 일원이었지만 후궁은 달랐다. 새로 왕이 등극하면 이전 왕을 모시던 후궁이며 상궁, 나인 등은 궐을 떠나야 했다. 다만 예외가 있어 새로운 왕의 생모라면 궐에 남을 수 있었다.

그러나 그것은 정인의 품에 온전히 안긴 지 고작 석 달째인 수줍은 여인의 머릿속에는 단 한 번도 떠오른 적 없는 상황이었다. 유연이 고개를 푹 수그렸다. 마주 앉은 김 씨가 말을 하지 않는 것인지 그녀가 듣지 못하는 것인지도 알 수 없게 정신이 아득해졌다.

'만약 그리된다면…….'

승하(昇遐)니 붕어(崩御) 따위의 말은 감히 떠올리지도 아니했는데 미처 막아 내지 못한 눈물 한 방울이 당의 위에 쑥색 얼룩을 만들었다.

'차라리 사가로 돌아갈지언정 남아 있지 아니하리라.'

유연이 재빠르게 당의 자락을 움직여 진하게 물든 자국을 주름 사이로 숨기고 눈치도 없이 쏟아지려는 눈물을 도로 들여보냈다. 그의 숨결이, 향기가, 모든 흔적이 남아 있는 곳에서 홀로 그의 부재를 견디며 사는 것이 얼마나 가슴에 사무치는 일일 것인지는 짐작하기조차 어려웠다.

"오래 기다리지 아니하여도 좋겠지."

여전히 느긋한 김 씨의 목소리가 감상에 잠긴 유연을 불러냈다.

"모든 것은 빈궁에게 달렸소."

"하늘의 뜻일 것이니 순리를 따르겠사옵니다."

가늘게 떨리는 유연의 목소리에는 '무슨 수를 써서라도'라는 말에 대한 반발이 희미하게 깔려 있었다.

"공담 따위는 그만두고 빈궁을 부른 진짜 이유를 이야기하여야지."

마음을 뒤흔든 이야기를 단번에 사담 취급한 김 씨가 태연하게 말을 계속했다.

"주상이 늙은 마음이 허전하지 않게 빈궁을 곁에 두라 일렀으니 과연 어찌 지내게 될지 궁금하구나. 하여 빈궁과 종종 이렇게 한담이나 나누고자 하니 굳이 부르지 아니하여도 찾아오는 날이 있으면 좋겠소. 내 그것을 빈궁의 정성으로 알 것이니."

유연이 대답 없이 고개를 조아렸다. 김 씨가 그 모습을 바라보았다. 나이 든 여인의 날카로운 눈은 당의 위에 떨어져 번져 가던 눈물 자국을 놓치지 않았다.

기껏해야 삼 년 전 삼간 때가 제 손자를 첫 대면일 것이오, 가례 후 오늘에 이르기까지가 함께 보낸 시간의 전부일 것이다. 그런데 고작 그 말마디에 눈물을 떨구는 모습이라니. 예전 같으면 되도 않는 연정에 눈멀었다고 조소를 남겼을 그 모습에 마음 한구석이 허물어지는 느낌이 든 건 필시 김 씨가 나이를 먹었기 때문일 것이다. 세월 앞에는 장사 없다고 누구나 말하지 않았던가.

이제 갓 피어나는 싱그러운 소녀에게서 눈에 넣어도 아프지 않을 것 같았던 큰딸이 가례를 올리던 모습이 떠올랐다. 제 편 하나 없이 외로이 앉은 모습에서 남은 시간이 많지 않은 것 같다며 눈물을 떨어뜨리던 둘째 딸의 애처로운 모습이 포개지는 것은 어쩔 수 없었다.

무엇이 그리 급한지 이르게 떠난 딸들에게 소생이 있었다면 아마 이 나이쯤 되었을 법했다. 그러하였다면 간혹 입궐케 하여 법도 따윈 눈 감은 채로 할마마마, 하고 다정하게 부르는 목소리에 흐뭇해할 수 있었을 터인데. 지금의 그녀를 그리 부를 수 있는 이는 불평불만 많은 사내 하나와 이미 마음 밖으로 멀찌감치 내보낸 여인 하나뿐이었다.

'주상이 온 마음을 다 준 기세던데 그 장단을 좀 맞추어 준들 어떠랴.'

김 씨가 바로 이어질 자신의 발언을 합리화했다.

"그리 찾아오는 날에는 할마마마라 부르거라."

"안으로 드시지요."

내관의 말에 치상이 고개를 숙여 화답해 보이고 눈을 들었다. 소박한 건물에 매달린 현판에는 선(善)을 즐거워하던 오래전의 성군을 본받고자 하는 젊은 왕의 의지가 담겨 있었다. 위세는 미약하나 뜻을 품은 왕이 막 과거에 급제한 유생인 그를 불러들인 연유는 어디에 있을까. 지엄하신 상감마마의 용안을 지척에서 뵙게 된다는 긴장감과 제 앞날이 열리는 데 도움이 될지도 모른다는 기대가 뒤섞였다.

"자리에 앉게."

젊지만 위엄 가득한 목소리를 들으며 치상이 조심스럽게 앉았다. 궐의 일원이라기보다는 여느 사대부의 사랑처럼 느껴졌다. 굳이 다른 점을 찾는다면 벽면을 빙 두르고도 모자라 장지로 연결된 곁방에까지 가득 들어찬 책이며 서화 정도일 것이다.

"이것이 그대의 답안이었지?"

환은 천천히 두루마리 하나를 서안 위에 올렸다. 호방한 필체에 담긴 장쾌한 내용은 장원급제자의 것으로 보아도 무방할 정도로 훌륭했다. 을과 급제에 불과한 결과를 받아 든 것이 다소 아쉬운 마음이 들었으나 갑과 급제자들의 답안도 그와 비등하다 싶을 만큼 준수한 것이었다. 환은 이번 과거에 유달리 실력이 준수한 자들이 많았을 것이라 믿기로 했다. 적어도 이번 사마시의 답안만을 비교하였을 때에는 인재가 스스로의 지닌 능력에 따라 정당하게 평가받는 나라를 다스리고 있었다.

"미천한 서생의 비루한 글을 높이 보아 주시니 부끄러울 따름이옵니다."

"과한 겸양은 오만의 다른 이름이 되기도 하지, 하당(荷堂)."

치상의 눈빛이 미묘하게 흔들렸다. 치상이 얼른 고개를 숙여 표정을 숨겼다.

"내 오늘은 그대와 한담이나 나누고자 함이니……."

환이 평온한 어조로 말문을 열었다. 치상과 대화를 이어 갈수록 그의 마음에 아쉬움이 자라났다. 눈에 띄는 답안이

을과 급제에 머무는 것이 아쉬웠으나 결국 이자도 한때는 외척과 크게 다르지 아니할 정도의 명문가였던 집안 자제였다. 그의 급제에 그것이 어느 정도의 영향을 미쳤으리라는 사실은 부정하기 어려울 것이었다. 그러니 초야에는 인재가 얼마나 더 묻혀 있을 것인가. 과연 그는 그들을 곁으로 당길 수 있을까.

"하당, 혹 그대에게 동기간이 있는가."

"아직 불민하여 입격조차 하지 못한 학동이옵니다."

"과한 겸양은 오만이라 하였거늘. 그대와 닮았다면 자질이 뛰어날 것이 분명하니 다음에는 함께 입궐토록 하라."

치상이 감읍한 표정으로 고개를 조아리고 그곳을 떠났다. 환이 가벼운 한숨을 내쉬며 자리에서 일어났다. 입신양명이란 집안의 번영과 맞닿게 되어 있는 법. 급제자들이 과연 올곧은 심성을 유지하여 줄 것인가, 종내는 여느 신료와 다르지 아니한 이들이 되는 것이 아닐까 생각하면 회의가 들었다. 하지만 실낱같은 희망이라도 있다면 놓지 아니하여야 할 일이다. 그 끝에 잇닿은 것이 무엇일지는 아무도 모를 일 아닌가.

환은 어느 틈엔가 그의 곁에 시립한 내관을 향해 예사로운 목소리로 질문했다.

"빈궁이 어디에 있는지 아는가."

"승화루에 계신다 들었사옵니다."

환이 고개를 끄덕이며 천천히 발을 딛기 시작했다. 어지러운 마음을 달래 줄 이는 오직 하나였다.

✢   ✢   ✢

"오늘도 예 있었구나."

고운 눈매에 한가득 담긴 눈웃음이 걸려 있었다. 방긋 웃는 것으로 화답한 유연이 조심스레 용포의 어깨 부분을 털어냈다. 지금 막 들어선 환의 용포에는 점점이 박힌 모래알만 한 얼룩들과 미처 스며들지 못한 채 반구형을 유지하고 있는 티끌만 한 물방울들이 가득했다.

"우산도 없이 오셨사옵니까."

나무라는 말투였다. 환이 빙그레 웃었다.

"그런 쓸데없는 의장 따위를 모두 갖추려 들면 어찌 시간을 낼 수 있을까."

"다망하신 중에 이리 걸음 하셔도 괜찮으시옵니까."

환이 벗어 건넨 익선관에 맺힌 물방울을 가볍게 눌러 닦아내며 유연이 물었다. 환은 몸을 돌리며 심드렁하게 대꾸했다.

"내가 경연 따위를 작파하고 한량처럼 노닐러 온 것으로 보이는 것이냐. 너를 보러 온 것이 아니라 잠시 틈이 생겨 온 것이니 착각할 것 없다."

언뜻 매정하게 들리는 목소리에도 유연의 미소는 여전했다. 환의 쌀쌀한 말투는 담담하게 맞이한 유연의 태도에 살짝 기분이 상했음을 드러내는 것에 불과했다. 유연이 수건과 관을 모두 책상 위에 내려놓고 고개를 돌렸을 때 환은 서가 앞에 서 있었다. 건성인 듯 눈으로 훑어가다가, 혹은 한 권 한 권 꺼내어 살펴보다가 책등에 굵은 실오리를 끼워 매다는 모습은 요 며칠간 눈에 익은 것이었다. 명색이 서재인데 아직 책이 부족하니 더 채워 넣어야 한다며 장서를 골라내는 것은 정해진 일과나 다름없었다.

부러 그런 것인지 아니면 어쩌다 그리되었는지는 알 수 없으나 환은 옆얼굴이 거의 보일락 말락 한 정도로 유연을 반쯤 등진 자세였다. 유연이 그 모습을 물끄러미 바라보았다.

"만에 하나, 주상에게 무슨 일이 생기더라도……."

불현듯 떠오르는 목소리에 유연이 가볍게 고개를 흔들었다. 이렇게 그의 모습을 아무 제약 없이 바라볼 수 있을 적에 김 씨의 낮은 목소리가 귓가에 맴돌았다. 아직 창창한 손자의 죽음을 쉽게 입에 올릴 수 있나 도무지 이해가 가지 않아 늘 곁에 있는 나인을 붙잡았다. 그저 왕실의 가계가 궁금하여 그러는 듯 범상한 척 무심하게 말을 건네 대왕대비에 대한 이야기를 듣고 난 뒤에는 고개를 끄덕일 수밖에 없었다.

혼인한 지 오래지 않은 어린 딸들에 이어 하나뿐인 아들, 종내는 만삭의 몸으로 입궐하였다 탈이 났던 막내딸까지 모두 유명을 달리하여 이 세상 사람이 아니었다.

가슴에 묻었기에 때때로 솟아오르는, 사무치는 아픔을 지고도 의연하게 지내는 이에 대한 존경심이 들다가도 사람으로서의 감정은 지우듯 억누르고 권위를 세워 존재감을 뚜렷이 하는 모습에 대한 불가해함이 공존했다.

"그리 보고만 있을 게 아니라 차라리 나를 돕기라도 하는 게 어떠하냐."

어느 새 환이 고개를 돌려 그녀를 바라보고 있었다. 자신이 이렇게 상념에 잠겨 앞뒤 분간도 못하는 사람이라 생각한 적 없었는데 요 근래에는 그런 경험이 계속 늘어나고 있었다. 이러다가 제정신도 챙기지 못하는 팔푼이 취급을 당할지도 모를 일이었다.

"매일 보는 내가 그토록 그리운 것은 아닐 테고."

유연이 곁으로 다가서자 환이 고개를 돌리며 말을 건넸다. 쌀쌀함과 못마땅한 기색이 모두 사라진 목소리는 평소의 상냥함을 온전히 되찾고 있었다.

"내 얼굴에 뭐가 묻었거나 도저히 눈을 뗄 수 없을 만큼 용모가 특출 난 것이겠지. 어느 쪽이더냐?"

장난기까지 덧붙은 질문에 유연이 대답하는 대신 고운 미소를 되돌리고 살짝 치마를 걷어쥐고 디딤대에 올라섰다. 환이 미소를 머금고 서가로 시선을 돌렸다. 서 있을 적이면 늘 올려다보아야 했던 얼굴이 바로 보였다. 벌써 사 년도 넘게 지난 첫 만남의 순간부터 줄곧 같은 모습이었다. 조금 더 날카로워진 얼굴 윤곽이라거나 더 또렷해진 이목구비 등의 변화를 분간하지 못하는 것은 아니었으나 유연의 눈에 비치는 환은 언제나 더없이 고운 선비님이었다.

환이 표시한 책을 훑어보던 유연의 눈에 가름끈이 아슬아슬하게 매달린 모양이 보였다. 떨어지기 전에 정돈하려 손을 뻗을 때 환이 말을 건넸다.

"할마마마께 자주 찾아뵙는다지."

"그리되었사옵니다."

백일몽이나 악몽은 아니었나 싶은 정초를 보낸 뒤 유연은 꾸준히 대왕대비전에 드나들고 있었다. 그 사실이 환의 귀에 들어가지 않았을 리 없다.

"할마마마께서는 어떤 분이신 것 같으냐."

"할마마마께오서는……."

환의 질문에 답하다 말고 유연이 멈칫했다.

"이미 다 아는 것인데 무얼 저어하여 말을 그치느냐. 하물며 이곳에는 듣는 귀도 없는데."

유연의 고개가 저쪽으로 살짝 돌아가다 멈추었다. 환이 코웃음을 쳤다.

"옛날 어느 제왕은 기밀이 새어 나갈까 혀가 잘린 벙어리들만 곁에 두었다지만……."

무시무시한 소리를 아무렇지 않게 내놓는 환의 목소리에 저만치에 있는 희봉이 무심결에 제 입을 가렸다.

"입이 가벼운 이들 같았으면 진즉에 내쫓았을 것이니 저 걸 귀라 할 수 없지."

환의 말에 반응을 보인 건 희봉 하나였다.

"그걸 진심으로 듣나. 자네는 참 단순한 사람일세."

덕해가 모기 소리만큼 가늘게 이죽거리다 박 상궁에게 세 게 쿡 찔리고는 도로 입을 다물었다.

"한데, 아직 답을 듣지 못하였는데?"

"성정이 굳센 분이시옵니다."

유연이 천천히 대답하자 환이 얼굴을 살짝 찌푸렸다.

"다만 그뿐?"

유연이 마음속으로 덧붙였다.

'나라를 이끌어 가는 법을 익힐 기회가 없으셨지요.'

졸부는 내재한 천박함을 감추기 위해, 명문가는 과거의 영 광을 재현하기 위해 자녀 교육에 공을 들였다. 딸을 중전에 올릴 정도의 집안에서 자랐으며 궐에서 머문 시간만 사십여 년이니 부덕 따위는 숨 쉬는 것보다 더 익숙하게 체득하고 있을 터이다. 그러나 아무리 귀히 키운 딸이라 하더라도 계 집아이에게 경국(經國)에 대해서 가르쳤을 리 만무했으니, 정 사를 다스리는 데 있어 가장 믿을 만한 이들의 판단에 기대는 것은 인지상정이었다.

"하면, 하나 더 묻자꾸나."

환이 대답 없는 유연에게 질문을 보탰다.

"할마마마께서 언젠가 내게 마음을 내어 주실 것이라는 예전의 그 생각, 여전히 유효하냐."

유연이 입술을 살짝 오므렸다. 상대방이 스스로의 행동에 확신을 갖고 있을진대 성심을 다하면 헤아려 줄 것이라는 생각은 순진한 것이었다.

"이제 고작 열흘 남짓이온데 어찌 감히 마음을 헤아리겠사옵니까."

사이를 이간질할 목적이 있는 것이 아니라면 좋지 않게 들릴 수 있는 이야기는 어느 편에든지 하지 않는 게 좋았다. 그러나 환은 유연의 대답이 썩 마음에 들지 않았는지 주름 잡힌 미간을 펴지 않았다.

"이것 참, 밀정을 보냈더니 반간(反間)이 되었구나."

"밀정이었사옵니까."

유연의 목소리가 낮았다. 진심을 얻기보다는 틈을 발견하여 파고들어 약점을 쥐려는 쪽이었나. 그건 간교한 짓 아닌가. 옳고 그름은 차치하고 자신이 그런 행동을 잘 해낼 수 있는 사람인가.

복잡한 표정을 하고 있는 그녀를 바라보던 환이 유연의 이마를 가볍게 튕겼다.

"말이 그렇다는 것이다, 말이. 할마마마의 마음을 얻으라고 하였지 네 마음을 빼앗기라 한 적은 없단 말이다."

"그 무슨……."

어리둥절한 얼굴을 하고 있는 유연을 향해 환이 투덜댔다.

"잘 생각해 보거라. 여태 네가 나를 두고 한 이야기에는 어떤 것이 있더냐. 아무리 기억을 더듬어 보아도 용모든 성격이든 하다못해 지엄하신 상감마마라는 지위든, 그 어느 것도 좋다 말한 적이 없거늘 할마마마는 고작 몇 번 따로 뵌 것으로……."

유연이 웃음을 터뜨렸다. 맑은 웃음소리가 잘게 부서져 곳곳에 튀어 박혔다. 화사한 용모를 자신 있게 먼저 언급하는 건 항상 환이었다. 고운 그 얼굴에서 눈을 떼지 못하고 고개를 끄덕이며 동의를 표했으나 말로 표현한 적 없는 것 같기는 했다.

"말씀드리지 아니하여도 아시지 않사옵니까."

"보고 듣지 아니하면 모른다."

부러 어기대는 것 같은 목소리에 유연이 웃음엣말을 꺼냈다.

"어느 문인이 이르기를 꽃은 말을 하지 못한다 하였으니……."

"꽃? 네가?"

되묻는 환의 목소리는 심술궂게 들렸지만 웃음을 꾹 참고 있는 느낌도 어렴풋하게 함께 묻어났다.

"차라리 내 쪽이 더 낫겠구나. 네가 꽃이라면 대체 어떤 정신 나간 나비가 날아든단 말이냐."

그 정신 빠진 나비가 여기에 있었다.

"그러하옵니까."

유연이 몸을 돌려 환을 바라보고 섰다. 시선을 피하는 듯 옆으로 선 채 책에 눈길을 고정하고 있는 볼을 손가락으로 꼭 눌렀다.

"대체……."

환의 얼굴이 그녀를 향하자 유연이 양손으로 그의 얼굴을 감쌌다. 귓가에 닿은 손끝은 약간 차가웠으나 뺨에 닿은 손바닥은 따스했다. 길지 않은 엄지가 그의 입술 위를 살짝 스쳐 갔다.

"꽃은 말이 없는 법이옵니다."

당황스러움에 환이 눈을 크게 떴다. 그 어떤 날에도 찾아볼 수 없었던 유혹의 빛이 서려 있었다.

"그럼에도 그 향기와 아름다움에 취한 나비가 날아들지 아니하겠사옵니까."

디딤대를 딛고 선 덕분에 눈높이가 같아진 여인의 얼굴이 다가왔다. 밤물결이 넘실대는 까만 눈동자는 파르르 떨리는 속눈썹 사이로 숨어들었다. 꽃송이 위에 내린 나비처럼 사뿐하게 맞닿은 입술 사이로 부드럽게 파고드는 움직임이 몹시도 달콤했다. 긴 입맞춤이 끝나고 얼굴을 떼어 낸 유연이 부드럽게 미소하다 붉은 입술에 다시 다가드는 환을 향해 낮게 속삭였다.

"꽃이 움직이는 법이 어디 있사옵니까."

"서역에는 봉접이 날아들기를 기다렸다 삼키는 꽃도 있다 하던데 그것이야말로 꽃이 움직인다는 가장 확실한 증좌니라."

실없는 농담처럼 들리는 소리로 되받은 입술이 그대로 맞닿았다. 한참이나 희롱하듯 맴돌던 입술이 서서히 미끄러져 내렸다.

턱을 지나 목덜미에 이르기까지 스쳐 간 더운 숨결과 그보다 따스한 피부가 만들어 내는 열기가 서늘한 공기를 더 차갑게 느껴지게 하여 유연이 가볍게 몸을 떨었다.

"누가 오기라도 하면 어찌하옵니까."

유연의 속삭임에 환이 천천히 고개를 들었다.

"말 못 하는 꽃에게 질문하는 것만큼 어리석은 일이 어디 있으랴."

"지금껏 말씀 다 하시고는 발뺌이십니까."

"불청객을 막을 이들을 저리 세워 두었는데 너야말로 부러 그러는 게 아니냐."

환은 누구의 눈에도 띄지 않을 안쪽 여린 피부에 주단빛으로 물든 화편을 그려 넣을 수 없음을 아쉬워하며 물기가 배어든 살결을 어루만졌다. 이이를 일러 꽃이 아니라 말한 것은 실언이었다.

어리석은 나비가 날아든 것이 아니라 눈 먼 나비라도 날아들 수밖에 없을 만큼 매혹적인 꽃이었다.

수줍게 다물고 있는 봉오리 속 고운 빛깔의 부드러운 꽃잎을, 온몸을 휘감는 그윽한 향기를, 취할 듯 달콤한 봉밀을 감추고 있음을 누구도 알지 못했다.

활짝 피어난 꽃이 오롯이 그의 품에 들어 있었다. 이 얼마나 다행한 일인가.

"꽃이 말이 없다 이른 문인이 어찌 말하였는지 아느냐."

유연이 고개를 가로저었다.

"꽃은 말이 없어도 나비를 능히 이끌고 비는 문이 없어도 사람 가둘 줄 아는구나*."

환이 유연을 감싸 안았다. 옷자락으로는 숨기지 못한 떨림과 그를 뚫고 나오는 따스한 체온이 고스란히 전해졌다.

"그러니 남의 눈에 띌까 염려할 것 또한 없다."

환의 입술이 유연의 입술 위로 맞닿았다. 감미롭게 자무할 생각이었으나 세 번째로 머금는 붉은 열매는 그 마음을 흔적도 없이 녹일 만큼 지나치게 달았다.

먼지가 일도록 거친 땅 위에 흩뿌리는 이슬비 따위는 표면

---

*김인후(1510-1560, 조선 중기의 문신)의 '백련초해(百聯抄解)' 중.

을 적실지언정 해갈에는 도움이 되지 않았다. 꽃잎 위에 물방울만 얌전하게 흩뿌려 놓을 것이 아니라 저 깊은 곳에 단단히 자리한 뿌리까지 전달되어 꽃이 더 싱그럽게 피어날 수 있도록.

하여 한껏 머금고도 격렬하게 부족함을 호소하며 배회하는 그에게 오늘만큼은 수줍음 따위 잊은 움직임이 다가와 얽혀 들었다.

빗물이 스며들어 피어오르는 흙내가 아렴풋하게 전해지는 틈으로 봄이 스며들고 있었다.

✤　　　✤　　　✤

열어 놓은 창 위쪽에 살짝 걸린 파란 하늘이 몹시 맑았다. 살랑거리는 봄바람의 허리를 잡고 창을 넘어 들어와서는 와글와글 떠들어 대던 햇빛의 반짝임이 허공에서 부서졌다.

유연이 쥐고 있던 붓을 내려놓은 뒤 살짝 손을 뻗었다. 손가락에 따스한 빛살이 걸렸지만 금세 차갑게 식어 흘러내려 바닥에서 남실거렸다.

아침부터 뜰의 나무에서 새가 지저귀고
먼 산 위에 울긋불긋 봄이 번지네.
문득 눈앞에 떠올린 좋은 시구

문장을 따지다가 잊고 말았네.

마지막 한 점을 신중하게 찍고 유연이 사뿐하게 자리에서
일어났다. 이토록 좋은 햇살을 그저 손끝에 적셔 보는 것만
으로는 마음이 차지 않았다.

유연은 창에 바짝 다가섰다. 눈길은 곱게 피어 한들거리는
꽃송이나 시야를 가리는 담보다도 높은 저 먼 어딘가를 향해
있었다.

정녕 고운 봄이었다.

환을 만난 것은 이런 봄날이었다. 지금처럼 녹녹하게 공기
가 젖어 있지 아니하였으나 이렇게 햇살이 좋은 오후였다.

허리가 꼬부랑한 할멈이 다 안다는 표정을 하고 좁은 방에
밀어 넣었던 그날도 피부에 닿는 공기가 말간 어느 봄날이었
다. 벌써 시간이 한참이나 지났지만 그와 관련된 기억은 점
점 또렷해지기만 했다.

"이리 날이 좋은데 뵐 수 있는 때는 늘 밤이라니요."

아주 가까이에 있는 사람에게 말하듯 유연이 나지막하게
속삭였다.

때로 환이 변덕이 날 때면 얇은 옷차림 위에 포만 덧걸친
채로 그의 손에 이끌려 밤의 정원을 거닐 때가 있었다. 밤이

*진여의의 '춘일(春日)'.

438

슬 때문이든 찬바람 때문이든 다른 이들은 처소에서 좀체 나오는 법 없는 시간이었으니 아무 걱정 없이 산책을 즐겨도 좋았다.

맞잡은 손에서 전해지는 체온에 가슴 설레고, 춥지 아니한가 물으며 다정히 끌어당기는 그에게 머리를 기대었다. 그렇게 밤의 일부인 양 천천히 소요하다 보면 결국 밤공기에 손끝이 차가워진 걸 들키기 마련이었다. 달빛에 흠뻑 젖어 든 사내는 어서 가자 재촉하다 못해 여인을 번쩍 들어 올렸다. 떨어뜨릴지 모른다며 으름장을 놓는 목소리에 맞장구치듯 목을 꼭 끌어안고 맑은 웃음을 흩뿌리고 나면 온종일 그리움을 가득 품고 있던 연인이 방 안에서 서로를 마주보고 있었다.

그러니 달빛이 흘러내리는 고요한 밤의 정취도 부족함 따위 없었지만 그렇다고 봄볕을 함께 즐길 수 없다는 아쉬움이 줄어드는 것은 아니었다. 바쁘지 아니한 어느 하루, 시간을 내주었으면 하는 바람을 마음에 품는 것으로 아쉬움을 잠재우고자 노력하는 것이 고작이었다. 아마 교교한 달빛에 취한 척 그 소망을 내놓으면 다정한 연인은 틀림없이 그러마고 대답하여 줄 것이다.

유연이 입가에 엷은 미소를 띠며 손끝으로 당의 안쪽을 더듬었다. 곱고 가느다란 술이 손톱 위에서 찰랑거렸다. 바쁜 낮 시간을 쪼개어 보겠다는 약조를 지키지 못하여도, 그 약조 자체를 아예 입에 올리지 아니하여도 좋다. 그의 마음 가장 가까운 곳에 그녀 자신이 있는 것으로 족했다.

"빈궁마마."

소박한 기쁨에 잠겨 있던 유연의 귀에 나인의 목소리가 들렸다. 평소에 비해 당황한 목소리여서 유연이 고개를 돌렸다. 대왕대비전은 정오가 되기 전에 다녀왔고 딱히 행사가 있는 날도 아니었으니 그녀를 찾을 일은 없을 터였다. 무슨 일인지, 미처 묻기도 전에 나인의 목소리가 이어졌다.

"숙원마마께서 찾아오셨사옵니다."

유연은 햇살이 뛰어들던 창을 닫고 서안 위에 늘어서 있던 문방사우도 치웠다. 그래도 방 안에는 청량한 기운이며 은은한 묵향이 감돌고 있었다.

"그간 강녕하셨사옵니까, 빈궁마마."

기묘하게 낮게 깔리는 혜원의 목소리에 담긴 것은 결코 호의라고 볼 수 없었다. 봄 햇살에 잠시나마 들떠 있던 유연의 마음이 순식간에 가라앉았다.

"그럼 이 모습을 보았으니 안부는 확인한 것 아니겠습니까."

축객하는 게 분명한 대답에도 혜원의 얼굴에서 당황스러움이나 불쾌함 같은 건 찾아볼 수 없었다. 오히려 조금 전과는 다른 미소를 띠고 바라보는 것이 도리어 유연의 마음을 불편하게 했다.

"성인군자처럼 환대하여 주시면 어떤 정담을 나누어야 하나 고민하였는데. 다행입니다."

혜원은 그때처럼 유연이 대답을 돌려주기를 기다리지 않았다.

"빈궁마마께서 입궐하신지 벌써 넉 달, 아직도 아무런 소식이 들려오지 않습니다. 이틀이 멀다 하고 찾으신다 하니 보통이라면 지금쯤은 어의가 진맥을 하여도 몇 번은 했어야 마땅치 아니하겠습니까."

"그런가요."

"하루라도 빨리 원자를 생산토록 하여라."

유연의 귓가에 대왕대비의 목소리가 메아리쳤다. 처음에 비해 그 어조가 다정해지기는 하였으나 결국은 대를 이을 아이를 낳으라는 소리였다. 그리고 지금 길게 늘어놓은 숙원이 하고자 하는 말도 결국 같은 이야기였다. 후궁의 책무는 후사를 생산하는 것일진대 누구도 그것을 실천하고 있지 못하니 어찌할 것인가.

"아낌을 받는다 여기고 자기 자신만 생각하여서야 어찌 군왕의 배필이라 할 수 있겠습니까. 빈궁마마는 지금처럼 이리 행하셔서는 아니 되옵니다."

혜원이 잠깐 숨을 들이쉬었다. 앞에 앉아 있는 건 제가 쏜아 놓는 무례한 이야기를 듣고만 있는 마음 약한 계집아이였다. 말을 꺼내 놓는 동안 점점 생각에 도취되어 처음 의도보다 더 날카로운 말을 쏟아 내었으나 마음먹은 이 말을 꺼내려면 상당한 용기가 필요했다. 혜원의 입가에 설핏 떠오른 미소는 워낙 미미하여 경련처럼 여겨지기도 하였다.

"빈궁마마께서 불가하시다면……."

작정한 듯 말을 쏟아 내는 혜원의 얼굴을 유연이 멀거니 바라보았다. 석녀(石女). 그 말을 직접 입에 올리지 않았다 뿐이지, 지금껏 이어진 기나긴 이야기에 담긴 것은 결국 조롱에 가까운 내용이었다.

"제게 기회가 주어져야 마땅합니다."

"그 이야기를 어찌 내게 하십니까."

유연이 낮은 목소리로 되물었다. 아무 의미 없는 반문이었다. 혜원의 말이 품은 뜻은 명확하게 전달되었다. 유연은 겉으로는 태연을 가장하고 있었으나 당의 안쪽에서 맞잡아 움켜쥔 손끝에서부터 가느다란 떨림이 일어나고 있었다.

"누구에게 말씀드릴 수 있겠습니까. 용안을 뵈어도 말씀조차 제대로 건네지 아니하는 상감마마께 하오리까, 한 달에 한 번 오는 그 중요한 날에 상감마마와 담소를 나눈다는 중전마마께 하오리까. 아드님 일에는 관여치 않겠다는 태도를 취하시는 대비마마께선 듣지도 아니하실 것이오, 말장난을 하여 대왕대비마마의 환심을 사셨으니 그쪽에는 말해 보았자 씨도 먹히지 아니할 것인데요."

"말씀 삼가십시오."

모든 사람을 적으로 돌리고 비난하는 말에 유연이 엄중한 목소리를 냈다. 나인의 과묵함을 믿기에는 지나치게 날선 발언이었다.

혹여 말이 새어 나가기라도 하면 상당한 파문이 일어날 법했다. 궐내에 이 이야기가 퍼지면 그건 모두 네 탓이라는 의미를 담고 있기도 했다. 예전에 빈궁전 나인들은 입이 무겁더라는 말을 미리 포석처럼 깔아 둔 것은 아마 그때부터 이런 이야기를 할 마음을 먹고 왔던 까닭일 것이다. 유연의 경고를 듣지 못한 척 혜원이 말을 이었다.

"그러니 말씀드릴 분은 오로지 빈궁마마 아니겠습니까. 기실 빈궁마마께서 용단을 내리지 아니하면 애초에 불가능한 일이기도 하니 말입니다."

"못 들은 것으로 하겠습니다."

유연이 손을 들어 지끈거리는 관자놀이를 가볍게 눌렀다.

"총애를 독차지하고자 하는 것은 과욕입니다."

제 귓가에 박히는 날카로운 목소리에 유연이 혜원의 눈을 똑바로 바라보았다.

"전하께 말씀을 드린 이후 그 어떤 상황이 오더라도 그것이 과연 자연스럽겠습니까. 숙원이 뜻하는 바를 이룬다면 총첩의 베갯머리송사가 먹힌다는 억측이 생길 것이고, 그렇지 아니하면 양처를 가장하여 어심을 더욱 기울게 하는 요사스러운 작태를 보였다 할 것이 분명하지 않습니까."

"그런 비겁한 변명 따위……."

혜원이 말을 맺지 못하고 거친 숨을 내쉬었다. 매서운 눈길로 쏘아보았으나 유연의 눈빛에는 조금의 흔들림도 묻어나지 않았다. 그녀가 아무리 비아냥대고 조롱을 보내어도 결코 이길 수 없는 다 가진 자의 눈빛이었다.

"빈궁마마의 입궐 후에 다른 여인에게 눈길도 아니 준다는 그 사실이 자랑스러우십니까."

혜원이 빈정거리듯 내쏘았으나 그 자신도 말의 시점이 잘못되었다는 것은 알고 있었다. 사실 그전부터 다른 여인 따위는 그림자만도 못한 처지였다는 것을. 그녀가 숙원이 되어 입궐하였을 때 이미 궐 안에 소문이 파다했다. 상감마마께서 얻고자 하는 여인은 중전마마도 숙원마마도 아닌 사가에서 근신하고 있는 보잘것없는 계집아이라고.

"그리 지극한 사랑을 받으시면서 아무것도 돌려 드리지 못하는 것에 어찌 죄책감도 느끼지 못한단 말입니까, 현명하신 빈궁마마께오서."

혜원은 어차피 뜻이 이루어지리라 여기지 않았다. 저 마음 약한 계집아이가 숙원의 침소에도 드시라 말씀을 올려 보았자 후사를 염려하며 겸양하는 태도로 보아 더 극진하게 대접하려 들 공산이 더 컸다.

하지만 아이가 들어서지 않는 사실에 대한 모멸감을, 하여 다른 이의 처소에 드시라 이야기할 적의 자괴감을 느끼게 하고 싶었다. 그것만으로도 마음이 조금이나마 후련해질 것 같았다.

"무어라 말하여도 제 뜻은 변하지 않습니다. 하나 정히 원하신다면……."

유연이 아랫입술을 살짝 깨물었다. 가늘게 뜬 눈초리가 몹시 날카로웠다.

"중궁전에서 명이 내린다면 감히 어기지 못하고 받들겠습니다."

유연이 눈을 질끈 감았다. 어리석었다. 하지 않았어야 할 말을 했다. 무슨 생각으로 고요히 머무르고 있는 중전을 끌어들였단 말인가. 혹 입궐하여 문안 올리던 첫날, 빈은 왕자군을 회임하여야 내리는 봉작이니 그 점 잊지 말라 하였던 그 말이 마음에 남았었나.

유연의 감은 눈꺼풀 위에 부드러운 손길이 닿았다. 빨리 눈을 뜨라고 재촉하듯 쓸어 올리는 동작에 유연이 눈꺼풀을 들어 올렸다. 눈앞에 놓인 좌경 안에는 침의 차림의 여인이 고뇌의 흔적이 역력한 얼굴을 하고 앉아 있었다. 그 뒤에는 단단하게 땋은 머리채를 잡고 용이 꿈틀거리는 긴 비녀를 든 사내가 어깨 너머로 힐끗, 유연의 표정을 살피고 있었다.

"생각이 다른 데 가 있구나."

비녀를 뽑아 머리꼬리를 물고 있는 댕기가 아래쪽으로 톡 떨어지는 모양을 본 환이 느닷없이 유연의 머리를 갖고 씨름하기 시작했다. 손재주가 없지 않으니 머리채를 틀어 올리지 못하는 것은 필경 비녀가 빈약하기 때문이라며 의례 때에나 쓰는 용잠을 이리저리 찔러 본 것도 꽤 오랫동안이었다.

"좀 더 현명한 여인이었으면 하옵니다."

유연의 대답에 낮은 한숨 소리가 섞였다. 환이 기다란 비녀를 저편으로 데굴데굴 굴리고는 머리칼을 목 옆으로 넘겨 앞으로 늘어뜨려 놓았다. 그러고는 유연에게 바짝 다가앉아 온몸을 감싸듯 둘러 안고 어깨 위에 턱을 얹었다.

"혹 할마마마 앞에서 실언이라도 하였느냐?"

유연이 얌전히 고개를 가로저었다. 한숨을 쉰 뒤 단단한 팔 위에 손끝을 얹고 얇은 옷감 사이로 전해지는 온기를 구하듯 얼굴을 비비댔다.

"빈궁마마께서 불가하시다면 제게 기회가 주어져야 마땅합니다."

틀린 데 없는 말이었다. 현숙하고 사려 깊은 여인이라면 당연히 고개를 끄덕였어야 할 그 말에 선뜻 그러마 하고 대답하지 못했다. 이 따스함을 다른 이에게 나누어 줄 자신이 없었던 것이다. 다감한 목소리와 정다운 행동이 다른 누군가를 향하는 것은 상상조차 하고 싶지 않았다. 그러나 세간의 시선으로 볼 때 막무가내로 끼어든 것은 그녀였다. 그의 마음을 온전히 자신에게 향하도록 하고 싶은 것은 분명 과욕이었다.

"숙원이 다녀갔다더니 그때 무슨 일이 있었던 게로구나."

환이 안타까운 눈을 하고 바라보았으나 시선이 거울을 향해 있지 않은 유연으로서는 알 도리 없는 일이었다.

아마 그가 부화방탕한 생활을 하던 시절에 그 누구에게도 첩지를 내리거나 마음을 주지 아니하였던 것은 이런 상황이 오는 것을 골치 아프게 여겼기 때문일지도 모른다. 담장 아래 화단에 피어난 화초 같은 여인들이 단 하나의 사내를 구하고 있으니 질시와 반목이 생기는 것은 당연했다. 그것은 그의 지극한 총애로도 어쩔 수 없는, 아니 그 총애 때문에 더욱 심해질 수밖에 없는 일이었다.

"아니옵니다. 숙원과는 그저 한담을 나누었을 뿐입니다."

유연이 고개를 떨어뜨렸다. 환이 유연의 어깨를 짓누르고 있던 턱을 들어 더욱 빛나는 목덜미 위에 가볍게 입술을 얹었다. 엷은 숨결을 머금은 말랑한 피부가 목 뒤에서부터 느릿하게 유영을 시작하여 그 움직임을 멈추었을 때에는, 얼굴이 발갛게 달아오른 여인이 그의 품에 안겨들어 있었다.

"일전에 말한 적 있지 않으냐. 네 마음이 가는대로 하면,

감당은 내가 할 것이라고."

환이 다정하게 속삭였다. 그 말이 유연에게 얼마만큼 위안이 될 것인지 자신할 수 없었다. 그가 할 수 있는 것은 하찮은 위로의 말, 그리고 그에게 기대어 오는 작은 몸을 안고 다정하게 입 맞추며 부드럽게 어루만지는 것뿐이었다. 달뜬 기분이 가시면 도로 마음이 무거워질지도 모를, 그러나 그조차도 없으면 하루하루를 견뎌 내기 더욱 힘들.

"그러니 아무 염려치 말아라."

유연은 한담을 나누었을 뿐이라며 선을 그었지만 무슨 말이 오갔을지 짚이는 바는 있었다. 하지만 들어줄 마음이 없다. 마음이 없는데 몸이 가는 건 마음 가는 그 어느 것도 없을 때에나 가능한 일이었다. 설령 그 행동이 가능하다 하여 실천에 옮기면 유연이 받을 상처만 더욱 깊어질 뿐이었다.

환은 갖가지 감정이 뒤섞인 눈을 하고 그를 바라보고 있는 유연에게 시선을 고정했다. 온화하게 눈웃음을 지어 보이고 얼굴을 가까이 하였으나 그에 어울리지 않는 엄숙한 목소리를 냈다.

"그러나 항시 불만이니, 너는 어찌 이런 나를 앞에 두고 다른 생각을 할 수 있단 말이냐."

어조와 어울리지 않는 장난기 어린 눈빛에 유연이 살짝 웃음을 터뜨렸다. 환이 멀지 않은 등잔 위로 소매를 휘둘러 아른거리는 불빛을 잠재운 뒤, 여전히 웃음이 가시지 않은 고운 입술을 머금었다. 무르익어 단홍빛으로 빛나는 과실을 상처입지 않게 베물고, 그 안쪽에 달콤한 샘을 지키는 조그만 새를 불러냈다. 혀끝까지 올라왔어도 망설이느라 못 다한 지저귐을 재촉하듯 희롱하고, 옥수에 담긴 근심의 빛이 씻겨 지워지도록 끊임없이 들이마셨다.

일렁이는 달빛을 감싸 안은 부드러운 미풍은 격정적으로 휘몰아치는 돌개바람이 되었다가 가볍게 살랑이는 산들바람으로 되돌아오기를 몇 번이나 반복했다. 그러다 완전히 잠잠하게 잦아든 후에 어느 것이 달빛이고 어느 것이 봄바람이었는지 구분할 수 없을 정도로 서로에게 젖어든 채 고요히 잠이 들었다.

열여섯

밀려드는 파도

"듣기로는 숙원이 종종 다녀간다 하던데."

"그러하였사옵니다."

유연이 다소곳하게 대답했다. 혜원이 그녀를 찾아와 비난에 가까운 말을 쏟아 낸 지 시일이 사뭇 흘러 있었다. 무엇인가를 캐어 내려는 듯 날카로운 눈매로 그녀를 바라보는 김씨를 의식하자 절로 움츠러드는 마음을 애써 다잡으며 미소했다. 침묵을 지켜도 제 속을 꿰뚫리듯 들킬까 두려웠다.

"빈궁이 부른 것은 아니었을 테지? 무슨 이야기를 나누었을까."

김 씨의 호젓한 목소리에 담긴 의도를 유연이 파악하는 것은 쉽지 않았다. 정녕 알지 못하고 궁금하여 묻는 것인지 아니면 알면서 모르는 척 떠보는 것인지.

유연은 혜원이 그녀를 찾았던 상황을 천천히 되새겼다. 방 안에는 유연과 혜원, 단둘. 멀든 가깝든 바깥에서 그들을 주시하였을 이들은 서넛 이상. 유연의 처소에서 일하는 궁인은 모두 박 상궁이 고르고 골라 들인 이들이었다. 그리고 박 상궁은 어느 방 안에서 유연을 단장시켰을 때부터 지금까지 한결같이 환의 사람이었다. 유연은 혜원과의 대화 내용이 여기까지 흘러들지 않았으리라 조심스레 확신했다.

"안부가 궁금하였다 하더이다."

유연은 혜원이 처음 그녀에게 건넸던 말을 그대로 전했다. 시시콜콜한 모든 이야기를 다 전할 필요는 전혀 없었고 현명하게 대처하지 못한 제 밑바닥을 고스란히 들키고 싶지도 아니했다.

"빈궁이 아닌 다른 이가 그리 말하였다면 이 늙은이를 업신여기는 것이라 여겼겠지만……."

김 씨가 미소했다. 유연이 순순하게 대답하였으면 그것 역시 미덥지 않게 보였을 것이다. 소박을 당하고 있다 보아도 무방한 숙원이 빈궁을 굳이 찾은 까닭을 예측하는 것은 어렵지 않았다. 다만, 숙원과 나눈 이야기를 섣부르게 전하는 것은 고자질, 모함, 비난, 그 어떤 쪽으로도 해석 가능할 터. 입을 다무는 것이 보다 현명한 처사였다.

"빈궁의 신중함 때문에 그러한 것이라 이해하지."

김 씨의 마음에 아쉬움은 있었다. 그것은 유연의 처신이 아니라 자신의 영향력이 미치는 범주에 대한 불만에서 비롯했다.

어느 곳에서 일어나는 일이든 손바닥 위에 놓고 보는 것만큼이나 잘 알고 있었지만 한갓진 곳에서 기척도 제대로 하지 않고 지내는 후궁에 대해서는 아는 게 많지 않았다. 주상의 총애를 한 몸에 받을 것은 이미 정해진 일임에도 방심하여 미리 사람을 심어 두지 아니한 탓이었다.

김 씨는 환이 빈궁을 곁에 두라 청하고 정초의 연회에서 제법 당돌한 목소리를 듣고 나서야 때가 이미 늦었음을 깨달았다. 궁인도 몇 없는 단출한 곳에 사람을 밀어 넣는 것은 물론이거니와 본디 그곳에 배정받은 이들을 포섭할 여지 또한 남아 있지 않았다.

"하지만 조금 의외로구나. 숙원은 지금껏 중전을 따로 찾은 일도 없었는데 빈궁에게는 만남을 청하기도 한다니."

자경을 언급하는 김 씨의 목소리에 유연의 눈빛이 살짝 흔들렸다. 혜원이 입궐하여 지금껏 중전을 따로 찾지 아니하였다는 사실과 중궁전의 명이라면 받들겠다던 제 발언이 묘하게 연결되는 느낌이었다.

어쩌면 김 씨가 유연의 언행을 알고 약삭빠름을 지적하는 것이 아닌가 싶은 마음이 들 정도였다. 중전이 빈궁에게 무언가를 명하는 일은 어차피 일어나지 않을 일이라 호기롭게 배짱을 부린 것에 불과하지 않을까 하는 의견은 어느 면에서는 사실이었다.

"무어, 빈궁 말마따나 가벼운 안부를 겸한 한담이었다면 이해 가능하지. 중전이 찾는 이들을 문전 박대하는 게 어디 하루 이틀 일이던가."

김 씨는 홀로 말을 맺고는 등 뒤에 놓인 안석에 몸을 기대었다. 대왕대비전에서의 대화란 대부분 이런 식이어서 유연이 제 의견을 밝힐 일은 그다지 많지 않았다.

하여 유연은 남몰래 고민할 때가 있었다. 환이 말한 대로 말 못 하는 꽃처럼 앉아 있는 것보다 낫다고 생각하여 유연을 불러 이야기를 나누기로 한 것이라면 그 생각이 틀렸음을 몇 번 만에 깨달았을 것이다. 고개를 끄덕이거나 짧은 대답을 하는 것이 유연이 보이는 반응의 전부나 다름없었다. 그럼에도 김 씨가 구태여 유연을 끊임없이 부르는 까닭은 이런 하잘것없는 말동무라도 필요할 정도로 외롭기 때문일까.

"밀정을 보냈더니 반간이 되었구나."

환의 목소리가 불현 듯 유연의 귓전을 때렸다. 환은 유연이 김 씨의 인정을 받음으로써 위치가 공고해지기를 바라는 것과 동시에 그렇게 되는 것이 그에게 보탬이 될 것이라는 이야기도 덧붙였다. 후궁에 대해 관대하지 않던 김 씨가 유연을 찾는 이유는 그녀가 환의 사랑을 받는 여인이기 때문일 것이다. 어질고 관대한 성품으로 유연을 감화시키면 환에게 행사할 수 있는 영향력이 더욱 커질 것 아닌가.

유연은 이런 상황에서 어떻게 처신해야 하는지 잘 알 수 없었다. 거대한 장기판 위에서 두는 사람의 의도조차 모른 채로 이리저리 옮겨 다니는 장기짝이 되어 버린 느낌이었다. 정신을 똑바로 차리지 않으면 일엽편주가 되어 버릴지도 알 수 없었다.

"빈궁."

김 씨가 잠잠하니 앉아 있는 유연을 불렀다. 고운 딸들을 떠오르게 하는 나이 어린 여인의 모습은 사랑스러운 데가 있었으나 가끔 기묘한 충동이 이는 것이 사실이었다. 주상이 이틀이 멀다 하고 처소에 걸음 할 정도로 귀애하는, 그에 못지않게 연모를 가득 품고 있는 이 아이의 마음을 흔들어 보면 어떠할까. 어지간한 힘으로는 꿈쩍도 하지 않는 굳건한 바위 같을까, 날아든 돌 하나에 파문이 이는 잔잔한 호수와 같을까. 혹, 가느다란 실바람에도 세차게 흔들리는 풀줄기처럼 나부끼지는 않을까. 김 씨는 마음에 인 충동을 언행으로 실천했다.

"주상을 위해서 무엇까지 할 수 있겠는가."

궐에서 가장 총애 받는 여인인 빈궁에게 가장 대범하게 행동하는 숙원이 접근했다. 숙원의 처소에서 아무런 이야기가 흘러나오지 않은 것으로 미루어 숙원이 아무런 소득도 얻지 못한 것은 거의 확실해 보였다. 만약 그것이 눈속임에 지나지 아니하고 실은 두 후궁이 암암리에 의기투합이라도 하였다면 어떠할까. 지아비인 임금은 물론이고 가장 어른인 대왕대비의 눈 밖에 난 중전의 존재감이란 실로 미미했으니 궐에 평지풍파를 일으킬 수도 있었다. 그러나 그런 상황이 오기 위해서는 선결되어야 할 일이 있었다.

"주상을 위하는 일이라면 그 총애도 기꺼이 포기할 수 있을까."

눈앞의 어린 여인이 가진 패는 단 하나, 그 어떤 부탁이든 기꺼이 들어줄 지극한 총후였다. 바깥에서 보기에는 가소로울지 몰라도 오로지 한 사내만을 구하는 궐 안의 여인들에게는 그 무엇과도 바꿀 수 없는 권력이나 다름없었다.

김 씨는 유연에게 네 뜻을 이루기 위해 그것을 반분할 수 있겠느냐 묻는 대신 말을 돌렸다. 그녀는 빈궁의 대답을 바탕으로 여러 가지를 짐작할 수 있을 것이었다. 이 아이의 이해력을, 가슴에 지닌 소망을, 그 꿈을 담는 그릇의 크기도.

"전하께서 원하시는 일이라면……."

"주상이 원치 아니하여도 그리 하여야만 한다면?"

조심스러운 유연의 말허리를 김 씨가 잘라 냈다. 다른 이의 결단 뒤에 숨지 말고 자신의 뜻을 이야기하라는 의미였다. 김 씨의 단호한 목소리는 유연이 오래 머뭇거릴 틈도 주지 않았다. 유연은 정해진 대답 대신 제 마음의 소리를 따랐다.

"마음의 준비가 되지 아니하였사옵니다."

그것이 옳다면 따를 수밖에 없다는 체념, 혹은 분연한 다짐이 담긴 말이 나오리라 생각하던 김 씨의 얼굴에 당혹감이 떠올랐다 이내 얼굴 가득 주름이 잡힐 정도로 파안대소했다.

"아아, 그래. 빈궁은 아직 연소하니 그럴 수밖에."

김 씨는 유연의 말을 어린아이의 좁은 소견으로 치부하듯 이야기하였으나 본심은 달랐다. 그녀는 빈궁처럼 지극한 사랑을 받아 본 적도 없지만 설령 받았다 한들 되돌려 주지도 못하였을 것이다. 양어깨에 얹힌 가문의 영달과 일국의 국모라는 책임감의 굴레는 제아무리 봄바람이 살랑대며 불어도 옴짝달싹할 수 없을 만큼 마음을 꽁꽁 얽어매고 있었다.

"제 존재가 전하께 누가 되지 아니하는 방법을 찾아보겠사옵니다."

제법 다부지게 덧붙이는 유연의 목소리에 부러운 마음마저 들었다. 마음을 숨기지 못하여 솔직하게 드러내고, 어깨에 아무것도 짊어지지 아니하여 온전한 사랑을 즐기고 있는 그녀의 삶이. 이 아이의 속에 무엇이 들어 있는지 판단하는 일은 좀 늦추어도 괜찮을 것 같았다.

이미 환이 기꺼운 마음으로 김 씨의 곁에 던져 주지 않았는가. 겉으로 보이는 것처럼 순진무구한 어린 토끼인지 귀여운 얼굴을 하고 꼬리를 감춘 채 기회만 엿보는 교활한 여우인지는 금지옥엽을 품은 연후에 확인해도 늦지 않았다. 아무리 총후를 받는다 하여도 결국에는 일개 후궁이었으니 빈궁은 김 씨의 손바닥 위에 놓인 것이나 마찬가지였다.

"내 것을 잃지 않고 남의 것을 얻는 것은 불가한 일이다. 무엇인가를 원하면 내 것을 내어 주어야 하지. 그리고 대개 그것은 내게 가장 소중한 것이지 않겠느냐."

교훈을 이르듯 말하던 김 씨가 얼굴에 빙그레 미소를 띠었다.

"그러나 총애를 잃기 싫다는 것은 그만큼 생각하는 마음이 깊다는 증좌요, 양보라는 것은 빈궁에게 필요한 미덕이 아니니 지극히 자연스럽다 하겠구나."

그러고는 충동적으로 유연의 손을 끌어다 잡고는 손등을 천천히 쓰다듬었다. 지금만큼은 귀애하는 손자의 사랑스러운 여인을 대하는 할머니의 진심이 깃들었다. 유연이 얼굴을 붉혔다.

❖　　　❖　　　❖

유연이 책꽂이에 줄지어 선 책등을 어루만졌다. 책으로 겹겹이 둘러싸인 서고에 비하면 한결 적었지만 여느 서재와 비교하여도 모자라지 않을 만큼 가득 채워진 책들은 대부분 낯익었다. 환의 손에 이끌려 늦은 저녁 시간에 이곳을 찾은 적은 몇 번 있었으나 낮에 오는 것은 처음이라 분위기가 썩 다르게 느껴졌다. 어둠에 반쯤 잠겨 아늑하고 몽환적인 느낌을 주던 늦은 시간에 비해 낮 시간인 지금은 훨씬 깔끔하게 정돈되어 생기가 흐르는 느낌이었다.

"무엇인가를 원하면 내 것을 내어 주어야 하지. 그리고 대개 그것은 내게 가장 소중한 것이지 않겠느냐."

유연은 제 존재가 환에게 방해되는 일 없도록 하겠다는 결연한 다짐에 대한 김 씨의 대답을 떠올렸다. 그의 마음만을 원하는데 가진 것도 그의 마음뿐인 상황에서 그녀가 할 수 있는 것이 과연 무엇일까. 회의가 들었다.

환이 그리는 세상이 그녀로부터 시작된다던 조 씨의 말은 아까 들은 김 씨의 말에 파묻혀 빛을 내지 못했다. 유연은 환의 모습을 보고 잠깐 그 너른 품에 고개를 파묻으면 모든 혼란을 잊을 수 있을 것만 같아 충동적으로 서재에 발을 들인 참이었다.

귀를 기울이자 어렴풋한 기척이 들려왔다. 반가운 얼굴로 발을 디디려던 유연은 들려오는 발소리가 평소에 듣던 것과는 박자나 울림이 퍽 다르다는 사실을 깨닫고 멈칫했다. 주변을 둘러보다 환기를 시키려 열려 있는 장지 저편의 방으로 서둘러 건너갔다. 후원으로 통하는 뒷문 옆에 놓인 책장에 반쯤 몸을 숨기듯 섰다. 그러나 곧 낭패한 얼굴이 되었다. 곱게 수놓인 제 신이 저 앞에 있음을 깨달은 탓이었다.

섬돌 위에 발을 딛던 환은 구석에 가지런히 놓인 작은 신 한 켤레를 발견하고 미소 지었다. 사랑스러운 그의 여인이 그리움을 이기지 못하고 찾아왔는가 싶어 마음이 발그레하게 물들었다. 그러나 유연의 모습을 다른 이들에게 보여 주고 싶은 마음은 없었다. 대개 학자라든가 선비라는 이들은 여인의 앞에서 치세를 논하거나 학문에 대한 담론을 나누려 들지 않았다. 그가 대동한 젊은 선비들도 다른 이들과 크게 다르지 아니할 터였다.

환이 가볍게 헛기침을 하여 대기하고 있던 내관의 시선을 붙잡은 뒤 외로이 남은 신의 존재를 알리고는 마루 위에 올랐다. 왕과 유생이 방에 들어간 후에 내관이 신을 품에 안고 유연이 몸을 숨기고 있을 저편 방의 뒷문 쪽으로 빙 둘러 갔다.

유연은 저쪽 방에서 어른거리듯 들려오는 목소리에는 크게 관심이 없었다. 어떻게 하면 이곳을 빠져나갈 수 있을지 궁리하는 중 옆에서 문이 스르르 열렸다. 유연이 눈을 동그랗게 떴다. 덕해가 빙그레 웃으며 쪽마루 아래쪽을 가리켰다. 자신의 신을 발견한 그녀가 조심스레 신을 발에 꿰고 소리 나지 않게 몇 걸음 걸어 건물에서 멀어졌다. 안도의 한숨을 내쉬며 감사의 뜻을 표했다.

"고맙습니다."

"전하께서 일러 주셨사옵니다."

덕해의 대답에 유연이 머쓱하게 웃었다. 환이 서재에서 젊은 관료나 유생과 종종 담소를 나눈다는 사실을 알고 있었다. 하필이면 그날이 오늘이었다니. 아무런 소득 없이 돌아가야 할 모양이었다. 아쉬움이 가득한 눈으로 조금 전까지 머무르던 방을 넘겨보는 유연을 향해 덕해가 제안했다.

"전하께오서 마마를 보셨으니 오래 지체하지 않으실 것입니다. 그때까지 이곳 후원을 잠시 거닐고 계심이 어떠하옵니까."

"제 존재가 어심이 향하는 곳을 방해해서야 곤란한 일입니다."

덕해의 말에 고개를 저어 보였으나 숨겨진 후원의 풍광은 그녀의 시선을 붙잡은 채로 놓아주지 않았다. 다소 어수선한 감이 남아 있었으나 섬세하게 조각된 동·식물이 새겨진 화계석과 그 위아래에 흐드러지게 피어난 기화요초는 유연이 차마 찾지 못하는 다른 후원과 비교하여도 부족함이 없었다.

어느 새 유연의 발길이 저 안쪽을 향하고 있었다.

왕의 목소리와 그에 대답하는 선비의 목소리, 그리고 다시 이어지는 문답. 소년은 가만히 귀를 기울이다 살짝 고개를 숙였다. 느리게 눈을 껌벅이고 손바닥만큼이나 크게 벌어지려는 입을 억지로 다물었다. 눈가에 슬그머니 윤기가 맺혔다. 갑자기 낯선 목소리가 그를 향해 날아들었다.

"공자는 무료한 모양이로군."

"아, 아니옵니다."

반쯤 정신을 놓고 있던 소년이 화들짝 놀라 시위를 벗어난 화살처럼 빠르게 대꾸했다. 환이 빙그레 웃었다.

"공자는 아직 정무를 논하는 것보다는 시구를 읊는 편이 더 마음에 흡족한 나이 아니겠는가. 뒤쪽으로 후원이 있으니 화초라도 완상하여 시흥을 떠올리는 것도 나쁘지 아니하겠지."

잠시 머뭇거리던 소년이 환을 향해 공손하게 읍하고는 조심스럽게 자리에서 일어났다. 단정히 앉은 제 형님이 귀가하는 길에 틀림없이 저를 탓할 것임을 짐작했지만 그걸 감수하는 편이 이 자리에 동석하여 있는 것보다 나을 듯했다.

방에서 나온 소년이 건물을 오른쪽으로 끼고 빙 돌았다. 왕이 짐작한 것처럼 시구를 읊는 쪽에 취미가 있는 것도, 귀한 화초를 보는 것에 마음이 동한 것도 아니었다. 그저 그 자리가 견딜 수 없이 싫었다. 이제야 제대로 된 공부를 시작하여 비루한 제 학식도, 여태 세상사에 관심을 둔 적 없어 대화에 끼어들 수 없는 제 처지도, 그리고 그에게 관대한 미소를 보이던 왕도.

건물 뒤편에 도달한 소년이 문득 걸음을 멈추었다. 왕의 용모가 놀랍도록 준수하다는 사실은 이미 소문으로 알고 있는 것이었다. 다만, 분명 오늘이 초면인데도 설지 아니하게 느껴지던 점이 소년의 마음을 묘하게 뒤흔들었다. 고운 용모를 보니 남에 비해 뒤쳐진다 생각한 적 없던 자신의 외모에 대해 주눅이 들었기 때문일까, 아니면 혼자만의 마음에 간직해 왔던 정인을 빼앗긴 것 같은 억울함이 살아났기 때문일까.

멍하게 생각하던 소년의 시야에 고운 빛깔의 의복에 감싸인 여인의 뒷모습이 눈에 들어왔다. 쪽을 지어 틀어 올린 머리는 혼인한 여인의 그것이었지만 가느다란 몸태에는 아직 소녀의 느낌이 남아 있었다.

여기까지 오면서 보았던 궁인들과 차림이 사뭇 달랐다. 왕의 여인에게 함부로 다가가서는 아니 될 일이라 생각하면서도 그 정체를 알 것 같은 기분에 선뜻 몸을 돌리지 못한 채 모습을 말없이 눈에 담았다.

꽃을 완상하던 여인이 고개를 들어 하늘을 바라보다가 몸을 돌렸다. 소년의 모습을 발견하고 그와 마찬가지로 굳어졌다. 소년이 아주 천천히 처마 그늘에서 벗어나 여인에게서 한 발 넘는 거리에 멈추어 섰다. 짧지 않은 시간이 흐르고 난

후에야 여인의 입술이 살포시 열렸다.

"……치서."

유연이 당혹감 가득한 목소리로 중얼거리듯 불렀다. 목소리가 흘러나왔다는 사실도 모르는 눈치였다. 치서가 말없이 유연의 얼굴을 내려다보다가 저쪽에서 그를 바라보고 있는 진초록빛의 관복을 발견하고는 한 발 뒤로 물러서서 손을 모아 천천히 고개를 숙였다.

"빈궁……마마."

아까 전, 눈꺼풀을 느리게 여닫을 적에 눈가로 고여 들던 물기가 빠르게 모여들었다. 치서가 당황하여 입술을 깨물며 눈을 깜박거렸다. 눈가에 위태롭게 매달려 있던 눈물방울이 결국 바닥에 툭 떨어져 모래빛 얼룩을 만들어 냈다. 치서가 얼른 그 자국 위에 발을 올려 비비적거렸다.

"그간 강녕하셨사옵니까."

입술을 달싹이던 유연이 대답할 말을 찾지 못하고 도로 입을 다물었다. 만날 일 없으리라 생각했던 어린 시절의 벗을 생각지 못한 자리에서 만나고 보니 어떻게 행동해야 할지 도무지 알 수가 없었다. 그저 반갑게 맞이하기에는 그녀에게 품었던 마음이 무거웠고 확연하게 달라진 지체의 차이가 그들 사이를 가로막았다.

불어 드는 바람이 그들 사이에 놓인 싱그러운 풀잎을 뒤흔들었다.

방 안에서 치상과 대화를 나누던 환은 잠시 말이 끊긴 사이 섬돌 위에 놓여 있던 조그만 신을 떠올렸다. 그의 일과를 방해하지 않으려 살그머니 돌아갔을 가능성이 높지만 꽃잎을 헤아리며 기다리고 있을지도 몰랐다. 뒤쪽으로 마련된 건물 두 개를 낀 후원은 사랑하는 여인이 고운 꽃을 감상하는 데 다른 이의 눈치를 살피지 아니하도록 조성한 곳이었다.

　"잠시 쉬는 것은 어떠할까."

　환이 자리에서 일어났다. 치상과 나누고픈 이야기가 아직 남았으나 유연의 행방이 궁금했다. 유연이 아직 후원에 머무르고 있다면 날이 저문 후를 기약하는 다정한 음성과 가벼운 입맞춤을 건넬 생각이었다.

　치상이 환을 따라 일어나기는 하였으나 그의 눈길은 방을 채우고 있는 서책에 꽂혀 있었다. 가벼운 손짓으로 머물러도 좋다는 뜻을 표한 뒤 방 바깥으로 빠져나왔다. 정오를 넘어선 시간이라 뙤약볕에 달구어진 공기가 제법 더웠다. 환은 가볍게 딛는 걸음의 끝에서 유연의 모습을 발견하고는 미소를 띠었다.

　그러나 그 앞에 선 낯선 형체에 미간을 찌푸렸다. 어울리지 않는 젊은 선비의 모습이 얼마 전까지 방 안에 동석하고 있던 이의 것임을, 후원에 나가 보라 권한 것이 자신이었음을 비로소 깨달았다. 어느 쪽이든 피하였어야 마땅한데 약간의 거리를 두고 마주 보고 서 있는 모습이란 짐작조차 하지 못한 것이어서 당혹감이 더해졌다.

환이 용포가 펄럭이도록 급히 몸을 돌렸다. 마치 보면 아니 되는 장면을 엿보기라도 한 것처럼 몸을 피하는 자기 자신을 의아하게 생각했다. 기둥 옆으로 돌아서기 전 마지막으로 얼핏 돌아보았을 때에도 변함없는 모습은 자신이 나타났음을 알지 못함이 틀림없었다.

환은 그들의 시야가 닿을 만한 곳에서 완전히 벗어난 것을 확신한 뒤에야 걸음을 멈추었다. 천천히 조금 전 상황을 돌이켜 보았다. 이전에 소년을 본 적 있을 리 없음에도 처연하게까지 느껴지는 그 얼굴이 왠지 낯설지 않았다.

"유연!"

새로 떠오른 기억에 환이 숨을 들이쉰 채로 호흡을 멈추었다.

❋　　　　❋　　　　❋

침의 차림으로 환복한 유연이 말없이 창을 열고 바깥을 바라보았다. 서늘해진 공기에는 낮 동안 피어올랐던 열기가 한 가닥도 남아 있지 않았고 중천에 떠오른 달은 무척 밝았다.

가만히 귀를 기울여 보아도 사람이 다가오는 기척 따위는 느껴지지 않았다. 유연이 창을 닫고 방을 밝히고 있는 불을 껐다. 환한 달빛이 비쳐 들어 주변을 분간하는 것은 어렵지 않았다. 유연은 이불을 걷어 낸 뒤 그 가운데 단정히 앉았다. 뒷머리를 이고 있는 비녀를 뽑아 들자 땋인 머리가 툭 떨어져 등 뒤로 늘어졌다.

평소라면 환이 찾아오고도 남음직한 시간이었다. 오늘이 길일이라는 소식은 따로 전해 듣지 못했으니 아마 긴한 장계라도 올라와 골머리를 썩고 있는가 보다 생각했다. 하지만 환이 아무 말 없이 다른 이의 침소를 찾았다고 해도 무어라 할 수 없는 일이었다. 그녀의 위치가 꼭 그러했다. 유연이 몸을 눕힌 뒤 이불을 끌어 올려 얼굴까지 파묻었다.

"무엇인가를 원하면 내 것을 내어 주어야 하지."

하루 종일 김 씨의 말이 유연의 뇌리를 떠나지 않았다. 환의 곁을 지키고 싶다면 그를 독차지하려 들지 말라는 뜻으로 들렸다. 그 말이 혜원의 말과 얽혀 들어 유연의 마음에 검댕을 묻히듯 굴러다녔다.

유연이 이불을 꼭 움켜쥐며 고개를 흔들어 댔다. 갑자기 바깥이 소란스러워졌다. 내관이나 상궁이 무언가를 고하려 들기도 전에 문이 먼저 열렸다. 유연이 깜짝 놀라 몸을 일으켰다.

"고단한 하루를 채 끝내지 못한 낭군을 기다릴 줄도 모르는구나."

환의 유쾌한 목소리에 유연이 눈을 깜박거리며 올려다보았다. 하루 내내 마음을 어지럽게 한 장본인이 느닷없이 나타나 그녀를 책망하고 있었다. 유연은 이끌리듯 자리에서 일어나 그의 품에 뛰어들었다. 익숙한 향취가 호흡을 타고 몸속으로 흘러들자 안도감이 함께 자리 잡았다.

환이 제 품에 안긴 연인을 다독였다. 먼저 다가와 몸을 감싸는 손길과 나풀거리는 치맛자락이 다리를 휘감았다 떨어지는 느낌이 오래전의 기억을 불러들였다.

"아니 오시는 줄 알았단 말입니다."

소녀가 보인 언행은 연모에서 기인한 것이었다. 지금의 행동도 그러할까. 환이 몸을 살짝 떼어 내고 유연의 턱을 받쳐 들었다. 어두운 방 안이었지만 유연의 뺨 위에 젖어 든 달빛이 얼굴에 떠오른 표정을 또렷하게 보여 주고 있었다. 유연의 눈빛이 어수선하게 흔들려 환의 마음을 무겁게 했다.

낮에 본 광경이 눈앞에 다시금 펼쳐졌다. 바람결에 일렁이는 풀꽃 사이에서 마주 보고 있던 이들의 모습은 한 폭의 그림이라 하여도 이상하지 않을 만큼 잘 어울렸다.

'무슨 이야기를 하였느냐.'

환은 혀끝까지 밀려온 말을 꾹 삼켰다. 대신, 마음의 동요가 느껴지지 않을 정도로 활기찬 목소리로 바깥에서 기다리고 있을 박 상궁을 불러들였다. 어둡던 방 안이 밝아지고 유연은 금침 안에 몸을 눕히는 대신 그 옆에서 좌경을 앞에 두고 단정하게 앉는 처지가 되었다. 약간 헝클어진 머리를 풀고 곱게 빗어 내린 뒤 다시 땋는 박 상궁의 손길은 퍽 능숙했다. 유연이 거울에 비치는 제 뒤쪽의 박 상궁의 표정을 살피고 곁눈질로 환을 올려다보았다. 이 자리에서 당황하고 있는 건 아마도 그녀뿐인 모양이었다.

환은 옷가지를 한 아름 든 나인이 나타나자 구석에 놓인 서안을 끌어당겨 그 앞에 앉았다. 환이 정리해 놓은 종잇장을 뒤적거리는 모습을 바라보던 유연은 박 상궁이 제 적삼의 섶을 풀자 얼굴을 붉히고 몸을 돌렸다. 내외 따윈 모르는 듯 서안 앞에 태연하게 앉은 환을 의식하지 아니할 수 없었다.

"이리 오래 걸려서야 성미 급한 자는 진즉에 포기하였을 것이다."

"조금만 더 기다리옵소서."

환의 목소리가 유연의 등 뒤에서 들려오자 박 상궁이 웃음기 어린 목소리로 대꾸했다. 유연의 몸을 화사한 꽃송이 같은 빛깔이 감싼 연후에 다시 유연을 좌경 앞에 앉혔다. 소녀처럼 길게 늘어뜨린 유연의 머리 가닥을 손에 쥐고 단단하게 틀어 올렸다. 비녀가 유연의 뒷머리 위에서 제자리를 잡는 것과 환이 손을 덥석 잡은 것은 거의 동시였다.

"차라리 그대로 끌고 가는 편이 나았겠군."

"다 되었사옵니다."

"살펴 다니옵소서."

"금야(今夜)는 아니 올지도 모르니 기다리지 말라."

반 강제적으로 몸을 일으킨 유연은 환이 빙긋 웃으며 던진 말에 대해 미처 생각할 틈도 없이 방 밖으로 이끌려 나갔다. 주인이 머물렀다 나간 흔적을 분주하게 정리한 이들이 그 방에서 사라지는 데에도 오랜 시간이 걸리지 않았다.

"오늘따라 달빛이 밝구나."

호젓한 밤길을 울리는 유쾌한 목소리에 유연이 살짝 아미를 찌푸리며 하늘을 올려다보았다. 보름이 지나 날마다 이지러지고 있는 달빛은 여느 때에 비해 특별히 영롱하게 빛나는 건 아니었다. 그들이 가는 길이 밝다 여기는 것이라면 저만치 앞서 가는 이의 걸음을 따라 흔들리는 등롱 때문이지 달빛 때문은 아니었다.

"적어도 아까는 그러하였단 말이다. 하여 네게 들려줄 시구가 떠올라 부랴부랴 나선 것이거늘 네가 참을성 없이 자리 보전하는 탓에 이리 되지 않았겠느냐."

하늘을 올려다보느라 잠깐 느릿해졌던 유연의 걸음에 환

이 변명하듯 말을 더했다. 달빛이 쇠한 연유를 자신에게서 찾는 타박에 미소를 머금고 조금 전 침전을 나설 때부터 줄곧 잡힌 채인 제 손을 가볍게 끌어당겼다. 이토록 지극한 마음을 보여 주는 그의 곁에서 의심이나 걱정 따위는 부질없었다. 환이 고개를 돌려 유연을 바라보았다. 맑고 생기 어린 눈동자가 그를 향해 방긋 웃음을 보냈다.

"원컨대 듣기를 청하나이다."

"싫다."

유연은 말이 끝나기 무섭게 들려온 거절의 말에도 기가 죽기는커녕 얼굴에 띤 웃음기가 더 짙어진 채로 농담 같은 질문을 입에 올렸다.

"벌써 시구를 잊으셨사옵니까?"

"나를 어찌 보고."

웃음의 기색을 감추지 못한 물음에도 환이 정색하고 대답하더니 심드렁하게 덧붙였다.

"눈치 없는 누군가가 시흥을 뚝 떨어뜨리지 아니하였겠느냐. 어울리지 아니하는 시구를 읊어 보았자 시미(詩味)가 반감될 뿐이니 하지 않으련다."

말의 내용으로 보아서는 철없는 아이의 앵돌아진 목소리가 딱 어울릴 법했다. 발길을 재촉하는 환의 손을 유연이 재차 잡아당겼다.

"어찌 그러느냐."

"한 달 동안 단 하루도 같은 모습을 보이는 적 없는 것이 달 아니옵니까."

"그것이 무슨 상관일까."

"달은 그토록 변덕스러우며 일기는 그보다 더 변화무쌍하옵니다. 천기를 살펴 정취에 어울리는가 판단할 수도 있겠으나 낭연히 울리는 옥음이면 구름도 물러나고 월궁항아도 기뻐하지 아니하겠사옵니까."

시구를 읊어 주면 구름도 물러나고 달빛이 환해질 것이라. 아마 유연이 아닌 다른 이가 했다면 아첨이 과하다며 불쾌히 여겼을 듯싶은 말에 환이 결국 웃음을 터뜨렸다.

"누가 너를 말로 이기랴."

"하면 들려주시겠사옵니까."

조르는 목소리에 환이 걸음을 멈추고 유연을 자신의 앞에다 끌어다 놓은 후 등 뒤에서 가볍게 감싸 안았다. 끊어질 듯 이어지는 옅고 긴 구름 띠가 달을 스쳐 지나는 모습이 그들의 눈에 들어왔다.

환의 목소리가 울리기 시작하자 유연이 가만히 눈을 감았다.

성긴 숲 사이로 밝은 달빛 들어와
어지러이 흩어졌다 맑은 그림자를 이루니
흘러내리던 마름이 찬 물결에 춤추고

놀란 새끼 용이 추운 골짜기에서 날아오르누나*.

고요한 숲 속 나뭇가지 사이로 은은하게 달빛이 비쳐 들었다. 달빛이 나무에 부딪치며 만들어 낸 그림자는 엷은 바람에 수초처럼 일렁이고 세차게 불어 드는 바람에는 어린 용처럼 꿈틀댔다. 한 폭의 수묵화를 감상하듯 시에 담긴 풍경을 그려 내고 있던 유연의 귀에 아까와 별반 다르지 않은 불만의 목소리가 울려왔다.

"아직도 하늘이 어두우니 아까의 네 말은 얼러맞추기에 불과하지 않으냐."

투정을 부리는 듯한 환의 목소리에 유연이 눈을 떴다.

시에 담긴 풍광만큼이나 그녀를 둘러싼 어둠도 외롭고 서늘했다. 밤늦도록 고단한 하루를 끝내지 못하고 있던 사내의 처지도 마찬가지여서 그 목소리에 귀 기울이는 사람은 극히 드물고 뜻이 이루어지는 일 또한 적었다. 유연의 마음이 시려 왔다. 그녀를 품은 온기는 본디 온 세상을 품어야 마땅했다. 그가 사람의 힘으로 움직일 수 없는 날씨를 탓하는 것은 그 처지에 대한 비관에서 비롯된 것 같았다.

"지금에 어울리는 후구(後句)는 감추시고 앞부분만을 일러 주시니 이는 필시 어리석은 계집아이의 앎을 시험하고자 하

---

*고계의 '월림청영(月林清影)'.

심이 분명하옵니다."

유연은 어지러운 마음을 숨기고 짐짓 토라진 목소리를 냈
다. 흐음. 환이 나직하게 뱉는 감탄 같기도 하고 의문 같기도
한 소리에 유연이 천천히 기억을 더듬었다. 뒤로 남은 것은
네 구, 그러나 지금 필요한 건 단 두 줄뿐.

"구름 다가와 그림자 점점 희미해지고
바람 일자 어지러이 움직여 가지런할 줄 모르네."

"이 시도 알고 있었더냐?"

"일관성도 없고 의도도 알 수 없는, 근거도 근본도 짐작할
수 없는 책 더미를 선사하던 이가 있지 않았겠습니까."

아까 시흥이며 시미를 논하던 자신의 목소리에 담긴 것과
꼭 닮은 기색을 눈치챈 환이 유쾌하게 웃으며 유연을 안은
팔에 조금 더 힘을 주었다.

"그래, 그런 자가 있었지."

유연이 말한 대로 일관성도 없고 의도도 짐작할 수 없는
책의 목록은 들쭉날쭉한 감정의 기복 때문이었을지 모른다.
그 누구에게도 품은 뜻을 말할 수 없어 괴로운 날이 지나면
어릴 적부터 품어 온 귀한 꿈을 되새기는 날이 돌아왔다. 곁
에 두지 못한 소중한 이에 대한 그리움이 사무치는 날도, 반
짝이는 눈망울에 맑은 목소리를 내는 총명한 소녀가 떠오르

는 날도 있었다.

그가 사랑하는 이는 그가 어떤 이야기를 하여도 귀 기울여 듣고 가끔은 조언도 할 줄 아는 지혜를 가진 이가 되었으면 하는 바람을 담은 날이 있었을 것이다. 둘이 함께 시화를 감상하며 그 가치에 대해 논하는 날이 오기를 바란 적도 분명 있었다. 마음 가득히 차오른 연정을 대신 전할 수 있는 글귀를 찾아 헤매인 날도 있지 않았겠는가.

그러나 책의 목록에 어떤 의미를 부여하려는 시도 따위 저만치 치워 버리고 환이 유연에게 무엇인가를 보내고 돌려받았다는 사실에만 집중하면 그 근거 없는 서목은 더 또렷하게 제 본뜻을 나타내는 것이었다. 어느 것이든 아끼지 아니하는 것이 없었기에 그가 전하는 마음이었다.

다시 그의 손으로 돌아온 것들이 얼마씩 또 얼마씩 그의 서재를 채워 갈 때마다 서책과 화첩에 실려 온 소녀의 향취가 함께 배어들었다. 소녀의 손길이 닿은 책장을 열고 두루마리를 펼치면 그리움이 빚어 낸 정인이 종이 틈새를 비집고 나타나 그의 곁에 머물렀다.

지금 제 품에 있는 것은 피가 돌고 숨을 쉬는 사람이었다. 더는 환영에게 위로받지 아니하여도 좋았다. 언제고 원한다면 찾아갈 수 있고, 늘 같은 곳에서 그를 기다리는 연인이 있었다. 이 밤, 지금은 그것이 전부였다. 낮의 시름을 끌어와 함께하는 소중한 순간을 빛바래게 하려 들 필요가 없었다.

따스한 봄이 깊어 싱그러운 여름을 향해 가고 있었으나 어둠이 깃든 밤의 공기는 제법 서늘했다. 사랑하는 이와 함께하는 시간은 줄달음질치듯 빠르게 흘러갔다. 여기서 이러고 시간을 지체하여 정작 보여 주고자 한 것을 지나치게 될지도 모를 일이었다. 환이 아쉬운 마음으로 유연을 몸에서 떼어 내었으나 손을 찾아 맞잡는 것은 잊지 않았다.

"원백홀서경(圓魄忽西傾)이라 하였으니 달이 기울기 전에 서둘러야 하겠구나."

등롱의 뒤를 따라 성큼성큼 걷는 환의 옆에서 잰걸음으로 쫓는 유연이 자박자박 발소리를 냈다. 구름에 가렸다 살짝 드러나기를 반복하는 흐린 달빛이 고작인 어두운 밤길은 산책과 썩 어울리지 않았지만 그들 중 누구도 개의치 아니하는 것 같았다.

"조만간 네게 오려면 이 길을 걷게 되겠지."

환한 대낮이었으면 눈에 담을 수 있는 풍광은 훨씬 더 그럴듯하였을 것이다. 그러나 밝은 낮에 이렇게 손을 잡고 걷는 것은 생각도 할 수 없는 일이었다. 하여 차선책으로 선택한 달밤이었으나 하늘이 돕지 않을 수 있다는 데에는 미처 생각이 미치지 못했다. 유연이 환의 말에 새초롬한 어조로 물었다.

"몸에서 멀어지면 마음에서도 멀어지는 것 아니옵니까."

궐 바깥담과 가장 가까운 곳에 마련되고 있는 유연의 처소는 중전이 머무르는 곤전은 물론 정전이나 편전과도 제법 떨어진 곳에 있었다. 그러나 가장 웃어른인 대왕대비전이 지척이고 왕의 서재가 다정하게 곁에 끼고 있는 곳이기도 했다. 문안 인사를 드리러 오갈 적에 발을 들일 수 있고 고단한 정무를 잠시 쉬고 책을 벗 삼고자 할 때 불러들여도 좋을 위치였다. 그걸 알면서도 저리 물어 오는 것은 사소한 농담에 지나지 않았다.

"내가 그러한 적 있었던가."

"보고 듣지 못한 일은 알지 못하옵니다."

환은 목소리에서 어렴풋하게나마 그와 비슷한 이야기를 한 적 있었거니 짐작하고 걸음을 멈추었다.

"내 그 정도로 너의 신뢰를 얻지 못하였을까."

"정인의 마음을 잃을까 저어하는 것은 어느 여인이나 마찬가지일 것이옵니다."

유연이 새초롬하게 대꾸하며 눈을 돌렸다. 환은 유연의 앞을 가로막고 서서 발그레하게 물들었을 두 뺨 위에 손바닥을 올렸다. 손의 온기가 핏줄을 타고 흘러들어 마음까지 녹아내리는 듯하여 유연이 가볍게 한숨지었다.

흐린 달빛의 도움 따위는 받지 않아도 선명하게 보이는, 구름 뒤에 숨기 싫어하는 별 하나가 하강한 듯 곱게 빛나는 얼굴을 환이 이윽히 바라보았다.

"무엇을 염려하느냐."

"옛 사람도 여도담군(餘桃啗君), 화무십일홍(花無十日紅)이라 말하였던 것을요."

유연의 눈길이 사뭇 진지했다. 그녀가 받고 있는 사랑을 의심하지는 않았다. 변할 마음이었다면 그 이전에 언제든지 달라졌을 것이다. 그러나 모순되는 감정이 수면으로 떠오를 때가 있었다. 그들의 마음이 시간을 두고 은근하게 스며들어 어찌할 수 없게 된 것처럼, 그녀를 시샘하여 속살대는 목소리가 오래도록 환의 귓가에 맴돌 것이다. 그럼에도 그 마음이 변질되지 않을지 확신을 가질 수 없었다.

"색에 취하지 아니하였는데 빛이 바랜다 하여 깰 것이냐."

환이 유연을 나무라듯 대꾸했다. 도리어 그가 유연에게 되묻고 싶었다. 그에게 중전이 있고 다른 후궁이 있다는 사실은 변함이 없었다. 만에 하나 유연에게서 후사를 얻지 못하면 다른 여인을 더 맞아들이거나 다른 이와 밤을 보내야 하는 일을 피할 수 없을 것이다. 그럼에도 그녀의 마음이 조금도 흔들리지 아니할지 앞으로도 변함없을 것인지.

그러나 차마 입에 올리지 못하고 몸을 굽혀 얼굴을 가까이했다. 반짝이는 눈동자에 오로지 그의 모습만이 담기고 그가 품은 진심이 다감한 눈빛을 통해 전해지길 바랐다.

눈앞으로 커다랗게 다가드는 모습에 유연이 그만 눈을 감았다. 잡은 것도 없고 잡히지도 아니한 빈손이 주춤거리며 움직여 옥대를 꼭 쥐었다. 엷은 숨결이 얼굴을 간질이고 가볍게 다문 입술 위에 따스함이 내려앉았다. 부질없는 걱정을 흘려 내보내던 입술을 부드럽게 할짝대다 숨어들어서는 반드러운 보금자리를 나돌며 곳곳에 숨어든 염려를 씻어 냈다.

"원한다면 몇 번이고 확언하여 주마. 내 마음은 결단코 변하지 아니할 것이니 아무 염려할 것 없음을."

환이 유연의 귓가에 낮게 속삭이며 몸을 폈다. 짧은 사이에 그의 향기와 유혹적인 놀림에 빠져들 듯 도취되어 있던 유연이 얼굴을 붉히며 손을 떼었다. 환이 아무런 일 없었다는 듯 태연하게 몸을 돌려 옆에 섰다. 몹시 조심스럽게 그의 팔 안쪽으로 손을 미끄러뜨린 유연이 그에게 온전히 기대 천천히 보조를 맞추어 움직였다. 곧, 단아하면서 위용 있는 건물이 어둠을 뚫고 그 모습을 드러냈다.

"앞으로 네가 머무를 곳이다."

유연이 환의 목소리에 눈을 들었다. 높지 않은 담장 안에는 갓 짜여 아직 숲 속의 기억을 잊지 아니한 기둥들이 뿜어내는 싱그러운 나무 내음이 가득했다.

"아무래도 자리가 자리이니만큼 시원스럽게 짓지는 못하였구나. 내 서재가 그러하듯 단청도 입히지 아니할 것이고."

사람을 들이는 것을 즐기지 아니하는 유연이라 처소가 지나치게 넓으면 휑뎅그렁한 느낌을 줄 것 같았다. 나뭇결이 살아 있는 그대로의 모습이 화려함을 즐기지 아니하는 연인에게 어울린다 생각했다. 그 생각은 변함없었으나 지금 머무르는 처소보다도 소박해 보일지 모를 외양이 왠지 신경 쓰였다. 자연 말은 변명조처럼 흘러나왔다.

유연이 고개를 끄덕였다. 환의 서재에 종종 들르고 낮에는 서로 연결되어 있는 후원을 잠깐 구경하면서도 일부러 이쪽에는 눈길도 주지 아니했다. 이러저러하게 하여 달라 말하는 것 자체가 욕심으로 보일까 싶어 입을 꼭 다물고 있었으나 사랑하는 마음을 과시하듯 위세 대단한 건물이 지어지고 있을까 걱정이 되곤 했다. 단청을 칠하여 화려함을 더한 위풍당당한 건물이 들어서면 젊은 왕이 후궁에 빠져 국고를 탕진한다는 지적을 면키 어려울 것이었다. 그 걱정을 비웃듯 아담하고 단정하게 앉은 모습이 유연의 마음에 들었다.

그들은 사소한 작업들이 아직 남아 있어 휑하기도 어수선하기도 한 뜨락을 천천히 거닐었다. 아직 어수선한 건물을 한 바퀴 빙 돌아 뒤편으로 가는 길에 무심코 고개를 돌려 난간에 새겨진 호리병을 본 유연이 잠깐 걸음을 멈추었다. 동행인의 발이 멈춘 것에 의아해하던 환이 유연의 시선을 따라가 보고는 작게 웃었다.

"마음에 담아 두지 말아라."

"창만 열면 이것이 늘 보일 것인데 어찌 그러하겠사옵니까."

유연이 조그맣게 투덜거리며 고개를 돌리고 발길을 재촉했다. 그러나 곧 나타나는 후원의 풍광에 감탄하기도 전에 시야를 가득 메우는 화계석을 보고 한숨을 내쉬었다. 상량문의 내용을 읽어 본 뒤부터 내내 마음에 무겁게 걸려 있던 생각이 다시 한 번 내려앉는 느낌이었다.

본디 기원이라는 것은 갖지 못한 것에 대한 간절한 마음을 드러내는 것이었다. 건강하게 오래 살기를 원하는 마음이 깃든 이름의 건물은 머무르는 이가 건강하지 못하다는 뜻을 품고 있었다. 사면을 살펴보고 팔방을 둘러보아도 다산(多産)으로 둘러싸인 처소가 아직도 그들 사이에 아이가 없음을 한하는 것이 아닌가 싶어 떠름한 감이 있었다. 혼인한 지 이제 고작 반년에다 후사를 걱정하기에는 아직 연소한데.

"이것만큼 너를 향한 내 마음을 확실하게 나타내는 것이 없다니 어찌 하겠느냐."

환이 유연의 어깨를 다독였다. 야트막한 담장이 놓여 있기는 하나, 하나로 길게 이어지는 후원을 따라 도착한 곳은 종이 내음과 은은한 묵향이 감도는 환의 서재였다.

유연이 환의 팔에서 살그머니 손을 뺐다. 늘 심상하게 지나치던 편액에 적힌 보소당(寶蘇堂)이라는 글자에 유연의 시선이 퍽 오래도록 머물렀다. 환이 감싸 안아 차가운 밤공기를 조금이나마 몰아내려 애쓰며 유연의 눈길이 머무르는 곳을 함께 보았다. 힘차고 우아하게 그은 획을 따라 어지러워지려는 마음을 정리하고 체온을 나누는 연인에 대한 연정을 더했다.

"천 년이 가깝도록 전해지는 글을 쓴 동파(東坡)라면 진실로 보배롭다 할 수 있지 않겠느냐."

품에 든 여인은 사내로 태어났다면 다른 방식으로 그의 곁을 지키고 있었을지도 모른다. 조정이 돌아가는 모양새를 생각하고 아무 위세도 없는 집안과 한미한 관직에 머무르는 그녀의 아비를 떠올리면 그 생각은 아침 이슬처럼 스러지는 것이었지만. 환은 어느새 씁쓸하게 흘러가는 생각을 잘라 내며 가벼운 목소리를 냈다.

"네가 글을 조금 더 일찍 익혔더라면 너 역시도 그리할 수 있었을지 모르는데."

유연이 문리에 자신이 있었다면 남의 말을 빌려 뜻을 전하는 대신 제 목소리를 냈을 것이다. 그러나 뒤늦게 배워 제가 쓸 수 있는 글이 사내가 지닌 앎의 깊이에 비해 턱없이 가벼울까 염려했다. 사내는 그리 신중한 소녀가 혹여나 제 뜻을 잘못 알고 마음이 상할 것을 걱정했다. 하여 마음을 전하기에는 부족함이 없으나 온전하게 그 마음을 담아내기는 턱없이 부족한, 가치를 인정받아 오래도록 전해 오는 다른 누군가의 글이었다.

"그리하였다면 너와 나도 구소수간(歐蘇手簡)과 같은 책을 엮어 낼 수 있지 않았을까. 천 번을 넘게 읽어도 그 아름다움이 감하지 않는다는 서간집 말이다. 진실로 아쉬운 일이지."

"어찌 감히 그리길 바라겠사옵니까."

환의 말에 유연이 고개를 가로저었다. 그와 주고받은 것은 연서(戀書)였다. 내 마음에서 그대의 마음으로 전해지면 그만 인, 다른 이의 눈에 닿는다 생각하면 스스러워 고개를 떨어 뜨릴 수밖에 없는. 어찌 그것을 하늘이 낸 천재들이 마음을 나누어 엮어 낸 서간집에 비할 것인가.

"나도 그러지 아니하여 좋다. 서간을 통해 마음을 나눌 수 있는 지극한 벗이 있음은 그토록 먼 곳에서 서로를 그리워한다는 뜻과 같지. 고작 몇 걸음 멀어지는 것으로 거자일소(去者日疎)라도 다가온 양 염려하는 너를 어찌 멀리 두고 지낼 수 있을까."

환이 유연을 감싸 안은 팔에 조금 힘을 주는가 싶더니 다음 순간 가볍게 들어 올렸다. 숨결이 닿아 귀밑머리가 가벼이 흔들리고 눈동자에 담긴 제 얼굴을 알아볼 수 있을 만큼 가까워진 거리에 유연이 숨을 들이쉰 채로 머물렀다.

환이 싱긋 웃었다. 연인을 품에 안은 채 앞으로 딛는 것과 동시에 더는 어둠을 밝힐 필요 없는 등롱이 뒤로 물러났다. 저벅저벅 딛는 발소리와 잠깐의 머뭇거림, 문이 구르는 소리와 함께 어둠이 까맣게 내려앉았다. 내처 먹빛 구름에 몸을 가리고 있던 배부른 달이 이어질 일이 궁금한 듯 살포시 고개를 내밀었으나 글도 말도 불필요한 몸짓이 장지 어느 틈으로도 새어 나올 리 없어 애타는 마음만 깊어 갔다.

환은 유연이 고른 숨을 내쉬는 것을 들으며 살그머니 팔을 빼고 몸을 일으켰다. 그리고 그녀의 이마와 뺨에 달라붙은 머리칼을 떼어 낸 뒤 따스하고 부드러운 피부를 쓰다듬었다. 평소와 다른 장소에서 거세게 밀어붙인 탓인지 아무것도 모른 채 곤히 잠든 유연의 얼굴을 내려다보았다.

"유연!"

유연을 말 잔등에 올려놓고 가던 그때 얼핏 스치듯 보았던 소년이 분명하였다. 그 사실을 알았다면 입궐케 하지 아니하였을 것이다. 어쩌면 소년의 형까지도 보지 않으려 했을지 모른다. 도무지 요원하기만 한 성군의 길에 꼭 필요할지 알 수 없는 젊은 유생보다 곁에 두지 않으면 마음이 죽어 버릴 것 같은 연인이 우선이었다. 그 마음을 흔드는 어떤 존재도 용납할 수 없었다.

"내 곁에 있어 달라는 부탁을 거절하였던 것이 혹시 그 때문이었느냐."

환은 묻지 못하였던 질문 하나를 어렵게 입에 담았다. 그 외에도 묻고 싶은 것이 많았다. 그와 과연 어떤 관계였는지, 유연의 마음 어느 구석에 소년이 남아 있는 것은 아닌지, 조금 전 침소에서 보았던 어지러운 기색은 오늘 그 소년을 만났기 때문은 아닌지.

아니, 환의 생각은 의심을 품고 있는 것이 아니라 확신에 가까웠다. 그 외에는 제 정인의 얼굴에 어지러운 빛이 떠오르게 할 만한 그 무엇도 없었다.

"그는 나처럼 네 마음을 아프게 하지는 아니하였을 테지."

숨결처럼 낮은 소리로 중얼거렸다. 유연과 또래인 소년에게 지극하게 마음에 담았던 정인 따위가 있었을 리 없었다. 연모하는 마음을 솔직하게 토해 내며 오직 유연 하나만 바라보았을 소년에 비한다면 과거 정인의 흔적을 남겨 놓고 현재는 여인들을 두르고 있는 그가 형편없는 작자처럼 여겨졌다.

환은 그를 사모하는 유연의 마음을 의심하지 않았다. 그러나 그만 놓아 달라 말하였을 적에 그 소년을 마음에 담았던 것이 아닐지, 그에게 묶여 있어 다시 마음을 돌이킬 수밖에 없었던 것이 아닐지 의문을 품었다. 만약 그러하다면 유연을 놓아주지 못하였던 그는 치졸한 방해꾼에 지나지 않았다. 이미 지난 일에 불과하다 아무리 되뇌어도 마음에 솟아오르는 불유쾌한 감정을 말끔하게 지울 수 없었다.

"너도 이런 마음이었을까."

환이 깊은 한숨을 내쉬며 몸을 금침 안으로 미끄러뜨렸다. 얼마 전 유연이 그의 분노를 감수하면서까지 빈궁의 예우를 요하였던 날, 마음에 불어 들었을 서늘한 바람을 알 것 같았다. 유연이 다른 사내와 혼인하는 꿈을 꾸었을 때 솟아오르던 분기보다 더 깊은 감정의 소용돌이가 그를 집어삼키려 들었다.

반가 규수로 자란 여자아이와 소심한 데가 있어 뵈는 의젓한 사내아이 사이에 오갈 수 있는 감정이란 기껏해야 풋정에 불과할 것이었다. 그럼에도 마음이 상했다.

"너 때문에 내 마음이 이리도 애달프구나."

환이 한 팔을 유연의 몸과 요 사이로 밀어 넣고 다른 팔로 어깨를 안아 자기 쪽으로 바짝 끌어당겼다. 아무것도 거치지 아니하고 바로 맞닿아 오는 체온처럼 그녀의 마음도 아무 숨김없이 그에게만 닿아 있기를 바랐다.

그가 힘껏 끌어안자 잠에 취한 유연의 입술 사이에서 가느다란 소리가 흘러나왔다. 환이 숨결을 머금고 여린 호흡의 근원지를 찾아 헤매었다. 그가 불어넣는 열기에 이끌려 움직임에 얽혀 드는 부드러운 혀가 가슴 시리도록 달았다. 예전에도, 지금도, 앞으로도 너는 내 것이라 차마 소리로 토해 내지 못하는 진심을 그리고 또 그렸다.

열일곱

다만 나쁜이기를

"네 오라비는 어떤 이인가?"

느닷없이 묻는 환의 목소리에 서가 앞에 서 있던 유연이 고개를 외로 꼬았다. 함께 산 적 없는, 명절이나 집안 행사가 있을 때 가끔 얼굴을 볼 수 있는 오라비에 대해 말할 수 있는 것은 별로 없었다.

"잘 모르겠습니다. 일 년에 몇 번 보기도 어려웠던지라……."

유연이 솔직하게 대답하다 말꼬리를 흐렸다. 본디도 사촌지간이었으니 그리 먼 관계가 아닌데도 잘 알지 못한다고밖에 대답할 수 없음이 민망하게 여겨진 탓이었다. 그러나 유연이 그에 대해 깊게 생각하려 들기 전 환의 말이 이어졌다.

"홀로 자란 것이나 진배없었을 것이니 외로웠겠구나."

"그렇지는 않았사옵니다."

유연이 고개를 저었다. 재청은 유연에게 내어 줄 시간이 많지 않았을 뿐 다정한 아비였다. 신 씨는 잔정이 많은 편은 아니었어도 딸에게 관심이 많았다. 유연의 곁을 지키는 몸종이 있었고 책을 벗하거나 생각에 잠겨 있으면 외로움 따위를 느낄 새도 없이 시간이 흘러갔다.

"하면 시간을 함께 보낼 동무라도 있었을까."

"기억도 잘 나지 않는 어릴 때부터 이웃에 살았던 벗이 있기는 했습니다."

유연이 책 한 권을 골라 뽑아 들고는 책장을 넘겼다. 서안 앞에 앉은 환의 표정이 미묘하게 바뀌는 것을 그녀는 알지 못했다.

"그리 오래도록 알던 사이라면 퍽 친근하였겠구나."

"어린 마음에 얼굴도 몇 번 볼 수 없는 오라비보다 가깝게 여겼사옵니다."

유연의 얼굴에 떠오른 미소가 환의 마음을 긁어 댔다. 그 미소가 향하는 곳에는 분명 아직 소년의 티를 벗지 못한 그 자가 있을 것이다.

"그때로 돌아가고 싶다 생각할 때가 있느냐."

"흘러간 시간을 때때로 그리워하지 아니하는 이가 있겠사옵니까."

환이 앉은 자리에서 일어났다. 성큼성큼 발을 디뎌 유연에게로 다가가 손에 들고 있는 책을 빼앗듯 책장 위에 아무렇게나 올려놓았다. 그리고 유연의 어깨를 잡아 그를 향하도록 몸을 돌렸다. 유연이 눈동자 가득 의아함을 품고 환을 올려다보았다.

"나는 지난 시간을 되새기지 아니하고 다가오지 아니한 때를 미리 염려하지 아니한다. 그에 얽매여 있으면 그 무엇과도 바꿀 수 없을 지금 순간의 소중함을 잊기 쉽기 때문이지."

"하오나……."

옛일을 경계 삼아 같은 실수를 반복하는 것을 피하고 다가올 미래를 대비하는 것이 바람직한 삶의 자세가 아닌가 생각한 유연이 환의 말에 반박하려 입을 열었다.

네 아직도 그를 그리워하느냐고 직접적으로 물을 수 없어 에둘러 표현한 환의 마음을 유연이 이해할 수 있을 리 없었다. 환은 말이 길어질수록 사내답지 못한 감정에 사로잡힌 제 속을 들킬 것 같아 유연의 말을 끊었다.

"시간이 지체되었구나."

환이 유연의 어깨를 놓고 몸을 돌렸다. 유연이 어리둥절한 얼굴로 멀어져 가는 환의 뒷모습을 바라보았다. 변변한 인사도 없이 서두르는 걸음걸이가 전에 없이 단호한 것으로 보아 아무래도 그의 심기를 거스른 모양이었다. 그러나 대화 내용

을 아무리 되새겨 보아도 그 까닭을 알 수 없어 고개만 갸웃
했다.

"빈궁마마, 대왕대비전에 드실 시간이옵니다."

바깥에 서 있던 덕해가 유연의 주의를 환기했다.

"벌써 그리되었습니까?"

유연은 환이 아무렇게나 내려놓은 책을 본디 있던 자리에
정리한 뒤 서재를 나섰다. 따가운 햇살에 달구어진 공기가
후끈거렸다.

❖   ❖   ❖

평소에 비해 가벼운 업무량에 일찌감치 정전을 벗어난 환
은 편전에서 움직이지 않았다. 머리가 복잡하고 마음이 어지
러웠다.

요 며칠, 유연이 알지 못하게 그녀를 살피는 일이 많았다.
유연의 행동은 평소와 다르지 아니한 것 같았으나 어쩌면 꾸
며 낸 것이 아닐까 의심스럽기도 했다. 유연이 무언가를 물
끄러미 바라보며 생각에 잠겨 있으면 그 머릿속에 소년의 잔
상이 맴도는 것이 아닐까 생각했다. 그가 아닌 다른 것에 시
선을 빼앗기면 그 사물에 소년과의 추억이 깃들어 있는 것은
아닐까 의심했다. 사소한 것들이 계속해서 마음을 불안하게
하는 탓에 몇 가지 질문을 던졌으나 오히려 마음에 퍼지는

물결이 더 거칠어졌을 뿐이었다.

그 소년은 유연이 기억도 하지 못하는 어린 시절부터 함께 지낸, 동기간보다 가깝게 여긴 벗이라 하였다.

유연이 가깝게 여기던 다른 사내가 있어 그가 알지 못하는 그녀의 모습을 눈에 담았으리라는 사실이 싫었다. '그때로 돌아가고 싶은가' 하고 묻던 대답에 아스라한 그리움이 담긴 것 같아 거슬렸다. 일찍이 그가 알지 못하던 감정이 마음을 잠식하고 있었다.

사내는 여인의 마음을 알 수 없다. 그렇다면 여인에게 물어보아야 할 것이다. 연륜을 지니고 있어 아직 어린 마음을 버리지 못한 소녀의 속내를 꿰뚫어 볼 수 있을 누군가가 필요했다. 환이 밖에서 대기하고 있는 내관을 불러 짧게 명했다.

오래지 않아 기다리던 얼굴이 그의 앞에 나타났다. 박 상궁이 단정하게 부복하자 환이 질문을 입에 올렸다.

"최근 빈궁에게서 특별히 다른 점이 눈에 띄지는 않았는가?"

긍정적이든 부정적이든 어떤 뜻으로 해석하여도 이상하지 않은 두루뭉술한 물음이었다. 박 상궁은 환의 질문이 품은 의도를 짐작하기 위해 고개를 들어 올렸다. 기대감과는 사뭇 거리가 먼 초조함이 밴 얼굴을 확인한 박 상궁이 도로 고개를 숙였다.

"빈궁마마께서는 한결같으시옵니다. 오히려, 소인의 눈에는 전하께서 평소와 다르신 듯 보이옵니다."

"과인이?"

"외람되오나 방금 그 말씀도 언뜻 내비치시는 기색도 흡사……."

환은 박 상궁이 말끝을 흐린 이유를 눈치채고는 서둘러 고개를 저었다.

"그럴 리가. 궐 안에 머무르는 빈궁의 무엇을 염려하겠는가."

"……마음을 의심하시는 것처럼 보였사옵니다. 총기가 전과 같지 못하여 전하의 뜻을 잘못 예단한 것이라면 용서하여 주옵소서."

순간 환의 말문이 막혔다. 유연의 마음을 의심하다니. 그녀의 눈빛과 언행에 얼마나 깊은 애정이 담겨 있는지 환이 모를 리 없었다. 그러나 곧 인정할 수밖에 없었다. 그를 향한 애정은 알고 있으나 그 이면에 혹 비밀스럽게 숨겨 놓은 마음이 있지 아니할까 염려하고 있었다. 잠시 망설이던 그가 입을 열었다.

"빈궁과 가깝게 지내던 자가 있었던 듯하여 마음이 편치 않네."

"처음 뵈었을 적의 빈궁마마는 연소하셨사옵니다."

"그럼에도 과인을 마음에 품었고 과인의 마음에 흘러들어

왔지."

환은 남녀 관계는 둘째치고, 연정이 무엇인지조차 제대로 알지 못하였을 어린 나이에 대한 조심스러운 언급을 반박했다. 박 상궁이 신중하게 말을 골랐다.

"빈궁마마께서는 두 마음을 품을 수 있는 분이 아니옵니다. 설령 그자가 빈궁마마를 눈에 담았다 하더라도 빈궁마마께 그 책임을 묻는 것은 가혹한 일이옵니다. 그 마음은 빈궁마마께서 어찌하실 수 있는 것이 아니지 않사옵니까."

"여지를 만들지 아니할 수는 있지 않았을까."

박 상궁의 말이 옳았다. 연모하는 마음은 상대방이 거절한다하여 쉬이 식는 것이 아니었다. 그럴 것 같았으면 유연이 이별을 고한 순간 환도 마음을 접었어야 마땅했다. 그렇지 아니하였기에 유연이 지금 그의 곁에 있는 것이었다. 그럼에도 억지를 부려 보았다. 남녀칠세부동석이 철칙처럼 지켜져야 하는 반가에서 장성하도록 왕래가 유지되는 이성(異性)의 벗은 용납할 수 없는 것 아닌가 하고.

"그러하다면 전하와 빈궁마마와의 연분 또한 없는 일이 되어야 마땅하지 않겠사옵니까."

환이 입을 다물었다. 잠깐 망설이는 것처럼 보이던 박 상궁이 다시 입을 열었다.

"감히 말씀 올리건대, 빈궁마마께서는 전하의 과거도 현재도 그 여린 마음으로 감당하고 계시옵니다. 빈궁마마께서 견

디고 계신 그 무게는 전하께오서 의심하시는 한때의 풋정보
다 훨씬 무겁지 아니하겠사옵니까."

"지난 시간을 없던 것으로 할 수는 없지."

환은 제 말의 앞뒤가 맞지 않음을 깨닫고 쓰게 웃었다. 그
러다 문득, 환은 박 상궁이 현재를 입에 올린 사실을 상기했
다.

"빈궁에게 곤란한 일이 있는가?"

"전하께서 빈궁마마께 온 마음을 쏟고 계시기 때문입니다.
그것을 부당하다 여기는 목소리가 생겨나는 것은 당연하지
않겠사옵니까."

"……숙원이군."

환이 무거운 숨을 내쉬었다. 제 주변에는 신경 쓰여 마땅
한 것들을 가득하게 늘어놓고서 티끌만 한 먼지 알갱이가 묻
은 상대방에게 화를 내고 있는 꼴이었다.

"빈궁에게 기다리라 이르게. 늦지 않게 갈 것이라고."

환이 박 상궁을 내보내고 눈을 감았다. 다시는 연모 따위
에 사로잡히지 아니하리라 마음먹었던 것이 무색할 정도로
마음 깊이 자리한 여인은 그가 알지 못하였던 질투라는 감정
까지 불러들였다. 이성적인 사고는 송두리째 날려 버리고 막
무가내로 밀려드는 감정에 이렇게까지 휘둘릴 수 있다는 사
실이 놀라울 정도였다. 자신에 대한 반성 따윈 잊은 채 유연
에게 책임을 전가하려던 스스로를 준엄하게 꾸짖었다.

"전하."

예정에 없이 불쑥 나타난 환을 반갑게 맞이하는 혜원의 얼굴에는 의아한 빛이 함께 서려 있었다. 유연의 처소를 몇 번인가 찾았으나 기대하였던 성과는 얻을 수 없었다. 제 손에 든 귀물을 남과 나누려는 자가 있을 리 없다. 축객하다시피 박대한 빈궁이 숙원을 찾으라는 말을 고하지 않는 것은 당연한 일이었다.

"앉으시오."

환이 별다른 감흥이 없는 목소리로 말을 건넨 뒤 서안 앞에 가 앉았다. 그가 발을 들인 곳은 늘 그러하듯 침실이 아니라 접객을 하는 공간이었다. 날이 저물고 있다 하여도 아직 잠을 청하기엔 이른 시간이기도 했다. 혜원은 실망감에서 기인하는 실소를 꾹 눌러 참고 천천히 그 앞에 가 앉아 눈을 내리깔았다. 선연히 붉은 용포의 빛깔이 눈에 아른거렸다.

"과인이 어찌 왔을 것 같소?"

혜원은 조금 전보다 부드러운 환의 목소리에 용기를 내어 눈을 들었다. 느슨한 미소가 걸린 입매를 지나 온 밤하늘을 걷어다 눌러 담은 새까만 눈동자를 마주하는 순간 조금 전에서 거둬들인 두려움을 다시 맞닥뜨리는 느낌이었다. 고운 미소를 띤 입술과 달리 끝을 알 수 없을 정도로 깊은 눈동자는 밤하늘만큼이나 몹시 차가웠다.

'고 앙큼한 계집아이가 속살댄 모양이구나.'

혜원이 입술 안쪽을 자근거렸다. 언제였는지 기억이 가물가물할 정도로 시일이 지난 일을 지금에서야 힐난하기 위해 찾은 것이라면 가뜩이나 날 선 발언은 잔뜩 윤색되어 있으리라. 당연히 주장할 수 있는 권리를 이야기한 대가로 이렇게 시린 시선을 감내해야 하는 건 불공평했다.

"전하께서 후궁의 처소를 찾으시는 연유가 어디에 있는지 모르는 이 어디 있겠사옵니까."

혜원이 빈정거리듯 대꾸했다. 제 태도가 불손하고 언행이 거침없다손 지금보다 더 눈 밖에 날 리 없어 거리낄 것도 없었다. 탐욕이 과한 여인이 빈궁의 자리에 올라 뭇 여인이 바라는 단 한 사내의 마음을 움켜쥐고 어디로도 향하지 못하게 가로막고 있었다. 열매도 맺지 못하고 시들어 버리는 꽃에는 가치가 없다. 제가 그 꼴이 되는 것은 싫었다.

"그 이야기는 예전에 이미 매듭짓지 않았던가."

환의 목소리가 냉담했다.

"빈궁마마께서는 그 몸만큼이나 입도 가벼우신 모양이옵니다."

혜원이 빈정댔다. 환이 말없이 눈썹을 치켜 올렸다. 혜원은 자경과 항상 다른 태도를 견지하기는 했다. 그와의 만남 자체를 불편해하는 자경과 달리 뼈가 있는 말을 던지기도 하고 날 선 태도를 보이는 일이 많았다. 그러나 그의 애정을 구하는 말을 직접 하는 법도 유연에 대해 입을 여는 법도 없었다. 오늘의 태도가 확연히 다른 것은 일전에 유연을 찾아갈 적부터 작심하고 있던 모양이었다.

'기실은 내 잘못이지.'

환이 소매 안에 감춘 것이 바스락거리는 것을 느끼며 숨을 내쉬었다. 곁에 두고픈 이는 단 하나였다. 그 마음을 현실로 옮기지 못한 것이 그의 연인을 괴롭히고 그녀를 원망하는 이가 생기게 했다. 모든 것이 그가 제대로 된 힘을 지니지 못하고 있기 때문이었다.

"이 궐이 과인을 위한 곳임을 안다면 그런 말은 하지 못할 것인데."

환은 잠깐 동안 마음에 생겼던 틈을 메우며 소맷부리에서 잘 접힌 종이 한 장을 꺼내어 서안 위에 올려놓았다.

"적어도 이 이야기는 빈궁이 내게 전할 수 있는 것은 아닐 거요."

혜원은 먹물이 뒷면으로 은은하게 비치는 종이를 노려보다 조심스럽게 집어 들었다. 유려한 언문으로 쓰인 내용을 한 자 한 자 읽어 갈 때마다 조금씩 표정이 굳어지며 손끝에 미묘한 떨림이 일었다. 마지막 글자를 읽고 종이에서 눈을 들었을 때에는 핏기 하나 없이 얼굴이 하얗게 질려 있었다. 혜원이 펼쳐진 종이를 서안 위에 내려놓았다.

"모함입니다."

"원한다면 그대의 교전비를 불러 확인케 할 수도 있소."

적은 항상 가까운 곳에 있었다. 혜원은 아마 문밖에서 사시나무 떨듯 떨고 있을 소녀의 얼굴을 떠올리다 입술을 앙다물었다. 외로움이 점점이 이어지는 날들, 충실한 교전비가 없었다면 견디기 더욱 어려웠으리라. 그러나 저에게 부지런히 이런저런 이야기를 물어다 주는 계집종의 입이 무겁지 아니하리라는 사실 역시 짐작하고 있었어야 옳았다.

"죽을죄도 아니지 않사옵니까."

혜원이 대들듯 묻자 환이 고개를 끄덕였다.

"법도에 어긋나지는 아니하오."

"그런데 무엇이 문제란 말이옵니까."

"신하의 군왕에 대한 도리. 모시는 주군에 대한 존경. 그 어느 쪽에 비추어도 옳지 않소."

환의 목소리가 엄격했다. 십여 년이 넘게 유지하였던 정혼을 파하고 단자를 올린 사실을 아무것도 아니라 말할 수 없었다. 환을 노려보던 혜원이 마디마디 힘을 주어 꾹꾹 누르듯 말을 토해 냈다.

"신첩은 중전마마와 다르옵니다."

사랑스러운 눈길을 받을 가능성조차 없었던 것을 알았다면 무슨 수를 써서라도 입궐하지 아니하였을 것이다. 속이 까맣게 타들어 가는 것이 피차 마찬가지라면 규방에 갇혀 사는 쪽이 지금처럼 이렇게 냉대를 받고 있는 쪽보다 나을 것이었다. 마음을 얻을 기회조차 주어지지 않았다는 것은 불공평한 처사였다. 혜원은 그 사실을 회피하듯 제 마음과는 아무 연관도 없고 선택의 여지조차 없었던 과거사를 꺼내고 있는 그가 미웠다. 자경은 새나 기르고 꽃이나 보고 소일하며 지냈지만 그녀는 그러고 싶은 마음이 없었다.

"언제고 내칠 수 있는 숙원이 중전과 같을 수 없는 것은 당연하오."

그가 원하지 아니하였더라도 혼인이라는 것은 평생을 함께하겠다는 약조였다. 환의 행동은 그 약조를 부정하고 있는 것과 다르지 않았다. 그것도 치졸한 방법으로. 그러니 옳지 못한 행동을 하는 것은 환 자신인지도 몰랐다.

그러나 그런 감상에 빠져 공평하게 대한답시고 한발 물러서게 되면 유연이 마음을 다칠 수밖에 없었다. 수많은 일의 경중을 재어 우선순위를 정하고 취사선택하는 것처럼 마음에서 가장 큰 자리를 차지하고 있는 여인을 가장 앞에 두어 고려하는 것은 당연한 일이었다. 여린 정인의 마음을 아프게 한 건 지금까지 일로도 충분했다.

환이 냉담한 어조로 말을 이었다.

"그대는 아비의 등에 업히고 또 그 어깨에 아비를 짊어지고 입궐하지 않았는가 말이오. 과인이 그대를 내친다면 그 일의 그릇됨을 논하는 상소가 잔뜩 쌓일 것인데 어찌 감당할 수 있을까."

"아비의 영향력 따위 없었어도 마음을 주시지 아니하였을 것 아니옵니까."

"그러하였다면 그대가 숙원이 되는 일 또한 없었을 터."

환은 백짓장처럼 질려 있던 혜원의 얼굴에 조금씩 혈색이 돌아오는 것을 보며 천천히 말을 이었다.

"날이 밝으면 숙원 윤 씨를 정빈(靜嬪)에 봉한다는 교서를 내리겠소. 이제까지의 모든 일을 용인할 것이나 앞으로는 지금보다 더 심사숙고하는 쪽이 좋겠군."

혜원은 종이 끄트머리에 진서로 적힌 두 자를 바라보았다. 언문으로 쓰인 글자와 다소 동떨어진 곳에 자리한 그 글자는 감정이 끓어오르던 아까 전에는 미처 발견하지 못한 것이었다. 그녀의 성품과 전혀 어울리지 않는 정(靜)을 고른 이유는 굳이 말로 표현하지 않아도 명확했다.

고요하게 머무르라. 이 이상 쓸데없는 일을 도모하면 좌시하지 않으리라.

"숙원보다는 빈의 자리에 오른 딸을 둔 것이 그대의 아비에게 더 득이 되겠지."

혜원의 시선이 종이 위에 머물러 움직이지 않는 것을 본 환이 자리를 털고 일어났다.

굳어진 듯 그 자리에 앉아 있는 혜원을 놓아두고 나서는 환의 걸음걸이는 전혀 가볍지 않았다. 들어갈 적에 이미 주변을 물리도록 조치를 해 두었으니 갑작스레 숙원이 빈으로 격상되었다는 사실에 대한 무성한 추측만 나돌 것이다.

환이 고개를 들어 하늘을 바라보았다. 휘영청 밝은 달이 부드러운 빛을 흘려 내고 있어 걸음이 달빛에 젖어 들었다. 고운 달빛처럼 요요(夭夭)하고, 외로운 이 밤만큼이나 요요(寥寥)한 연인은 필시 그의 행동을 달갑게 여기지 아니할 것이다. 그녀를 위해 누군가가 마음 상하여야 한다는 사실을 견디지 못하겠지.

문득 가는 길 앞쪽에서 들려오는 인기척에 환이 줄곧 높은 곳을 향해 있던 시선을 내렸다. 정처 없다 생각하였던 발길은 당연하게도 늘 찾던 익숙한 곳을 향한 모양이었다. 다만 그곳에 머무르는 이가 평소와 달리 처소에서 조금 멀찍이 떨어진 곳에서 서성이고 있었다.

"어찌 나와……."

"드릴 말씀이 있사옵니다."

"잠시만 이러고 있자꾸나."

환이 듣지 못한 척 팔을 벌려 유연을 세차게 끌어안았다. 작은 여인에게서 풍기는 꽃망울의 싱그러운 향기가 달빛과 함께 그의 몸으로 흘러들었다. 마음이 적이 누그러들었다.

"들어가서 듣는 것이 좋겠다."

한참 만에야 몸을 떼어 낸 환이 유연의 어깨에 팔을 둘렀다. 침실 안에 들어가서야 비로소 팔을 풀고 유연과 마주 앉았다.

"무슨 이야기를 하려느냐."

다정한 환의 목소리에 유연이 머뭇거렸다. 환의 부름으로 자리를 비웠던 박 상궁은 유연에게 전하께서 기다리라 명하였다고 전했다. 그러나 오래지 않아 그녀의 앞에 숨 가쁘게 나타난 나인이 전하께서 숙원의 처소에 드셨다는 말을 전했다.

순간, 머리가 혼란스러웠다. 그녀에게 기다리라 하고서 혜원을 찾아간 이유를 짐작할 수 없었다. 자연스럽게 낮의 일이 떠올랐다. 그는 유연에게 화가 난 것처럼 보였다. 설마, 마음이 변한 걸까. 이제 와서 그가 누구를 품어도 당연한 왕이며 그녀는 모든 것을 받아들여야 하는 후궁에 불과하다는 사실을 깨닫기라도 한 걸까. 그래서 그것을 확인시켜 주려한 것일까.

환의 모습을 본 순간 유연의 마음에 안도감이 밀려왔다. 그러나 마음에 싹튼 불안감은 지워지지 않았다. 이전의 그녀였다면 안도감으로 불안을 덮어 내려 애쓰며 아무것도 말하지 않았을 것이다. 상냥하고 다정한 눈웃음을 보내면서 그저 그리웠노라는 말만 입에 올렸을 것이다.

마음에 품은 생각을 말하지 아니하면 상대방은 알 수 없다. 감정을 숨기고서 상대방이 먼저 알아주기를 바라는 것은 잘못된 바람이었다. 유연은 제 심장이 두근거리는 소리를 들으며 입을 열었다.

"일전에 숙원이 찾아온 적이 있었사옵니다. 전하께는 한담
이었다 말씀드렸지만 실은⋯⋯."

"너를 향한 총애를 나누어 주라는 말이라면 듣지 않겠다."

환이 차갑게 대꾸하며 고개를 돌렸다. 그에 대해서라면 이
미 혜원과 이야기를 끝내고 온 참이었다. 현숙한 여인이 되
고 싶은 마음을 드러낸 적 있는 유연이니 환이 다른 여인에
게도 마음을 나누어 주어야 한다고 말할 것이 분명했다. 그
말은 꼭 유연의 마음 어느 구석에 그 소년이 남아 있어 환이
그 존재를 용인해 주어야 할 것 같은 기분이 들게 했다. 오롯
이 독차지하여도 모자랄 정인의 마음을 쪼개어 일부만 갖는
것은 있을 수 없는 일이었다. 결코 들어줄 수 없는 부탁이었
다.

"그리 말씀드릴 생각은 없었습니다, 전하."

유연이 낮은 목소리로 대답했다. 유연의 대답이 품은 뜻을
알지 못하여 시선을 거두어들인 채 외면하고 있는 환을 바라
보며 말을 이었다.

"고운 선비님께서 존귀한 상감마마가 되어 나타났습니다.
외람된 것을 알면서도 연모하는 그 마음을 버리지 못하였습
니다. 그 누구든 제 마음을 알면 계집의 욕심이 과하다 하겠
지만⋯⋯."

환이 유연을 바라보았다. 유연의 눈동자에서 시작하여 온

얼굴로 번져 가는 감정의 격랑이 그에게까지 전해 왔다. 유연이 몸을 반쯤 일으켜 그의 품으로 쓰러지듯 안겨 들었다. 가느다란 팔이 환의 목을 꼭 끌어안고 작게 떨리는 목소리가 귓가에 울렸다.

"지금 순간이 오도록 단 하나뿐인 정인이옵니다. 낭군의 마음에 담긴 단 한 명의 여인이고 싶습니다. 몸으로도 마음으로도 오직 저만 품어 주셨으면 하옵니다. 지극히 사소한 습관에서부터 어심에 품은 원대한 뜻까지 그 모든 것을 아는 여인이 다만 저 하나였으면 좋겠습니다."

기대하지 못한 솔직한 고백에 환의 가슴이 벅차올랐다. 환은 유연의 팔을 풀고 시선을 마주할 수 있도록 무릎 위에 앉혀 놓았다. 품에서 벗어날 수 없게 단단하게 안아 든 채 며칠 동안 줄곧 그의 마음을 괴롭혔던 이야기를 꺼내 놓았다.

"일전에 네가 서재에 찾아왔으나 만나지 못하였던 그날에 후원에서 너와 이야기하던 자가 있었지."

유연의 몸이 살짝 굳어졌다. 그날의 일을 되새겨 보았다.

❈ ❈ ❈

"치서……."

"빈궁마마, 그간 강녕하셨사옵니까."

잠시 고개를 숙이고 있던 치서가 고개를 들며 평이한 어조로 인사했다. 유연은 잠시 머뭇거렸다. 어린 시절의 벗이 지극히 공손하게 인사를 올리고 있는 모습이 낯설었다. 그 차이를 인정하여 뻣뻣하게 인사를 받는 것도, 어릴 때처럼 편하게 말하는 것도 모두 마음에 거리낌이 있어 무어라 대응해야 할지 알 수 없었다.

"이렇게 뵙게 될 줄 알지 못하였습니다."

유연과 대면하게 될지 알았다면 오지 아니하였으리라 생각하는 치서의 뇌리로, 기실 어쩌면 만날 수도 있을지 모른다는 희미한 기대감을 품고 있지 않았느냐 반문하는 목소리가 스쳐 갔다. 부정할 수 없었다. 유연이 입궐하였다는 이야기를 전해 들은 치서는 당연한 일임에도 쉽게 받아들일 수 없었고 축하해 주어야 마땅한 일인데도 그런 마음을 품지 못했다.

다음에 만나면 웃어 달라던 대범하고 시원스러운 언사는 겉치레에 불과했던 것처럼 심술궂은 생각이 치서의 마음에 파고들었다. 평범한 계집아이에 불과한 소녀는 용모가 빼어나고 여색을 즐긴다는 사내의 마음을 얻지 못해 눈물 바람으로 세월을 보내게 될 것이었다. 하여 언젠가 다시 만나는 날, 파리한 얼굴로 풀 죽은 미소를 보일 첫사랑에게 비소를 보이리라 생각했다.

　누이, 그대의 판단은 틀렸어. 하지만 이미 늦었지.

　치서는 생각보다 이르게 찾아온 대면의 순간에 당황했다.
그것은 유연도 마찬가지인 것 같았다. 치서는 당혹감이 채
지워지지 않은 데다 곤란한 기색이 엿보이는 유연의 얼굴을
살펴보았다. 그늘 하나 없이 온화한 얼굴을 보자 그릇된 판
단을 한 것은 유연이 아니라 치서 자신임을 깨달았다.

　유연을 품은 사내는 그저 여색을 탐하는 데 골몰한 왕이
아니라 마음에 세운 뜻을 이루고자 안간힘을 쓰고 있는 이였
다. 오래전, 소녀를 사내아이처럼 차려 말 위에 얹어 놓았던
그자였다. 사내의 희롱에 놀아나는 것이 아닐까 여겼던 것이
실은 진심이었던 것이다. 그리 간절하게 이어진 마음이 그가
생각했던 불행으로 이어질 리 없었다.

　"곧 혼인할 예정이옵니다."

　치서는 한마디 말로 아직 아무런 계획조차 없는 혼사를 만
들어 냈다. 그는 유연을 위한답시고 아무것도 모른 채 끼어
들었다가 제 뜻을 이루지 못한 것은 물론이고 도리어 그녀의
마음을 어지럽게만 했다. 그가 그리하지 아니하였으면 이 자
리가 이렇게 어색하고 서먹하기보다 유연이 어린 시절의 벗
을 만난 기쁨을 표현하는 자리가 되었으리라. 그렇다 하더라

도 그의 마음은 지금과 꼭 같이 그을어 가고 있었을 테지만.

"아아, 어떤 사람……."

유연이 말을 흐렸다. 헤어질 때와는 확연하게 달라진 지체의 차이가 사소한 대화를 나누는 것도 어렵게 했다.

"조신하고 현숙한 여인이라 하여 마음에 흡족합니다. 꼭 이소식 전하고 싶었사옵니다."

치서가 공손하게 말한 뒤 잠시 숨을 골랐다. 주변에서 아무 기척도 들리지 아니하는 것에 용기를 얻어 낮고 빠른 목소리를 내며 활짝 웃었다.

"축하해 줘, 누이."

유연이 치서의 얼굴을 바라보았다. 치서는 자신이 얼마만큼 감정을 능숙하게 숨겼을지 확신할 수 없어 조마조마했지만 마음에 없는 웃음을 얼굴에서 지우지 아니한 채로 유연의 눈길을 받았다. 유연이 치서를 향해 화사한 미소를 보였다.

"축하해, 치서."

치서의 눈이 가늘게 휘어들었다. 정중하게 고개를 숙여 보이고는 몸을 돌렸다. 이것으로, 진짜 작별이었다. 한때는 곁에 있기를 꿈꾸었고 이제는 어떤 상황이 오더라도 감히 바랄 수 없는, 누이라는 말로 연정을 감추었던 첫사랑이 그의 뒤에서 아스라하게 흩어지고 있었다.

❅　　　　❅　　　　❅

유연은 그 장면을 환이 보았으리라고는 생각하지 못했다. 그녀에게 물었다면 숨기지 않고 이야기하였을 것이었다. 어린 시절의 벗이 혼인한다는 사실을 전하였노라고.

유연이 환의 눈을 올려다보았다. 그의 눈동자에 그녀가 마음 어지러울 적 좌경 안에서 발견하였던 것과 흡사한 빛이 떠올라 있었다.

"일전에 말씀드린 적 있는, 이웃에 기거하던 어린 시절의 벗이었습니다. 그 연이 오래도록 지속되어 본의 아니게 혼란을 주었는가 하옵니다."

유연은 그녀의 마음은 그렇지 아니하였다, 그가 혼인을 한다더라 하는 이야기는 꺼내지 않았다. 그러나 그녀의 평온한 어조와 맑은 눈빛이 증거가 되어 환의 마음이 편안해졌다. 그 자신이 품었던 감정을 솔직하게 인정했다.

"네 마음이 그에게 있는 것 같아 속 좁은 사내처럼 굴었구나. 용서하여 주겠느냐."

그에게 어울리지 않는 시기심을 불러일으킬 정도로 그녀가 마음 깊이 자리하고 있다는 말이 유연의 마음을 간질였다. 지난번에 비한다면 마음고생이랄 것도 없는 조금 신경 쓰이는 일에 불과했기에 용서 운운할 것도 없었다. 유연이 부드럽게 미소 지으며 환에게 안겼다. 갑작스러운 반응에 환의 몸이 균형을 잃고 뒤로 넘어갔다. 환의 몸 위에 엎드린 채로 유연이 그의 가슴에 귀를 갖다 대었다. 희미하게나마 느껴지는 규칙적인 박동이 기분 좋게 귓가를 울렸다.

환이 팔을 뻗어 유연을 휘감듯 안고는 몸을 돌렸다. 순식간에 그의 품 안에 갇힌 여인을 사랑스럽게 내려다보았다.

"너뿐이다."

긴말은 필요하지 않았다. 입안에서 구르던 작은 웃음소리가 고혹적인 음으로 바뀌어 계절을 잊은 춘의를 불러들였다. 여름밤은 극히 짧았다.

열여덟 그대에게 꾸리나니

　달도 떠오르지 아니한 밤하늘은 진한 먹빛으로 물들어 있었다. 이름조차 있는지 의심스러운 구석의 조그만 별은 남몰래 밀회를 나온 연인의 눈에 띄어서 비밀스러운 이름자라도 얻기를 기대하듯 영롱하게 반짝였다. 작은 별보다 더 흐릿하게 빛나는 띠가 맑은 하늘을 가로질렀다.

　자유롭게 노니는 용의 모양을 닮은 듯도 하고 용의 꿈틀거림에 잘게 부서진 별들이 그 자리에 남아 반짝거리고 있는 것 같기도 했다. 어쩌면 길게 뻗은 은빛 물결 안에 용이 잠들어 있어 희미하게나마 빛살이 뿜어져 나오는 것인지도 알 수 없었다.

　그렇게 맑고 고요한 밤하늘 아래, 안에서 쫓긴 신세가 되어 건물 밖을 지키고 서게 된 이들이 있었다. 안팎의 사정에 딱히 관심을 기울이지 아니하는 듯, 보초나 당번을 서는 것 치고는 몹시 한가로워 보였다.

"오늘로 마지막인가."

"그러하지."

"자네가 없으면 무척 아쉬울 것 같구먼."

"짐짝 하나 덜어 내니 어깨가 가볍다 할 줄 알았는데?"

"딴은 그렇기도 하지만."

수런거리던 목소리는 둘 중 하나가 하늘을 올려다보는 것으로 끊어졌다. 궐내에서만 반백 년 넘게 보아 온 밤하늘은 달이 있거나 없거나, 그 하늘이 맑거나 흐리거나 별다른 감흥을 주지는 아니하였으나 이조차 마지막이라 생각하니 괜스레 애잔한 마음이 들기도 했다.

"무릎에 앉힐 손주도 허옇게 센 머리 뽑아 줄 늙은 아낙도 없으니 사무치게 외로울 텐데, 괜찮겠나?"

희봉은 애잔한 마음 따위 단번에 날려 버리는 심술궂은 목소리에도 빙긋 웃어 보이기만 했다. 다시 고요해진 그들 사이로 불어 든 살랑거리는 바람이 열린 문틈을 비집고 복도를 지나 아롱거리는 빛이 새어 나오는 문 앞에 가 섰다.

그 방 안에 단정하게 앉은 유연의 눈길이 천천히 내부를 더듬어 가고 있었다. 온종일 처소 안팎을 치맛자락이 닿지 아니한 곳이 없을 만큼 꼼꼼하게 살피고 다녔다. 그 결과 남

은 곳은 지금 앉아 있는 이곳과 침실, 단 두 군데였으나 넓지
않은 처소의 규모에 비한다면 아직도 발길이 닿지 아니한 곳
이 있다는 게 신기할 정도였다.

"아직 여기에 있구나."

"낭군을 기다리지 아니한다 나무라신 지 오래지 않았사옵
니다."

유연이 방긋 웃으며 일어나 환을 맞이했다. 근래의 그는
피로감을 온몸에 두른 채 나타나는 일이 많아 정무에 시달
리고 있겠거니 짐작하였으나 그 이상을 알지는 못했다. 환은
복잡한 정무를 침전까지 끌고 오는 것을 꺼려하였고 유연은
제가 손톱만큼이라도 관심을 표하게 되면 그것이 베개송사
로 번질까 염려한 탓이었다.

"쓸데없는 기억력 대신 다른 쪽을 발전시키는 것이 어떠
하겠느냐."

환이 얼굴을 살짝 찡그리는 것으로 불만을 표하고 아무것
도 없이 그저 깨끗하기만 한 서안 위를 의아한 눈으로 훑었
다. 환의 눈길이 방 안을 살피고 그녀에게로 돌아오는 것을
본 유연이 미소했다.

"이 방을 마음에 담고 있었사옵니다."

말을 맺는 것과 거의 때를 같이하여 유연의 눈이 그의 뒤
쪽을 향했다. 가로세로 뻗어 간 문살과 깨끗한 벽은 여느 방
과 다를 바 없을 것인데 특별한 무엇이라도 깃든 듯 바라보

는 눈길이 더없이 다정하여 그를 향할 때보다 더 부드럽게 여겨지는 것이었다. 숨겨 둔 정인의 흔적이라도 남몰래 되새기는 것처럼 내밀해 보이기도 했다.

"네 그리 감상적인 줄은 몰랐구나."

환이 시큰둥하게 대꾸하며 유연의 곁을 스치고 지나 자리에 가 앉았다. 유연이 단정하게 앉아 눈가에 웃음을 담뿍 담고 환의 말에 대답했다.

"마음 가는 대로 행하는 철부지가 아니었던들 어찌 오늘이 올 수 있었겠사옵니까."

"모르는 소리. 천작지합(天作之合)을 어찌 몰라볼까."

이미 연이 닿아 있지 아니하였더라면 잔뜩 긴장한 어린 소녀의 모습이 과연 눈에 찼을까 싶지만 오히려 그러하였기에 서슴없이 지목하였을지 모른다. 이날 이때가 되도록 치마폭에서 벗어나지 못하고 있는 제 처지에 대한 비아냥을 실어 가장 고운 처녀 대신 쓸쓸한 안채 골방에서 소리 소문 없이 시들어 갈 작은 들꽃을 눈에 담았노라 주장하였겠지.

마른 장작에 불이 옮겨붙듯 금방은 아니어도 결국에는 그의 마음을 내어 주었을 것이다.

"여하간 내가 준비한 것이 지금 네 심정하고 꼭 어울리는 것 같으니 다행이다."

유연이 의문을 표하기도 전에 문이 열리고 그들 사이에 빈 서안을 대신하여 상이 하나 놓였다. 이슬방울이 맺힌 우아한 병과 비어 있는 두 개의 잔이 소담하되 평소와 다른 상차림으로 도열하고 있었다. 주안상이었다. 유연이 미간을 좁혔다. 설렘과 긴장과 두려움이 뒤섞여 있던 동뢰 때의 합환주는 어떠하였는지 기억도 없다. 그 이후로 술을 입에 댄 적이 없는 것은 아니나 대개는 입술만 살짝 적시고 혀끝으로 몇 방울 굴려 보는 것이 고작이었다.

"송별주 아니겠느냐. 석별의 정을 나누고 앞날을 축수하는."

선뜻 병을 든 환이 유연의 앞에 놓인 잔에 맑은 액체를 채우기 시작했다. 물줄기가 수면과 맞부딪치며 잔 바깥으로 물방울을 튀겨 냈다. 유연이 환의 손에서 병을 받아 들었다.

"네게 이리 대하는 것도 오늘이 마지막이겠구나."

아쉬움 가득한 환의 목소리에 유연이 고개를 갸웃하며 주둥이가 좁은 병을 들어 올렸다.

"빈궁의 격에 어울리게 예우하기로 약조한 날이 내일 아니더냐."

그 말에 유연이 벌써 아스라해진 기억을 되살렸다. 속단은 어리석은 일이지만 그럼에도 분명하게 말할 수 있는 것은 그때의 경험 덕이었다. 어떤 순간이 오더라도 자신의 마음은 변하지 아니할 것이다.

"그 뜻, 꺾지는 아니하겠지."

"송구하옵니다."

그의 목소리가 '유연' 하고 부를 적에 얼마나 달콤하게 울렸는가를 떠올리면 마음 가득하게 아쉬움이 차올랐다. 지위를 나타내는 말에 불과한 '빈궁' 이라는 단어에 담긴 차가움은 그 어떤 어조에 담겨도 완전히 덮이지 못할 것이다.

그러나 등 뒤에서 수군거리며 부러워하기만 하던 그 총애가 이렇게 만천하에 공표되는 순간부터 더욱더 조심할 수밖에 없었다. 언제까지고 달콤함에 취하고 안온함에 머무를 수는 없었다. 지극한 사랑을 받고 있다는 말은 기쁜 마음으로 받아들일 수 있었으나 환을 치마폭에 가둬 놓는 또 다른 여인이 되는 것만큼은 싫었다.

"좋다, 약조하였으니."

환이 거침없이 잔을 들이켰다. 달그락 소리가 나도록 잔을 내려놓고 여전히 그린 듯 앉아 있는 유연을 향해 눈살을 찌푸려 보였다.

"틀림없이 별주(別酒)라 하였는데 어찌 너만 그대로일까."

환이 찰랑하도록 채워진 유연의 잔을 가리키고 있었다.

"잘하지 못하옵니다."

"네가 취한 모습은 본 적도 없거늘."

완곡한 유연의 거절에 환이 장난스레 대꾸하며 웃었다.

"낭군이 취하여 정신이 산란해지면 홀로 맑은 정신으로 남아 무엇을 도모할 생각인 것이냐."

"전하께서는 흐트러진 모습을 보이신 적도 없사옵니다."

유연은 새초롬하게 대꾸하며 마지못해 잔을 들었다. 그녀는 환이 취하도록 마시는 모습을 본 적도 없거니와 행동거지나 매무새가 흐트러지는 것 또한 본 적 없었다. 그것은 아비인 재청도 마찬가지였다. 술에 취하는 것에 대한 경계가 가득 담긴 속담이며 경구 따위에 지레 겁을 먹어 술을 멀리하고 있으나 사실은 별것 아닐지도 몰랐다.

"그리 머뭇거리는 것을 보니 혼자서는 아니 될 모양이로구나."

환이 금방이라도 몸을 일으킬 듯 자세를 바꾸는 모습에 유연이 얼른 입술 위에 잔을 갖다 대었다. 차갑고 서늘한 기운이 혀 위를 맴돌며 엷게 아릿한 느낌을 불어넣었지만 목을 넘어가면서부터는 거짓말처럼 더운 기운을 뿜어내는 것이었다. 유연이 당황스러운 마음이 되어 동뢰 때의 기억을 되살리려 애썼으나 정신없이 몰아쳤던 그때의 일이 제대로 떠오를 리 없었다.

"한 잔 더 받으려무나."

거절할 새도 없이 빈 잔이 차올랐다. 유연이 엷게 홍조를 띤 얼굴로 가볍게 고개를 저었다.

"적당히 마시면 즐거움은 배가 되고 시름은 풀어지니 그것이 술이 지닌 힘이니라. 다만 과하면 그 안에 잠들어 있던 요사스런 귀(鬼)가 깨어나 사람을 잡아먹으려 드니 그것만 주의하면 되겠지. 네가 그 정도로 의지가 약하지는 아니하지 않더냐."

안주 따위를 집어 들 새도, 그런 것을 입에 넣을 틈을 주지도 않았다. 다정한 목소리로 권하고 그윽한 눈으로 바라보는데 거절할 도리가 없었다. 환이 보조를 맞추듯 함께 잔을 비워 내어도 주량의 차이라는 것이 존재하여 몇 번의 수작이 오간 뒤에는 유연의 얼굴이 발그레해지고 묘하게 느슨해져 있었다.

"더는 안 되겠사옵니다."

"그러한 것 같구나."

예상한 것보다 오래 버티고 있는 유연은 표정이 한층 부드러워졌다 뿐이지 여전히 흔들림 없는 자세로 앉아 있었다. 술에 대해 제대로 알게 되면 그와 대작을 하여도 비등하거나 자칫 술에 빠져들어 주당이 될지도 모르니 어지간하면 권하지 아니하여야겠다고 환이 남몰래 생각했다.

"내 오늘 네게 원이 있다. 들어주려느냐."

환이 은근한 목소리를 냈다.

유연이 환을 응시했다. 진실로 사모하는 낭군이었다. 그가 싱그럽게 웃어 주면 마음이 녹아내리고 슬픈 표정이라도 지을라치면 제 가슴이 먼저 내려앉았다. 그런 이가 원이 있다는데 무엇을 못 들어주랴. 그러나 아직 남아 있는 한 가닥 이성의 끈이 유연을 위태롭게나마 비끄러매고 있었다.

"취하여 정신이 산란해진 계집아이에게 무엇을 도모하려

하십니까."

느슨해진 표정만큼이나 느긋하고 평소에 비해 더 깊은 숨결이 스며든 목소리는 본디 의도와 달리 몹시 유혹적인 색을 띠고 있었다.

"내일부터 평생토록 가장 사랑하는 여인의 이름자도 부를 수 없는 서러운 사내가 된단 말이지. 한데 박정한 너는 단 하루도 되지 아니하는 시간의 원도 들어주지 않을 셈이냐."

유연은 환의 말이 이어지도록 놓아둔 것을 후회했다. 무어라 대꾸할 것이 아니라 거절의 말을 먼저 했어야 옳았다. 어딘가 애달픈 목소리를 듣는 순간에 이미 마음이 기울어 버렸다. 평소에도 그녀의 마음을 쥐락펴락할 수 있는 사내의 목소리는 가슴에서부터 손끝 발끝까지 번져 가는 열기 때문인지 더 거절하기 어려운 울림을 지니고 있었다.

"무엇을 원하시옵니까."

"전하라 부르지 아니할 것."

득달같은 대답이 돌아왔다. 유연이 고개를 끄덕였다. 애초에 입을 열지 아니하면 그만인 일, 이 밤만이라면 어려울 것도 없다.

"다만 그것뿐이옵니까."

"그럴 리가."

환이 웃으며 일어나 손을 내밀어 유연을 일으켜 세웠다. 앉아 있을 적에는 느끼지 못했던 가벼운 현기증이 밀려와 유연은 살짝 비틀거리다 환에게 몸을 기대었다. 몸을 일으키는 순간부터 세상이 거세게 요동쳤다. 분명 단단하게 지탱하고 있을 바닥이 자꾸만 울렁거리며 앞으로 나아가는 것을 방해했다. 평소에 비해 더 유쾌하게 울리는 환의 웃음소리가 귀에 거슬려 유연이 입술을 비쭉 내밀었다.

"스스럽다 여겨 숨기려 들지 말 것이니. 오늘 밤에는 너와 나 외에는 그 누구도 없느니라."

환은 유연이 대답할 겨를도 주지 않고 반대편에 있는 문을 열었다. 둘뿐이라는 말을 뒷받침하듯 텅 빈 복도의 모습이 보였다. 환이 유연을 가볍게 안아 들자 맑은 웃음소리가 흩어져 햇살을 받은 모래알처럼 반짝였다.

방은 이미 잠을 청하기만 하면 되게끔 정돈이 되어 있었다. 유연은 환의 품에서 나오자마자 그가 말릴 새도 없이 금침 한가운데에 주저앉았다. 그대로 두면 바로 나동그라지듯 누울 기세여서 환이 황급하게 그 뒤에 가 앉았다. 짐작은 틀리지 않아 유연이 그대로 몸을 기대어 왔다.

"이대로 잠이 들 셈이냐."

유연이 고개를 한껏 뒤로 젖히자 자신을 내려다보고 있는 환의 얼굴이 보였다. 몹시 부드러운 표정을 짓고 있는 것을 보며 배시시 웃은 뒤 그대로 눈을 감았다. 눈을 감아도 주변이 빙글빙글 도는 것이 생생하게 느껴졌다. 제자리에 버티고 있는 것은 그녀의 뒤에서 단단하게 받치고 있는 사내 하나뿐이었다.

틀어 올렸던 머리칼이 헐거워지는 것과 동시에 꼭 조이고 있던 고가 풀렸다. 한층 엷어진 옷 틈으로 열기와 맞바꾼 서느런 공기가 새어 들었다. 유연은 여전히 눈을 감은 채 옷자락이 움직이는 대로 팔을 뻗었다 구부리고 기댄 몸을 들썩였다.

환이 조심스럽게 물러나 그녀를 바닥에 눕힌 연후에야 유연이 눈을 떴다. 맨 등에 닿는 이불은 오늘 하루, 찾는 이 없이 홀로 있었던 것에 불평을 늘어놓는 것처럼 서늘했다. 아주 잠깐 정신이 깨어나는 느낌이 들었지만 바로 위에서 그녀를 내려다보는 이의 얼굴을 확인하자마자 도로 몽롱해졌다. 꿈을 꾸지 아니하여도 꿈결인 양 아득하게 하는 연인의 곁에서 굳이 깨어 있으려 들 필요가 없었다.

"늘 묻지 아니하냐. 어찌 너는 이런 사내를 두고 잠들 수 있는 것이냐고."

"아마도 전하께오서 말씀하신 귀(鬼)는 잠이 부족한 모양이옵니다."

"벌써 약조를 잊었구나."

하늘거리듯 가느다란 목소리가 나무라는 소리와 겹쳐지고는 맺었는지도 알 수 없게 잦아들었다. 소리를 내보내야 할 입술이 살포시 내리덮이고 말을 빚어내야 할 혀가 저를 불러내는 몸짓에 홀려 뜻도 잊은 채 유혹에 얽혀 들었다.

그녀의 것보다 조금 더 진한 주향이 입안 가득 감돌았다. 부드러이 매끄러지다가 가볍게 두드리기도 하고 놀리듯 통통 튕기다 휘감던 움직임이 스르르 비켜났다. 갈 곳을 잃고 저 안쪽에 잠겨 있던 숨결이 설렘과 아쉬움을 안고 입술 사이로 새어 나왔다.

"잠들 수 있다면 그리 해 보아라."

입맞춤의 여운이 짙게 배어든 목소리에는 은근한 뜻이 담긴 웃음기가 섞여 있었다. 사락거리는 소리에 이어 둔탁하거나 가볍게 떨어져 내리는 소리가 유연의 귓가에 아슴푸레 울려왔다. 쏟아지는 잠기운을 이기지 못해 저만큼 가라앉아 가던 의식이 갑작스레 내려앉은 온기에 화들짝 놀라 수면 위로 떠올랐다.

사내는 잠들고자 옷을 떨쳐 낸 것이 아닌 모양이었다. 몹시 당혹스러운 기색이 고스란히 떠오른 유연의 눈동자를 보며 환이 미소했다.

도무지 명확해지는 것이 없는 정신으로도 전하라 부르지 말라던 목소리와 약조를 어겼다며 다가들던 입술의 느낌은 몹시 선명했다. 무심코 흘러나오던 목소리를 겨우 가둔 채 유연이 눈을 가늘게 떴다.

"조금 전의 약조를 잊지는 아니하였겠지."

"일언(一言)이 중천금(重千金)임은 누구라도 마찬가지이옵니다."

유연이 반쯤 깬 정신으로 호기롭게 중얼거렸다. 전하라 부르지 말라. 어떠하여도 스스러이 여기지 말라. 다정한 연인의 사소한 소원이었다.

환의 입술이 부드러운 곡선을 그렸다. 잠에 취해 반쯤 감긴, 혹은 수줍어 살짝 내리깐 눈을 쓰다듬고 입술을 다정하게 스쳐 간 눈길이 서서히 움직이는 것을 보며 유연이 눈을 감았다. 낯선 열기가 몸 안에서 피어올랐다.

"아……."

어디서 시작되었는지 알 수도 없는 열기가 온몸으로 번져 손끝이며 발끝까지 물들이고 있었다. 온몸은 꼼짝달싹할 수 없었다. 손에 잡히는 애꿎은 천 조각만 움키는 것은 아무 의미가 없었다.

그를 불러야만 했다. 그가 허락하여도 감히 불러 볼 생각은 하지 못하였으나 마음으로 셀 수 없이 되뇌어 보고 입안에서 몇 번이나 굴려 본 소리가 있었다. 남에게 들리지 아니하게 마치 한숨인 듯 입술 새로 흘려 내고 나면 그리움에 벅차오르는 그 소리. 가쁘게 숨을 내쉬는 것조차 이리 버거운 지금도 힘들이지 않고 부를 수 있는 단 한 음절의 소리.

"환."

고작 한 음절은 가쁜 숨결에 얹혀 몇 조각으로 잘게 부서졌다. 그러나 그것이 신호가 된 것처럼 거센 움직임이 멈추었다.

"그……."

짧은 소리를 낸 뒤 유연이 망설였다.

거짓말처럼 잦아든 움직임을 원망하고 있었다. 마음 가득한 그리움, 채워지지 않은 무언가가 그녀를 자꾸만 재촉했다.

이미 가슴이 터질 것처럼 숨이 가빠 왔다. 처음엔 손끝에 미미하게 전해지던 열기가 이미 데일 듯 뜨거웠다. 이 느낌을 더 견뎌 낼 수 있을까. 그보다도 제 마음에 숨어든 요사스러운 술 귀신이 물러나고 난 연후에 그의 얼굴을 제대로 볼수 있을까.

유연의 망설임이 길어지자 예상치 못한 곳에서 대답을 재촉하는 듯 다정하게 두드려 댔다. 유연이 날카롭게 숨을 들이쉬는 소리에 이어 묵직한 울림이 깃든 웃음소리가 어렴풋하게 났다. 문득 유연의 뇌리에 떠오른 것은 전혀 어울리지 않는 근엄한 여인의 것이었다.

"주상을 위하는 일이라면, 그 총애도 기꺼이 포기할 수 있을까."

마음의 준비 따위 평생 되지 않을 게 분명하다. 환의 곁을 지키는 여인이 유연 자신뿐이 아니어도 견뎌 낼 수 있는 건 그의 마음이 오롯이 자신에게 향해 있음을 믿기 때문이었다.

그의 마음이 식어 몸도 함께 떠나가 다른 누군가에게 이토록 참을 수 없을 갈망을 불러일으킨다는 것은 상상조차 하기 싫은 일이었다.

'그리할 수 없습니다. 왜냐하면 전하는…….'

생각은 거기까지였다. 침묵이 무언의 긍정이 되어 잦아들었던 돌개바람은 더 큰 회오리로 변해 유연의 온몸을 감싸고 돌았다. 얇은 종잇장이 발려진 문 따위는 아무렇지도 않게 넘어갈 듯한 교성과 함께 온몸의 맥이 풀렸다. 구름 위를 살포시 지르밟고 있는 듯 몸도 마음도 둥실 떠올라 있었다. 가슴의 두근거림은 여전히 거세게 전신을 울리고 있었지만 가득 차오른, 그럼에도 무엇인가 아쉬운 나른함이 온몸을 감싸 안았다.

유연의 얼굴에 떠오른 홍조와 눈꼬리에 맺힌 엷은 이슬방울을 본 환이 미소하며 그녀의 몸을 끌어당겨 안았다. 몸으로 전해지는 따스한 체온에 유연이 몸을 웅크리며 파고들었다. 아직 잠들어서는 안 된다 주장하는 감각이 있었으나 전신을 휘감았던 나른함이 졸음으로 바뀌어 유연은 잠에 스며들고 있었다.

"너의 즐거움도, 나의 괴로움도 모두 나의 몫이지."

환이 피식 웃고는 손을 들어 유연의 머리 위에 얹었다. 천천히 미끄러진 손가락이 유연의 목덜미에 닿고 어깨를 부드럽게 쓰다듬다 등줄기를 느긋하게 훑어갔다. 환으로서는 자

장가를 대신하는 다정함에 불과하였으나 한껏 달뜬 기분에 휩싸여 있던 유연에게는 겨우 잠들기 시작하던 정신을 새로 깨워 내는 손길이었다. 유연이 천천히 눈을 떠 환의 목을 끌어안고 조금 전까지 진한 유혹을 그려 내던 입술 위를 가볍게 눌렀다.

"아직 날이 밝지 아니하였사옵니다."

그의 어깨부터 천천히 쓸어내려 가던 손이 조심스럽게 멈추었다. 환이 팔을 짚어 몸을 반쯤 일으켰다. 발그레한 얼굴을 한 채 눈을 내리깐 여인을 더없이 사랑스러운 눈길로 내려다보았다.

"하나 남은 밤이 길지도 아니하지."

"뜻을 이루시는 데 도움을 드리지 못할지도 모르겠사옵니다."

어렴풋한 웃음을 머금고 속삭이는 목소리는 이전까지의 어느 것보다도 유혹적이었다.

"네가 있는 것으로 충분하다."

그의 화사한 미소와 나지막한 목소리가 돌연 잊고 있던 부끄러움을 불러일으켰다. 불빛조차 지워 내는 그의 그림자가 몸 위로 내려앉자 유연이 눈을 감았다.

까만 밤하늘을 제 터전 삼아 자유롭게 노니는 용이 있었다. 때론 격렬하고 거세게, 때론 더없이 부드럽고 느릿하게 꿈틀거리며 지나는 길마다 깜박거리는 별이 하나둘씩 떠올랐다. 찬연한 별들이 밤하늘을 수놓기 시작할 무렵 유연이 환의 어깨에 손을 얹었다. 뜻밖의 손짓에 제지당한 환이 몸놀림을 멈춘 채 유연을 내려다보았다.

"언제까지고……."

유연이 말을 채 맺지 못하고 그의 팔을 힘껏 잡았다. 자유를 속박당해 본 적 없는 용은 오래도록 참고 기다릴 줄 모르는 탓이었다. 까만 밤하늘에 다시 반짝이는 빛을 더해 넣으며 몇 번이고 유연의 귓가로 흘러들어 뇌리에 각인되도록 숨결과 함께 대답을 토해 냈다.

"그리할 것이다. 내겐 너뿐이니."

보얗게 반짝거리는 잔별 조각이 밤하늘을 가득 채우고 미성(尾星/美聲)이 긴 꼬리를 끌며 산등성이로 숨어들었다.

❊　　　❊　　　❊

산등성이 저편에서부터 날이 희끄무레하게 밝아 오기 시작하면 밤은 반대편으로 조금씩 물러났다. 슬금슬금 자리를 넓히는 빛과 주춤주춤 물러나는 암흑의 세를 비교하던 날짐승들이 아침을 환영하듯 재재거리기 시작하는 시간도 이때였다.

완전히 밝지 않은 이른 아침이었으나 부지런한 이들의 하루는 이미 오래전에 밝았다. 아침 안개 틈으로 고운 빛깔의 옷자락이 가볍게 나풀대는 모습은 다스한 느낌의 그림 한 폭을 떠오르게 했다.

"너는 언제고 곱지만⋯⋯."

처소 문 앞에 단정히 선 유연의 바로 앞으로 환이 다가섰다. 비녀 끝에 손가락을 살짝 대어 위치를 조정하고 옷깃에서 어깨선에 이르기까지 부드럽게 매만지는 동작에는 애정이 담뿍 담겨 있었다. 환이 몸을 살짝 구부려 지척에 있는 궁인의 귀에도 닿지 않을 정도의 작은 목소리로 속삭였다.

"역시 이리 단장한 것보다 본연의 모습, 그대로인 쪽이 더 사랑스럽다고 할까."

그 말을 되새겨 볼 새도 없이 가볍게 맞닿았다 떨어진 입술이 부드러운 곡선을 그렸다. 환은 얼떨떨한 얼굴로 바라보는 유연에게 눈을 찡긋해 보이고 옷자락이 휘날리도록 몸을 돌려 가벼운 걸음을 딛기 시작했다. 단호하게 마음을 먹지 아니하면 더없이 사랑스러운 연인을 두고 멀어지는 일이란 몹시도 어려운 것이었다.

"취향이 지체에 어울리지 아니하신단 말입니다. 하지만⋯⋯."

전야의 기억에 순식간에 달아오른 얼굴로 새침하게 중얼거린 말은 이미 성큼성큼 걸음을 내디딘 이의 귀에 닿기에는 그 소리가 작았다. 저 위에서 다정한 연인의 모습을 바라보던 까치 한 마리가 유연의 말을 대신 전하듯 경쾌하게 깍깍

댔다.

❈　　　　❈　　　　❈

"이제 정말로 지척에 있게 되었으니 말벗이 필요한 외로운 늙은이 때문에 빈궁이 더 고단해지겠구나."

"할마마마를 곁에서 모실 수 있도록 하신 전하의 은덕에 감사하고 있사옵니다."

"몇 달 만에 마음에 없는 소리도 할 수 있게 되었는가."

악의가 없는 농담에 유연이 엷은 웃음을 머금었다. 김 씨가 대화 상대로 썩 편한 이가 아님은 분명하였으나 마음에 없는 말을 지어 내고 있는 것은 아니었다. 재잘거리기 좋아하는 어린아이였을 적에도 다른 사람에게 선뜻 다가가지 못하는 편이었고, 궐에 들어오고 나서는 본디 지닌 성격에 그녀의 처지가 맞물려 환과 함께 있을 때가 아니면 섬처럼 외롭다는 말이 딱 어울렸다.

그 생활에 미묘하게나마 변화가 일었다. 홀로 책을 읽거나 생각에 잠겨 있던 시간의 일부를 누군가와 함께하게 되었다. 여전히 듣는 이야기의 절반 정도는 몸가짐과 예의범절, 책무 같은 것에서 벗어나지 못하고 있었지만.

그러나 시간이 쌓이면서 깨닫게 되는 것들이 있었다. 무엇인가를 아뢰고 명을 받들기 위해 드나드는 이가 빈번하여도 마음의 그 어느 구석도 내보일 수 없는 가장 높은 어른인 김 씨의 마음에는 외로움이 스며 있었다.

사랑하는 이의 위치를 공고히 만들고 여장부의 마음을 움직여 제 뜻을 펼 수 있게 도와주었으면 하는 실낱같은 바람으로 환이 도모한 일이었다. 엄격한 웃어른에 불과한 이도 외로운 어린 소녀에게만큼은 다정한 할머니가 되어 줄지 모른다는 기대감과 함께.

"경솔한 언행을 후회할 정도로 자주 불러들일 생각이다."

"가까이 두니 귀찮구나 여기실지도 모르옵니다."

유연은 아마 처음으로, 그게 아니라면 모처럼만에 농담 비슷한 말로 김 씨의 말에 화답했다. 활짝 열어젖힌 창 너머로 좀처럼 들린 적 없는 웃음소리가 흘러나왔다.

❈   ❈   ❈

"빈궁이 아직도 그대로 머물고 있다고?"

"그러하옵니다."

내관의 대답에 환이 미간을 좁혔다. 전일 밤에도 이미 휑하였던 처소는 주인이 떠날 준비가 다 되었음을 드러내고 있었다. 낮 동안에 이미 옮겨 갔어야 마땅할 유연이 아직도 새 처소를 비워 둔 채로 남아 있다는 사실이 마음에 걸렸다.

환이 그리 중요하지 않은 장계 몇 개가 남아 있는 책상 위를 내려다보았다. 오늘은 이쯤에서 그만두어도 괜찮을 것 같다. 자리에서 일어난 그의 걸음걸이 뒤로 어둠이 깔렸다.

"어찌 아직도 예 있는 게냐."

핀잔하는 목소리에 유연이 고개를 들었다. 기척도 없이 나타난 환이 그녀를 내려다보며 빙긋 웃고 있었다. 유연이 몇 발 디디는 것으로 환의 품에 파묻히듯 안겼다. 가슴팍에 고개를 묻은 채로 작게 중얼거렸다.

"조금, 두려웠습니다."

"너를 위해 지은 새 처소란 말이다. 귀신 따위가 있을 리도 없거늘."

농담을 섞어 반쯤 나무라듯 대꾸한 환이었지만 마음을 이해할 수 있을 것 같아 유연을 꼭 껴안았다. 아담하고 운치 있던 건물의 모양은 떠올리는 것만으로 미소 짓게 하였으나 곳곳에 간절한 기원이 숨어 있었다.

흐드러지는 포도송이와 거꾸로 매달려 잠든다는 낯선 짐승이 각인된 화계석과 허리 잘록한 호리병이 새겨진 난간, 처마 아래에서 높지 않게 꽃줄기를 올려 소담하게 피어날 노란 꽃망울이 의미하는 바는 오로지 하나였다.

"모두 다 너를 향한 내 마음을 가장 확실하게 보여 주는 방도에 불과하니 마음에 담지 말거라."

유연이 고개를 가로저었다. 혜원이 그녀에게 말하였듯 환의 총애를 오롯이 독차지하고 있으면서 아무런 길보도 전하지 못한 게 벌써 반년을 훌쩍 넘었다. 대왕대비는 물론이고 대비조차도 가끔 은근한 어조로 기대감을 표하곤 했다. 다산의 기원이 가득한 처소에 홀로 발을 들이면, 그 기대를 저버리고 의도를 배반할시 머무를 여지가 없다는 선언이 메아리칠 것만 같았다.

"가자."

환이 유연의 손을 잡아끌었다. 처소 바깥에 이르도록 머뭇거리는 것을 느낀 환은 한 손을 유연의 어깨에 얹은 채로 몸을 숙였다. 그가 몸을 쭉 펴는 것과 동시에 산들거리는 공기가 유연의 치마 아래 감추어진 종아리며 무릎을 다정하게 어루만졌다.

"내려 주옵소서."

"네가 종잇장만치 가볍지 아니한 건 사실이지만 여인 하나 안아 들지 못할 만큼 노쇠하지 아니하였으니 염려할 것 없다."

환은 능청스레 대꾸하며 그대로 발을 옮겼다. 그의 품 안에서 어떻게든 몸을 움직여 보려는 시도가 일어나고 있었으나 한창 때의 사내가 미미한 저항을 이겨 내지 못할 리 없었다. 어쩔 수 없다 체념한 것인지, 아니면 다른 사람의 눈이 닿지 않을 후원으로 향하는 걸음을 깨달은 것인지 부질없는 몸부림이 잦아들었다.

이미 거의 기운 햇살 탓에 사람 키보다 훨씬 기다랗게 늘어진 그림자가 환의 움직임을 따라 흔들거렸다. 작은 호리병 모양이 박힌 난간 앞에서 하나의 그림자가 둘로 나뉘어졌다.

'차라리 너를 더 일찍 불렀다면 더 나았을까.'

환이 입속에서 가만히 되뇌었다. 자존심 따위는 버리고 국혼이 끝나자마자 그가 먼저 청하여 궐에 들였다면 어찌 되었을까. 어릴수록 사고는 유연하고 낯선 환경에 대한 적응도 빠른 법이니 지금처럼 외로이 지내지 아니했을지도 모른다. 그에 대한 연정이 가득하여 다른 생각이 밀고 들어오지 못했을 그때라면 행동 하나하나에 스스로 제약을 두고 고민하지 아니하였을 것이다.

그러나 사람 일이란 알 수 없다. 아직까지 궐의 풍속에 물들지 아니할 정도의 조심스러움 때문에 더 사랑스럽다고 여기는지도 모른다. 지극한 총애를 받으며 제 목소리까지 분명히 내다가 그의 애정으로도 어찌할 수 없는 상황이 생겼을지 알 게 무언가. 근래 들어서는 전처럼 감정을 묻어만 두는 것이 아니라 조심스럽게 표현하고 있는 것만으로 만족할 만했다. 환은 생각을 그만두고 유연을 손을 잡아 건물 앞쪽으로 이끌었다. 걸음이 멈춘 곳에서 유연이 건물 이마에 단려하게 적힌 석 자를 바라보았다. 환이 그녀의 뒤에 서서 어깨를 감싸 안았다.

"복을 내리는 집. 그대에게 내리는 처소라오, 빈궁."

조금 전까지와는 사뭇 달라진 어조에 고개를 돌렸다. 환과 눈이 마주쳤다. 약조를 지키고 있지 않으냐 되묻는 것 같은 장난스러운 환의 눈빛에 유연은 다시 고개를 돌려 버렸다.

얕은 담장을 사이에 둔 서재의 날렵한 지붕선이 눈에 들어왔다. 바람이 실어 오는 향기에 취해 얇은 날개를 팔랑이며 달아나는 나비의 뒤를 따라 몇 걸음 딛는 것만으로 정인에게 닿을 수 있는 그런 날이 과연 오기는 할까 생각하던 때가 있었다. 드디어, 그 순간이 도래하였다.

유연이 언제고 날아갈 수 있는 나비를 손끝에 올려놓은 것처럼 불안하게 여긴다면 그것은 제 탓이었다. 그러니 몇 번이고, 언제까지든지 말해 주어야 했다.

"바라는 것은 다만 그대뿐."

환의 목소리가 낮게 울렸다.

소녀를 만나는 것을 사소한 유흥이라 가볍게 생각하던 때가 있었다. 그적의 소녀 역시 이슬비처럼 가볍게 흩날릴 뿐이었다. 그러나 문득 정신을 차렸을 적에는 이미 흠뻑 젖어 있었다. 의복 올 사이사이 스며든 물방울이 털어지지 아니하는 것처럼 깊이 파고들어 그의 마음 가장 깊은 곳에 자리해 버렸다.

그러니 지켜야만 했다. 그의 온 마음을, 모든 것을, 그보다 더한 어떤 것이라도 다하여. 다만 그 마음이 제 여인에게 짐으로 얹히는 일 없도록 할 것이다. 꽃 위에 사뿐히 내리는 나비처럼, 만물을 감싸 안는 새벽안개처럼, 서서히 스며드는 이슬비처럼 은근하게.

"그대에게 내리나니."

언제까지고 내 곁에 머무르라.

다음 말은 그의 마음에만 품었다. 한마디로도 뜻이 전달되기에는 충분했다. 치맛자락이 땅에서 살짝 들리도록 발돋움을 한 여인이 키 큰 사내의 목을 껴안았다. 저녁 해가 남겨 둔 붉은 기운이 온 마음 다해 다정한 연인을 감싸 안았다.

머무르던 이들이 떠나간 자리에 땅거미가 깔리기 시작했다. 달이 일찌감치 떠난 밤하늘은 하나둘씩 모습을 드러내는 별들의 소곤거림으로 가득 찼다. 지치지도 않고 재잘거리던 반짝임이 졸린 눈을 비비며 깜박일 때 즈음 부지런한 새 한 마리가 지붕 위로 날아들었다.

한껏 들뜬 지저귐에 놀란 태양이 등성이 사이로 얼굴을 내밀었다. 작희(鵲喜)라, 기쁜 소식이 들려올 것만 같은 상쾌한 아침이었다.

—完

작가 후기

　한창 봄빛이 물들어 가던 날, 한 통의 메일을 받았습니다. 신기루처럼 느껴지던 아스라한 꿈의 한끝을 잡은 것 같아 잠이 오지 않았습니다. 글의 모자란 부분을 채우고 넘치는 부분을 덜어내기 위한 고민으로 밤을 지새우기도 했습니다. 설렘과 염려가 뒤섞여 떨리는 마음으로 독자님을 기다리는 지금도 별빛이 흘러가고 있습니다. 아마도 환을 그리는 유연의 마음이 이러하였을까요.

　정미가례시일기(丁未嘉禮時日記), 순화궁첩초(順和宮帖草), 석복헌(錫福軒)과 낙선재(樂善齋)에 이르기까지. 문헌에 남고 건물에 깃들어 오래도록 전하는 헌종과 경빈 김 씨의 이야기가 제 마음을 잡아끌었습니다. 첫눈에 반한 소녀를 삼 년이나 잊지 못해 결국에는 곁으로 불러들였다는 유명한 일화에 상상력을 보탰습니다.

어쩌면, 그저 첫눈에 반한 것이 아니라 남들이 알지 못하는 인연이 있지 않았을까요.

몇 권의 책을 훑어보아 얻게 된 빈약한 지식을 기반으로 완성한 글에는 허점이 가득합니다. 서로에게 서로만이 존재하는 가슴 설레는 사랑을 그려 내고 싶었던 욕심 탓에 사실과 달라진 이야기가 마음에 걸립니다. 혹 누군가의 뒷모습에 그을음을 묻힌 건 아닐까 걱정스럽기도 합니다.

그럼에도 감히 이 글을 그들의 가장 빛나는 순간을 그려 낸 이야기로 기억해 주시기를 바랍니다. 그들의 자취를 따라 역사의 어느 한 순간으로 내딛는 발길의 동행자가 될 수 있다면 더없는 기쁨이겠습니다.

처음 이 이야기를 인터넷 공간에 연재하던 시절, 잊지 않고 기다려 주신 독자님들 덕분에 마음을 다잡고 글을 매듭지을 수 있었습니다. 정수경 팀장님이 꿈의 초입에서 두서없이 헤매는 저를 다독여 주셨습니다. 꿈을 뒤쫓느라 일의 우선순위가 바뀌어도 이해해 주던 남편, 밤낮이 바뀐 딸의 건강을 염려하던 엄마 덕분에 무사히 마무리할 수 있었습니다. 밤마다 사라지는 엄마를 찾던 레인이에게는 미안한 마음뿐이지요. 그 모든 분께 감사 인사를 전합니다.

이미 봄은 한참이나 지나 여름에 접어들었지만, 오랜 꿈의 첫 장을 펼친 제게는 봄날만큼이나 설레는 순간입니다. 부디 독자님께도 이 인연이 사랑스러운 봄처럼 느껴지기를 바랍니다.

그대가 있는 곳은, 언제 어디든 봄입니다.

—지연희 올림.